EIN BESCHÜTZER FÜR CARLISE

EIN SPIEL DES GLÜCKS
BUCH 1

SUSAN STOKER

Vertrauen in Skylar
Vertrauen in Taylor
Vertrauen in Molly
Vertrauen in Cassidy

Die Zuflucht in den Bergen

Zuflucht für Alaska
Zuflucht für Henley
Zuflucht für Reese
Zuflucht für Cora
Zuflucht für Lara
Zuflucht für Maisy
Zuflucht für Ryleigh

Das Bergungsteam vom Eagle Point

Ein Retter für Lilly
Ein Retter für Elsie
Ein Retter für Bristol
Ein Retter für Caryn
Ein Retter für Finley
Ein Retter für Heather
Ein Retter für Khloe

SEALs of Protection: Legacy

Ein Beschützer für Caite
Ein Beschützer für Brenae
Ein Beschützer für Sidney
Ein Beschützer für Piper
Ein Beschützer für Zoey
Ein Beschützer für Avery
Ein Beschützer für Kalee

Ein Beschützer für Jane

Die SEALs von Hawaii:
Die Suche nach Elodie
Die Suche nach Lexie
Die Suche nach Kenna
Die Suche nach Monica
Die Suche nach Carly
Die Suche nach Ashlyn
Die Suche nach Jodelle

Delta Team Zwei
Ein Held für Gillian
Ein Held für Kinley
Ein Held für Aspen
Ein Held für Jayme
Ein Held für Riley
Ein Held für Devyn
Ein Held für Ember
Ein Held für Sierra

Mountain Mercenaries:
Die Befreiung von Allye
Die Befreiung von Chloe
Die Befreiung von Morgan
Die Befreiung von Harlow
Die Befreiung von Everly
Die Befreiung von Zara
Die Befreiung von Raven

Ace Security Reihe:

EIN BESCHÜTZER FÜR CARLISE

Schutz für Kiera
Schutz für Alabamas Kinder
Schutz für Dakota

Eine Sammlung von Kurzgeschichten
Ein langer kurzer Augenblick

PROLOG

Jackson »JJ« Justice schloss die Augen, atmete flach durch die Nase und betete, dass der Schmerz nachlassen würde. Aber es war ein vergebliches Gebet. Ihre Entführer genossen es, ihnen so viel Schmerzen zu bereiten, wie sie nur konnten.

Als er die Augen öffnete, blinzelte JJ und sah seine besten Freunde und Teamkameraden, die um ihn herum an die Wände gekettet waren. Riggs »Chappy« Chapman lehnte mit dem Kopf an der Wand aus Schlackensteinen und hatte die Augen geschlossen. Er schlief nicht, das wusste JJ ganz genau. Niemand schlief in diesem Höllenloch. Nicht wirklich.

Kendric »Bob« Evans war neben Chappy und starrte mit großer Sorge zu ihrem vierten Teamkameraden hinüber.

Als er seine Aufmerksamkeit auf Callum »Cal« Redmon richtete, runzelte JJ die Stirn. Er war gerade nach einer »Sitzung« mit ihren Entführern in ihre Zelle zurückgebracht worden und sah überhaupt nicht gut aus. Die Arschlöcher, die sie als Geiseln hielten, waren begeistert gewesen, als sie seine Identität erkannt hatten. Cal war ein echter Prinz.

Und wie Cal schon oft gesagt hatte, war der Titel selbst aufregender als die Realität, wenn man bedachte, dass ein paar Dutzend seiner Verwandten getötet werden oder sterben müssten, bevor er auch nur annähernd König werden könnte.

Aber das spielte für die Terroristen keine Rolle. Sie hatten sich auf Cal konzentriert, fast von der Sekunde an, in der das Team bewusstlos in diese Zelle geschleppt worden war. Im Moment tropfte er von mehr Schnitten an seinem Körper, als man zählen könnte. Er trug nur Boxershorts, was es leicht machte zu sehen, wie schrecklich seine letzte Foltersitzung gewesen war.

Ihre Entführer hatten sich darauf konzentriert, Cals ehemals makelloses Fleisch zu verunstalten, indem sie Messer, Zigaretten und andere Dinge nutzten, um in seine Haut zu schneiden. Sein Gesicht bearbeiteten sie mit den Fäusten, zogen aber verschiedene Folterwerkzeuge für den Rest seines Körpers vor.

Die Männer, die sie gefangen genommen hatten, hatten natürlich keinen Funken Mitgefühl. Als sie JJ gefoltert hatten, hatten sie bei jedem Schlag gelacht und gejohlt, während sie mit Messern in seine Haut schnitten. Für ihre Kerkermeister waren er und seine Kameraden nicht einmal Menschen.

Als er seine besten Freunde ansah, die drei Männer, die buchstäblich der Grund dafür waren, dass er weiter um sein Überleben kämpfte, traf JJ eine einfache Entscheidung.

»Wenn wir hier rauskommen, bin ich fertig«, sagte er inbrünstig. Seine Stimme war leise, um ihre Entführer nicht darauf aufmerksam zu machen, dass sie wach waren und redeten. Er wusste, dass die Tatsache, dass sie zu viert in einem

Raum angekettet waren – damit jeder sehen konnte, welche Folter die anderen ertrugen –, zu dem kranken Psychospiel gehörte, das die Arschlöcher spielten.

Sie wussten nicht, dass es sein Team eher stärkte als schwächte, wenn sie sie zusammenhielten.

Als niemand etwas sagte, fuhr JJ fort: »Ich meine es ernst. Wir wussten alle, dass diese Mission von Anfang an zum Scheitern verurteilt war. Wir hatten nicht die Unterstützung, die wir hätten haben sollen, die Informationen waren praktisch nicht vorhanden, und als wir unsere Bedenken äußerten, wurde uns gesagt, wir sollten den Mund halten und Befehle befolgen.« Er stieß ein leises Lachen aus. »Und seht nur, wohin uns diese Befehle gebracht haben. Ich bin *fertig*. Ich bin raus. Dafür habe ich mich nicht gemeldet. Um für mein Land zu kämpfen, ja. Aber in meiner eigenen Scheiße zu sitzen, verprügelt zu werden, zusehen zu müssen, wie meine Freunde gefoltert werden ... und obendrein noch für die Zwecke der Aufständischen gefilmt zu werden? Nein. Verdammt noch mal *nein*.«

JJ hatte nie der Anführer ihrer Gruppe sein wollen. Als der Älteste und jemand, der sich nicht einfach zum Narren halten ließ, war ihm die Rolle irgendwie zugefallen. Aber er hatte es vermasselt. Er hätte mit mehr Nachdruck darauf beharren sollen, dass diese Mission zum Scheitern verurteilt war. Er hätte auf mehr Informationen drängen sollen, bevor sie das Land betraten.

Er hatte zwar keinen Zweifel daran, dass die US-Regierung sich um ihre Freilassung bemühte, aber jeder wusste, dass die Politik darin bestand, nicht mit Terroristen zu verhandeln. Sie waren wahrscheinlich auf sich allein gestellt, bis sie eine Fluchtmöglichkeit fanden – was nicht sehr vielversprechend aussah – oder eine andere Spezialeinheit kam, um sie herauszuholen.

»Wenn du raus bist, bin ich auch raus«, sagte Bob mit einer Grimasse. »Wenn du glaubst, dass ich ohne dich bleibe, bist du wahnsinnig.«

»Nun, ich bleibe auch nicht ohne euch *beide*«, stimmte Chappy zu. Durch seine letzten Prügel waren seine Worte gelallt, aber seine Unterstützung für den Ausstieg aus dem Militär war laut und deutlich zu hören.

Die drei Männer sahen zu Cal hinüber.

Er holte tief Luft und zog sofort eine Grimasse angesichts des Schmerzes, den es verursachte. Eines seiner Augen war zugeschwollen und der Mann, den die Medien einst »Prettymon« genannt hatten, sah im Moment alles andere als gut aus. Die Terroristen hatten ihre Spuren in seinem Fleisch hinterlassen. Falls er dies überlebte – falls *einer* von ihnen ihre Gefangenschaft überlebte –, würde er jedes Mal, wenn er in den Spiegel sah, sichtbare Erinnerungen an seine Folter haben.

»Was sollen wir dann tun?«, fragte Cal. Seine Worte waren langsam und undeutlich, wodurch er nur schwer zu verstehen war.

»Alles, was wir wollen, verdammt«, antwortete Chappy. »Aber ich lebe nicht in einer Stadt.«

»Nun, ich werde nicht in einem verdammten Vorort leben«, erwiderte Bob.

»Solange ich nicht in einer Zelle sitze und an eine Wand gekettet bin, ist es mir scheißegal, *wo* wir wohnen«, lallte Cal.

»Rochambeau«, entschied JJ.

»Hm?«

»Was?«

»Was zur Hölle ist das?«

»Schere, Stein, Papier. Um zu entscheiden, wo wir leben werden«, antwortete er. Unter den gegebenen Umständen schien es lächerlich, zu entscheiden, wo sie sich niederlassen sollten, sobald sie aus dem Militär ausgeschieden waren. Vor allem da es sich um ein Spiel für Kinder handelte. Aber sie mussten alle an etwas anderes denken als an die Schmerzen, die sie hatten ... und daran, wann ihre Entführer zurückkommen würden, um ihnen noch mehr zuzufügen.

»Hört sich gut an«, sagte Chappy.

»Sollten wir uns nicht überlegen, womit wir unseren Lebensunterhalt verdienen, bevor wir uns überlegen, wo wir wohnen wollen?«, fragte Bob.

»Nein«, sagte JJ kopfschüttelnd, der sich für die Idee erwärmte, Pläne für ihre Zukunft zu machen. Die Wahrscheinlichkeit, dass sie überhaupt eine Zukunft *haben* würden, war zwar vermutlich geringer als fünfzig Prozent, aber im Moment mussten sie sich auf etwas Positives konzentrieren. »Wir können nicht beschließen, Taxifahrer zu werden, und dann in ein Dorf mit nur einer einzigen Ampel ziehen. Zuerst überlegen wir uns, wo wir leben wollen, und dann überlegen wir uns, was für ein Geschäft wir eröffnen.«

Er wartete, bis seine Freunde zustimmten, und fuhr dann fort: »Überlegt euch also alle, wo ihr leben wollt, wenn wir wieder in den Staaten sind. Ein Ort, an dem ihr euch schon immer niederlassen wolltet. Ein Ort, der nach euch ruft. Dann werde ich gegen Chappy antreten und Cal und Bob werden spielen. Der Gewinner jeder Runde spielt gegen den anderen. Wer am Ende übrig bleibt, entscheidet, wo wir leben. Abgemacht?«

Bob und Cal nickten.

Chappy brach in Gelächter aus. »Wir wissen alle, dass das

verrückt ist, oder?«, fragte er. »Ich meine, wir sind dabei, mit einem Glücksspiel über unsere Zukunft zu entscheiden – eine Zukunft, die mit hoher Wahrscheinlichkeit niemals eintreten wird, wenn man bedenkt, wo wir uns gerade befinden.«

»Warum nicht?«, fragte Bob. »Musst du jetzt irgendwo anders sein? Hast du etwas anderes vor?«

»Na ja, weißt du, ich hatte eine heiße Verabredung mit dieser Braut, aber ich nehme an, ich kann genauso gut bleiben und mit euch Kinderspiele spielen.«

Alle vier Männer lachten leise darüber.

JJ war klar, dass die Chancen, aus ihrer derzeitigen Situation herauszukommen, nicht gut standen. Aber etwas zu haben, auf das sie sich freuen konnten, konnte ihnen auf lange Sicht nur helfen. »Okay, Chappy und ich werden zuerst spielen«, sagte JJ. »Bist du bereit? Hast du einen Ort im Kopf?«

»Ja.«

»Ich auch. Okay, ich zähle bis drei. Eins, zwei, *drei*!«

JJ streckte seine Hand flach für Papier aus, während Chappy eine Faust machte.

»Verdammt«, sagte JJ mit einem kleinen Grinsen im Gesicht. »Papier schlägt Stein. Ich schätze, Hawaii ist raus.«

»Scheiße, da wäre ich voll dabei gewesen«, stöhnte Cal. »Wir haben Mustang und sein Team schon oft genug davon reden hören, wie großartig es dort ist.«

Mustang war ebenfalls ein Mitglied der Spezialeinheit, mit dem sie in der Vergangenheit zusammengearbeitet hatten. Er und sein SEAL-Team hatten mit diesem Posten wirklich Glück gehabt. Zuletzt hatte JJ gehört, dass sie sich alle niederließen und Familien gründeten.

Der Gedanke daran traf ihn hart, härter, als er es sich hätte vorstellen können.

JJ hatte sich immer eine eigene Familie gewünscht. Eine Frau, die er beschützen und verehren konnte und die ihn genauso lieben würde. Und Kinder ...

Er seufzte. Mit neununddreißig war er langsam zu alt, um an Babys zu denken.

»Okay, Cal und Bob, ihr seid dran. Ich zähle bis drei ... eins, zwei, *drei*«, befahl JJ.

Cal hielt zwei Finger in Form einer Schere hoch, und Bobs Hand war flach.

»Schere schlägt Papier«, verkündete JJ.

»Scheiße«, brummte Bob.

»Was war deine Wahl?«, fragte Chappy.

»New York City. Es gibt nichts Besseres als das geschäftige Treiben in der tollsten Stadt der Welt«, sagte er liebevoll.

»Sieht so aus, als seien wir beide dran«, sagte JJ zu Cal.

Der Blick seines Freundes war unkonzentriert und die Pupille des Auges, das nicht zugeschwollen war, war viel größer, als sie hätte sein sollen. Aber da JJ im Moment buchstäblich nichts tun konnte, um zu helfen, außer Cal für ein paar Minuten abzulenken, tat er sein Bestes, um seine Sorge zu verbergen.

»Du gehst unter, Kumpel«, neckte Cal ihn schwach.

JJs Lippen zuckten. Sie waren alle äußerst wetteifernd. Das war einer der Gründe, warum sie so gute Soldaten waren. Sie scheiterten nicht gern. Sie mochten es nicht, wenn die Dinge nicht nach Plan liefen.

»Komm schon«, spottete er. »Ich zähle bis drei. Eins, zwei, drei!«

JJ ballte seine Hand zur Faust, während Cal seine flach ausstreckte.

»Verdammt«, seufzte JJ.

»Ich wollte Stein nehmen, aber ich glaube nicht, dass ich alle meine Finger krümmen kann«, scherzte Cal.

Es stimmte, einige der Finger seines Freundes waren verletzt und mit Sicherheit gebrochen. Der Hass auf ihre Entführer überkam JJ fast, aber er verdrängte das Gefühl. Später würde er seiner Wut freien Lauf lassen können; jetzt musste er erst einmal einen kühlen Kopf bewahren. Seine Teamkameraden verließen sich darauf, dass er ihr Anker war.

»Ich kann nicht glauben, dass wir den einzigen Typen, der nicht aus den USA kommt, entscheiden lassen, wo wir wohnen«, stöhnte Bob.

JJ war darüber selbst etwas amüsiert, aber eine Abmachung war eine Abmachung, und da Cal das Spiel gewonnen hatte, würde er entscheiden, wo die vier sich niederließen. »Du hast gewonnen«, sagte JJ zu seinem Freund. »Meine Wahl wäre auf Nashville gefallen. Also ... wo werden wir unsere Zelte aufschlagen, Cal?«

»Maine. Es gibt eine Stadt im Westen des Staates, nahe der Grenze zu New Hampshire, die Newton heißt. Ich habe mal einen Nachrichtenclip darüber gesehen.«

»Willst du mich verarschen?«, fragte Bob. »*Maine?* Bitte sag mir, dass Newton eine Stadt ist.«

Cal grinste. Sein Lächeln war schief, und die Bewegung ließ Blut von seiner Wange auf seine nackte Brust tropfen, aber er schien es nicht zu bemerken.

»Nein. Es ist mitten im Nirgendwo. Ich glaube, die *haben* nicht mal eine Ampel. Sechs Monate im Jahr liegt Schnee und es gibt nur einen einzigen Supermarkt. Die Bevölkerungszahl ist winzig, etwa zwölfhundert oder so. Nach dem zu urteilen, was ich in dem Clip gesehen habe, sah es wie das Paradies aus.«

»Verdammt noch mal«, stöhnte Bob. »Wovon zum Teufel sollen wir in so einer Stadt leben?«

JJ seufzte. Das war eine gute Frage. »Ich weiß, was wir *nicht* tun werden«, platzte er heraus. »Alles, was mit Sicherheit zu tun hat. Oder Leibwächter. Oder private Ermittlungen. Es gibt schon zu viele Leute, die aus dem Militär aussteigen und diesen Scheiß machen. Ich habe genug von Waffen. Vom Tod. Davon, mein Leben für andere aufs Spiel zu setzen. Ich will etwas ... Normales machen.«

»Ich stimme zu«, sagte Chappy ernst.

»Ich auch«, fügte Bob hinzu. »Aber im Ernst, was *werden* wir tun? Seien wir ehrlich, wir sind nicht wirklich qualifiziert, viel mehr zu tun als das, was wir bisher getan haben.«

Einen Moment lang herrschte Schweigen, bevor JJ sagte: »Nehmen wir uns etwas Zeit, um darüber nachzudenken. Denkt an Maine. Denkt darüber nach, was ihr in eurer Freizeit gern macht – und lacht nicht. Ja, mir ist klar, dass wir nie viel Freizeit hatten. Vielleicht etwas, das ihr schon immer tun wolltet, aber noch nicht die Gelegenheit dazu hattet. Dann werden wir wieder Rochambeau spielen.«

JJ hatte keine Ahnung, ob sie das wirklich durchziehen würden, ob sie wirklich ein Spiel über ihr Schicksal entscheiden lassen würden, aber je mehr er darüber nachdachte, nach Maine zu ziehen, desto mehr gefiel ihm die Idee. Er hatte die Nase voll von der Menschheit. Die Menschen waren unendlich grausam. Er und seine Männer wussten das aus erster Hand. Zu viele Menschen waren egozentrisch, anspruchsvoll, kümmerten sich nur um sich selbst und waren zu sehr bereit, anderen ihre Überzeugungen aufzuzwingen. Mit jedem Jahr, das verging, gab es weniger Toleranz für Unterschiede, für die Akzeptanz der Menschen, wie sie waren.

JJ hatte das alles satt. Am liebsten wäre er in eine ruhige, verschlafene Kleinstadt gezogen und hätte sich mit seinen Freunden durchgeschlagen, auch wenn dadurch sein Traum von der Gründung einer Familie in weite Ferne rückte. Eine Frau zu finden, die über seine Arbeit beim Militär hinausblicken und ihn so lieben konnte, wie er war, würde in der Wildnis von Maine sehr viel schwieriger sein.

Etwa zehn Minuten vergingen, und es war Chappy, der sagte: »Sind wir bereit?«

»Lasst es uns tun«, antwortete Bob entschlossen.

JJ spielte in der ersten Runde gegen Bob, und Chappy gegen Cal. Dann blieben in der Finalrunde Chappy und Bob übrig.

Chappy machte eine Faust und Bob hielt zwei Finger hoch.

»Scheiße! Ich gewinne dieses blöde Spiel nie«, murrte Bob.

Alle lachten.

»Also? Was machen wir jetzt für den Rest unseres Lebens?«, fragte JJ an Chappy gewandt.

»Holzfäller«, antwortete er mit einem breiten Grinsen.

»Du willst mich wohl verarschen«, blaffte Cal.

»Nein«, sagte Chappy mit demselben selbstgefälligen Grinsen im Gesicht. »Ich nehme an, in Maine gibt es Bäume. Eine Menge davon. Ich bin mir sicher, dass sie ständig in den Gärten der Leute umfallen und auf die Straßen und so. Wir könnten ein Baumpflege-Unternehmen gründen. Sie fällen, Stümpfe entfernen und solche Sachen.«

Während Bob und Cal stöhnten, nickte JJ. »Der Appalachian Trail ist auch in Maine. Ich bin mir nicht sicher, wie nahe er an Newton liegt. Cal? Weißt du es? Wurde das in der Sendung gesagt?«

»Sie sprachen über den ›AT‹, aber ich wusste nicht, was das ist«, gab Cal zu.

»Super. Die Wanderwege müssen also auch gepflegt werden. Wir könnten Pfadpfleger sein. Die gibt es tatsächlich ... Leute, die für bestimmte Abschnitte eines Weges verantwortlich sind. Sie sorgen dafür, dass der Weg frei ist, halten die Wegmarkierungen instand, bewachen die Lager in ihrem Gebiet und sind im Allgemeinen die Experten für ihren jeweiligen Abschnitt«, sagte JJ.

»Du meinst, wir könnten tatsächlich wandern, ohne uns Gedanken darüber machen zu müssen, wie wir uns tarnen oder wer uns folgen könnte, um uns zu töten?«, fragte Bob. »Ich bin dabei.«

»Vielleicht könnten wir uns sogar als Führer verdingen«, sagte Chappy. »Ich meine, wir wären wahrscheinlich nicht pausenlos mit dem Baumkram beschäftigt, also könnten wir Leute begleiten, die auf dem AT unsicher sind oder die sich einfach wohler fühlen, wenn jemand sie führt, der sich in der Gegend auskennt.«

»Und wir könnten helfen, wenn sich jemand verlaufen hat«, fügte Cal hinzu. »Ich habe einen Freund, der aus dem Militärdienst ausgeschieden ist und jetzt in Virginia lebt. Er arbeitet ehrenamtlich bei den Such- und Rettungskräften.«

»Erinnert ihr euch an die Frau, die sich vor ein paar Jahren verlaufen hat?«, fragte JJ. »Geraldine Largay?«

»Ja. Sie war vom Weg abgekommen, um auf die Toilette zu gehen, und hat sich verirrt. Es gab eine große Suchaktion, aber ihre Leiche wurde erst zwei Jahre später oder so gefunden. Sie war erfroren und verhungert.«

Alle schwiegen einen Moment lang, als sie sich an diese Tragödie erinnerten.

»Ich bin dabei«, sagte Bob entschlossen.

»Ich auch«, stimmte Cal zu.

»Ebenfalls«, sagte JJ mit einem Nicken.

»*Jack's Lumber*«, verkündete Chappy.

»Was?«, fragte Bob.

»So werden wir unser Geschäft nennen. Das Wort *Lumber-jack* umgedreht. Als eine Anspielung auf JJ, der immer unser Anführer war. Und als Wortspiel mit Holzfäller.«

Während die anderen drei Männer darüber diskutierten, welche Dienstleistungen sie anbieten könnten, wie viel sie verlangen könnten, wo sie vielleicht leben wollten, lehnte JJ sich mit einem Kloß im Hals gegen die harte Wand hinter ihm. Der Plan, seine Freunde abzulenken, hatte funktioniert. Sie fürchteten sich nicht davor, dass ihre Entführer zurückkommen würden. Sie dachten nicht daran, welche Schmerzen sie hatten.

Sie hatten Hoffnung auf eine bessere Zukunft.

Jetzt mussten sie nur noch aus diesem Höllenloch herauskommen und ihre Pläne in die Tat umsetzen. Dazu brauchten sie Geld – das sie alle vier hatten, da sie im Laufe der Jahre nur wenige Gelegenheiten gehabt hatten, das verdiente Geld auszugeben –, Entschlossenheit, harte Arbeit und einen offenen Geist.

Zum ersten Mal seit Jahren merkte JJ, dass er sich trotz seiner misslichen Lage auf die Zukunft freute. Ihre Entführer hatten versucht, sie zu brechen. Sie zu demoralisieren. Sie zu zermürben und sie sowohl psychisch als auch physisch zu schlagen. Und es würde wahrscheinlich noch viel mehr davon auf sie zukommen. Aber für den Moment hatten die vier Männer etwas, auf das sie hinarbeiten konnten. Einen Plan.

Wenn es nach JJ ginge, würde nichts und niemand sie daran hindern, nach Newton in Maine zu kommen und ein neues Leben zu beginnen.

KAPITEL EINS

Riggs »Chappy« Chapman lächelte, als er sich seiner Hütte näherte, wobei sich sofort Ruhe über ihn legte. Kaum zu glauben, dass es drei Jahre her war, seit er und seine Freunde an jenem Tag in einer kalten Zelle über ihre Zukunft entschieden hatten. Damals war es ein Wunschtraum gewesen. Er war sich bewusst, dass JJ nach Strohhalmen gegriffen und verzweifelt versucht hatte, ihnen zu helfen, an etwas anderes zu denken als an ihre deprimierende Situation. Aber je mehr sie über *Jack's Lumber* und den Umzug nach Maine gesprochen hatten, desto mehr wollte Chappy es.

Und sie hatten es getan.

Sie waren von einem Team bestehend aus Marine und Armee gerettet worden, deren Mitglieder zusammenarbeiteten. Die Soldaten waren wie die harten Kerle, die sie waren, hineingestürmt, hatten jeden ihrer Entführer getötet und dann den Berg gesprengt, in dem sie gefangen gehalten worden waren.

Durch den Grenzübertritt ihrer Retter kam es zu einem

kleinen internationalen Zwischenfall, aber da die Terroristen Videos der Folterung von Chappy und den anderen voller Vergnügen verbreitet hatten, konnte die Regierung des Landes nicht gerade gegen die Spezialeinheit protestieren, die ihnen zu Hilfe kam.

Das war die letzte Mission seines Teams. Der Papierkram für ihre Entlassung aus dem Militär wurde in Angriff genommen, lange bevor ihre körperlichen Verletzungen verheilt waren. Jeder von ihnen hatte noch immer mit den psychischen Folgen dessen zu kämpfen, was sie durchgemacht, was sie im Laufe der Jahre gesehen und in Einsätzen erlebt hatten. Aber die Entscheidung, nach Maine zu ziehen, hatte sich als genau das erwiesen, was sie brauchten, um ihre Seelen zu beruhigen.

Noch überraschender war gewesen, dass ihr Geschäft praktisch vom ersten Tag an lief. Wenn es in Maine an einer Sache nicht mangelte, dann waren es Wälder. Und da sie vier weitere Männer waren, die bereit und in der Lage waren, die körperliche Arbeit zu verrichten, die für jede Art von Problemen mit Bäumen erforderlich war, waren sie ständig beschäftigt.

So beschäftigt, dass sie nach weniger als einem Jahr eine Verwaltungsassistentin einstellen mussten, um alles im Griff zu haben.

Chappy hatte gerade seine letzte AT-Führung für diese Saison beendet, und das genau zur rechten Zeit. Ein gewaltiger Wintersturm war im Anmarsch, der mindestens sechzig Zentimeter Schnee bringen sollte.

Der erste Winter, den Chappy und seine Freunde in Maine verbracht hatten, war ein Schock gewesen. Sie hatten erwartet, dass es kalt und verschneit sein würde – aber nicht so kalt und verschneit, wie es tatsächlich war. Jetzt, nach nur zwei Jahren, fühlten sie sich wie alte Profis in Sachen Maine-Winter.

Chappy schmunzelte vor sich hin. Er konnte sich gut vorstellen, wie Mutter Natur in einer Kneipe saß, ihre Gedanken las und zum Barkeeper sagte: »Halte mal mein Bier«, während sie die Ärmel hochkrempelte.

Bevor er nach Maine gekommen war, hatte Chappy noch nie persönlich sechzig Zentimeter Schnee gesehen. Jetzt konnte er sich keinen besseren Ort für diese Erfahrung vorstellen als die kleine Hütte im Wald, die er benutzte, wenn er etwas Zeit für sich brauchte.

Sie war nicht groß, im Grunde nur ein Zimmer mit einem kleinen Badezimmer im hinteren Bereich. Er hatte hart daran gearbeitet, Rohre zu verlegen, einen Klärbehälter einzubauen und das Wassersystem zu installieren. Es gab keinen Strom, aber er hatte einen Generator, den er laufen ließ, wenn er seinen Computer aufladen oder Wasser für eine Dusche erhitzen musste. Es war eine einfache Hütte, und sie passte perfekt zu ihm.

Die Jungs hatten sich darüber beschwert, dass er kurz vor einem großen Sturm herkam, aber er hatte ihnen versichert, dass es ihm gut gehen würde. Selbst wenn er eingeschneit würde, hätte er genügend zu essen, der Schnee würde für Wasser sorgen, falls es ausginge, und er hatte nicht die Absicht, etwas anderes zu tun, als sich zu entspannen.

Als hätte der Gedanke an seine Freunde sie irgendwie heraufbeschworen, klingelte das Satellitentelefon auf dem Beifahrersitz, gerade als Chappy sein Fahrzeug parkte.

»Es ist noch nicht einmal eine Stunde her. Mir geht's *gut*«, sagte er anstelle einer Begrüßung. Er wusste nicht, wer von seinen Freunden am anderen Ende der Leitung war, aber wenn man bedachte, dass nur vier Leute auf der Welt diese Nummer hatten, war es entweder Cal, Bob, JJ oder April ... und er bezweifelte ernsthaft, dass es ihre Assistentin war. Sie rief ihn nie an. Oder Bob oder Cal, was das betraf.

April Hoffman war ein Geschenk des Himmels. Extrem gut organisiert und absolut unerschütterlich. Nichts schien sie aus der Ruhe zu bringen – weder die gelegentlich schlechte Laune der Jungs noch gestresste Kunden. Sie hatte nicht einmal mit der Wimper gezuckt, als sie ihre Aufgaben auf die Bearbeitung der Reservierungen für ihre AT-Führungen ausgeweitet hatten. Außerdem hatte sie in den letzten Jahren eine Menge großartiger Ideen gehabt, wie sie ihre Arbeit erleichtern und ihre Kunden glücklicher machen konnten.

Chappy war sich sicher, dass April einen großen Anteil an ihrem Erfolg hatte. Aber wenn sie sich über etwas Sorgen machte, rief sie JJ an, und er war derjenige, der ihre Bedenken an das Team weitergab.

»Ich wollte nur sehen, ob du schon oben bist«, sagte JJ.

»Ich bin buchstäblich vor zwei Sekunden an der Hütte vorgefahren«, antwortete Chappy. »Ich hatte noch nicht einmal die Gelegenheit, aus meinem Jeep auszusteigen.«

»Nun, dann solltest du dich besser beeilen, denn der Wetterfrosch hat gesagt, dass der Sturm schneller kommen wird als vorhergesagt. Und einfach so zum Spaß fängt es mit Regen an, dann hagelt es, bevor es zu Schnee wird.«

»Verdammt«, murmelte er.

»Ja. Du hast immer noch Zeit, nach Newton zurückzukommen«, sagte JJ.

Chappy lachte. »Daraus wird nichts.«

»Bist du okay?«, fragte JJ.

Das war nur einer der vielen Gründe, warum Chappy Jackson bewunderte. Er hatte keine Angst davor, direkt nach ihrer psychischen Gesundheit zu fragen. Er scheute sich nicht, seine posttraumatische Belastungsstörung oder die seines Teams anzusprechen, und er war besonders besorgt um Cal. Von den vieren war Cal mit den meisten Narben aus der Gefangenschaft gekommen. Ganz zu schweigen davon, dass er aufgrund seines königlichen Blutes die meiste Medienaufmerksamkeit auf sich gezogen hatte.

Es nagte an ihm, das wussten sie alle, aber er bewahrte immer die Fassung und ließ niemanden wissen, dass seine Erlebnisse ihm einen Teil seiner Seele genommen hatten ... außer JJ. Ihr Anführer konnte immer das Eis brechen, das Cal zu umgeben schien, und ihn dazu bringen, sich zu öffnen und zuzugeben, wenn er Probleme hatte.

»Mir geht es gut«, versicherte Chappy ihm. »Ich bin nur bereit für diese Pause.«

»Die letzte Gruppe, mit der du auf dem AT unterwegs warst, war ganz schön anstrengend, was?«

Chappy stieß einen Atemzug aus. »So könnte man sie auch beschreiben.« Er hatte drei College-Mädchen auf einen dreitägigen Ausflug auf dem Appalachian Trail begleitet, und sie hatten die ganze Zeit nichts anderes getan, als sich zu beschweren. Ihnen taten die Füße weh, der Rücken schmerzte, die Rucksäcke waren zu schwer, sie hatten Hunger, der Kaffee war schlecht, die Unterkünfte, in denen sie übernachtet hatten, waren zu kalt ... die Beschwerden nahmen kein Ende.

Als Chappy ihnen zum Abschied winkte, nachdem sie an einem bestimmten Haltepunkt abgeholt worden waren, war er voller Erleichterung gewesen, allein zu sein. Auf dem zweitägigen Rückweg ließ er sich Zeit und machte sich Notizen darüber, welche Wegmarkierungen neu gestrichen werden mussten, welche Bäume im kommenden Winter wahrscheinlich auf den Weg fallen würden und deshalb im Frühjahr gefällt und gerodet werden müssten. Als er schließlich nach Newton zurückkehrte, war er bereit für eine kleine Auszeit.

»Nun, wenn du etwas brauchst, ruf an. Ich werde sauer sein, wenn du es nicht tust«, sagte JJ streng. »Wenn du rausgeholt werden willst, sind wir für dich da.«

»Die Straßen hier oben werden unpassierbar sein, und das weißt du«, entgegnete Chappy.

»Es ist mir egal. Wenn du Hilfe brauchst, werden wir da sein. Außerdem weißt du, dass es Bob freuen wird, wenn er eine Ausfahrt mit seinem Pick-up und dem neuen Pflug machen kann.«

Chappy lachte. JJ hatte nicht unrecht. Von ihrem kleinen Team war Bob derjenige, der sich in der Natur am wohlsten fühlte, was irgendwie witzig war, da er eigentlich in New York City hatte wohnen wollen. Er hatte sich in Maine eingelebt, als sei er dafür geboren worden. Er meldete sich freiwillig für die längsten AT-Führungen und war immer derjenige, der auf einen Baum klettern wollte, um an die höchsten Äste zu gelangen, die beschnitten werden mussten.

»Ich weiß das zu schätzen«, sagte Chappy zu JJ.

»Und ich weiß, dass ich es nicht sagen muss, aber ich werde es trotzdem tun ... der Regen vor dem Schnee wird die Schneedecke instabil machen. Nur weil hier draußen schon lange keine Lawine mehr abgegangen ist, heißt das noch lange nicht, dass es nicht wieder eine geben wird.«

»Lass mich raten, April hat dich in die Enge getrieben und deinen Kopf mit Statistiken über Lawinen gefüllt und darüber, wie viele es in diesem Staat gegeben hat und was die idealen Bedingungen für ihr Auftreten sind«, sagte Chappy mit einem Lächeln.

»Da liegst du völlig richtig. Aber sie hat ein gutes Argument. Erst vor ein paar Jahren gab es eine im Baxter State Park. Und dass du am Fuße des Baldpate Mountain bist, macht mich nicht gerade glücklich.«

»Ich komme schon klar, Mom«, stichelte Chappy.

»Ich meine es ernst«, erwiderte JJ ein wenig mürrisch.

»Ich weiß. Aber diese Hütte ist etwa eineinhalb Kilometer von dem Ort entfernt, an dem die Schneeabgänge am wahrscheinlichsten sind, wenn sie überhaupt stattfinden.«

»Sicher. Genieße deine Zeit abseits des Trubels in Newton.«

Chappy lachte lauthals. »Mh-hm. Wirst du mich bei April verpetzen, wenn ich mich nicht jeden zweiten Tag melde?«

Diesmal lachte JJ. »Ich muss nicht petzen. Sie wird mir auf den Fersen sein und wissen wollen, ob ich mit dir gesprochen habe und ob es dir gut geht. Wenn du dich nicht meldest, wird sie wahrscheinlich einen Weg finden, nach oben zu kommen, um sich selbst davon zu überzeugen, dass du in einem Stück bist.«

»Das würde sie tun, nicht wahr?«, überlegte Chappy.

»Ja. Also pass auf dich auf, genieße die Einsamkeit und ruf mich an, damit ich ihr versichern kann, dass es dir gut geht und du nicht gerettet werden musst.«

Chappy lächelte. Er und die anderen mochten darüber meckern, dass April wie eine Glucke war, aber in Wahrheit fühlte es sich gut an. Er stand seiner leiblichen Familie nicht nahe. Er konnte sich nicht einmal daran erinnern, wann er das letzte Mal mit seiner eigenen Mutter gesprochen hatte.

»Das werde ich. Wir hören uns bald wieder.«

»Bis dann.«

Chappy legte auf und stieg aus seinem Jeep. Er hatte noch einiges an Arbeit zu erledigen, bevor das schlimmste Wetter hereinbrach.

Kaum hatte er den Gedanken, traf ihn ein Regentropfen auf der Nase. JJ hatte sich nicht geirrt, das Wetter zog *viel* schneller heran als vorhergesagt. Als er aufblickte, sah er, wie die Baumwipfel im starken Wind wehten. Er runzelte die Stirn und berechnete im Geiste, welche Bäume beschnitten werden mussten. Jetzt war es natürlich zu spät, also konnte er nur noch hoffen, dass sie dem Gewicht des kommenden Schnees standhielten. Es wäre beschissen, wenn einer der großen Bäume auf seine Hütte stürzen würde.

Chappy atmete tief durch in dem Versuch, sich keinen Kummer einzuhandeln, und kehrte zu seinem Jeep zurück. Er musste seine Vorräte ins Haus bringen, sicherstellen, dass der Generator gefüllt und betriebsbereit war, dafür sorgen, dass auf der Veranda genügend Brennholz lag, und noch gefühlt hundert andere kleine Aufgaben erledigen.

Er hatte drei neue Bücher zu lesen, zusammen mit den Dutzenden, die er in den letzten zwei Jahren hergeschleppt hatte und die in den Regalen in der Hütte standen. Er freute sich auf zwei schöne, erholsame, langweilige Wochen, bevor er wieder nach Newton fuhr, um bei *Jack's Lumber* seinen Beitrag zu leisten.

Es war offiziell.

Carlise Edwards hatte sich verfahren.

Sie war vorgestern losgefahren, mit dem einzigen Ziel, wegzukommen. Aus Cleveland herauszukommen. Weg von demjenigen, der sie stalkte.

Sie war sich ziemlich sicher, dass es ihr Ex-Freund war.

Anfangs schien Tommy all das zu sein, was sie sich von

einem Mann erhofft hatte ... aber schon bald war er besitzergreifend und eifersüchtig geworden. Gewalttätig. Und wenn es
etwas gab, das sie nicht tolerieren würde, dann war es ein
gewalttätiger Freund.

Sie hatte bereits miterlebt, wie ihre Mutter vergeblich
versucht hatte, Carlises Vater glücklich zu machen. Der Mann
hatte sie öfter geschlagen, als Carlise zählen konnte – und ihre
Mutter hatte ihn immer wieder entschuldigt.

Als Tommy also wütend wurde, als er nach der Arbeit nach
Hause kam und feststellte, dass das Abendessen nicht auf ihn
wartete, und sie so heftig schubste, dass Carlise stolperte, fiel
und mit dem Kopf auf den Tresen schlug, bevor sie zu Boden
sackte, war sie fertig. Sie wusste, wie es weitergehen würde. Er
würde sich entschuldigen, versprechen, dass er ihr nicht hatte
wehtun wollen, und schwören, dass es nie wieder passieren
würde ... bis es dann doch passierte. Sein Verhalten würde
wahrscheinlich so lange eskalieren, bis Carlise blaue Flecke
versteckte und Ausreden für gebrochene Knochen erfand.

Das würde nicht passieren. Sie hatte ihn, ohne zu zögern,
absurviert.

Er hatte es nicht gut verkraftet. Zuerst hatte er sie angefleht,
ihm noch eine Chance zu geben, aber als das nicht funktionierte, wurde er besessen. Er folgte ihr auf Schritt und Tritt,
tauchte vor ihrer Wohnung auf, rief zu jeder Tages- und Nacht-
zeit an und schrieb ihr SMS. Sein Verhalten war besorgniserre-
gend und ging über Wochen so weiter.

Dann wurde er destruktiv, malte das Wort »Schlampe« an
ihre Haustür und zerstach alle vier Reifen ihres Wagens.
Zumindest *nahm sie an*, dass Tommy für den Vandalismus
verantwortlich gewesen war. Sie konnte sich nicht sicher sein,
da sie ihn nie auf frischer Tat ertappt hatte. Er hatte auch ange-

fangen, sie von einer Nummer und einer E-Mail-Adresse aus zu belästigen, die sie nicht kannte, als hätte er plötzlich erkannt, dass das Hinterlassen einer elektronischen Spur nicht sonderlich klug war.

Aber es war nicht so, als hätte sie nicht all die anderen SMS und E-Mails mit seinem Namen darin, und sie konnte sich nicht vorstellen, dass irgendjemand anderes in ihrem Leben ihr Eigentum beschädigen wollte.

Seine ersten Anrufe und SMS, seine Verfolgung ... all das war schon beängstigend genug gewesen, aber nach dem Vandalismus hatte sie *wirklich* angefangen, sich Sorgen zu machen. Sie hatte ihrer Mutter und ihrer besten Freundin Susie von ihren Sorgen erzählt. Sie mahnten sie zwar zur Vorsicht, aber keine von beiden konnte ihr mehr bieten als ein offenes Ohr.

Sie war auch zur Polizei gegangen und hatte eine einstweilige Verfügung erwirkt, aber sie vermutete, dass ein Stück Papier Tommy nicht davon abhalten würde, sie weiter zu belästigen. Und sie hatte recht. Es folgten noch bösere SMS und E-Mails.

Schließlich hatte Carlise beschlossen, die Stadt für eine Weile zu verlassen. Wenn sie nicht mehr in der Nähe war, würde Tommy vielleicht endlich mit seinem Leben weitermachen. Sie ganz vergessen.

Zum Glück hatte sie einen Job, den sie von überall aus erledigen konnte. Sie übersetzte Bücher aus dem Französischen ins Englische. Sie hatte die Sprache gehasst, als sie in der Schule damit begonnen hatte, aber schließlich hatte sie sie lieben gelernt und festgestellt, dass sie eine natürliche Vorliebe für das Sprechen und Schreiben von Französisch hatte. Und natürlich war das Jahr, das sie während ihres Studiums in Frankreich verbracht hatte, das Beste gewesen, was sie hätte tun können, um die Sprache wirklich zu lernen.

Die Arbeit als Übersetzerin hatte sich praktisch für sie ergeben. Sie hatte in den sozialen Medien einen Beitrag einer französischen Autorin gesehen, die wissen wollte, ob jemand einen Auszug aus ihrem Buch lesen und sicherstellen würde, dass sie das Englisch richtig beherrschte – was sie nicht tat –, und das hatte sich langsam zu einem Beruf entwickelt, in dem sie Bücher aus dem Französischen ins Englische übersetzte. Es hätte ihr nichts ausgemacht, auch in die andere Richtung zu übersetzen, aber die meisten Übersetzer, die Texte ins Französische übertrugen, waren Muttersprachler.

Sie hatte gerade ein neues Manuskript heruntergeladen, sodass sie das Internet für eine Weile nicht brauchen würde, obwohl sie sich irgendwann würde einloggen müssen, um neue Übersetzungsanfragen zu bearbeiten und ihre E-Mails abzurufen. Carlise hatte in den letzten Tagen ein wenig gezögert, online zu gehen, für den Fall, dass Tommy sie irgendwie aufspüren könnte. Sie wusste, dass das höchst unwahrscheinlich war, und Carlise glaubte nicht, dass er schlau genug war, um herauszufinden, wie man so etwas machen konnte, aber sie wollte kein Risiko eingehen.

Sie brauchte einfach eine Pause. Sie traute sich nicht mehr aus ihrer Wohnung, traute sich nicht mehr in den Supermarkt … eigentlich *nirgendwo* mehr hin, aus Angst, ihm zu begegnen. Nach dem Vorfall mit den Reifen befürchtete sie, dass Tommys Drohungen eskalieren würden und er seine Frustration und Wut auf noch gefährlichere Weise an ihr auslassen würde.

Sie würde es ihm zutrauen, ihr gesamtes Gebäude mit Carlise darin niederzubrennen.

Also hatte sie sich auf den Weg gemacht, ohne ein Wort zu

irgendjemandem außer ihrer Mutter zu sagen, obwohl sie ihr *nicht* mitteilte, wohin sie fuhr, weil, nun ja ... sie nicht *wusste*, wohin sie fuhr. Sie hatte kein Ziel vor Augen, ihr einziger Plan war, aus der Stadt zu kommen und sich irgendwo zu verstecken.

Sie hatte Cleveland vor Sonnenaufgang vor zwei Tagen verlassen. Und offensichtlich hätte sie ihren Plan besser durchdenken sollen. Sie hatte mehr als einmal die Richtung gewechselt, erst nach Süden, dann Osten und schließlich nach Norden.

Das Problem war nur, dass sie nicht wusste, ob sie *irgendwo* vor Tommy sicher wäre.

Und noch schlimmer war, je mehr sie fuhr, desto weniger wurde sie das Gefühl los, dass alles Geschehene irgendwie zum Teil *ihre* Schuld war. Was verrückt war. Sie wollte nur einen Mann finden, der sie so sehr liebte wie sie ihn. Nicht jemanden, der wegen einer Dummheit aus der Haut fahren und sie verletzen würde.

Heute Morgen hatte sie sich in Maine wiedergefunden, und Carlise hatte plötzlich das Gefühl, zum ersten Mal seit Wochen wieder durchatmen zu können. Da sie von all den kleinen Städten auf ihrer Route so begeistert war, beschloss sie, sich eine mit einem Hotel und vielleicht einer hübschen Innenstadt zu suchen, die sie erkunden konnte, und diese für ein paar Wochen zu ihrem Ausgangspunkt zu machen, bevor sie nach Ohio zurückkehrte. In der Hoffnung, dass sich bis dahin die ganze Sache mit Tommy erledigt haben würde.

Sie war fröhlich über verschiedene Nebenstraßen gefahren und hatte die ruhigen Wälder und Straßen genossen ... bis ihr aufgefallen war, dass sie seit geraumer Zeit weder ein Schild noch ein anderes Fahrzeug gesehen hatte. Sie hatte kurz ihr Telefon konsultiert, aber der Handyempfang war in der waldreichen Gegend bestenfalls sporadisch. Ihre Navigations-App war unbrauchbar.

Als sei das nicht schon schlimm genug, war das Wetter unangenehm geworden – sehr schnell. Zuerst war es kalter Regen, der sich schnell in Schneeregen verwandelte. Jetzt schneite es so stark, dass Carlise nicht mehr als ein paar Meter vor ihrem Fahrzeug sehen konnte.

Sie konnte den Weg, den sie gekommen war, nicht mehr zurückfahren, denn sie wusste, dass hinter ihr kilometerweit nichts mehr lag. Sie war schon lange nicht mehr durch eine Stadt gekommen – keine Restaurants, keine Tankstellen. Sie war einfach herumgefahren und hatte versucht, irgendeine Art von Zivilisation zu finden. In ihrer Verzweiflung war sie auf eine Art Zufahrtsstraße abgebogen – eigentlich nicht viel mehr als ein breiter Weg –, in der Annahme, dass sie sicherlich aus einem Grund existierte. Sie musste vielleicht zu einem Dorf oder auch nur zu ein paar Häusern führen.

Sie blickte auf den Sitz neben sich und zog eine Grimasse. Sie hatte eine halbe Flasche Wasser, einen Snickers-Riegel, etwas Studentenfutter und zwei Mini-Donuts dabei, alles Überbleibsel von ihrem letzten Tankstopp vor Stunden. Ihr Hunger auf Süßes hatte sie übermannt, und sie hatte während der Fahrt genüsslich genascht, ohne sich Gedanken über das Abendessen zu machen oder darüber, wo sie das nächste Mal etwas zu essen finden würde.

Jetzt war sie hier, irgendwo in Maine, fuhr blindlings durch einen Schneesturm ... und hatte schreckliche Angst. Sie hatte es vermasselt. Sehr. Wenigstens trug sie Wanderschuhe und hatte einen Koffer voller warmer Kleidung im Laderaum ihres Honda CR-V. Der Wagen war bei schlechtem Wetter meist recht gut, aber dieser Sturm war für den kleinen Geländewagen zu viel.

In dem Moment, in dem sie diesen Gedanken hatte, tauchte plötzlich ein Baum vor ihr auf.

Die Straße musste eine Kurve gemacht haben, aber dank der schlechten Sicht hatte sie es nicht bemerkt. Stattdessen war sie direkt in den Wald gefahren.

Carlise trat instinktiv auf die Bremse und der Wagen rutschte im nassen Schnee weiter nach vorn. Ihre Stoßstange prallte gegen den Baum und ihr Körper wurde nach vorn geschleudert. Carlise schlug mit dem Kopf so fest auf das Lenkrad, dass sie Sterne sehen konnte.

»Mist, Mist, Mist«, murmelte sie, holte tief Luft und legte eine Hand an ihre Stirn. Sie blutete nicht, Gott sei Dank, aber wahrscheinlich würde es eine große Beule geben. Der Motor des Wagens war ausgegangen, als sie gegen den Baum prallte, und obwohl sie ahnte, dass es nichts nützen würde, griff Carlise nach dem Schlüssel im Zündschloss.

Der sonst so zuverlässige Geländewagen sprang nicht an.

Carlise schloss die Augen und tat ihr Bestes, um nicht zu weinen. Sie steckte in großen Schwierigkeiten, und das wusste sie. Draußen wurde es dunkel, und sie hatte sich verfahren. Und nicht nur das, der Wind hatte aufgefrischt und der Schnee blies so stark, dass sie wusste, dass sie in dem Moment, in dem sie sich von ihrem Fahrzeug entfernte, hoffnungslos in dem blendenden Weiß verloren wäre.

Carlise atmete tief durch und öffnete die Augen. Hier konnte sie nicht bleiben. Sie musste *irgendeinen* Ort finden, an dem sie Schutz suchen konnte. Sie hatte die eine oder andere Hütte zwischen den Bäumen gesehen, als sie gefahren war, in der Hoffnung, auf eine Art Stadt zu stoßen. Keine hatte bewohnt ausgesehen und ein paar schienen baufällig zu sein ... aber sich in einer verlassenen Hütte zu verkriechen war besser, als in ihrem Wagen begraben zu werden.

Carlise war im Allgemeinen keine pessimistische Frau. Sie tat, was getan werden musste, auch wenn es unangenehm war ... wie die Trennung von Tommy. Da sie sich nicht an diesen Tag erinnern wollte – und daran, wie wütend er gewesen war –, löste sie ihren Sicherheitsgurt und drehte sich, um auf den Rücksitz zu kriechen. Sie musste zu ihrem Koffer gelangen, sich so viele Schichten Kleidung wie möglich anziehen und dann losgehen.

Als sie so bereit war, wie sie nur sein konnte, wurde Carlise übel. Das lag zum Teil an dem Schlag auf den Kopf, den sie abbekommen hatte, aber auch daran, dass sie wahrscheinlich keine Hütte finden würde, in der sie den Sturm abwarten konnte. Sie mochte Tommys Schikanen überlebt haben, aber das schien nichts zu sein im Vergleich zu dem Versuch, in einem Schneesturm in Maine eine Unterkunft zu finden.

Sie zog ihren Rucksack auf und bereute ihre Entscheidung, ihren Computer und ihr iPad mitgenommen zu haben, da sie sie nur belasteten. Aber sie hatte es lange genug hinausgezögert. Wenn sie gehen wollte, dann musste es jetzt sein.

Mit einem tiefen Atemzug stieß Carlise die Tür auf und trat in eine blendend weiße Hölle.

Der kalte Wind raubte ihr sofort den Atem und ließ ihre Augen tränen. Natürlich half das ihrer Sicht nicht, denn die Tränen gefroren, sobald sie sich in ihren Augen bildeten. Schnell blinzelnd rückte Carlise mit ihren behandschuhten Händen den Schal über ihrem Gesicht zurecht und zog ihn fester an ihre Haut, bevor sie sich zwang, einen Schritt vom Wagen wegzugehen. Dann noch einen. Und noch einen.

Sie fand die Straße, zumindest das, was sie für die Straße hielt, und spürte einen Funken Hoffnung. Sie würde ihr einfach folgen. Entweder würde jemand vorbeikommen oder sie würde eine weitere dieser sporadischen Hütten entdecken.

Carlise weigerte sich, über die Tatsache nachzudenken, dass sie nicht mehr als einen Meter vor sich sehen konnte – geschweige denn eine Hütte, die in den dichten Bäumen um sie herum versteckt war –, zog den Kopf gegen den Wind ein und stapfte los.

KAPITEL ZWEI

Chappy stöhnte. Er fühlte sich beschissen.

Als er in der Hütte angekommen war, hatte er sich gut gefühlt. Erst als er das letzte Brennholz, das er bei seinem letzten Besuch gehackt hatte, auf die lange, überdachte Veranda trug und an einem Ende ordentlich stapelte, um für den Sturm gewappnet zu sein, spürte er das erste Anzeichen dafür, dass etwas nicht stimmte.

Sein Hals tat weh, wenn er schluckte, und seine Muskeln schmerzten, als sei er stundenlang auf einem gefährlichen Bergkamm in Afghanistan herumgeklettert, wie einer der vielen, die er bei seinen Einsätzen in diesem Land überquert hatte.

Er hasste es, krank zu sein. *Hasste* es. Und auf keinen Fall wollte er jetzt krank sein. Er hatte Pläne. Bücher zu lesen. Schneefall zu beobachten. Entspannung zu erleben. Er wollte sich im Urlaub nicht beschissen fühlen.

Seufzend machte er ein Feuer im Kamin und kuschelte sich unter einen Berg von Decken.

Er liebte seine Decken. Die Jungs machten sich alle über ihn lustig, aber Chappy war das egal. Je weicher und flauschiger das Material, desto besser. Es gab nichts Angenehmeres, als warm und gemütlich unter einer Decke zu liegen, mit einem knisternden Feuer und einem Buch in der Hand.

Nur dass sein Kopf schmerzte, seine Muskeln pochten und seine Kehle sich anfühlte, als hätte er Glas statt Wasser geschluckt.

»Verdammte Grippe«, murmelte er.

Sekunden später, als er einschlafen wollte in der Hoffnung, dass Ruhe ihm helfen würde ... erregte etwas seine Aufmerksamkeit. Er setzte sich auf der Couch auf und legte den Kopf schief.

Ein Geräusch im Garten vor seiner Hütte ...?

Nein, auf der Veranda.

In der Annahme, es sei vermutlich ein wildes Tier, das dem Wind und dem Schnee entkommen wollte, ignorierte Chappy es. Bis er es wieder hörte. Kratzen.

Wenn es ein Bär war, musste er ihn verscheuchen, damit er nicht versuchte, in die Hütte zu gelangen. Er hatte hier oben noch nicht allzu viele Bären gesehen, aber es gab sie, sogar im Winter.

Chappy warf die Decke ab, stand auf und schwankte einen Moment lang.

Darüber fluchend, wie schwach er sich fühlte, ging er zum Fenster an der Vorderseite der Hütte und spähte hinaus. Er konnte nichts außer Weiß sehen. Er ging zur Garderobe neben der Tür und zog seinen Parka an, schob seine Füße in die Stiefel, die er vorhin ausgezogen hatte, und griff nach der Schrotflinte, die er für alle Fälle in der Nähe hatte. Er hatte nicht vor, den Bären oder was auch immer für ein Tier auf seiner Veranda war, zu erschießen, aber er konnte in die Luft schießen, um ihn zu verscheuchen.

Vorsichtig öffnete er die Tür einen Spalt und der kalte Wind ließ ihn heftig frösteln. Chappy hielt die Schrotflinte bereit und spähte nach draußen.

Zuerst konnte er nichts entdecken. Dann erblickte er den erbärmlichsten Hund, den er je in seinem Leben gesehen hatte. Er konnte nicht glauben, dass das Ding noch lebte. Er konnte sehen, dass es ein Rüde war, und er war so abgemagert, dass Chappy die Rippen an den Seiten erkennen konnte. Seine Hüftknochen ragten obszön hervor und sein Kopf war riesig. Er musste im Moment mindestens die Hälfte seines Körpergewichts ausmachen.

Es war eine Art Pitbull-Mischling. Schwarz. Sein Fell hob sich von dem weißen Schnee ab. Er gab keinen Laut von sich. Knurrte nicht. Bellte nicht. Er stand einfach im Sturm, als bemerkte er nicht einmal, dass dieser um ihn herum tobte.

»Woher kommst du?«, fragte Chappy, dessen Stimme tiefer und heiserer klang als sonst.

Natürlich bekam er keine Antwort.

»Willst du reinkommen?«, fragte er und hielt die Tür ein wenig weiter auf.

Daraufhin machte der Hund einen Schritt zurück, ohne jedoch den Blickkontakt zu Chappy zu verlieren.

Er wollte den Hund nicht im Sturm zurücklassen. In seinem jetzigen Zustand würde er auf keinen Fall überleben. Aber er konnte auch nicht stundenlang bei offener Tür auf seiner Veranda stehen und versuchen, das Vertrauen des Hundes zu gewinnen.

»Komm schon«, drängte er, »ich werde dir nicht wehtun. Drinnen ist es warm. Ich habe etwas Futter und Wasser. Du kannst auf der einen Seite bleiben und ich bleibe auf der Couch.«

Der Hund machte einen Schritt auf ihn zu und Chappys Hoffnung stieg. Doch dann drehte das Tier den Kopf und schaute in den Sturm hinaus, dann wieder zu Chappy und winselte.

»Das ist lächerlich«, murmelte er leise vor sich hin. Er hatte die Grippe und fühlte sich beschissen, um Himmels willen.

Trotzdem hatte der Hund etwas an sich, das ihn daran hinderte, wieder hineinzugehen und ihn zu vergessen. Irgendetwas an seinem Verhalten weckte in Chappy eine längst vergessene Erinnerung. Eine Mission, die Jahre zurücklag.

Sie waren mit einer Gruppe von Männern und Frauen der Königlich Australischen Luftwaffe im Einsatz gewesen. Die Gruppe hatte Diensthunde und setzte sie ein, um nicht explodierte Sprengsätze in der Wüste zu finden. Er war fasziniert gewesen von der Art und Weise, wie die Hunde mit ihren Führern kommunizierten. Es war ein beeindruckender Anblick, und zu sehen, wie viel Vertrauen die Hundeführer in ihre Hunde hatten und umgekehrt, war großartig.

Chappy fiel in diesem Moment auf, dass der Streuner, der hungerte und wahrscheinlich fror, sich genau wie einer dieser professionellen Militärhunde verhielt. Als wollte er Chappy etwas mitteilen.

»Was ist los, Junge?«, fragte er. »Hast du etwas, das ich sehen soll? Vielleicht eine Hundemama da draußen mit Welpen?«

Der Hund kläffte. Irgendwie. Es war ein seltsames Geräusch, eigentlich gar nicht wie ein Bellen, aber Chappy wusste, dass er es nicht ignorieren konnte. Wenn es tatsächlich einen Wurf Welpen gab, würden sie den Sturm sicher nicht überleben. Der Schnee fiel heftig und würde sich weiter anhäufen. Mindestens fünfzig Zentimeter des schweren Zeugs standen noch bevor.

»Verdammt«, murmelte Chappy, während er sich vorbeugte und seine Schrotflinte auf den Dielen der Veranda ablegte, bevor er begann, seine Schnürsenkel fest zuzubinden. »Gib mir eine Sekunde, dann sehen wir, was du mir zu zeigen hast.« Er richtete sich auf, nahm die Schrotflinte in die Hand und stützte sich kurz an der Wand der Hütte ab, bevor er wieder ins Haus ging.

Chappy deponierte die Waffe neben der Tür, ging zu einer Kommode an der Wand, riss sich schnell die Jacke vom Leib und zog einen Pullover über das langärmelige Hemd, das er bereits trug. Er schnappte sich seine Mütze und seinen Schal, dann zog er seine Jacke wieder an. Als er so gut eingepackt war wie nur möglich, ging Chappy zurück zur Tür.

Ein Teil von ihm hoffte, dass der Hund weg sein würde. Dass er nicht mehr versuchen müsste herauszufinden, was das Tier ihm sagen wollte. Aber als er die Tür seiner Hütte öffnete und mit der Taschenlampe in den Sturm leuchtete, saß der Hund genau dort, wo er ihn zurückgelassen hatte.

Sobald Chappy von der Veranda trat, drehte der Hund sich um und lief in Richtung der Straße. Es handelte sich dabei nicht wirklich um eine Straße, sondern um einen gewundenen, unbefestigten Feldweg, der in der einen Richtung mit einer Landstraße verbunden war und in der anderen Richtung in einer Sackgasse endete.

Chappys Hütte lag abseits der ausgetretenen Pfade, so wie es ihm gefiel. Während der ganzen Zeit, die er dort oben verbracht hatte, hatte er außer seinen Freunden keinen einzigen Besucher gehabt, und die zählte er nicht als Besucher ... sie gehörten zur Familie. Keiner war jemals zufällig über die Hütte gestolpert und hatte nach dem Weg gefragt.

Fröstelnd und voller Flüche für seinen Körper sowie den darin wütenden Virus stapfte Chappy dem Hund hinterher. »Zehn Minuten«, murmelte er. »Das ist alles, was du bekommst, Hund. Denn das ist verrückt.«

Keine fünf Minuten später, während derer der Schnee jeden Schritt zur Anstrengung machte, war Chappy bereit, umzudrehen und zu seiner Hütte zurückzukehren, als er überraschenderweise glaubte, in der Ferne etwas zu sehen.

Er hielt inne und blinzelte. Der Hund stand in der Mitte von Chappys langer Einfahrt. Sie waren fast am Ende, wo der Weg auf das traf, was die Karte als Straße bezeichnete. Während er dort stand, kam die Gestalt in der Ferne langsam näher.

Es war ein Mensch.

Chappy hätte nicht schockierter sein können. Was zum Teufel machte ein Mensch hier draußen in diesem Sturm? Es ergab keinen Sinn. Genauso wenig wie es Sinn ergab, dass der Hund Chappy direkt zu ihm geführt hatte. Hätte er den Hund ignoriert oder etwas länger gewartet, um zu sehen, was für ein Tier die Geräusche machte, oder hätte er sich ein paar Minuten mehr Zeit genommen, um sich anzuziehen, wäre die Person wahrscheinlich direkt an der Einfahrt zu seiner Hütte vorbeigegangen.

Die Wahrscheinlichkeit, dass Chappy genau in dem Moment hier war, als ein Fremder in Not vorbeikam, musste astronomisch sein.

Die Person hatte noch nicht aufgeschaut, hielt den Kopf zur Brust gesenkt und blickte beim Gehen auf ihre Füße hinunter.

Sie schlurfte mehr, als dass sie ging, während sie dem schwachen Licht der Taschenlampe in ihrer Hand folgte, die kaum mehr als einen halben Meter vor ihr leuchtete. Der Schnee war jetzt etwa fünfzehn Zentimeter tief und fiel schneller und heftiger als zuvor.

Erst als die Person etwa einen Meter entfernt war, blickte sie schließlich auf.

Chappy sah große blaue Augen in einem blassen weißen Gesicht.

»Oh!«, rief die Person überrascht aus.

»Was zum Teufel machen Sie da?«, knurrte er fast. Er hatte nicht darüber nachgedacht, was er diesem Fremden sagen könnte, aber seine Überraschung und sein Unbehagen, jemanden in diesem Sturm draußen zu sehen, hatten die Oberhand gewonnen.

»Ähm ... spazieren?«, sagte die Person.

Zwei Dinge fielen Chappy auf einmal auf. Die Person vor ihm war weiblich – und der Hund, der ihn buchstäblich zu ihr geführt hatte, war nirgends zu sehen.

»Was machen *Sie*?«, erwiderte sie, als er nicht reagierte.

Die Frage klang aus ihrem Mund genauso dumm, wie sie wahrscheinlich aus seinem Mund geklungen hatte. Chappy schüttelte leicht den Kopf und sagte: »Kommen Sie schon, wir müssen rein.«

Zu seiner Überraschung bewegte die Frau sich nicht und starrte ihn stattdessen einfach an.

»Was?«, fragte er.

»Ich kenne Sie nicht.«

Chappy wollte lachen. »Ich kenne Sie auch nicht. Sie könnten eine Serienmörderin sein, die mir den Kopf abhackt, sobald wir in meiner Hütte sind. Aber im Moment bin ich bereit, dieses Risiko einzugehen. Es ist eiskalt hier draußen, ich fühle mich beschissen und wir haben noch nicht einmal das Schlimmste von diesem Sturm erlebt. Kommen Sie mit oder wollen Sie hier draußen sterben?«, fragte er mürrisch.

Er war erstaunt, als sie noch einen Moment zögerte, bevor sie sagte: »Ich bin Carlise. Die meisten Leute sprechen meinen Namen falsch aus, wenn sie ihn sehen, weil sie ein zusätzliches L hinzufügen, das nicht da ist.«

Chappy blinzelte. »Was?«, fragte er dümmlich.

»C-a-r-l-i-s-e. So wird er geschrieben. Car-leese.«

Chappy konnte nicht glauben, dass sie mitten in einem verdammten Schneesturm standen und sich einander vorstellten, aber er zuckte nur mit den Schultern. »Ich bin Riggs.«

Er hatte keine Ahnung, warum er ihr seinen Vornamen und nicht seinen Spitznamen genannt hatte. Er könnte ihr sagen, dass ihn buchstäblich jeder Chappy nannte, aber dies war weder die Zeit noch der Ort, um mehr ins Detail zu gehen.

»Freut mich, dich kennenzulernen, Riggs. Darf ich Du sagen? Du hast gesagt, deine Hütte ist hier in der Nähe?«

»Am Ende dieses Weges«, erwiderte er, drehte sich um und wies den Weg zurück, den er gekommen war. Natürlich konnte keiner von ihnen etwas anderes sehen als Schneeflocken, die im Lichtstrahl seiner Taschenlampe wirbelten.

»Ich wäre dir sehr dankbar, wenn du mir erlauben würdest, für eine Weile Unterschlupf zu suchen«, sagte Carlise steif und förmlich. »Und ich schwöre, dass ich keine Serienmörderin bin. Bist du einer?«

»Was würdest du tun, wenn ich Ja sage?«, fragte Chappy.

Sie zuckte mit den Schultern. »Ich würde weitergehen und meinem Hundefreund folgen, bis ich zu einer anderen Hütte komme.«

»Hier draußen gibt es keine andere Hütte. Meine ist die letzte.«

»Oh.«

Das war's. Mehr sagte sie nicht. Nur *oh*. Chappy seufzte. »Ich bin auch kein Serienmörder«, sagte er. »Bei mir bist du sicher.«

Er konnte sehen, wie ihre Schultern vor Erleichterung zusammensackten. Sie war viel zu vertrauensselig. Oder vielleicht war sie einfach zu verzweifelt, um im Moment irgendetwas von dem zu hinterfragen, was er sagte.

Chappy war plötzlich wütend, aber nicht auf sie. Eher auf die Situation. Er wusste nicht, wie es dazu gekommen war, dass sie hier draußen im Nirgendwo herumirrte, aber so wie er seine Tür nicht vor dem Hund verschließen konnte, konnte er auch eine Frau nicht in einem Sturm zurücklassen. Sie wäre wahrscheinlich in weniger als einer Stunde tot.

»Komm«, sagte er etwas schroffer als beabsichtigt. »Ich weiß nicht, wie es dir geht, aber ich friere.« Chappy begann zu gehen und schaute über seine Schulter, um festzustellen, dass sie ihm folgte, als er zurück zur Hütte ging.

»Wo ist der Hund hin?«, fragte sie nach ein paar Minuten.

»Ich weiß es nicht.«

»Gehört er dir?«

»Ich habe ihn vor heute Abend noch nie gesehen«, erklärte Chappy ihr. »Und ich würde auf keinen Fall zulassen, dass eines meiner Haustiere so abgemagert wird wie er.«

»Meinst du, er kommt klar?«

Das wusste er auch nicht. Und Chappy konnte nicht anders, als sich selbst Sorgen zu machen. Er hatte den Köter nicht mehr gesehen, seit er angefangen hatte, mit Carlise zu reden. Es passte ihm nicht, dass der Hund bei dem Sturm allein draußen war. »Das hoffe ich«, sagte er leise, da er nicht wusste, was er auf ihre Frage antworten sollte.

Sie gingen schweigend den Rest des Weges zur Hütte, und Chappy war sowohl dankbar als auch verwirrt. Warum stellte sie nicht mehr Fragen? Sie sollte versuchen herauszufinden, wo sie war, mehr über ihn erfahren, wissen wollen, wann sie hier rauskommen konnte, nach einem Telefon fragen ... *irgendetwas*. Aber stattdessen ging sie einfach hinter ihm her, nutzte seine Schritte, um durch den Schnee zu stapfen, und hielt den Mund.

Als Chappy seine Hütte sah, war er mehr als dankbar und weniger beunruhigt darüber, dass die Frau kein Wort sagte. Er zitterte heftig und konnte an nichts anderes denken, als ins Haus zu gelangen und sich vor das Feuer zu setzen, um sich aufzuwärmen.

Er trat auf die Veranda und seufzte vor Erleichterung. Er hörte, wie Carlise hinter ihm auftauchte, als er die Tür aufriss.

»Du hast nicht abgeschlossen?«, fragte sie.

Chappy schnaubte. »Es ist nicht so, als würde jemand etwas stehlen, während ich weg bin«, sagte er ein wenig sarkastisch, als er eintrat. Die Wärme der Hütte fühlte sich paradiesisch an. Und das Rauschen des Windes in seinen Ohren verstummte abrupt, als er die Tür hinter Carlise schloss.

Sie hatte sich nicht bewegt, außer dass sie ihm aus dem Weg gegangen war, damit er die Tür schließen konnte. Sie schaute sich mit wachsamen Augen um. Seine Hütte war ein einziger Raum. An einer Wand befand sich ein Doppelbett, in der Mitte des Raumes eine Couch vor einem großen Kamin, an der Wand gegenüber des Bettes eine kleine Küche und in der hinteren Wand eine Tür zum Bad.

Neben der Couch und dem Bett gab es ein Bücherregal,

eine Kommode, einen kleinen Beistelltisch neben der Couch, einen Zweiertisch neben der Küche und einen großen rechteckigen Teppich auf dem Boden vor dem Kamin. Das war's. Die Holzwände waren schmucklos und es gab keine Bilder oder anderen Schnickschnack, der die Hütte verschandelte.

Es war genau so, wie Chappy es mochte – spärlich, sauber und ausgesprochen ordentlich, abgesehen von der Vielzahl an Decken auf den meisten verfügbaren Oberflächen.

Ein weiterer Schauer durchlief ihn und er wandte sich der Garderobe zu. Er zog seine Jacke aus und hängte sie auf, ebenso wie seine Mütze und seinen Schal. Er hatte das Gefühl, dass sein Haar in alle Richtungen abstand, aber das war ihm egal. Er war noch nie der Typ gewesen, der sich um sein Aussehen sorgte ... schließlich war es nicht so, als würde jemand sich darum scheren, wie er auf einer Mission oder bei einer schweißtreibenden Wanderung durch den Wald aussah.

Chappy fuhr sich mit einer Hand über das Gesicht und fragte sich, was Carlise wohl dachte. Über ihn. Über seinen Raum. Aber dann zuckte er innerlich mit den Schultern. Es war eigentlich egal. Sie saß hier fest, bis der Schnee aufhörte. Er nahm an, sie hatte irgendwo ein Fahrzeug und war nicht einfach aus dem Nichts aufgetaucht. Darum würde er sich später kümmern.

Im Moment wollte er nur warm werden.

Carlise stand stocksteif da und sah zu, wie Riggs seinen Mantel auszog und zum Kamin hinüberging. Er hob zwei Holzscheite auf, die in der Nähe auf dem Boden lagen, und warf sie in die Flammen.

Er drehte sich zu ihr um und sagte: »Wenn das Feuer zu schwach wird oder dir kalt ist, kannst du gern weitere Scheite nachlegen. Ich habe einen Haufen Holz auf der Veranda aufgestapelt, sodass wir für die Dauer des Sturms gut gerüstet sein werden. Dort drüben gibt es ein Badezimmer.« Er wies mit dem Kopf auf eine Tür auf der anderen Seite des Raumes. »Wärm dich auf. Wenn deine Kleidung nass ist, kannst du gern etwas von mir anziehen, bis deine Sachen trocken sind. Ich habe Hemden und Pullover in der Kommode dort drüben. Wasser und Nahrungsmittel habe ich auch. Geh nur nicht nach draußen. Ich will nicht, dass du dich verirrst.«

Er schloss kurz die Augen und Carlise hatte den Eindruck, dass er schwankte.

»Es tut mir leid, normalerweise würde ich dich nicht dir selbst überlassen, aber ich fühle mich nicht so gut. Ich glaube, ich bekomme die Grippe oder so etwas. Komm mir nicht zu nahe, denn wir können es nicht gebrauchen, *beide* krank zu sein. Ich bin sicher, dass es mir bald besser gehen wird. Ich werde hier auf der Couch bleiben. Fühl dich wie zu Hause.«

Dann setzte er sich auf das Sofa, beugte sich vor und zog seine Stiefel aus, warf sie zur Seite, näher zum Feuer, und zog etwas, das wie eine schwere Decke aussah, über seinen Schoß. Er zog sie bis zum Kinn hoch, lehnte sich zurück und stützte den Kopf auf das Sofakissen hinter sich, bevor er die Augen schloss.

Es war, als sei sie nicht da, was Carlise verwirrte. Sie erwartete nicht, wie eine Freundin oder gar wie ein willkommener Gast behandelt zu werden – sie war keines von beidem. Aber es war irgendwie seltsam, dass er sie völlig ignorierte.

Ein Schauer durchlief sie, und sie zwang sich, sich zu bewegen. Sie nahm ihren Rucksack ab und stellte ihn an der Wand ab. Dann beugte sie sich vor und fummelte an den Schnürsen-keln ihrer Stiefel herum. Sie waren klatschnass, mit Schnee bedeckt und ließen sich nur schwer aufschnüren. Als sie sie endlich gelöst und die Stiefel ausgezogen hatte, sah sie zu Riggs hinüber.

Er hatte sich nicht bewegt. Seine Augen waren immer noch geschlossen, und wenn sie sich nicht irrte, waren seine Wangen gerötet. Sie zog ihren Mantel aus, hängte ihn an die Garderobe neben seinen und ging zögernd zur Couch.

Sie musste sich aufwärmen, erinnerte sich jedoch daran, dass er erwähnt hatte, krank zu sein. Sie fühlte einen Anflug von Reue, weil er ihretwegen im Sturm gewesen war.

Carlise schaute sich um. Es war ihr nicht entgangen, dass seine Hütte im Grunde nur aus einem einzigen Raum bestand. Zum Glück gab es wenigstens ein Badezimmer, sodass sie nicht zurück in den Sturm gehen müsste, um ein Plumpsklo zu finden. In der Hütte war kein Licht an, aber der Schein des Feuers reichte aus, um den Raum zu erhellen.

Es war ... gemütlich. Carlise gefiel es sehr gut. Dies war kein Touristenziel. Die Bettdecke war nicht mit Bären- oder Elch-motiven verziert und die Küche sah, soweit sie erkennen konnte, spärlich, aber funktionell aus. Es hingen keine Lampen von der Decke. Sie bezweifelte sogar, dass es hier überhaupt Strom gab, denn sie konnte keine Geräte oder Lampen sehen, die an die Steckdose angeschlossen werden mussten.

Die Wärme des Feuers zog sie an, und Carlise setzte sich vor den tanzenden Flammen auf den Boden und streckte dankbar die Hände aus. Sie würde gleich aufstehen und versu-chen, etwas Trockenes und Warmes zum Anziehen zu finden.

Sie wäre dort draußen fast gestorben.

Das wusste sie. Riggs wusste es wahrscheinlich auch.

Wenn er sie nicht gefunden hätte, wäre sie nicht mehr lange in der Lage gewesen zu laufen. Sie hatte keine Ahnung, was er da draußen im Sturm gemacht hatte, aber sie war dankbar.

Carlise dachte an den Hund. Er war wie aus dem Nichts aufgetaucht. Je länger sie keinen Schutz gefunden hatte, desto frustrierter, deprimierter und verängstigter war sie geworden. Irgendwann, als sie von der Kälte fast im Delirium war, hatte sie sogar erwogen, stehen zu bleiben. Sich einfach hinzulegen, einzuschlafen und zu sterben. Da hatte sie den Hund entdeckt.

Zuerst hatte sie schreckliche Angst gehabt, weil sie dachte, er würde sie vielleicht angreifen. Aber stattdessen gesellte er sich einfach zu ihr und ging langsam ein paar Meter von ihr entfernt. Jedes Mal wenn sie stehen blieb, weil sie zu müde und ihr zu kalt war, um einen weiteren Schritt zu machen, war er da. Ermutigte sie. Sie wusste nicht, wohin sie ging, aber sie folgte dem Hund, weil sie eigentlich keine andere Wahl hatte.

Er war extrem mager und hatte ein paar kleine Narben im Gesicht, aber er wollte nicht näher zu ihr kommen, egal wie sehr sie ihn anflehte und beschwatzte. Und jetzt, da sie am Leben war und sich aufwärmte, konnte sie nicht aufhören, an ihn zu denken.

Wo war er? Ging es ihm gut? War ihm kalt?

Das war eine dumme Frage. Natürlich war ihm kalt. Draußen herrschte ein verdammter Schneesturm.

Carlise sah zu Riggs hinüber. Sein Mund war ein wenig geöffnet und er schnarchte leise. Er war eingeschlafen.

Sie stand auf, sah sich um und hob zwei der ältesten Decken auf, die sie finden konnte. Sie hoffte wirklich, dass Riggs nicht böse sein würde, wenn er aufwachte und merkte, was sie getan hatte.

Sie ging zurück zur Tür, holte tief Luft und öffnete sie.

Wieder einmal schien die Kälte durch sie hindurchzuwehen, aber sie konnte den Hund nicht guten Gewissens sich selbst überlassen. Er hatte ihr das Leben gerettet. Sie konnte zumindest versuchen, ihm zu helfen.

Als sie sich umsah, konnte sie keine Spur des Hundes entdecken. Natürlich konnte sie wegen der Dunkelheit und des Schnees nicht mehr als ein paar Meter von der Tür entfernt sehen.

Ein Geräusch zu ihrer Rechten erregte ihre Aufmerksamkeit. Carlise drehte sich um und sah eine dunkle Gestalt am Ende der Veranda. Der Hund hatte sich hinter einen hohen Holzstapel gequetscht. Es brach ihr fast das Herz, als sie einen Schritt auf ihn zuging, und er winselte.

»Gott sei Dank bist du hier. Ich werde dir nicht wehtun. Ich würde dich ja hereinbitten, aber ich glaube, du würdest sowieso nicht reinkommen, auch wenn es viel wärmer ist. Aber ich habe dir ein paar Decken mitgebracht. Sie werden dir helfen, dich warm zu halten.«

Sie sprach leise und gleichmäßig, während sie sich hinkniete. Sie bewegte sich langsam und schob zitternd die Decken zu dem Hund. Er wich so weit zurück, wie er konnte, und starrte sie ängstlich an.

Carlise hätte den Besitzer dieses Hundes am liebsten umgebracht. Er war offensichtlich missbraucht worden. Sie fühlte sich der Kreatur sehr verbunden. Sie murmelte weiter, versicherte ihm, dass sie ihm nicht wehtun würde, dass er in Sicherheit sei, und dankte ihm, dass er sie gerettet und in diese Hütte gebracht hatte.

Schließlich brachte sie die Decken nahe genug an den Hund heran, dass er sie erreichen konnte. Dann zog sie sich zurück. »Ich bin gleich wieder da«, sagte sie, bevor sie in die Hütte ging.

Sie zitterte immer noch, aber sie konnte sich nicht ausruhen, bevor sie sich um den Hund gekümmert hatte.

Sie ging in die kleine Küche und begann, die Schränke zu öffnen. Begeistert davon, wie viele Nahrungsmittel sie fand – und erleichtert darüber, dass sie Riggs mit ihrer Anwesenheit wahrscheinlich nicht zur Last fallen würde –, fand sie eine große Plastikschüssel und leerte zwei Dosen zerkleinertes Hühnerfleisch, eine Dose Karotten, eine Dose grüne Bohnen und eine Dose Kichererbsen hinein, bevor sie alles zusammenrührte. Dann holte sie eine weitere Schüssel und füllte sie mit Wasser, bevor sie zurück zur Eingangstür ging.

Carlise schaute zu Riggs hinüber, der immer noch schlief. Sie runzelte die Stirn. Sie kannte den Mann nicht, aber es kam ihr seltsam vor, dass er so schnell einschlief, nachdem er eine Fremde in sein Haus eingeladen hatte, Grippe hin oder her.

Achselzuckend ging sie zurück nach draußen und kniete sich noch einmal auf die Holzplanken der Veranda. Sie stellte die Schüsseln ab und schob sie so nahe wie möglich an den Hund heran. Sie war erfreut zu sehen, dass er die Decken hinter die Bretter geschleppt hatte und sie offensichtlich so gut wie möglich um sich geschlungen hatte, während sie drinnen gewesen war.

»Braver Junge«, sagte sie leise. »Ich wette, es fühlt sich viel besser an, wenn du ein paar warme Decken um dich hast, was? Ich habe dir etwas zu essen mitgebracht. Und Wasser, obwohl ich vermute, dass das Wasser ziemlich schnell gefrieren wird, also solltest du es bald trinken. Und friss nicht zu schnell, sonst musst du dich übergeben. Ich komme morgen früh wieder und bringe dir mehr. Du siehst aus, als könntest du alle Kalorien brauchen, die du bekommen kannst. Ich verspreche, mich um dich zu kümmern, denn du hast dich um mich gekümmert, als ich es am meisten brauchte.«

Sie wollte dort bleiben, wollte den Hund umarmen. Aufpassen, dass er fraß und trank, aber in ihrer Eile, dem Tier zu helfen, hatte sie ihren Mantel nicht angezogen, und ihre Finger wurden schnell taub.

Mit einem Gebet, dass es dem Hund gut gehen würde, wich Carlise zurück. »Ich sehe dich morgen früh, ja? Bitte steh das durch. *Bitte.*«

Dann drehte sie sich mit Tränen in den Augen um und ging wieder hinein.

Es war albern, aber Carlise konnte nicht anders, als das Schloss an der Tür zu drehen. Es war höchst unwahrscheinlich, dass jemand in der Hütte auftauchen würde, der ihr oder Riggs etwas antun wollte, aber sie kam aus der Stadt, und ihre Tür abzuschließen war so selbstverständlich wie das Atmen.

Ganz zu schweigen davon, dass Tommy da draußen sein könnte. Die Chancen, dass er wusste, wo sie war, oder sie sogar erreichte, wenn draußen ein Schneesturm tobte, waren gering, aber alte Gewohnheiten ließen sich nur schwer abschütteln. Sie würde auf keinen Fall in einem Haus ohne abgeschlossene Tür bleiben.

Sie machte sich auf den Weg zurück zum Feuer, ohne auch nur im Geringsten hungrig zu sein. Ihre erste Sorge war es, warm zu werden. Über alles andere würde sie sich später Gedanken machen.

———————

»Wo ist sie? Das Miststück muss die Stadt verlassen haben. Ich *weiß*, dass sie es getan hat. Sie hält sich für so verdammt raffiniert, aber sie irrt sich. Sie wird nie entkommen! Ich muss nur geduldig sein. Ich muss nur warten. Sie wird einen Fehler machen. Sie ist zu dumm, um das nicht zu tun. Nicht annähernd so schlau, wie sie glaubt!«

Die Worte waren schnell und verbittert, die Schritte ungeduldig, auf und ab, hin und her – als der Anruf auf Carlises Mailbox landete. *Schon wieder.*

»Du glaubst, du kannst dich vor mir verstecken? Ich werde dich finden – und du wirst alles bereuen!«

Ideen. Pläne. Pläne, wie Carlise zu finden war ... begannen, sich zu formen. Die Schlampe würde noch ein paar Tage Zeit bekommen, um sich zu zeigen, dann würden andere Pläne geschmiedet werden müssen.

Und wenn das geschah, würde Carlise noch viel mehr leiden, als sie es schon getan hatte.

»Ich werde dich finden. Du kannst *nirgendwo* hin, um mir zu entkommen!« Diesmal waren die Worte entschlossen, wurden wütend und ohne jeglichen Zweifel ausgesprochen.

KAPITEL DREI

»Nein! Bob, duck dich! Scheiße, es wird explodieren!«

Carlise seufzte, rollte sich von der Couch und stand langsam in müder Benommenheit auf.

Es war spät – oder früh, je nachdem, wie sie es betrachtete. Draußen war es stockdunkel, irgendwann nach Mitternacht an ihrem dritten Abend in der Hütte. Und seit diesem ersten Abend war Riggs' Krankheit nur noch schlimmer geworden.

Den ganzen heutigen Tag über schien er im Fieberwahn gelegen zu haben und murmelte häufig im Schlaf. Sie war sich jetzt sicher, dass er schon krank gewesen war, bevor er in den Sturm hinausging, aber die Kälte draußen konnte ihm nicht gut bekommen sein.

An dem Abend, an dem sie angekommen war – nachdem sie sich um den Hund gekümmert, sich eine Jogginghose angezogen, die sie in der Kommode gefunden hatte, und sich am Feuer aufgewärmt hatte –, hatte sie versucht, ihn zu wecken, aber er hatte völlig weggetreten auf der Couch gelegen. Es war ein seltsames Gefühl, im Haus eines Fremden zu sein. Sie war sich nicht einmal sicher, ob er wusste, dass sie da war. Hungrig hatte Carlise sich ein Erdnussbutter-Marmeladen-Sandwich gemacht. Sie hatte Riggs noch eine Stunde lang schlafen lassen und dann erneut versucht, ihn zu wecken.

Er wachte genügend auf, um ins Bad zu schlurfen, und fiel dann mit dem Gesicht voran auf das Bett in der Ecke des Zimmers. Da sie nicht wusste, was sie sonst tun sollte, hatte Carlise ihn mit einer weiteren der vielen weichen und flauschigen Decken zugedeckt, die in der Hütte herumlagen.

Schließlich war sie auf der Couch eingeschlafen. In der Nacht wachte sie mehrmals auf, weil sie den Wind vor den Fenstern heulen hörte. Den Sturm zu hören machte sie umso dankbarer, dass Riggs und der Hund sie gefunden hatten.

Gestern hatte Carlise die meiste Zeit damit verbracht, Riggs dazu zu bringen, etwas zu essen und zu trinken, ihn zu ermutigen, etwas Paracetamol zu schlucken, ihm auf die Toilette zu helfen und zu versuchen, sich mit dem Hund anzufreunden, der immer noch in den Decken auf der Veranda kauerte. Wieder einmal hatte sie auf der Couch geschlafen und war bei jedem kleinen Geräusch von draußen und von dem Mann auf dem Bett aufgeschreckt.

Es war fast unwirklich, dass sie vor zwei Tagen fast gestorben war und nun in dem Haus eines Fremden lebte und sich um ihn kümmerte, während er sich mit Fieber hin und her wälzte.

Heute Abend hatte sie wieder sporadisch geschlafen und war immer wieder aufgewacht, weil sie sich an einem fremden Ort befand, wegen des Sturms ... weil sie nach Riggs sehen wollte. Sie kannte ihn nicht, hatte nicht viel mit ihm gesprochen, aber aus irgendeinem Grund fühlte sie sich für sein Wohlergehen verantwortlich.

Und merkwürdigerweise fühlte sie sich zu dem Mann hingezogen.

Wahrscheinlich lag es daran, dass er sie gerettet hatte und sie voller Dankbarkeit war. Natürlich war da auch die Tatsache, dass er umwerfend aussah. Sie war nicht die Art von Frau, die einen Mann nur nach seinem Aussehen auswählte, aber sie konnte nicht leugnen, dass er gut aussah. Aber andererseits war Tommy auch ein gut aussehender Mann, und er hatte sich als gewalttätiges Arschloch entpuppt.

Es ließ sich nicht sagen, welche Art von Persönlichkeit Riggs hatte, da er die meiste Zeit, die sie ihn kannte, nicht bei Bewusstsein gewesen war. Er könnte genau wie Tommy sein. Er könnte der Typ Mann sein, der eine Frau ausnutzte, die einen sicheren, warmen Platz brauchte, um einen Sturm abzuwarten ... wenn er nicht gerade eine Grippe auskurierte.

Aber tief in ihrem Inneren glaubte sie nicht, dass er so war. Selbst als er krank war und kurz vor der Ohnmacht stand, hatte er ihr gesagt, sie solle sich an seiner Kleidung und seinen Lebensmitteln bedienen. Er hatte sich Sorgen gemacht, dass sie wieder in den Sturm hinausgehen würde. Dieser kleine Anflug von Besorgnis war ... ermutigend.

Die Hütte war auch sehr aufgeräumt. Sie nahm an, dass das nicht viel zu bedeuten hatte, aber die Tatsache, dass er nicht schlampig war und selbst aufräumen konnte, deutete darauf hin, dass er keine Frau brauchte, um solche Dinge zu erledigen. Sie dachte noch einmal an Tommy und schüttelte den Kopf. Er mochte es nicht, im Haus *irgendetwas* zu tun, und bestand darauf, dass sie, da sie von zu Hause arbeitete, die Wohnung putzen und das Abendessen bereithalten sollte, wenn er von der Arbeit kam.

Da sie nicht an ihren Ex denken wollte, seufzte Carlise und fuhr sich mit einer Hand über das Gesicht. Im Moment war sie vor demjenigen sicher, der sie stalkte. Obwohl sie erschöpft war, machte sie sich keine Sorgen darüber, was sie vorfinden würde, wenn sie die Tür öffnete, oder welche Nachrichten sie beim Aufwachen erwarten würden.

In den letzten zwei Tagen hatte sie ihr Telefon kein einziges Mal eingeschaltet, und es fühlte sich seltsam befreiend an. Es gab keinen Strom, um es aufzuladen, und sie hatte das Gefühl, dass sie hier oben, mitten im Nirgendwo, sowieso keinen Empfang hätte. Sie hatte gar nicht bemerkt, wie *anstrengend* es gewesen war, täglich die belästigenden E-Mails und SMS zu lesen, bis sie es buchstäblich nicht mehr konnte.

»Nein! Lass ihn in Ruhe! Cal! Ist alles in Ordnung mit dir?«

Carlise ging zum Bett hinüber, wo Riggs sich ruckartig bewegte, da er offensichtlich eine Art Albtraum hatte. Sie wusste nicht, wer Cal war oder dieser Bob, den er vorhin erwähnt hatte, aber sie nahm an, dass es Menschen waren, die ihm etwas bedeuteten, sonst hätte er nicht so besorgt geklungen.

»Es ist okay«, beruhigte sie ihn ein wenig unbeholfen. Es war seltsam, jemanden beruhigen zu wollen, den sie nicht einmal kannte. Ihre Wertschätzung für Krankenschwestern auf der ganzen Welt stieg ins Unermessliche.

»JJ! Wo zum Teufel ist JJ?«, fragte Riggs, der sich im Bett aufrichtete und blind ins Leere starrte.

»Es geht ihm gut. Leg dich wieder hin, Riggs«, flehte sie leise.

Doch stattdessen richtete der Mann den Blick auf sie, und

seine bernsteinfarbenen Augen schienen direkt in ihre Seele zu sehen. »Wer bist du?«, blaffte er.

Das hatten sie seit gestern schon ein paarmal durchgemacht, also nahm Carlise es ihm nicht übel. »Ich bin Carlise. Carlise Edwards. Ich bin eine Freundin. Leg dich hin, Riggs.«

»Wo sind die anderen? JJ? Bob? Cal? Was hast du mit ihnen gemacht?«, fragte er.

Sein braunes Haar, das reichlich mit blonden Strähnen durchsetzt war, stand unordentlich in alle Richtungen ab. Er hatte Falten auf der Wange, wo sein Gesicht in das Kissen gedrückt gewesen war, und er trug nicht mehr als ein T-Shirt und Boxershorts. Am Tag zuvor hatte Carlise ihm seine Jogginghose abgerungen, bevor sie ihn ins Bad geführt hatte, und es war zu mühsam, sie ihm wieder anzuziehen, als er zurück ins Bett fiel.

»Wir sind in deiner Hütte. In Maine«, erinnerte sie ihn. »Draußen tobt ein Sturm, aber hier sind wir sicher. Deine Freunde sind in ihren Häusern. Es geht ihnen gut.«

Natürlich wusste sie nicht, ob das stimmte oder nicht, aber sie musste davon ausgehen, dass die Männer sicher waren, wo auch immer sie sich aufhielten.

»Sie tun Cal weh«, rief er in gequältem Tonfall. »Wir müssen ihn finden!«

Carlises Herz blutete für Riggs. Sie hatte keine Ahnung, wer Cal war oder was er durchgemacht hatte, aber es war offensichtlich, dass Riggs sich große Sorgen um seine Sicherheit machte. Sie legte eine Hand auf seinen Arm. »Es wird ihm gut gehen. Bitte leg dich hin, Riggs.«

Sie war nicht darauf vorbereitet, wie schnell er sich bewegte.

In der einen Sekunde beugte sie sich leicht über ihn und in

der nächsten lag sie auf dem Bett *unter* ihm. Er starrte mit vom Fieber glasigen Augen auf sie herab. »Es tut weh!«, stöhnte er. »Wann wird die Folter aufhören? Warum tun sie das?«

Mit hämmerndem Herzen griff Carlise nach oben und legte eine Handfläche auf seine erhitzte Wange. Sie sollte Angst haben. Aber obwohl Riggs über ihr war – und selbst in seinem geschwächten Zustand eindeutig viel stärker war als sie –, tat er ihr überhaupt nicht weh. Er stützte sein Gewicht auf die Ellbogen, während er sie unter sich festhielt.

»Du bist jetzt in Sicherheit. Du bist hier in Maine. In deiner Hütte. Du bist nicht dort ... sie können dir nicht mehr wehtun.« Sie hatte keine Ahnung, was sie sagte, sondern wusste nur, dass sie seinen offensichtlichen Schmerz und seine Angst lindern wollte.

»Du hast eine schöne Stimme ... beruhigend. Ich werde dich beschützen. Ich schwöre, ich werde nicht zulassen, dass sie dir wehtun!«

Carlises Herz überschlug sich. Riggs klang so aufrichtig. »Wir sind hier sicher«, sagte sie.

Aber es war, als hörte er sie nicht. »Wenn sie zurückkommen, bleib ruhig. Vielleicht werden sie dich nicht sehen. Ich werde sie ablenken und ihre Aufmerksamkeit auf mich lenken. Du kannst meine Verpflegung haben. Wir werden hier rauskommen. Wir müssen nur auf jemanden warten, der uns rettet. In der Zwischenzeit werde ich *jeden* töten, der versucht, dich anzufassen!«

Eine Träne lief über Carlises Wange. Dieser Mann, der sie nicht kannte, schwor, alles zu tun, um sie vor seinen Albtraumfeinden zu schützen. »Okay«, flüsterte sie, nicht sicher, was sie in diesem Moment noch tun oder sagen sollte.

Er starrte sie an, begegnete ihrem Blick direkt und mit

etwas, das wie völlige Klarheit aussah, aber sie wusste, dass er immer noch in seiner fieberbedingten Halluzination versunken war.

Dann gaben Riggs' Arme plötzlich nach.

Er bewegte sich im letzten Moment so weit, dass er nicht direkt auf ihr landete. Der Großteil seines Gewichts ruhte auf der Matratze, aber sie war immer noch unter ihm gefangen, einen Arm über ihrem Körper und seine Beine mit ihren verschränkt. Die von ihm ausgehende Hitze verbrannte sie beinahe. Sie musste aufstehen, mehr kühles Wasser aus dem Bad holen und mit dem Waschlappen versuchen, seine Temperatur zu senken.

Aber überraschenderweise ... wollte Carlise sich nicht bewegen. Das Bett war viel bequemer als die Couch, auf der sie Nickerchen gemacht hatte, wenn sie sich nicht gerade um Riggs kümmerte. Und die letzten Tage holten sie schließlich ein.

Die Angst, als sie den Entschluss gefasst hatte, Cleveland zu verlassen, die ziellose Fahrt, das Verirren, das Laufen durch den Schnee. Der Schreck, dann die Erleichterung, als Riggs wie aus dem Nichts auftauchte. Das Füttern des Hundes auf der Veranda und der vergebliche Versuch, ihn ins Haus zu locken, und dann der Stress, Riggs zum Essen und Trinken zu bewegen, während sie sich überlegte, was sie ohne Strom kochen konnte, um sich selbst zu ernähren.

Carlise seufzte. Vielleicht sollte sie einfach ein oder zwei Minuten hier liegen bleiben. Es war schließlich nicht so, als müsste einer von ihnen irgendwo hin oder hätte irgendetwas zu tun. Es fühlte sich sogar fast so an, als seien sie die einzigen beiden Menschen auf dem Planeten.

All ihre Sorgen schienen zu verblassen, während sie unter

Riggs lag. Sie zählte seine Atemzüge, und als er neben ihr heftig zuckte, flüsterte sie: »Schhhh.«

Erstaunlicherweise beruhigte er sich beim Klang ihrer Stimme.

Sie fühlte sich in diesem Moment völlig sicher. Susie würde ihr wahrscheinlich sagen, dass sie verrückt war, dass sie in einer Hütte mit einem Fremden gefangen war, der sie überragte und sie verletzen konnte, ohne es auch nur zu versuchen. Aber auch wenn Carlise nicht mehr als zwei Dutzend Worte mit diesem Mann gesprochen hatte, hatte sie keine Angst vor ihm. Er hatte alles getan, was er konnte, um sie zu beschützen. Vor dem Sturm, der Kälte und vor den Erinnerungen an böse Männer in seiner Vergangenheit.

Wenn das Tommy wäre, wäre sie ständig nervös, hätte Angst, etwas Falsches zu tun oder zu sagen – und dafür von ihm bestraft zu werden.

Riggs würde ihr nicht wehtun. Das wusste sie instinktiv. So gut, wie sie ihren eigenen Namen kannte.

Das Feuer knisterte in dem kleinen Raum und draußen heulte der Wind. Ihr war mehr als warm genug, wenn sie halb unter Riggs lag, und sie konnte nicht leugnen, dass sie erschöpft war.

Carlise schloss die Augen, als sie sich entspannte, und ehe sie sichs versah, war sie in einen tiefen Schlaf gefallen.

Als sie aufwachte, brauchte sie einen Moment, um sich zu erinnern, wo sie war. Es war noch dunkel, die Sonne war noch nicht aufgegangen, also konnte sie nicht länger als ein paar Stunden geschlafen haben. Aber sie und Riggs waren eindeutig unruhig gewesen. Sie hatten sich beide im Schlaf bewegt und er lag jetzt hinter ihr. Einer seiner Arme lag um ihre Taille, ihr Kopf ruhte auf seinem Bizeps.

Er war praktisch um sie geschlungen. Sie konnte jeden Zentimeter seines Körpers an ihrem spüren, und anstatt sich angesichts ihrer Nähe bedroht oder nervös zu fühlen, fühlte sie sich ... gut.

Vielleicht lag es daran, dass sie sich um ihn gekümmert hatte, während er verletzlich war. Vielleicht weil er ihr das Leben gerettet hatte. Vielleicht lag es auch einfach daran, dass sie so müde war. Was auch immer der Grund, Carlise war noch nie so zufrieden gewesen wie in diesem Moment, in den Armen dieses Fremden.

Es war dieser Gedanke, der sie in Bewegung brachte. Riggs *war* ein Fremder. Er wäre wahrscheinlich nicht glücklich darüber, dass er mit einer ebenso fremden Frau kuschelte, die in seiner Hütte wohnte und seine Lebensmittel aß. Genauso wenig würde es ihm gefallen, völlig schutzlos dem ausgeliefert zu sein, was sie mit ihm anstellen könnte.

Riggs grunzte, als sie unter seinem Arm herausrutschte. Sie stand einen Moment lang neben seinem Bett und beobachtete, wie er die Stirn runzelte und unruhig herumzappelte, als suchte er sie, jetzt, da sie nicht mehr in seinen Armen lag.

»Feuer«, murmelte sie vor sich hin, als sie die Kühle des Raumes bemerkte, nachdem das Feuer während des Schlafens heruntergebrannt war. Sie zwang sich, sich von Riggs abzuwenden, ging zum Kamin hinüber und legte drei weitere Holzscheite auf die glühenden Kohlen. Innerhalb von Sekunden brannten sie, und die Flammen tanzten und knisterten erneut.

Carlise drehte sich um und ging zurück zum Bett, um nach Riggs zu sehen. Sie hoffte, dass sein Fieber endlich gesunken war ... aber als sie eine Hand auf seine Stirn legte, stellte sie fest, dass sie noch genauso heiß war wie in den letzten zwei Tagen.

»Verdammt«, flüsterte sie. Zum ersten Mal begann sie, sich wirklich Sorgen zu machen. Sie hatte angenommen, dass er eine Magen-Darm-Grippe oder so etwas hatte. Dass das Fieber sinken würde und er im Nu wieder auf den Beinen wäre. Aber je länger das Fieber anhielt, desto mehr Sorgen machte Carlise sich. Es war nicht so, als könnte sie einen Krankenwagen rufen. Oder ihn gar in ein Krankenhaus oder eine Arztpraxis fahren. Sie war hier auf sich allein gestellt, und das war ein beängstigendes Gefühl.

Sie ging ins Bad, erleichterte sich, kämmte ihre Haare und putzte sich die Zähne mit den Toilettenartikeln, die sie in ihrem Rucksack hatte, und atmete tief durch, bevor sie zurück in den Hauptraum ging. Sobald es hell genug war, musste sie nach dem Hund sehen, ihm – und sich selbst – etwas zu essen machen und weitere Holzscheite von der Veranda holen.

Aber zuerst würde sie sehen, ob sie Riggs dazu bringen konnte, etwas zu trinken und mehr Paracetamol zu nehmen. Dann würde sie sich um alles andere kümmern und vielleicht eines der vielen Bücher lesen, die Riggs in den Regalen in der Ecke des Zimmers stehen hatte.

Alles, um sich von der unwirklichen Situation abzulenken, in der sie sich befand.

Chappy hatte Schmerzen.

Am ganzen Körper.

Nur einmal in seinem Leben hatte er sich so elend gefühlt.

Einen Moment lang fragte er sich, ob er wieder dort war. In dieser Zelle. Angekettet an die Wand, mit seinen leidenden Freunden um ihn herum.

»Cal?«, rief er.

Aber er bekam keine Antwort.

Aufgeregt versuchte Chappy, die Augen zu öffnen, aber sie waren so schwer. Er konnte es nicht tun.

»JJ? Bob?«

»Schhhh, es geht ihnen gut«, beruhigte ihn eine leise Stimme aus der Nähe.

Chappy erstarrte. Das war neu. In diesem Höllenloch hatte es keine Frauen gegeben, soweit er sich erinnern konnte.

Die Matratze senkte sich, als hätte jemand sich neben ihn gesetzt. Eine weiche Hand berührte sein Gesicht und er wandte sich ihr zu. Wann war er das letzte Mal berührt worden? Er konnte sich nicht erinnern. Und von einer Frau? Es war Jahre her.

»Trink das«, befahl die melodische Stimme. Chappy wollte fragen, was es war, aber er kam nicht dazu, bevor er spürte, wie sein Kopf gestützt wurde und etwas seine Lippen berührte.

Er war misstrauisch, bis sie sagte: »Es ist nur Wasser, Riggs, ehrlich.«

Er vertraute ihr. Er wusste nicht warum, aber er tat es. Also öffnete er den Mund und trank.

Das Wasser war kühl und beruhigte seine Kehle, die sich anfühlte, als würde sie brennen.

»Vorsichtig. Trink nicht zu schnell, sonst wird dir schlecht.«

Chappy fühlte sich so schwach wie ein Neugeborenes, und er hasste es. So hilflos hatte er sich nur in seiner Zeit als Geisel gefühlt.

Und einfach so versteifte er sich bei der Erinnerung daran.

»Nein, es geht dir gut. Du bist hier in Maine, in deiner Hütte. Du bist in Sicherheit, Riggs. Ich schwöre es.«

Er war immer noch besorgt und nervös, aber dieses instinktive Vertrauen erfüllte ihn erneut. Ein Name kam ihm über die Lippen, ohne dass er darüber nachdachte. »Carlise.«

»Das ist richtig. Ich bin Carlise, und du bist in Sicherheit. Ich bin gleich wieder da.« Die Matratze bewegte sich, als sie aufstand, und er ließ eine Hand hervorschnellen, packte ihren Arm und hielt sie vom Gehen ab.

»Bleib«, krächzte er.

»Ich muss noch etwas Holz auf das Feuer legen. Ich werde nirgendwo hingehen. Nicht dass ich könnte, selbst wenn ich wollte.«

»Bleib! Bitte!«, flehte er noch einmal.

»Ich bin gleich wieder da, Riggs.«

»Versprochen?«, fragte er.

»Versprochen. Dir geht es gut. Deinen Freunden geht es gut. Du bist nur krank, Riggs. Es wird dir bald besser gehen ... hoffe ich.«

Verwirrung erfasste ihn, aber Chappy ließ ihren Arm los. Sie hatte gesagt, sie käme zurück, und er vertraute darauf, dass sie ihr Wort halten würde.

Er wusste nicht, wie viel Zeit vergangen war, bevor er spürte, wie die Matratze neben ihm wieder nachgab.

»Ich bin hier«, sagte sie.

»Geht es dir gut?«, fragte er.

Er glaubte, sie lachen zu hören, bevor sie antwortete: »Ja. Du bist derjenige, der krank ist.«

»Hast du gegessen? Ist dir kalt? Ich kann ...« Er wollte aufstehen, aber sie legte ihm eine Hand auf die Schulter.

»Mir geht's gut, Riggs, ehrlich.«

Chappy runzelte die Stirn. Es gefiel ihm nicht, sich so hilflos zu fühlen. Er war verwirrt darüber, wo er war und was geschah, aber tief in seinem Inneren wusste er, dass etwas nicht stimmte. Er konnte nicht genau bestimmen, was es war, aber er wollte Carlise beschützen. Dafür sorgen, dass ihr warm war, sie zu essen hatte und sich wohlfühlte. Im Moment konnte er sich jedoch nicht einmal aufsetzen.

Er wollte näher bei der Frau sein, sie an seiner Seite behalten und sicherstellen, dass ihr nichts passierte, dass sie sich nicht wieder verlief, also drehte Chappy sich und streckte einen Arm ... über ihren Schoß? Es war, als säße sie direkt neben ihm auf dem Bett. Er hielt sie fester und kuschelte sich an ihr Bein.

Er spürte, wie sanfte Finger durch sein Haar fuhren, und seufzte zufrieden. Er fühlte sich beschissen, sein Körper schmerzte, aber mit der Frau neben ihm verblasste sein Unbehagen.

Ein paar Stunden später spürte Carlise, wie ihre Panik zunahm. Riggs schaffte es, kurz zu schlafen, aber jedes Mal, wenn sie versuchte, sich zu bewegen, fing er an, nach seinen Freunden zu rufen und sich auf dem Bett zu wälzen. Er schien nur dann ruhig zu bleiben, wenn sie blieb, wo sie war, und sich von ihm festhalten ließ.

Sie hatte ein schlechtes Gewissen. Er war krank. Praktisch bewusstlos ... und sie genoss es mehr, in seinen Armen zu liegen, als sie zugeben wollte. Wenn sein Fieber endlich sank und er wieder zu sich kam, würde er sicher entsetzt sein über sein Verhalten. Nicht dass sie es ihm sagen würde.

Sie hatte weder erwartet noch gewollt, die Krankenschwester für einen Mann zu spielen, den sie nicht kannte, obwohl sie die Erfahrung nicht mehr so unangenehm fand wie in der ersten Nacht. Und die Sorge ging in beide Richtungen. Auch wenn er nicht bei vollem Bewusstsein war, machte er sich Sorgen um sie. Hatte sie zu essen? War ihr warm? Ging es ihr gut?

Sie vermutete, dass sein wahres Ich zum Vorschein kam, während er im Delirium war. Und wenn er schon im Halbschlaf so beschützend und besorgt um sie war, würde er es sicher noch mehr sein, wenn er wach und bei Bewusstsein war.

Für sie war es ein berauschendes Gefühl zu wissen, dass sie ihn beruhigen konnte, wenn er unbewusst Angst hatte. Und in seinen Armen gehalten zu werden war ... himmlisch.

Daher auch die Schuldgefühle. Er war im Delirium. Fiebrig. Er hatte Schmerzen. Er hatte Angst, weil er erneut erlebte, was er in der Vergangenheit Schreckliches durchgemacht hatte. Und die ganze Zeit über genoss sie seine Nähe. Irgendetwas musste mit ihr nicht stimmen, dass es ihr so gefiel.

Aber es war schon so lange her, dass sie sich gewollt oder gebraucht gefühlt hatte. Tommy kuschelte nicht. Niemals. Er war der Typ, der zum Höhepunkt kam, sich dann umdrehte und sofort anfing zu schnarchen. Riggs hielt sie fest, als wollte er sie nie wieder loslassen.

Natürlich stellte er sich sehr wahrscheinlich vor, dass sie jemand anderes war. Das musste der Grund sein, warum er sich so fest an sie klammerte, warum er bei ihrer Berührung so schnell zur Ruhe kam. Er träumte von einer Frau aus seiner Vergangenheit.

Als sie vor ein paar Minuten aus dem Bett aufgestanden war, weil sie schließlich zu hungrig war, um zu bleiben, hatte Riggs die Stirn in Falten gelegt und unzufrieden gegrunzt. Carlise hatte ein wenig über seine Reaktion gelächelt. Er war wie ein Kind, dem man sein Lieblingsspielzeug weggenommen hatte.

Aber Riggs war kein Junge. Er war ganz Mann, und es war beunruhigend und verwirrend zu erkennen, wie sehr sie sich zu ihm hingezogen fühlte. Sie wusste nichts über diesen Mann.

Okay, das stimmte nicht. Sie lebte nun schon seit drei Tagen in seiner Hütte. Sie wusste, welche Art von Büchern er gern las – Krimis und Science-Fiction – und dass er ein Ordnungsfanatiker war. Er hatte eine unnatürliche Vorliebe für die Farbe Schwarz, da die meisten seiner T-Shirts diese Farbe hatten. Er trank wahrscheinlich nicht viel Alkohol, wenn überhaupt, da sie in der Hütte keinen Tropfen gefunden hatte, und er zog stückige Erdnussbutter der cremigen vor.

Sie wusste auch, dass er extrem beschützend und loyal war. Wer auch immer JJ, Cal und Bob waren, sie konnten sich glücklich schätzen, jemanden zu haben, der sich so sehr um sie sorgte, wie Riggs es tat. Und er war eindeutig ein harter Arbeiter – auf der Veranda lagen viele Holzscheite, die er stundenlang gehackt und gestapelt haben musste.

Der Gedanke an die Veranda ließ sie wieder an den Hund denken. Sie hatte ihn jeden Tag gefüttert und war unendlich erleichtert, dass er nicht gestorben oder weggelaufen war. Jedes Mal wenn sie nach dem Hund sah, wollte Carlise ihn am liebsten ins Haus bringen, wo es warm war. Aber er war immer noch extrem scheu und verkroch sich in seiner Deckenfestung, wenn sie mit Futter und Wasser in seine Nähe kam. Er brauchte Zeit, um zu lernen, dass sie ihm nicht wehtun würde, aber es war belastend, ihn bei heulendem Wind und wirbelndem Schnee draußen zu lassen.

Ein Geräusch vom Bett ließ Carlise in diese Richtung

blicken, und sie erschrak, als sie sah, wie Riggs sie anstarrte. Er hatte sich auf einen Ellbogen gestützt und blinzelte verwirrt.

»Riggs?«, fragte sie.

»Badezimmer«, murmelte er.

Sie legte das Messer weg, mit dem sie sich ein weiteres Erdnussbuttersandwich gemacht hatte – wenn sie danach für den Rest ihres Lebens keines mehr aß, wäre ihr das nur recht –, und eilte zu ihm.

In der Sekunde, in der sie ihn berührte, erschlaffte jeder Muskel in ihrem Körper vor Erleichterung. Sein T-Shirt war klatschnass und sie konnte den Schweiß auf seiner Stirn glitzern sehen, aber sein Fieber war gesunken. *Endlich.*

Sie half ihm auf die Beine und sie schlurften in Richtung Badezimmer. Dankbar, dass sie ihm nicht beim Pinkeln helfen musste, während er krank war, sagte sie: »Ich warte hier vor der Tür, bis du fertig bist.«

Er nickte und ging langsam auf die Toilette zu.

Carlise errötete, als sie hörte, wie er sich erleichterte. Was lächerlich war. Es war schließlich nicht so, als täte er etwas, was nicht jeder Mensch auf diesem Planeten tat. Aber irgendwie fühlte sich das Zuhören zu intim an.

Sein Blick war etwas klarer als in den letzten drei Tagen, aber er hatte nicht gefragt, wer sie war oder was sie dort tat, also nahm sie an, dass er immer noch ein wenig verwirrt war.

Sie hörte das Wasser laufen und konnte nicht verhindern, dass sich ein kleines Grinsen auf ihrem Gesicht bildete. Er war krank, immer noch verdammt schwach, und trotzdem wusch er sich die Hände, nachdem er die Toilette benutzt hatte. Das war definitiv ein Mann, den sie mögen konnte.

Moment. Nein. Nein, nein, *nein*. Sie durfte ihn nicht mögen. Er lebte mitten im Nirgendwo. In seinem Haus gab es keinen

Strom. Er war eindeutig ein Einsiedler. Sie kam aus der Stadt. Sie ging gern ab und zu zum Essen aus. Sie duschte *sehr* gern heiß.

Und Tommy wäre *nicht* glücklich, wenn sie mit einem anderen ausginge.

Sie durfte diesen Mann nicht mögen –

Ihr innerer Monolog wurde unterbrochen, als die Tür sich öffnete und sie Riggs gerade noch auffangen konnte, bevor er auf sein Gesicht fiel. Sie legte einen Arm um seine Taille und er lehnte sich schwer an sie, als sie ihn zurück zum Bett führte.

Sobald sein Hintern die Matratze berührte, legte er sich zurück und schloss die Augen. Carlise bewegte seine Beine und deckte ihn wieder zu.

Nachdem sie einen nassen Waschlappen aus dem Bad geholt hatte, kehrte sie zum Bett zurück und setzte sich neben ihn, während sie ihm sanft das Gesicht abwischte. Es konnte nicht angenehm sein, all den getrockneten Schweiß auf seinem Körper zu haben.

Tief in ihrem Inneren wusste Carlise, dass sie ihm nicht nur allein zu seinem Behagen half. Dies war wahrscheinlich ihre letzte Chance, ihm nahe zu sein. Jetzt, da sein Fieber gesunken war, würde er sich daran erinnern, was passiert war, und sie würden wieder zwei Fremde sein. Sie in den Armen zu halten, sich zu beruhigen, wenn sie mit ihm sprach, sich bei ... nun ... *allem* auf sie zu verlassen, würde aufhören.

Es könnte unangenehm und unbehaglich werden, und natürlich würde er wissen wollen, was zum Teufel sie überhaupt draußen im Sturm zu suchen hatte. Sie fürchtete sich vor diesem Gespräch. Es war nicht so, dass sie ihn nicht vor ihrem Stalker warnen wollte. Sie hatte es einfach genossen, nicht zu viel über Tommy nachdenken oder sich Sorgen machen zu müssen, dass er sie finden könnte.

Hier zu sein, ohne Strom, war so ... elementar. Der ganze Scheiß, der in der realen Welt auf sie wartete, war weggefallen. Trotz ihrer Sorge um Riggs fühlte sie sich zum ersten Mal seit Langem entspannt und gebraucht.

Seufzend zwang Carlise sich zum Aufstehen. Riggs schlief wieder, das konnte sie an seinen gleichmäßigen Atemzügen und seinem leichten Schnarchen erkennen. Wahrscheinlich hätte sie ihn dazu bringen sollen, noch etwas Wasser zu trinken, bevor er einschlief, aber der Gang zur Toilette hatte ihn erschöpft.

Sie kehrte in die Küche zurück und nahm das Messer in die Hand, um ihr Frühstückssandwich fertig zu machen. Sie hatte sie in den letzten drei Tagen gegessen, da es sich am einfachsten zubereiten ließ. In der Speisekammer gab es jede Menge Konserven, Nudeln und Reis, aber sie hatte keine Ahnung, wie sie sie ohne Strom zubereiten sollte. Sie nahm an, dass Riggs das Feuer dafür benutzte, aber sie war sich nicht ganz sicher, wie sie es anstellen sollte. Also gab es Erdnussbutter-Marmeladen-Sandwiches.

Sie hatte gerade aufgegessen, als sie ein seltsames Geräusch hörte. Es war besonders auffällig über den nun vertrauten Klängen des Feuers und des anhaltenden Sturms. Es war ein gleichmäßiges Piepen. Elektronisch.

Stirnrunzelnd schaute sie sich in der Küche um, konnte jedoch nichts entdecken, was das Geräusch erklären könnte.

Bevor sie die Quelle finden konnte, hörte das Geräusch auf.

Nur um eine Minute später wieder einzusetzen.

Neugierig und entschlossen, die Quelle zu finden, machte Carlise sich auf die Suche. Es könnte eine Art Alarm sein, wie ein batteriebetriebener Rauchmelder. Auf keinen Fall wollte sie es ignorieren, vor allem wenn es bedeutete, dass sie und Riggs in Gefahr sein könnten.

Sie folgte dem Geräusch zu der Kommode an einer der Wände und runzelte die Stirn, als sie kein Gerät auf dem Holz liegen sah. Sie wollte seine Sachen nicht durchwühlen; es erschien ihr einfach nicht richtig. Ja, sie hatte die Schubladen öffnen müssen, als sie nach etwas Trockenem zum Anziehen gesucht hatte, aber das war etwas anderes.

Als das Geräusch aufhörte und dann ein drittes Mal einsetzte, wurde ihr klar, dass sie in seine Privatsphäre eindringen musste.

Als sie die erste Schublade öffnete, sah Carlise nur Boxershorts.

Errötend schloss sie die Schublade. Es war albern, sich zu schämen, wenn sie seine Unterwäsche sah. Er war in den letzten zwei Tagen nur in Boxershorts und einem T-Shirt herumgelaufen. Ganz zu schweigen davon, dass sie im Schlaf an besagte Boxershorts gepresst gewesen war.

Sie öffnete eine weitere Schublade – Socken. Dann noch eine. Bingo. Da lag ein Telefon zwischen etwas, das aussah wie Shorts, und sie nahm es in die Hand. Es war anders als alle Telefone, die sie je gesehen hatte. Es sah aus wie etwas, das sie von Bildern von Telefonen aus den Neunzigern kannte. Die großen, klobigen Dinger, die die Leute benutzten, bevor Handys zum Standard wurden.

Einen Moment lang überlegte Carlise, ob sie das Klingeln ignorieren sollte, jetzt, da sie wusste, dass es keine Alarmanlage war. An Riggs' Telefon zu gehen erschien ihr noch falscher, als seine Schubladen zu durchwühlen. Aber der Anrufer war eindeutig hartnäckig. Er oder sie hatte dreimal angerufen, und sie hatte das Gefühl, dass er nicht aufhören würde, bis jemand abnahm.

Sie sah zum Bett hinüber und überlegte, ob sie Riggs wecken sollte, damit er mit dem Anrufer sprechen konnte, aber er schlief noch immer. Das Geräusch hatte ihn nicht einmal gestört.

Entschlossen drückte Carlise auf die grüne Taste auf der Vorderseite und hielt es an ihr Ohr. »Hallo?«

Es gab eine angespannte Pause, bevor ein sehr verärgert klingender Mann sagte: »Wer zum Teufel ist da und wo ist Chappy? Hol ihn sofort ans Telefon, sonst gibt es einen Haufen Ärger.«

Carlise schluckte schwer bei der Wut in der Stimme des Mannes und merkte, dass ihr ganzer Körper sich verkrampfte, als wollte sie sich schützen, weshalb sie einen Moment lang nicht sprechen konnte.

»Ich meine es ernst. Wer bist du, und warum gehst du an Chappys Telefon? Wo ist er?«

Carlise runzelte die Stirn. »Wer ist Chappy?«, platzte sie heraus.

»Wer ist Chappy?«, wiederholte der Mann. »Verdammt. Ich frage noch einmal. Wer zum Teufel bist du, und warum hast du das Telefon meines Freundes?«

»Ich bin Carlise. Ist dein Freund Riggs?«

Am anderen Ende der Leitung herrschte erneut Schweigen, bevor der Mann fragte: »Riggs?«

»Ja. Er hat mir gesagt, dass er so heißt.«

»Wow. Okay. Keiner nennt ihn so. Aber du hast immer noch nicht gesagt, was du dort machst und warum du anstelle von ihm ans Telefon gehst.«

»Er ist krank. Oder er war es. Jetzt geht es ihm wieder

besser«, antwortete Carlise dem geheimnisvollen Mann. Je länger sie sprachen, desto weniger zitterte ihre Stimme. Sie war sich nicht sicher, aber angesichts der Sorge des Mannes um Riggs kam ihr der Gedanke, dass er einer der drei Männer sein könnte, nach denen Riggs in seinem Delirium gerufen hatte.

»Er ist krank? Was hat er?«

»Er hatte ein paar Tage lang Fieber. Aber erst heute Nachmittag ist es endlich gesunken. Bist du ... Cal, Bob oder JJ?«, fragte sie zögernd.

»JJ. Woher kennst du meinen Namen? Oder die anderen?«

»Riggs hat nach dir gerufen. Während seines Fiebers hatte er Albträume. Er wachte auf und schrie, weil er sich vergewissern wollte, dass du in Sicherheit bist. Ich nahm einfach an ...«

»Hol ihn ans Telefon«, befahl der Mann.

»Ähm ...«, sagte Carlise zögernd und blickte auf das Bett, in dem Riggs schlief. Sein Mund war leicht geöffnet und seine Gliedmaßen waren ausgebreitet, sodass er fast die gesamte Matratze einnahm.

»Ich meine es ernst. Gib ihn mir *sofort*, oder ich komme mit Cal und Bob hoch und wir werden aus erster Hand erfahren, wer zum Teufel du bist und was du unserem Freund angetan hast.«

»Ich habe ihm *nichts* angetan«, protestierte Carlise. »Es geht ihm gut. Nun, es wird ihm gut gehen, denke ich. Und es schneit immer noch.«

»Es ist mir egal, ob es eine Invasion von Außerirdischen gibt und die Erde in einer Apokalypse niederbrennt. Wenn du Chappy verletzt oder etwas getan hast, um ihn außer Gefecht zu setzen, kannst du dich nirgendwo verstecken. Wir werden dich verdammt noch mal finden. Hast du mich verstanden?«

Verflucht. Der Typ war heftig! Trotz seiner Drohungen

schwamm ein Hauch von Neid durch Carlises Adern. Jemanden zu haben, der so loyal war, der sich so sehr um ihr Wohlergehen sorgte, war ein Konzept, das ihr nicht vertraut war.

Ja, ihre Mutter liebte sie, aber sie war recht sanftmütig, wenn es darum ging, ihre Meinung zu sagen oder für sich und andere einzutreten. Natürlich hatte der jahrelange Missbrauch dafür gesorgt. Dennoch gab es viele Momente in ihrem Leben, in denen Carlise sich wünschte, ihre Mutter sei durchsetzungs-fähiger.

Ihre beste Freundin Susie war jemand, auf den Carlise zählen konnte. Sie war ihr Fels in der Brandung gewesen, seit die Sache mit Tommy begonnen hatte ... aber sie konnte sich nicht vorstellen, dass sie so energisch war wie JJ, der mit seinem Freund reden wollte.

»Er schläft«, sagte sie zu dem Mann, als sie auf das Bett zuging. »Aber ich werde versuchen, ihn zu wecken.«

»Es sollte besser nicht nur bei *Versuchen* bleiben«, sagte der Mann leise.

»Riggs?«, sagte Carlise, als sie sich auf die Matratze setzte.

In dem Moment, in dem sie mit den Fingern seine Schulter berührte, bewegte Riggs sich und drehte sich, bis er einen Arm über ihren Schoß und eines seiner Beine über ihres geworfen hatte und das Gesicht an ihrer Hüfte vergrub, wie er es in den letzten Tagen schon ein paarmal getan hatte.

So sehr sie es auch liebte, wie er sich ihr sofort zuwandte, er musste aufwachen und mit seinem Freund reden. Sie hatte keinen Zweifel daran, dass JJ es irgendwie zur Hütte schaffen würde, wenn es nötig war, und sei es nur, um sicherzustellen, dass Riggs nicht als Geisel gehalten und gefoltert wurde.

»Riggs!«, sagte sie, diesmal lauter, um ihn zu wecken.

»Hmmm«, seufzte er.

Carlise erstarrte, als er seine Hand ihren Oberschenkel hinauf zu ihrer Hüfte wandern ließ – und dann unter das Hemd, das sie trug.

Das hatte er noch nie getan. Seine Hand schien an ihrer Taille riesig zu sein, und mit dem Daumen streichelte er langsam die empfindliche Haut an ihrer Seite.

Es fühlte sich gut an. Besser als gut. Ihre Brustwarzen verhärteten sich sofort, und das plötzliche Verlangen, seine Hand weiter oben zu spüren, war fast ein körperlicher Schmerz.

»Riggs, JJ ist am Telefon. Er will mit dir sprechen.«

Seine Hand hörte auf, sich zu bewegen, als ihre Worte ihm bewusst wurden. Er neigte den Kopf zurück und starrte sie an. Einen Moment lang waren sie wie erstarrt, seine warme Hand auf ihrer nackten Haut, sein Bein gegen ihres gedrückt, sein Blick plötzlich von durchdringender Intensität.

»Was?«, krächzte er.

»Dein Freund. JJ. Er ist am Telefon. Er macht sich Sorgen um dich. Du bist seit Tagen krank und er will sich vergewissern, dass ich dich nicht wie in dem Buch *Sie* an das Bett gefesselt habe oder so. Er droht damit, herzukommen, wenn er nicht mit dir reden kann. Und glaub mir, das wäre nicht sicher. Da draußen tobt immer noch der Sturm und es liegen mindestens sechzig Zentimeter Schnee. Die Verwehungen sind wahrscheinlich doppelt so hoch. Ich bin mir nicht sicher, ob er es schaffen könnte, selbst wenn er es versuchen würde ... obwohl ich vermute, dass ihn das nicht aufhalten würde. Bitte, kannst du so weit aufwachen, um ihm zu versichern, dass es dir gut geht und ich dich nicht als Geisel halte oder so?«

Carlise wusste, dass sie plapperte und dass JJ jedes Wort

hören konnte, aber sie war nervöser in Bezug auf ihre Gefühle, während Riggs sie umarmte, als wegen der Meinung dieses JJ über sie.

Mit einem tiefen Atemzug zog Riggs seine Hand unter ihrem Hemd weg und drehte sich auf den Rücken, wodurch ihr Körperkontakt unterbrochen wurde.

Carlise wurde beinahe kalt, als er eine Hand nach dem Telefon ausstreckte.

Das war es also. Der Anfang ihres Endes. Nicht dass da jemals etwas zwischen ihnen gewesen wäre. Nicht wirklich. Er war im Delirium gewesen, um Himmels willen. Es war unmoralisch und lächerlich zu glauben, dass es irgendeine Art von Beziehung gegeben hatte, während der Kerl nicht bei Verstand war.

Sie wollte gerade vom Bett aufstehen, um Riggs so viel Privatsphäre wie möglich in der kleinen Hütte zu geben – vielleicht würde sie ins Bad gehen –, als er eine Hand hervorschnellen ließ, sie auf ihren Oberschenkel legte und sie festhielt.

Carlise erstarrte, runzelte die Stirn und starrte auf ihr Bein hinunter, wo Riggs sie festhielt. Vage wusste sie, dass sie sich aus seinem Griff befreien konnte, aber sie war so erschrocken, dass sie einfach still saß.

»JJ?«, sagte Riggs mit heiserer Stimme, nachdem er das Telefon an sein Ohr geführt hatte.

Carlise konnte nicht hören, was sein Freund zu sagen hatte, aber sie hielt den Atem an und hoffte, dass beide Männer beruhigt wären, nachdem sie miteinander gesprochen hatten.

»Ja ... ich fühle mich beschissen ... mh-hm ... ich weiß nicht ... welcher Tag ist heute? Ernsthaft? Verdammt. Ja, mir ging es bereits schlecht, als ich etwas auf meiner Veranda hörte. Ich ging raus, um nachzusehen, und entdeckte einen erbärmlichen Hund. Er wollte, dass ich ihm folge. Das habe ich getan, und dabei habe ich Carlise gefunden.«

Er begegnete ihrem Blick, und Carlise atmete tief ein. Sie hatte sich gefragt, was um alles in der Welt den sehr kranken Riggs in den Sturm gezogen hatte. Es schien, als hätte der Hund sie *wirklich* gerettet. Er hatte Riggs direkt zu ihr geführt.

Sie war äußerst erleichtert, dass er sich zu erinnern schien. Sie war froh, dass sie nicht erklären musste, wer sie war und warum sie inmitten eines Sturms in seiner Hütte war.

Riggs hörte sich an, was JJ sagte, und sprach dann weiter. »Ich weiß, Mann. Ich habe keine Ahnung, aber mir geht es gut. Ja, ehrlich.« Er sah sich in der Hütte um, dann blickte er wieder zu Carlise. »Es sieht so aus, als hätte sie alles unter Kontrolle. Ich bin verdammt schwach. Ich werde zumindest für ein paar Tage nirgendwo hingehen.«

Er runzelte leicht die Stirn, dann sagte er: »Nein, ist schon gut. JJ, sie ist mindestens zwanzig Kilo leichter als ich, einige Zentimeter kleiner, und wenn sie mir etwas antun wollte, hätte sie drei Tage Zeit dazu gehabt. Uns geht es *gut*. Okay ... ja, wenn ich etwas brauche, lasse ich es dich wissen. Ja, klar. Ich habe nicht gefragt, aber ich nehme an, sie hat irgendwo da draußen einen Wagen, der wahrscheinlich schon begraben ist. Mh-hm. Sicher. Das würde ich zu schätzen wissen. Ich kann es nicht gebrauchen, dass Cal oder Bob vor meiner Tür auftauchen. Danke. Nein ... warum? Was wirst du zu ihr sagen? Meinetwegen. Aber mach ihr keine Angst. Ich meine es ernst.«

Dann streckte Riggs ihr das Telefon entgegen und sagte: »JJ will noch einmal mit dir sprechen.«

Carlise starrte das Telefon einen Moment lang an, bevor sie es entgegennahm. Sie erwartete, dass Riggs seine Hand bewegen würde, aber das tat er nicht. Er hielt weiter ihr Bein fest.

»Hallo?«, sagte sie zaghaft.

»Es tut mir leid«, erklärte JJ, ohne zu zögern. »Chappy ist einer meiner besten Freunde, und er hat nie jemanden in der Hütte gehabt außer mir und unseren anderen Freunden. Als du an sein Telefon gegangen bist, bin ich in Panik geraten. Es tut mir wirklich leid, wenn ich dich erschreckt habe.«

»Ist schon gut«, murmelte sie leise.

»Das ist es nicht. Aber ich werde tun, was ich kann, um es wiedergutzumachen. Bist du mit dem Wagen da?«

»Äh ... ja. Ich habe mich verfahren. Als der Schnee richtig schlimm wurde, bin ich von der Straße abgekommen, gegen einen Baum gefahren und stecken geblieben.«

»Du hast Glück, dass Chappy dich gefunden hat.«

»Ich weiß.«

»Was für ein Fahrzeug?«

»Was?«

»Was für ein Fahrzeug hast du?«

»Einen Honda CR-V.«

»Mit Allradantrieb?«

»Ja.«

»Das ist wenigstens etwas. Okay, wenn das Wetter sich beruhigt, werde ich sehen, was ich tun kann, um es für dich zu finden.«

»Oh, ähm, danke.«

»Das ist das Mindeste, was ich tun kann nach dem, was du für Chappy getan hast. Er war wirklich drei Tage lang weggetreten?«

»Fast.«

»Und du hast dich um ihn gekümmert?«

»Es war niemand anderes da, der es hätte tun können«, erklärte sie.

»Wir stehen alle in deiner Schuld«, sagte JJ ernst.

»Nein, wirklich. Es ist okay.«

»Nur weil du Nein sagst, heißt das nicht, dass es nicht wahr ist. Dieser Sturm ist noch nicht vorbei. Er wird als der Sturm des Jahrhunderts bezeichnet, was lächerlich ist, denn wir sind in Maine, und es wird in nicht allzu ferner Zukunft sicher noch einen ähnlichen geben. Aber noch wichtiger ist, der Schnee an den Hängen ist nicht stabil. Wenn die Sonne herauskommt, wird die Situation sich noch verschlimmern, also bleibt einfach dort.«

»Moment, welche Hänge? Redest du von einer Lawine?«

»Ihr befindet euch genau in der Gegend um den Fuß des Baldpate Mountain. Ich sage nicht, dass es passieren wird, aber die Leute, die sich mit diesen Dingen auskennen, behaupten, dass die Bedingungen stimmen. Chappys Hütte ist geschützt, sie liegt nicht in der Gefahrenzone für irgendwelche Lawinen, aber eineinhalb Kilometer oder so in jede Richtung ist eine andere Geschichte. Bleibt einfach an Ort und Stelle. Das ist alles, was ich sagen will.«

»Ich hatte nicht vor, eine Vergnügungswanderung zu unternehmen«, gab Carlise zurück.

JJ lachte. »Richtig. Wie auch immer, ich werde Chappy auf die Nerven gehen und jeden Tag anrufen. Ich wäre dir dankbar, wenn du dafür sorgst, dass er rangeht, wenn ich das tue.«

»Warum sollte er nicht?«, fragte Carlise.

»Weil er stur ist. Und es nicht mag, wenn man sich um ihn kümmert«, erwiderte JJ. »Nochmals danke, Carlise. Und ich werde mich noch einmal persönlich entschuldigen, wenn ich dich sehe. Bis dann.«

Als er auflegte, starrte Carlise verwirrt auf das Telefon. Sie wollte Riggs nicht ansehen, aber sie konnte nicht ewig auf das Telefon starren, also schluckte sie es runter und hob den Blick.

Seine bernsteinfarbenen Augen waren auf ihr Gesicht gerichtet, und er sah besorgt aus. »Geht es dir gut?«, fragte er.

»Das sollte ich *dich* fragen. Wie fühlst du dich?«

»Schrecklich. Meine Muskeln tun weh, mein Hals kratzt immer noch, und ich bin verdammt schwach. Aber da JJ sagte, der Sturm hätte schon vor drei Tagen begonnen, vermute ich, dass ich es dir zu verdanken habe, dass es mir nicht noch schlechter geht als jetzt.«

Da Carlise sich mit seiner Aufmerksamkeit und seinem Lob unwohl fühlte, zuckte sie mit den Achseln.

Sie saßen einen Moment lang schweigend da, Riggs' Hand immer noch auf ihrem Oberschenkel, und keiner von ihnen bewegte sich.

Dann, zu Carlises Überraschung, bewegte er seinen Daumen in einer beruhigenden Liebkosung, nur für ein paar Sekunden, bevor er die Hand sinken ließ.

»Ich bin sicher, du hast Hunger. Und Durst. Und du brauchst noch etwas Paracetamol. Ich werde es dir holen. Ruh dich einfach aus.« Carlise stand vom Bett auf, da es sich seltsam anfühlte, zum ersten Mal nach drei Tagen in seiner Nähe zu sitzen. Sie legte das Telefon auf die Matratze und ging in die Küche.

Riggs sagte nichts, aber sie spürte seinen Blick auf ihr.

Sie wusste auch nicht, was sie sagen sollte. Die Dinge fühlten sich jetzt unangenehm an, und sie hasste es. Dies war sein Zuhause, und sie fühlte sich wie ein Eindringling. Fragte er sich etwa, woher sie wusste, wo alles in der Küche war?

Woher sie wusste, wo die Teller standen? Die Papierhandtücher? Das Besteck?

Gott. Natürlich fragte er sich das nicht. Er war nicht dumm. Er wusste, dass sie drei Tage lang hier gewesen war, während er mit Fieber im Bett lag. Aber es fühlte sich dennoch falsch an, seine Schränke durchzugehen.

Sie hörte das Rascheln von Decken und drehte sich um, nur um zu sehen, wie er aus dem Bett stieg. »Wohin gehst du?«, fragte sie, ohne nachzudenken.

Er schenkte ihr ein amüsiertes Lächeln von der Seite des Bettes. »Nicht nach draußen, um ein paar Kilometer zu laufen, das kann ich dir versichern. Nur auf die Toilette.«

»Oh, sicher. Natürlich. Tut mir leid.«

Er warf ihr einen Blick zu, den sie nicht deuten konnte, bevor er zur Tür auf der anderen Seite des Raumes schlurfte. Carlise widerstand dem Drang, an seine Seite zu eilen und ihm zu helfen. Um sicherzugehen, dass er nicht stürzte. Es war eine Sache, ihm zu helfen, wenn er krank war, aber er befand sich offensichtlich auf dem Weg der Besserung und war sich seiner Umgebung vollkommen bewusst. Außerdem schien er sicher auf den Beinen zu sein. Er brauchte ihre Hilfe nicht mehr.

Warum dieser Gedanke sie traurig machte, wusste Carlise nicht. Sie versuchte, es abzuschütteln. Die Dinge würden sich jetzt ändern, und sie war sich nicht sicher, ob das etwas Gutes oder etwas Schlechtes war.

»Bitte lass ihn kein Arschloch sein«, flüsterte sie, bevor sie sich wieder dem Sandwich zuwandte, das sie gerade machte. Es wäre besser für ihn, eine Suppe oder etwas anderes zu essen, aber sie war sich nicht sicher, ob er sie kalt würde essen wollen, und sie war noch nicht bereit, den Kamin zu benutzen, um etwas zu erhitzen. Vielleicht würde er ihr zeigen, wie es funktionierte, wenn es ihm besser ging.

Allerdings würde sie nicht lange genug dort sein, um die Kunst des Kochens am Kamin wirklich zu beherrschen.

Dieser Gedanke machte sie wieder einmal traurig, aber sie verdrängte die Emotionen. Sie war erleichtert, dass es Riggs besser ging. Er hatte ihr eine Weile Angst eingejagt. Sie musste nur noch warten, bis der Schnee aufhörte, dann konnte sie sich auf den Weg machen.

Sie wusste zwar immer noch nicht, wohin sie gehen würde, aber sie konnte sich nicht ewig vor Tommy verstecken. Solange sie hier war, würde sie einfach das Gefühl genießen, in Sicherheit zu sein.

KAPITEL VIER

Chappy starrte auf sein Spiegelbild und zog eine Grimasse.

Er fühlte sich furchtbar. Schmutzig. Er brauchte dringend eine Dusche, aber bevor er das tun konnte, musste er nach draußen gehen und den Generator anwerfen, damit es heißes Wasser gab. Er hatte das Gefühl, dass er sich im Moment keinen Gefallen tun würde, in den Sturm hinauszugehen. In der Vergangenheit hatte er schon oft über längere Zeiträume nicht geduscht. Er würde es überleben.

Aber er ließ sich Zeit und versuchte, mit einem Waschlappen so viel getrockneten Schweiß wie möglich von seinem Körper zu bekommen. Er putzte sich die Zähne, brachte seinen Bart mit dem Bartschneider in Form und trug ein wenig Deodorant auf. Als er fertig war, fühlte er sich etwas besser. Sein Gesicht war immer noch blass und sein Kopf ein wenig benebelt, aber er hoffte, dass etwas zu essen helfen würde.

Schwer auf den Tresen gestützt, starrte Chappy wieder in

den Spiegel, aber seine Gedanken kreisten nicht um sein Aussehen ... sondern um die Frau in seiner Hütte. Carlise.

Er erinnerte sich nicht an viel von den letzten drei Tagen, nur an ein paar Bruchstücke. Aber an *eine* Sache erinnerte er sich – er war aufgewacht, orientierungslos, und hatte sie fest an sich gedrückt. Sie hatten so eng geschlafen wie ein langjähriges Liebespaar, und ein Gefühl von Trost und Zufriedenheit hatte ihn erfüllt, bevor er wieder einschlief.

Chappy war kein Mann, der leicht vertraute. Aber aus irgendeinem Grund vertraute er Carlise instinktiv. Vielleicht lag es daran, dass sie buchstäblich alles hätte tun können, während er bewusstlos gewesen war. Sie hätte ihn ausrauben, ihm Drogen ins Wasser geben können, um ihn zu töten, oder ihn mit seiner Krankheit allein lassen können. Sie hatte nichts von alledem getan.

Sie hatte sich um ihn gekümmert.

Er hasste es, krank zu sein, er hasste es, sich hilflos zu fühlen, und diese Frau, eine Fremde, war eingesprungen und hatte getan, was nötig war, um sicherzustellen, dass er nicht starb.

Nicht dass Chappy glaubte, er hätte den Löffel abgegeben, aber er wäre definitiv in Schwierigkeiten gewesen, wenn sie nicht da gewesen wäre. Sie hatte die Hütte warm gehalten, indem sie das Feuer schürte, sie hatte ihm zur Toilette geholfen, als er es brauchte, sie hatte ihn dazu gebracht, so viel wie möglich zu trinken und Medikamente zu nehmen.

Kurzum ... sie hatte sich mehr als nur bemüht, einem Fremden zu helfen.

Chappy richtete sich zu schnell auf – und musste sich mit einer Hand an der Wand abstützen, um nicht umzufallen. »Keine plötzlichen Bewegungen«, murmelte er, bevor er nach der Türklinke griff. Er wollte Carlise sehen. Mit ihr reden. Sie kennenlernen. Und im Badezimmer herumzuhängen würde ihm nicht die Antworten bringen, die er brauchte. Er wollte alles über die Frau im anderen Zimmer wissen. Woher sie kam. Was sie beruflich tat.

Warum zum Teufel sie mitten im Sturm auf den Neben-straßen von Maine herumgefahren war.

Er öffnete die Tür und ging direkt zu seiner Kommode. Mit dem Rücken zur Küche zog er das T-Shirt aus, das er schon viel zu lange trug, und ersetzte es durch ein sauberes. Dann schob er, ohne wirklich darüber nachzudenken – denn er hatte noch nie einen Übernachtungsgast in seiner Hütte gehabt –, seine Boxershorts von den Beinen und bückte sich, um saubere anzuziehen.

Er hörte ein leises Schnappen nach Luft aus Richtung der Küche und verzog das Gesicht.

»Tut mir leid«, murmelte er, ohne sich umzudrehen, während er in einer der Schubladen nach einer Jogginghose suchte. »Ich hatte vergessen, dass du da bist.«

Das entsprach bei Weitem nicht der Wahrheit. Ein unter-schwelliger Strom von Bewusstsein schwamm durch seinen Blutkreislauf. In der Vergangenheit hatte er sich nervös und unwohl gefühlt, wenn er wusste, dass ihn jemand beobachtete ... aber Carlises Blick verursachte eher ein schwirrendes Gefühl als ein beunruhigendes.

»Ist schon in Ordnung«, sagte sie leise.

Chappy zog sich fertig an, nahm seine schmutzige Kleidung und legte sie in den Wäschekorb neben der Kommode. Er holte tief Luft und drehte sich schließlich zu seinem Gast um. Das Bett ignorierte er vorerst – er hatte schon zu lange dort gelegen

– und ging auf den kleinen Tisch zu. Seine Beine zitterten leicht und er verfluchte seine Schwäche.

»Ich habe dir ein Sandwich gemacht«, sagte sie, als sie einen Teller vor ihm auf den Tisch stellte. »Ich wollte dir eigentlich eine Suppe oder so machen, aber ich dachte, du würdest sie nicht kalt essen wollen.«

Chappy schaute sie stirnrunzelnd an. »Warum sollte ich sie kalt essen?«

»Nun, weil du keinen Strom hast, und wenn ich versuchen würde, sie auf dem Feuer zu erwärmen, würde ich sie wahrscheinlich verbrennen, oder meine Hand, und dabei deinen Topf ruinieren.«

»Der Herd wird mit Gas betrieben«, sagte er leise.

»Was?«

»Der Herd. Er wird mit Propangas betrieben. Ich habe einen kleinen Tank unter der Spüle, an den er angeschlossen ist. Ich kann Wasser erhitzen, Sachen anbraten, Nudeln und Reis machen und alles andere, was man mit einem Topf auf dem Herd machen kann.«

Carlise starrte ihn einen Moment lang an. »Oh«, murmelte sie schließlich.

»Es gibt auch einen Eisschrank an der Seite der Veranda. Ich benutze ihn im Winter, weil er sparsamer ist als der kleine Kühlschrank, den ich draußen im Lagergebäude habe. Ich habe dort Fleisch, Milch und Käse gelagert. Auch Eier, aber die sind wahrscheinlich tiefgefroren. Verdammt, wahrscheinlich ist alles tiefgefroren.«

»Warte, du hast einen Kühlschrank, den du anschließen kannst? Ich dachte, hier gäbe es keinen Strom«, sagte sie.

Sie hatte sich nicht hingesetzt, sondern stand immer noch

neben dem Tisch und starrte ihn an. Chappy wollte eine Hand ausstrecken und sie auf den anderen Platz ziehen, aber er wollte sie auch nicht verängstigen, indem er sie unerlaubt berührte. Ja, sie hatten eng umschlungen geschlafen, und sie war nicht ausgeflippt, als er vorhin eine Hand auf ihren Oberschenkel gelegt hatte, aber er wollte sein Glück nicht überstrapazieren.

»Ich habe draußen einen Generator. Wenn ich meine elektronischen Geräte aufladen oder die wenigen elektrischen Geräte, die ich hier und da habe, benutzen muss, kann ich ihn anwerfen und habe eine Zeit lang Saft. Ich benutze ihn nicht oft, denn der Generator ist laut, und ich mag die Ruhe dieser Hütte.« Er seufzte. »Es tut mir so leid«, sagte er kopfschüttelnd.

»Was denn?«

»Dass ich dich nicht herumgeführt habe, dass ich dir nicht erklärt habe, wie alles hier funktioniert, bevor ich bewusstlos geworden bin.«

»Es ist ja nicht so, als hättest du es absichtlich getan«, sagte sie mit einem leichten Schulterzucken. »Ich hätte das mit dem Herd herausfinden müssen. Das war dumm von mir.«

Chappy hörte nicht gern, wie sie sich selbst herabsetzte. »Du bist nicht dumm. Du hast es geschafft, das Feuer am Laufen zu halten. Du hast dich um mich gekümmert. Du hast getan, was du tun musstest, um zu überleben. Nur weil du nichts vom Herd oder dem Generator wusstest, bist du nicht dumm.«

Sie zuckte wieder mit den Schultern.

»Willst du dich zu mir setzen, während ich esse?«, fragte Chappy.

Sie warf einen Blick auf das Sandwich, das sie ihm gemacht

hatte, und zuckte zusammen, als sie nach dem Teller griff. »Ich mache dir eine Suppe warm. Du musst das nicht essen.«

Chappy reagierte, ohne nachzudenken. Er griff nach ihrem Handgelenk, um sie daran zu hindern, den Teller anzuheben. »Erdnussbutter-Marmeladen-Sandwich ist eine meiner Lieblingsmahlzeiten auf der Welt«, sagte er völlig ernst. »Was glaubst du, warum ich so viele Gläser von dem Zeug habe?«

Er streichelte mit dem Daumen ihr Handgelenk, während sie ihn musterte und wahrscheinlich überlegte, ob sie widersprechen sollte oder nicht. Ihre Haut war bemerkenswert glatt und er konnte spüren, wie ihr Puls in ihrem Handgelenk hämmerte. Er war sich nicht sicher, ob es daran lag, dass sie Angst hatte, oder ob es seine Berührung war, die sie schneller atmen ließ.

Es war die Ungewissheit, die ihn dazu brachte loszulassen. Auf keinen Fall wollte er, dass sie sich unwohl fühlte.

Er mochte sie nicht hierher eingeladen haben, aber sie *war* jetzt hier, und so wie der Sturm sich draußen anhörte, würde sie nicht so bald wieder gehen. Er wollte nicht, dass sie sich hier unbehaglich oder unwohl fühlte. Besonders nach dem, was sie für ihn getan hatte.

Chappy konnte sich nicht daran erinnern, wann sich das letzte Mal jemand ohne jegliche Erwartungen um ihn gekümmert hatte. Nachdem er und seine Freunde gerettet worden waren, waren sie in ein Militärkrankenhaus in Deutschland gebracht worden, wo Krankenschwestern und Ärzte sich um sie gekümmert und alles getan hatten, um ihre Verletzungen zu heilen, aber das war ihr Job gewesen. Als er in die Staaten zurückgekehrt war, hatten die Frauen sich ihm an den Hals geworfen, aber Chappy wusste, dass es daran lag, dass er und seine Freunde nach den Geschehnissen überall in den Medien waren. Er wollte nicht mit jemandem ausgehen, der mit einem »berühmten« Mann zusammen sein wollte.

Chappy war sich ziemlich sicher, dass die Frau, die neben seinem Küchentisch stand und hinreißend zerzaust aussah, keine Ahnung hatte, was mit ihm geschehen war. Sie hatte sich nicht um ihn gekümmert, weil sie sein Gesicht in den Nachrichten gesehen hatte. Sie hatte es aus reiner Herzensgüte getan. Ja, sie war wegen des Sturms mit ihm in der Hütte gefangen, aber wenn sie sich wirklich nicht um sein Wohlergehen gesorgt hätte, hätte sie einfach das Nötigste tun können.

»Bitte setz dich, Carlise«, bat Chappy erneut.

Zu seiner Erleichterung zog sie den Stuhl neben ihm heraus und ließ sich langsam darauf nieder.

Chappy reichte ihr die Hand und sagte: »Vielleicht können wir von vorn anfangen. Ich bin Riggs Chapman. Meine Freunde nennen mich Chappy.«

»Carlise Edwards«, sagte sie etwas schüchtern, als sie ihre Hand in seine legte.

»Es ist schön, dich kennenzulernen«, sagte er lächelnd. »Willkommen in meinem zweiten Zuhause.«

Er sah die Frage in ihren Augen, als sie seine Hand schüttelte. Er wollte sie nicht loslassen, aber er tat es trotzdem. »Ich habe eine Wohnung in Newton. Das ist die nächstgelegene Stadt von hier. Meine Freunde und ich besitzen eine Baumpflegefirma namens *Jack's Lumber*, die dort ihren Standort hat.«

»Wer ist Jack?«, fragte sie mit einem leichten Stirnrunzeln.

»Richtig ... also, vielleicht sollte ich ein bisschen zurückgehen. Meine Freunde und ich waren alle zusammen beim Militär. Als wir rauskamen, beschlossen wir, gemeinsam ein Geschäft zu gründen.«

»Cal, Bob und JJ, richtig?«, fragte sie.

»Ja. Callum ›Cal‹ Redmon, Kendric ›Bob‹ Evans und Jackson ›JJ‹ Justice sind meine besten Freunde. Wir hätten das Unternehmen auch *Lumberjacks* nennen können, aber ich glaube, JJ hätte einen Wutanfall bekommen.«

Carlise kicherte.

Das Geräusch brachte Chappy zum Grinsen. »Jedenfalls fällen und stutzen wir Bäume, reißen Stümpfe heraus und helfen den Rettungskräften, wenn Bäume auf der Straße liegen. Wir kümmern uns auch um die Instandhaltung des Appalachian Trail, stellen sicher, dass der Weg frei ist, dass die Markierungen sichtbar und nicht verwittert sind, und begleiten Leute, die sich nicht sicher sind, ob sie den Teil des AT in Maine allein wandern wollen.«

»Wow. Ich schätze, dann seid ihr ziemlich beschäftigt.«

»In den wärmeren Monaten, ja. Im Winter nicht so sehr, was für uns alle okay ist. Ich habe diese Hütte gekauft und hergerichtet, damit ich einen Ort habe, an dem ich abschalten kann, wenn ich es brauche.«

Carlise nickte, als verstünde sie es vollkommen, obwohl er wusste, dass die meisten Leute wahrscheinlich lachen würden. Es war schließlich nicht so, als sei Newton eine riesige Metropole oder sein Job besonders stressig. Trotzdem gab es Zeiten, in denen Chappy einfach allein sein musste.

Der Gedanke erschreckte ihn. Er sollte sich darüber ärgern, dass sein Rückzug von der Welt, von dem Mist, der ihm manchmal im Kopf herumschwirrte, von einer Fremden gestört worden war. Seltsamerweise *fühlte* Carlise sich nicht wie eine Fremde an.

Er öffnete den Mund, um noch etwas zu sagen, ohne zu wissen, was es wäre, als sie nach Luft schnappte und vom Stuhl aufsprang.

Chappy stand ebenso abrupt auf, wobei ihn ein leichtes Schwindelgefühl überkam, als er sich umsah, um festzustellen, was sie erschreckt hatte. Als er nichts entdeckte, sah er zu, wie sie hektisch die Dosen in seiner Speisekammer durchsuchte.

»Was ist los?«, fragte er eindringlich.

»Ich hätte fast Baxter vergessen!«

»Baxter?«, fragte Chappy. »Wer ist das?«

Sie drehte sich zu ihm um. »Der Hund, der mich gefunden hat.«

»Der Pitbull?«, fragte Chappy erstaunt.

»Ja.«

»Er ist hier?« Er sah sich noch einmal um und versuchte, den Hund zu finden. Die Hütte war nicht besonders groß, er hätte das große Tier sofort entdecken müssen.

»Er wollte nicht reinkommen. Glaub mir, ich habe es versucht. Er ist auf der Veranda. Ich hoffe, es macht dir nichts aus, aber ich habe ein paar von den Decken genommen, die du hier hast. Nicht die neueren, flauschigen. Es gibt einen Platz zwischen der Hütte und den Holzscheiten, die du auf der Veranda gestapelt hast, wo er sich mit den Decken ein kleines Zuhause geschaffen hat. Es ist immer noch sehr kalt, aber so sehr ich mich auch anstrenge, er rührt sich nicht von seinem Nest weg. Aber ich habe ihn gefüttert.«

»Ich habe kein Hundefutter«, sagte Chappy unnötigerweise. Das wusste sie natürlich.

»Ich habe das verwendet, was du zur Verfügung hast. Kichererbsen, grüne Bohnen, Thunfisch und Hühnchen aus der Dose ... solche Sachen. Aber jetzt, da ich weiß, dass ich den Herd benutzen kann, kann ich auch etwas Reis kochen und dazugeben. Ich wette, er hätte gern etwas Warmes in seinem Bauch.«

Sie hörte so plötzlich auf, wie sie angefangen hatte, und sah zu ihm hinüber. Ihre Wangen erröteten, als er sie beobachtete. »Ich meine ... wenn es für dich in Ordnung ist? Es ist dein Essen. Du möchtest vielleicht nicht, dass ich es benutze, um einen Streuner zu füttern. Es tut mir so leid, daran habe ich nicht gedacht.«

Chappy konnte sich nicht davon abhalten, auf sie zuzugehen. Sie stand jetzt vor der Vorratskammer, die er gebaut hatte, um alle seine Konserven und Trockenwaren zu lagern. Alle seine Freunde hatten über die Menge an Lebensmitteln gelacht, die er in seiner Hütte aufbewahrte, aber er wollte immer auf alles vorbereitet sein.

Er trat näher und hob eine Hand, hielt jedoch inne, als er nur noch Zentimeter von ihrem Gesicht entfernt war. »Darf ich?«, fragte er leise und ließ den Blick zu seiner Hand gleiten.

Sie schaute eine Sekunde lang verwirrt, dann schien sie zu verstehen, dass er um Erlaubnis bat, sie zu berühren. Sie nickte einmal.

Chappy strich ihr langsam mit dem Fingerrücken über die Wange, bevor er seine Hand seitlich auf ihren Hals legte. Mit dem Daumen streichelte er die Unterseite ihres Kiefers. Er schüttelte leicht den Kopf, als er sagte: »Ich bewundere dich, Carlise.«

Erneut runzelte sie verwirrt die Stirn.

»Du hättest sterben können. Du warst wahrscheinlich bis auf die Knochen durchgefroren. Und doch, als ich dich das erste Mal sah, konnte ich die Entschlossenheit in deinen Augen sehen, die Art, wie du einen Fuß vor den anderen gesetzt hast. Du wolltest nicht aufhören, bis du in Sicherheit warst. Natürlich konntest du nicht wissen, dass es in der Richtung, in die du gingst, buchstäblich nichts gab. Nichts außer meiner Hütte. Die Straße, auf der du dich befunden hast, endet in einer Sackgasse, und kilometerweit gibt es nur Bäume und Wildnis.

Aber wie durch ein Wunder habe ich dich gefunden. Habe dich hergeführt ... und bin dann prompt auf dir eingeschlafen.« Er lächelte leicht. »Du hast getan, was du tun musstest, um uns beide zu schützen und warm zu halten. Und nicht nur das, du hast auch den armen Hund nicht vergessen.«

»Er hat mir das Leben gerettet«, flüsterte sie.

»Das hat er«, stimmte Chappy zu, während er den Blick über jeden Teil ihres Gesichts wandern ließ. Das gefiel ihm. Es gefiel ihm, ihr nahe zu sein. Sie zu berühren. Sie sah ihn mit großen blauen Augen an, und er hatte ein gutes Gefühl bei dem, was er in ihrem Blick sah – Erleichterung. Vertrauen.

Und eine Anziehungskraft, die Chappy bis in die Zehenspitzen spürte.

»Warum Baxter?«, fragte er.

»Ich habe an alle möglichen anderen Namen gedacht ... Ich hatte schließlich viel Zeit, darüber nachzudenken. Aber nichts hat sich richtig angefühlt. Dann kam mir Baxter in den Sinn, und es schien zu passen.«

»Das gefällt mir. Er hat also gefressen?«

Carlise nickte. »Gestern Abend hat er zum ersten Mal gefressen, als ich mit ihm draußen saß.«

»Du hast mit ihm da draußen gesessen? Es ist eiskalt«, sagte Chappy stirnrunzelnd.

»Ich weiß, aber ich habe mit ihm geredet. Ich wollte, dass er sich an meine Stimme gewöhnt. Ich hasse es, dass er da draußen in der Kälte ist und wir hier drinnen sind. Das ist nicht richtig.«

Es *war* nicht richtig. Aber solange der Hund ihr nicht vertraute, ihnen beiden nicht vertraute, würde er nicht mit hineinkommen. »Wie wäre es, wenn wir etwas Reis kochen und ihm ins Futter mischen?«

»Wird das nicht eine Weile dauern? Ich meine, es ist schon nach der Zeit, zu der ich ihn normalerweise füttere. Er soll nicht denken, ich hätte ihn vergessen.«

Chappys Lippen zuckten. »Er wird nicht denken, dass du ihn vergessen hast.«

»Das weißt du doch gar nicht.«

»Der Hund geht nirgendwo hin. Er hat es wahrscheinlich so warm wie schon lange nicht mehr, und du bist seine Nahrungsquelle. Er wird nicht riskieren, eines von beidem zu verlieren. Außerdem habe ich Minutenreis, das Zeug, das nicht lange kocht. Glaubst du, er wird etwas essen, wenn ich mit dir da rausgehe?«

Carlise dachte einen Moment darüber nach. »Ich weiß nicht. Nicht wegen Baxter, sondern ob du rausgehen solltest. Du bist immer noch ein wenig warm. Und es ist noch nicht lange her, dass du im Delirium warst. Es ist wahrscheinlich keine gute Idee, wenn du in die Kälte gehst.«

Ihre Besorgnis fühlte sich gut an. »Wir werden nicht lange da draußen bleiben. Außerdem muss ich sowieso noch mehr Holzscheite für das Feuer holen.«

»Ich kann das tun.«

»Ich weiß, dass du es kannst. Und ich weiß es zu schätzen. Aber jetzt, da ich wach bin und weiß, was vor sich geht, wirst du es nicht tun.«

Sie runzelte die Stirn. »Warum nicht?«

»Weil.«

»Das ist keine Antwort«, sagte sie und rollte mit den Augen.

Gott, sie war süß. Obwohl Chappy es besser wusste, als ihr das ins Gesicht zu sagen. Er war kein Experte, wenn es um Beziehungen ging, aber er hatte in seiner fernen Vergangenheit einmal eine Frau süß genannt, und sie hatte ihm deutlich zu verstehen gegeben, dass sie das Adjektiv beleidigend fand. Er war sich nicht sicher warum, vielleicht hatte sie irgendeine schlechte Erfahrung gemacht. Er hatte das Gefühl, dass es wahrscheinlich eher *ihr* Problem war als ein Problem von Frauen im Allgemeinen. Aber er hatte sehr darauf geachtet, das Wort nicht für zukünftige Freundinnen zu verwenden.

»Weil du dich drei Tage lang um mich gekümmert hast«, erklärte er nach einer kurzen Pause. »Das hättest du nicht tun müssen. Ich habe es nicht erwartet. Aber du hast es getan. Wenn ich glaubte, dass Baxter positiv auf mich reagieren würde, würde ich dich bitten, drinnen zu bleiben und mich ihn füttern zu lassen. Aber er ist jetzt an dich gewöhnt, und ich will nicht riskieren, dass er wegläuft, wenn ich allein hinausgehe.

Aber ... Ich bin ein Beschützer, Carlise. So bin ich nun mal. Als meine Freunde und ich aus der Armee kamen, wollten wir keinen Beruf ergreifen, der mit Waffen zu tun hat ... Sicherheitsdienst oder Personenschutz, solche Dinge ... aber es liegt in meiner DNA, dass ich versuche, dafür zu sorgen, dass die Menschen um mich herum beschützt und umsorgt sind. Es ist mir unangenehm, dass du dich in den letzten Tagen um alles kümmern musstest, was ich brauchte, aber ich bin sehr erleichtert, dankbar und gerührt, dass du es getan hast.«

Chappy wusste nicht, worauf er hinauswollte, aber er konnte einfach nicht die Klappe halten.

»Du könntest dir die Hände an dem Holz verletzen. Dir einen Splitter holen. Du könntest dir den Rücken verletzen, denn einige dieser Scheite sind verdammt schwer. Und ich möchte nicht, dass du dir irgendwie wehtust. Für mich ist es keine große Sache, die Scheite zu greifen, weil ich das seit Jahren mache. Und ich habe sie überhaupt erst alle gehackt.«

Carlise legte eine Hand auf seine Brust und sagte: »Okay.«

Das stoppte endlich seinen Sprechdurchfall. »Okay?«

Sie nickte. »Ja. Es wäre dumm, mit dir zu streiten. Ich meine, du kannst wahrscheinlich sowieso mehr auf einmal tragen als ich ... auch wenn du drei Tage Fieber hattest. Aber kannst du versuchen, sie vom anderen Ende des Stapels zu nehmen, weg von der Stelle, an der Baxter sich verschanzt hat?«

»Natürlich. Wenn der Wind und der Schneefall nachlassen, kann ich ihm vielleicht eine richtige Hundehütte bauen.«

Ihre Augen wurden groß. »Das würdest du tun?«

»Auf jeden Fall. Dieser Hund hat dich gerettet. Er hat meine Aufmerksamkeit erregt und mich dazu gebracht, in den Sturm hinauszugehen, um zu sehen, worüber er sich so aufgeregt hat. Wenn er das nicht getan hätte, wärst du jetzt vielleicht nicht hier. Ich habe das Gefühl, dass ich *alles* für diesen Hund tun würde.«

Sie lächelte.

Chappy stand in seiner Küche, eine Hand in ihrem Nacken, ihre eigene auf seiner Brust, und nahm einfach die Gefühle in sich auf, die ihn durchströmten. Gefühle, die oft zu haben er sich nicht erinnern konnte. Zufriedenheit. Dankbarkeit.

Die Gewissheit, dass er genau hierher gehörte. Genau hier mit Carlise.

Er wollte sich nicht bewegen, aber Baxter musste gefüttert werden. »Ich fange mit dem Reis an, wenn du den Rest des Essens mischen willst.«

»Okay.«

Keiner von beiden rührte sich.

Chappy wollte nicht der Erste sein, der den Körperkontakt abbrach, aber es musste sein. Widerwillig ließ er die Hand sinken und trat zurück, überrascht, als es ihm Schmerzen bereitete.

KAPITEL FÜNF

»Es ist in Ordnung. Das ist Riggs. Ich habe dir von ihm erzählt.
Er ist gut. Erinnerst du dich? Du hast ihn geholt, damit er mich
finden kann. Du hast sein Essen gegessen und seine Decken
benutzt. Sie sind warm, nicht wahr?«

Carlise sprach ruhig und sanft zu dem Hund, der sich so
weit wie möglich in seinem kleinen Versteck verkrochen hatte.
Er schien zwar verängstigt zu sein, aber die Tatsache, dass er
nicht von der Veranda weggesprungen war, machte ihr Mut. Er
hätte es tun können. Er hätte sich aus seinem Nest zurückziehen und über die Seite der Veranda fliehen können. Aber
stattdessen hielt er seine großen braunen Augen auf sie und
Riggs gerichtet.

Besagter Mann hatte darauf bestanden, dass sie zwei seiner
langärmeligen Hemden, zwei Paar seiner Socken und seine
Galoschen sowie ihren Mantel, ihre Mütze, ihren Schal und
ihre Handschuhe anzog. Sie war so dick eingepackt, dass sie

sich wie Ralphies kleiner Bruder in dem Film *Fröhliche Weihnachten* fühlte.

Andererseits hatte er ihr ganz offen gesagt, dass er ein Beschützer sei. Dass er sich um ihr Wohlbefinden sorgte, also war sie nicht überrascht über das Übermaß an Kleidung. Es war schon lange her, dass jemand sich so sehr um sie gekümmert hatte. Ihre Gedanken drehten sich um Tommy, aber sie unterbrach sie sofort wieder. Sie wollte im Moment nicht an ihren Ex denken. Sie war in Sicherheit, und es war eine große Erleichterung, in den letzten Tagen nicht belästigt oder gestalkt worden zu sein.

Sie drehte sich um und sah Riggs, der in der Hocke neben der Tür zur Hütte kauerte. Er hatte sich vorhin ein paar Holzscheite geschnappt und war jetzt einfach hinter ihr und beobachtete sie.

»Wir haben heute eine Überraschung für dich«, sagte sie zu Baxter, während sie die Schüssel mit dem Essen näher an ihn heranschob. »Reis. Ich glaube, du wirst ihn mögen. Er wird dich von innen heraus wärmen. Obwohl ich mir nicht sicher bin, ob du dich an diese Art von Gourmetfutter gewöhnen solltest. Normales Hundefutter hat wahrscheinlich eine bessere Nährstoffbalance für dich. Andererseits schmeckt es wahrscheinlich auch viel besser. Aber wer weiß schon, was du gefressen hast, bevor du uns gefunden hast, oder? Das ist schon in Ordnung. Du kannst es essen. Es ist sicher. Du bist in Sicherheit.«

Sie wollte sich zurückziehen, wurde aber von Riggs' Hand auf ihrem Rücken aufgehalten.

»Rede weiter mit ihm. Er muss sich an deine Anwesenheit gewöhnen. Er wird fressen, gib ihm nur einen Moment Zeit«, sagte er sanft.

Jedes Mal wenn sie hier draußen war, hatte Carlise sich zurückgezogen und Baxter Platz zum Fressen gegeben. Auf keinen Fall wollte sie den Hund erschrecken, sodass er das Futter nicht anrührte. Aber sie vertraute Riggs, also tat sie, was er verlangte.

»Es tut mir leid, dass ich nicht schon früher Reis für dich hatte. Ich wusste nicht, dass der Herd mit Gas betrieben wird. Wie dumm ist das denn? Ich meine, ich hätte es wissen sollen, aber zu meiner Verteidigung, ich bin keine gute Köchin. Manchmal ist eine Schüssel Müsli genauso befriedigend wie ein Vier-Gänge-Menü, weißt du? Aber ich wette, du siehst das anders, oder? Du siehst aus, als hättest du etwas zugenommen ... Das könnte natürlich auch nur Wunschdenken meinerseits sein. Du warst so dünn. Ich kann nicht glauben, dass du so lange allein überlebt hast. Aber du bist nicht mehr allein, Bax. Wenn du lernst, mir zu vertrauen, werde ich dich mit zu mir nach Cleveland nehmen, wenn – ähm ... wenn ich überzeugt bin, dass es sicher ist. Mach schon, iss auf, Junge. Es ist gut für dich. Versprochen.«

Das mit der Sicherheit hatte sie nicht sagen wollen, aber sie wollte den Hund nicht mit nach Hause nehmen, nur damit ihr Stalker seine Wut an dem wehrlosen Tier auslassen konnte. Baxter hatte schon genügend durchgemacht. Sie wollte nicht riskieren, dass er noch mehr Misshandlungen erlitt.

Sie betete, dass Riggs nicht gehört hatte, was sie gesagt hatte ... aber sie hatte das Gefühl, dass ihm nicht viel entging.

»Braver Junge«, murmelte sie, als Baxter an der Schüssel schnupperte, die sie ihm unter die Nase geschoben hatte. »So ist es gut. Friss alles auf.«

Als sie den Hund das erste Mal hatte fressen sehen, war sie überrascht gewesen, dass er das Futter nicht in ein paar Bissen

EIN BESCHÜTZER FÜR CARLISE

verschlungen hatte. So abgemagert wie er war, hatte sie angenommen, er würde verzweifelt nach jeder Art von Mahlzeit lechzen. Aber damals wie heute fraß er langsam, als wüsste er, dass das Inhalieren des Essens es wieder hochkommen lassen könnte.

»Schmeckt gut, was?«, fragte sie.

Baxter sah sie an, als würde er verstehen, was sie sagte, während er sich die Lefzen leckte. Dann ließ er den Kopf wieder in die Schüssel sinken.

»Er sieht wirklich besser aus als beim letzten Mal, als ich ihn gesehen habe«, sagte Riggs leise.

Sofort bildete sich eine Gänsehaut auf ihren Armen, als sein Atem über die empfindliche Haut an ihrem Hals strich. Riggs hockte jetzt direkt hinter ihr, mit einer Hand auf ihrem Rücken und dem Mund an ihrem Ohr, und es kostete Carlise alles, sich nicht zurückzulehnen, um sich an den Mann zu schmiegen.

Im Delirium und schlafend war er gut aussehend. Aufrecht, bei Bewusstsein und mit dieser tiefen, sexy Stimme, mit der er ihr zuflüsterte ... war er tödlich.

Carlise war eine praktische Frau. Sie glaubte nicht an Liebe auf den ersten Blick. Sie war generell misstrauisch gegenüber Männern. Ihren Motiven und ihren verborgenen Absichten. Aber dieser Mann ging ihr unter die Haut, ohne es überhaupt zu versuchen. Vielleicht war es die Art, wie er in der Küche um Erlaubnis gebeten hatte, sie zu berühren. Vielleicht war es die Art, wie er ohne jede Verlegenheit oder Selbstgefälligkeit gesagt hatte, dass er ein Beschützer sei. Oder vielleicht lag es daran, dass er darauf bestanden hatte, dass sie komplett eingepackt war, bevor sie nach draußen ging.

Was auch immer der Grund sein mochte, Carlise hatte das

Gefühl, dass dieser Mann entweder ein wahr gewordener Traum wäre oder ihr Herz in eine Million Stücke brechen würde.

Sie nickte als Antwort auf Riggs' Bemerkung und behielt Baxter im Auge. Aber der Mann hinter ihr bewegte sich nicht weg. Er blieb einfach, wo er war, die Hand auf ihrem Rücken.

Der Wind schien nicht mehr ganz so heftig zu heulen wie während der letzten Tage, aber der Schnee fiel immer noch, und die Sicht war nach wie vor extrem eingeschränkt. Sie, Riggs und Baxter hätten die einzigen drei Wesen auf dem Planeten sein können. Sie befanden sich in ihrer eigenen kleinen Blase.

»Ich glaube, er braucht noch ein paar Decken«, sagte Riggs nach einem Moment. »Ich habe eine drinnen, die besser sein wird als diese. Ich habe sie in Südkorea gekauft, als ich dort war. Man nennt sie Nerzdecke, aber es ist kein echter Nerz. Ich weiß nicht, was genau es eigentlich ist, aber sie ist dick und verdammt weich. Vielleicht können wir sie über die Baumstämme drapieren, damit sie den Wind besser abhält.«

Carlises Herz schmolz dahin. Er klang aufrichtig besorgt um den Hund. Sie drehte sich zu ihm, um ihm zu sagen, dass sie es nicht für nötig hielt, eine schwer zu ersetzende Decke zu opfern, aber er entfernte sich bereits von ihr.

Baxter hörte auf zu fressen und beobachtete vorsichtig, wie Riggs sich auf die Tür der Hütte zubewegte.

»Ist schon gut«, beruhigte Carlise ihn. »Er wird dir nur noch eine Decke holen.«

Innerhalb von Sekunden war Riggs zurück. »Hier, ich habe zwei mitgebracht. Eine können wir über die Holzscheite legen, und wir werden ein paar benutzen, um sie zu fixieren; die andere kann er in seinem kleinen Nest haben, damit es wärmer ist. Aber ich glaube, es ist besser, wenn du es machst. Er vertraut mir nicht so sehr wie dir.«

»Ich lege die eine über die Holzscheite, aber die andere schiebst du ihm zu. Er muss wissen, dass du auch sein Bestes im Sinn hast. Und dass du ihm nicht wehtun wirst. Aber lass uns warten, bis er mit dem Fressen fertig ist.«

Es wirkte intim, auf der Veranda zu sitzen und Baxter beim Fressen zuzusehen. Riggs saß hinter ihr, eine seiner behandschuhten Hände ruhte auf den Holzdielen der Veranda, neben ihrer Hüfte, und die andere hatte er um ihre Taille gelegt, um sie an ihn zu drücken. Sein Körper hielt einen Teil des Windes ab, und obwohl sie beide so dick eingemummelt waren, dass sie seine Körperwärme nicht spüren konnte, fühlte es sich mit ihm dennoch wärmer an.

Schließlich aß Baxter das Essen auf, das Carlise für ihn gemacht hatte. Er leckte jeden Zentimeter der Schüssel sauber, bevor er zu ihr und Riggs aufblickte.

»Ich frage mich, wo er herkommt«, überlegte Riggs. »Ich meine, hier gibt es kilometerweit keine andere Hütte.«

»Jemand hat ihn wahrscheinlich ausgesetzt«, sagte Carlise.

»Ja, da hast du vermutlich recht«, stimmte er zu. Er bewegte sich an ihr. »Okay, lass uns das machen. Ich schiebe zuerst diese Decke zu ihm, dann kannst du versuchen, die andere über die Scheite zu ziehen.«

Baxter zitterte, als sie sich langsam bewegten, aber er flüchtete nicht, wofür Carlise dankbar war. Als sie fertig waren, war das Versteck des Hundes bereits viel besser geschützt. »Ich hätte schon vor drei Tagen daran denken sollen«, sagte Carlise traurig, als sie mit Riggs an der Hüttentür stand.

Baxter war damit beschäftigt, die neue Decke zusammenzuschieben und sich in engen Kreisen zu drehen, während er versuchte, sein Nest so perfekt zu machen, wie er es mit seinen Hundepfoten schaffen konnte.

»Was du gemacht hast, war perfekt«, sagte Riggs. »Komm, lass uns reingehen, ich mache uns einen Tee zum Aufwärmen.«

Carlise war mehr als bereit, ins Haus zu gehen. Es war verdammt kalt. Sobald sie die Hütte betreten hatten, ging Riggs zum Kamin und legte ein Holzscheit nach, bevor er zur Tür zurückkehrte, seine Jacke auszog und sie an die Garderobe hängte.

Seine Wangen waren gerötet, und Carlise dachte nicht nach, bevor sie auf ihn zuging und ihm eine Hand auf die Stirn legte. »Du fühlst dich etwas warm an«, bemerkte sie.

Riggs zuckte mit den Schultern. »Ich glaube, ich habe immer noch leichtes Fieber, aber es ist nicht so wie zuvor. Das wird schon wieder.«

»Vielleicht sollte ich den Tee machen«, schlug Carlise vor.

»Ich mache das schon. Setz dich auf die Couch und wärm dich auf. Es wird ein bisschen dauern, bis das Wasser kocht.«

»Aber sobald es kocht, setzt du dich hin und entspannst dich?«, fragte sie.

Er sah sie einen Moment lang an, bevor er nickte. »Ja.«

»Okay.«

Es schien ihr, als wollte er noch etwas sagen, aber er deutete nur mit dem Kopf auf die Couch, bevor er sich der Küche zuwandte.

Nach den letzten drei Tagen fühlte es sich für Carlise seltsam an, einfach dazusitzen, während Riggs sie bediente, aber jetzt, da sie sich um Baxter gekümmert hatten und Riggs auf dem Weg der Besserung war, wurde ihr klar, wie müde sie war. In den letzten Tagen hatte sie hier und da geschlafen, aber nie tief. Sie war bei jedem ungewohnten Geräusch aufgeschreckt und jedes Mal, wenn Riggs sich im Schlaf unruhig bewegte.

Zu dieser Zeit hatte sie es sich nicht eingestanden, aber sie hatte Angst gehabt, er würde sterben.

Sie döste ein, während sie darauf wartete, dass Riggs mit dem Tee zurückkam.

Als sie spürte, dass etwas ihre Schulter berührte, reagierte sie reflexartig. Sie duckte sich und rollte sich gleichzeitig von der Couch, wobei sie den Kopf mit den Armen bedeckte, um sich vor den Schlägen zu schützen, von denen sie sicher war, dass sie kommen würden.

Als nach einer langen Minute nichts geschah, neigte sie den Kopf und blickte auf, um Riggs auf der Couch sitzen zu sehen, der besorgt die Stirn runzelte.

»Ich wollte dich nicht erschrecken. Du bist hier sicher, Carlise. Ich werde dir nicht wehtun. Es tut mir leid, dass ich dich unerlaubt berührt habe, aber ich schwöre, dass ich *nie* etwas tun würde, was dir Schmerzen bereitet. Wenn ich dir einen anderen Eindruck vermittelt habe, tut mir das sehr leid.«

Peinlich berührt von ihrer übertriebenen Reaktion holte Carlise tief Luft und ging auf die Knie, stand dann auf und kehrte zur Couch zurück. Sie setzte sich neben Riggs und zuckte ein wenig verlegen mit den Schultern. »Nein, *mir* tut es leid. Ich meine, du hast mich erschreckt, aber ich weiß, dass du mir nicht wehtun wirst. Du hattest bereits die Gelegenheit dazu, und wir wissen beide, dass ich nicht stark genug wäre, um dich aufzuhalten.«

»Das weißt du offensichtlich *nicht*, wenn man deine Reaktion bedenkt«, erwiderte Riggs nachdrücklich.

Carlise legte ihm eine Hand aufs Knie. Es gefiel ihr nicht, dass er dachte, sie hätte Angst vor ihm. Das hatte sie wirklich nicht. Obwohl er im Grunde ein Fremder war, wusste sie tief in ihrem Inneren, dass er ihr nie etwas antun würde. Sie war sich nicht sicher, *woher* sie das wusste ... sie tat es einfach.

»Meine Mutter war jahrelang in einer missbräuchlichen Beziehung«, platzte sie heraus. »Wir mussten auf alles achten, was wir in der Nähe meines Vaters taten oder sagten, aus Angst, er könnte sich gegen uns wenden. Sie musste lange Zeit die Hauptlast seiner Wut tragen, aber als ich etwas älter wurde, wandte er sich auch gegen mich. Er kam oft in mein Zimmer und weckte mich auf, indem er mich schlug. Meine Reaktion eben war instinktiv. Es tut mir leid.«

Riggs' Kiefer zuckte, als er sie anstarrte.

Aus irgendeinem Grund, vielleicht um ihn zu beruhigen, fuhr Carlise fort: »Ich habe mir geschworen, nie bei einem Mann zu bleiben, der mich schlägt. Ich wollte nicht so werden wie meine Mutter. Sie ist eine gute Frau, aber sie war nicht stark genug, ihn zu verlassen, bis es fast zu spät war. Er verletzte sie schließlich so schwer, dass sie wochenlang im Krankenhaus lag. Erst nach meinem Drängen – oder eigentlich Betteln – hatte sie den Mut, ihm zu sagen, dass es genug ist.

Dann, in *meiner* letzten Beziehung ... Nun, ich dachte, Tommy sei ein guter Mann. Dass er mich liebt. Bis er sein wahres Gesicht gezeigt hat. Ich bin noch am selben Tag gegangen.«

Riggs holte tief Luft, bevor er eine Hand auf ihr Knie legte. »Ich schwöre bei meiner Ehre, ich werde dich nie schlagen. Ich werde dich nie herabsetzen. Ich werde dir nie das Gefühl geben, dass du mir nicht vertrauen kannst. Ich kenne dich zwar noch nicht lange, aber mir ist klar, dass du ein bemerkenswerter Mensch bist, Carlise. Stark. Ich habe es bereits gesagt, aber ich sage es noch einmal – nicht viele Menschen hätten getan, was du getan hast. Hätten mir so geholfen, wie du es getan hast. Hätten die innere Stärke gehabt, diesen Sturm zu überstehen.«

Carlise war sich nicht sicher, was sie sagen sollte. Sie starrte ihn einfach an.

»Ich will wissen, warum du da draußen warst, Carlise. Warum du dich in der Nähe meines Grundstücks verirrt hast. Woher der misstrauische Ausdruck in deinen Augen kommt. Warum du bei jedem Heulen des Windes so aussiehst, als würde jemand hier hereinstürmen und dir wehtun ... obwohl du gar nicht in der Nähe von Cleveland bist.«

Scheiße. Sie hatte recht. Diesem Mann entging *nicht* viel.

»Aber jetzt ist nicht der richtige Zeitpunkt. Es kommt mir vor, als würde ich dich schon ewig kennen, aber in Wirklichkeit bin ich erst seit ein paar Stunden genügend bei Bewusstsein, um zu wissen, wo ich bin und was vor sich geht.« Er grinste leicht. »Und du vertraust mir noch nicht. Ich kann warten, bis du es tust. Ich möchte, dass du mit mir redest, dir von mir helfen lässt, aber ich möchte, dass *du* das auch willst. Dass du mir nicht nur erzählst, was in deinem Leben vor sich geht, weil du das Gefühl hast, keine andere Wahl zu haben. Wie wäre es also, wenn wir uns erst einmal aufwärmen und über weniger bedrohliche Dinge reden?«

Carlise seufzte erleichtert. Sie war noch nicht bereit, mit Riggs über Tommy zu sprechen. Darüber, wie viel Angst sie vor ihrem Stalker hatte ... dass er von kleinem Vandalismus und

Drohungen zu etwas Körperlicherem übergehen würde. »Was zum Beispiel?«

»Wie alt du bist. Wo du aufgewachsen bist. Was du beruflich machst. So etwas in der Art.« Er drehte sich zu dem kleinen Tisch neben der Couch um und reichte ihr eine Tasse mit dampfendem Tee.

Carlise hatte kein Problem damit, allgemeinere Dinge über sich zu erzählen. Vor allem weil sie genauso neugierig auf den Mann war, der neben ihr saß. Jetzt, da er wieder bei Verstand war, wollte sie mehr über ihn erfahren. Mehr als die Tatsache, dass er am ganzen Körper Narben hatte und einen süßen Schönheitsfleck an der Seite seines Halses, direkt unter dem Ohr.

Sie nahm die Tasse in die Hand und atmete den Duft von Zimt und Apfel ein, bevor sie sagte: »Ich bin dreißig. Ich bin in Birmingham, Alabama aufgewachsen und übersetze Bücher aus dem Französischen ins Englische.«

Riggs drehte sich um, nahm eine Decke von der Lehne der Couch und schüttelte sie aus, bevor er sich ihr zuwandte. »Darf ich?«, fragte er, wobei er mit der Decke gestikulierte.

Carlise nickte, woraufhin Riggs die Decke sanft auf ihrem Schoß platzierte und eng zog.

»Ist dir warm genug?«

»Perfekt«, erwiderte sie. Und so war es auch. Sie war in dieser Sekunde so entspannt wie schon seit Tagen nicht mehr. Seit Wochen.

»Ich bin vierunddreißig, aber es gibt Tage, an denen ich mich Jahrzehnte älter fühle. Ich bin in Macon, Georgia aufgewachsen, und du weißt, dass ich ein Baumtyp bin.«

»Bei welchen Streitkräften waren du und deine Freunde?«,

fragte Carlise, während sie einen Schluck von dem köstlichen Tee nahm.

»Armee. Wir waren bei der Spezialeinheit.«

Ihre Augen weiteten sich. »Wirklich? Wie die SEALs?«

Er lachte. »Nun, SEALs sind bei der Marine.«

»Das wusste ich«, sagte Carlise schnell.

»Ja, so ähnlich, aber bei der Armee.« Riggs seufzte und griff nach einer weiteren Decke. Er deckte sich zu und ließ sich dann in der anderen Ecke der Couch nieder. Carlise spürte, wie sein Fuß gegen den ihren auf dem Kissen stieß, aber anstatt sich zurückzuziehen, drückte sie ihren Fuß fester gegen seinen.

Er lächelte leicht, dann wurde er nüchtern. »Bei unserer letzten Mission ging alles schief. Unsere Informationen waren schlecht, die Soldaten, die uns begleiteten, gerieten in Panik, als die Kacke am Dampfen war, und am Ende wurden mein Team und ich gefangen genommen.«

Carlise schnappte nach Luft. »Oh nein!«

»Ja. Es war keine schöne Zeit. Da haben wir beschlossen, dass wir fertig sind. Dass wir bei unserer Rückkehr nach Hause – *falls wir zurückkehrten* – gemeinsam ein Geschäft eröffnen würden.«

»Ich ... wurdest du verletzt?«

Riggs nickte. »Ja.«

»Deine Narben«, sagte sie leise.

»Ja, sie sind nicht schön. Aber im Vergleich zu Cal sind wir alle ziemlich gut davongekommen.«

»Warte ... Callum Redmon, sagtest du? Warum kommt mir der Name bekannt vor?«, fragte sie.

»Er kommt ursprünglich aus Liechtenstein, und ja, das ist ein echtes Land. Wir haben uns alle über ihn lustig gemacht, weil er den Namen eines fiktiven Landes erfunden hat, aber es hat sich herausgestellt, dass es echt ist. Er ist größtenteils in England aufgewachsen, hat sogar einen englischen Akzent, aber er spricht fließend Deutsch – das ist die Sprache seines Volkes – und kann auch ein bisschen Französisch. Er ist der vierte Sohn des vierten Sohnes in der Thronfolge ... oder so ähnlich. Ich kann mir das nie merken«, sagte Riggs.

»Heilige Scheiße, jetzt erinnere ich mich! Es gab Videos im Internet, wie er gefoltert wurde.« Sie schnappte nach Luft und ihre Augen wurden groß. »Warte – du warst auch dabei?«

»Ja. Unsere Entführer liebten es, dass sie einen Prinzen in ihren Fängen hatten. Er hat das Schlimmste von ihnen abbekommen.«

Ohne zu zögern, beugte Carlise sich vor und stellte ihre Tasse Tee auf den Boden, dann rutschte sie zu Riggs. Sie umarmte ihn, legte den Kopf auf seine Brust und schloss ihn fest in die Arme. »Es tut mir *so* leid.«

Riggs stellte die Füße auf den Boden, lehnte sich mit dem Rücken an die Kissen der Couch und manövrierte Carlise mühelos auf seinen Schoß. Er legte einen Arm um ihre Oberschenkel, den anderen um ihren Rücken und drückte sie an sich. »Es war gar nicht so schlimm.«

Carlise schnaubte.

»Okay, das war es. Es war furchtbar. Aber ich bin hier, und meine Freunde auch. Ich lebe und bin dankbar für jeden Tag, den ich auf dieser Erde habe.«

»Aber es geht ihm gut? Deinem Freund? Cal?«

»Ja. Er hat seine schlechten Tage, aber es geht ihm immer besser.«

»Du hast ihn und deine anderen Freunde erwähnt ... weißt du, als du krank warst? Du hast im Schlaf nach ihnen geschrien. Hast dir Sorgen um sie gemacht.«

Riggs zuckte mit den Schultern. »Das überrascht mich nicht. Ich würde alles für diese Jungs tun. Wir sind zusammen durch die Hölle und zurück gegangen.«

»Ich bin froh, dass du sie hast«, murmelte sie. Carlise hatte ihn impulsiv umarmt, weil sie nicht anders konnte, als ihn zu trösten, aber jetzt wollte sie sich nicht mehr bewegen. Er war sehr bequem und so warm. Ihre Lider wurden schwer.

»Hast du keine engen Freunde?«, fragte er.

»Doch, habe ich«, sagte sie. »Susie. Ich habe sie kennengelernt, als ich nach Cleveland gezogen bin. Sie wohnt in meiner Wohnanlage. Wir haben uns ziemlich schnell angefreundet, es hat einfach klick gemacht. Aber ...« Sie brach ab.

»Aber?«, fragte Riggs, als sie ein paar Minuten lang nichts gesagt hatte.

»Ich weiß nicht. In letzter Zeit kommt es mir so vor, als würden wir uns auseinanderleben. Ich meine, ich arbeite von zu Hause, also gehe ich nicht viel aus, und früher konnte sie mich an den Wochenenden dazu überreden, mit ihr in eine Kneipe zu gehen. Wir hatten eine Menge Spaß, aber jetzt sage ich immer Nein, wenn sie mich fragt. Ich weiß, dass sie das frustriert. Aber ... Ich habe einfach keine Lust mehr auszugehen.« Sie wollte Riggs nicht sagen warum. Dass sie sich nicht sicher fühlte, weil sie nicht wusste, wo oder wann Tommy auftauchen würde. »Wir gehen immer noch zum Mittagessen, reden und schreiben uns ständig SMS, und wir hängen in der Wohnung der anderen ab, aber ich weiß, dass sie sich wünscht, es sei alles so wie früher.«

»Menschen ändern sich«, sagte Riggs.

Carlise liebte es, wie brummig und tief seine Stimme war. Mit ihrer Wange an seiner Brust spürte sie, wie seine Worte in ihrem Körper widerhallten. »Ja. Sie ist immer noch meine beste

Freundin, und ich weiß nicht, was ich in den letzten Monaten ohne sie getan hätte.«

Riggs versteifte sich leicht unter ihr. »Weiß sie, wo du bist?«

»Nein. Ich habe meine Mutter angerufen, bevor ich Cleveland verlassen habe. Ich habe ihr gesagt, dass ich für eine Weile wegmuss, aber ich hielt es nicht für sicher, es jemand anderem zu sagen, nicht einmal meiner besten Freundin. Ich hatte Angst, dass sie verlangen würde, mit mir zu kommen, wenn sie es wüsste. Und normalerweise würde ich einen Ausflug mit ihr lieben. Sie ist sehr lustig. Aber ich musste einfach mal weg von all dem, was in letzter Zeit so passiert ist. Ich wollte sie anrufen, sobald ich mich irgendwo niedergelassen habe und in Sicherheit bin.«

»Ich merke, dass du halb eingeschlafen bist. Deshalb werde ich dich später fragen, was du mit *all dem* und *in Sicherheit* meinst«, warnte Riggs sie.

Carlise war zu behaglich, zu warm, zu schläfrig, um zu protestieren. »Okay.«

»Musst du jemanden von ihnen anrufen, um ihm zu versichern, dass es dir gut geht? Du bist jetzt schon ein paar Tage hier.«

Carlise schüttelte den Kopf. »Mein Telefon ist wahrscheinlich tot. Und ich schätze, hier oben gibt es keinen Handyempfang.«

»Gibt es auch nicht. Aber ich habe mein Satellitentelefon. Und wir können dein Telefon aufladen, wenn du ihre Nummern nicht auswendig kannst.«

»Richtig. Ich habe schon vergessen, dass JJ dich angerufen hat.«

»Er hat ein schlechtes Gewissen, weil er dir an die Gurgel gesprungen ist.«

Carlise zuckte mit den Schultern. »Er hat sich Sorgen um dich gemacht. Darüber kann ich mich nicht ärgern.«

»Nun, wenn du Susie oder deine Mutter anrufen willst, sag mir Bescheid, dann machen wir das.«

»Danke.«

»Was ist mit deinem Job?«, fragte Riggs.

Carlises Kopf fühlte sich benebelt an. Sie war so verdammt müde. »Was ist damit?«

»Musst du deinen Chef anrufen oder so? Ich habe keine Ahnung vom Übersetzen von Büchern.«

»Ich bin mein eigener Chef«, sagte sie. »Ich kann von überall arbeiten. Jetzt, da ich weiß, dass du Strom hast und ich meinen Laptop aufladen kann, sollte ich wohl etwas arbeiten.«

»Ich gehe gleich raus und schmeiße den Generator an, damit du dein Handy und deinen Laptop aufladen kannst. Es wird auch gut sein zu duschen.«

Daraufhin wurde Carlise hellhörig. »Duschen?«

Riggs lachte. »Ja, wenn der Generator läuft, können wir heißes Wasser haben.«

»Oh, das klingt ja himmlisch.«

»Willst du damit sagen, dass ich stinke?«, scherzte Riggs.

Daraufhin drehte Carlise den Kopf und atmete tief ein. Er roch nach Rauch und Mann, mit einem Hauch von Waschmittel. »Nein«, sagte sie mit einem kleinen Seufzer.

Sie glaubte zu spüren, dass Riggs an ihrem Haar roch, aber sie musste sich irren. »Du bist müde«, sagte er nach einem Moment. »Du solltest schlafen.«

Carlise gähnte. »Aber es ist noch nicht einmal Mittag.«

»Und? Du hast ein paar harte Tage hinter dir.«

»Du auch.«

»Dann können wir beide ein Nickerchen machen.«

»Okay.« Carlise wollte aufstehen, aber Riggs hielt sie noch fester.

»Bleib. So ist es bequem«, sagte er.

Carlise lehnte den Kopf zurück und sah zu ihm auf. »Ich bin nicht zu schwer?«

»Nein.«

»Wir sind Fremde.«

»Nein, sind wir nicht«, erwiderte er, ohne zu zögern. »Du fühlst dich für mich *nicht* wie eine Fremde an. In keiner Weise. Aber wenn ich dir Unbehagen bereite ...« Er verstummte.

Carlise schüttelte sofort den Kopf. »Nein. Du fühlst dich gut an. Warm.«

»Daran erinnere ich mich«, sagte er leise, nachdem sie den Kopf wieder auf seine Brust gelegt hatte.

»Was?«

»Dich zu halten. Es fühlt sich vertraut an. Richtig.«

Er hatte nicht unrecht. Carlise seufzte erneut zufrieden.

Susie würde ihr sagen, dass sie viel zu impulsiv handelte, und sie ermahnen, vorsichtig zu sein und nicht zuzulassen, dass ihr Herz ihren Kopf überwältigte. Ihre Mutter würde wahrscheinlich wehmütig seufzen und sagen, es sei ein Zeichen, dass sie und Riggs füreinander bestimmt seien. Die Wahrheit lag wahrscheinlich irgendwo zwischen diesen beiden Meinungen.

Aber im Moment konnte Carlise nicht die Energie aufbringen, um weiter darüber nachzudenken. Um vorzuschlagen, dass Riggs ein Nickerchen auf seinem Bett machen sollte, während sie die Couch nahm. Sie fühlte sich da, wo sie war, zu wohl. Also schlug sie alle Vorsicht in den Wind und kuschelte sich noch enger an den Mann unter ihr. Er spannte seine Arme einen Moment lang an und sie spürte, wie er die Decke, die sie benutzt hatte, über ihre Schultern zog und sie beide damit zudeckte.

»Schlaf, Carlise.«

Sie hätte schwören können, dass sie spürte, wie er ihre Schläfe küsste, aber sie musste sich die zärtliche Berührung einbilden. Bevor sie darüber nachdenken konnte, fielen ihr die Augen zu, und sie war weg.

KAPITEL SECHS

Chappy werkelte in der Küche herum und bereitete ein herzhaftes Abendessen für sich und seinen Gast vor. Er hatte etwas Rinderhackfleisch angebraten, Taco-Gewürz und Tomaten hinzugefügt und gerade Nudeln in einen zweiten Topf gegeben. Das käsige Taco-Nudelgericht war eine seiner Lieblingsmahlzeiten, und er war sicher, dass Carlise das warme Essen schmecken würde. Er hasste es, dass sie drei Tage lang nur Sandwiches mit Erdnussbutter und Marmelade gegessen hatte, aber ihre nüchterne Haltung gegenüber der Situation, in der sie sich befunden hatte, ließ seine Bewunderung für sie nur noch größer werden.

Sie schlief immer noch tief und fest auf seiner Couch. Ihr blondes Haar war zerzaust und sie sah erschöpft aus. Etwa eine Stunde, nachdem sie eingenickt waren, war er aufgewacht und konnte nicht wieder einschlafen. Er hatte sich drei Tage lang ausgeruht und sein Körper teilte ihm mit, dass es mehr als genug war. Also rutschte er unter ihr heraus ... und beobachtete sie dann einfach für eine sehr lange Zeit.

Als er sich schließlich losriss, ging er ins Bad, las ein wenig, sah nach Baxter, machte sich einen Snack ... und Carlise schlief immer noch. Chappy wusste, dass er sie wahrscheinlich wecken sollte, da sie sonst die Nacht vielleicht nicht durchschlafen würde, aber er brachte es nicht übers Herz. Sie war eindeutig erschöpft von dem Stress, sich tagelang um ihn gekümmert zu haben.

Aber auch von dem, was sie aus Cleveland herausgejagt hatte. Und überhaupt dem ganzen Weg zu seiner abgelegenen Hütte.

Sie hatte ihm genügend erzählt, um anzunehmen, dass ihr Ex – möglicherweise derjenige, der ihr wehgetan hatte – ihr Probleme bereitete. Er konnte nur vermuten, dass sie vor dem Arschloch davonlief ... was ihn wütend machte. Chappy hasste den Gedanken, dass jemand Carlise etwas antun könnte.

Während die Nudeln kochten, ging er nach draußen und schaltete den Generator ein, damit er seine Kameras überprüfen konnte. Es war nicht so, dass er ihr nicht traute; er glaubte nicht eine Minute lang, dass sie seine Hütte nach Wertsachen durchsucht hatte, die sie stehlen konnte. Er war eher neugierig darauf, was er in seinem Delirium gesagt hatte.

Seine Freunde sagten ihm, er sei paranoid und dass es zu weit ginge, sowohl *in* der Hütte als auch außerhalb Kameras zu haben. Aber Chappy war das egal. Nachdem er entführt und gefoltert worden war, brauchte er die Sicherheit, die ihm die Kameras gaben, dass in der Hütte alles in Ordnung war, wenn er nicht da war.

Es gab zwei winzige Kameras, die an gegenüberliegenden Enden des Hauptraumes angebracht waren und es ihm ermöglichten, alles zu sehen, was vor sich ging. Sie waren mit einer App auf seinem Handy verbunden, das zum Glück noch genügend Ladung hatte, um alles herunterzuladen. Er hatte auch Satelliteninternet in der Hütte, das funktionierte, wenn der Generator eingeschaltet war, und mit dem er SMS und E-Mails abrufen konnte. Es war oft unzuverlässig, besonders bei starkem Wind oder anderen Wetterereignissen. Er hatte einen Verstärker, eine bessere Antenne installieren wollen, es aber vor dem Schneesturm nicht mehr geschafft.

Er hielt den Atem an und hoffte, dass das Signal ausreichen würde, um die Videos von der Festplatte herunterzuladen. Zum Glück tat es das, aber es war superlangsam. In der Vergangenheit hatte das normalerweise bedeutet, dass das Internet komplett ausfiel. Die Tatsache, dass er die Aufnahmen der letzten Tage herunterladen konnte, war schon ein kleines Wunder.

Nachdem die Videos heruntergeladen waren, schaltete er den Generator aus und ging zurück ins Haus, lehnte sich an den Küchentresen und rief die App auf seinem Handy auf. Nichts, was er in den Videos sah, ließ ihn seine Meinung über Carlise ändern.

Während er die Aufnahmen durchschaute, sah er, wie sie ihm mehrmals ins Bad und wieder ins Bett half, wie sie ihm in ein sauberes T-Shirt half, wie sie sich um ihn sorgte, während sie versuchte, ihn zum Trinken oder Essen zu bewegen.

Und er konnte nicht aufhören, sich immer wieder den Moment anzusehen, in dem sie sich auf sein Bett gesetzt hatte, um ihn zu beruhigen, als er im Schlaf geschrien hatte. Die Art und Weise, wie er nach ihr griff, selbst in seinem Delirium.

Die Art und Weise, wie ihre Körper sich im Schlaf auf natürliche Weise aneinanderschmiegten.

Es war kein Wunder, dass sie sich in seinen Armen so vertraut gefühlt hatte, als sie auf seinem Schoß gelegen hatte. Sie passte perfekt an ihn, kurvig an den richtigen Stellen, und er genoss besonders, wie körperbetont die Frau war, wie ihre erste Reaktion auf seine Albträume darin bestand, ihn zu beruhigen.

Die Wahrheit war, dass es funktioniert hatte. Wenn sie für ihn da war, ihn berührte ... wenn er sie im Arm hielt, beruhigte sich der ganze Scheiß in seinem Kopf und bescherte ihm einen seltenen und gesegneten Frieden.

Carlise Edwards hatte etwas Besonderes an sich, und während er sich diese Videos ansah, beschloss Chappy, dass er sie nicht entkommen lassen konnte.

Vielleicht war er verzweifelt. Vielleicht hatte er einfach schon viel zu lange nicht mehr die Aufmerksamkeit einer Frau gehabt. Aber das glaubte er nicht. Hätte er Carlise auf den Straßen von Cleveland getroffen, hätte er zweifellos dieselbe Anziehungskraft gespürt wie hier draußen in der Wildnis von Maine. Er war bereit gewesen, sich um sie zu kümmern, *sie* wieder gesund zu pflegen, nachdem er sie in diesem Sturm gefunden hatte, aber die Rollen waren vertauscht worden. Sie hatte sich perfekt um ihn gekümmert.

Und den Videos nach zu urteilen hatte sie es offenbar ohne einen Hauch von Ekel oder Verzweiflung getan. Sie hatte getan, was sie für sein und ihr eigenes Wohlbefinden tun musste.

Das war die Art von Frau, die Chappy wollte. Jemanden, der nicht ausflippte, wenn die Kacke am Dampfen war. Der die Dinge nahm, wie sie kamen. Sie war drei Tage lang ohne Strom ausgekommen, ohne eine Möglichkeit, das Essen zu erwärmen, das sie in seiner Speisekammer gefunden hatte. Irgendwann hätte sie entweder das Prinzip des Herdes verstanden oder herausgefunden, wie man etwas über dem Feuer erhitzen konnte. In der Zwischenzeit beschwerte sie sich nicht über die Umstände, in denen sie sich befand. Carlise passte sich einfach an.

Chappy konnte auch nicht leugnen, dass die Art und Weise, wie sie mit dem Hund umging, seine Zuneigung für sie noch verstärkte. Er hatte eine Schwäche für misshandelte Tiere und Baxter war heftiger misshandelt worden als die meisten Hunde, die er in seinem Leben gesehen hatte. Er hatte Carlise buchstäblich das Leben gerettet, und Chappy war erleichtert, dass sie alles getan hatte, um Baxter einen sicheren Platz zu schaffen und dafür zu sorgen, dass er fraß.

Ja, alles in allem war Carlise *genau* die Art von Frau, von der er geträumt hatte ... damals, als er noch dachte, er hätte eine Chance auf eine echte Beziehung. Die Gefangenschaft hatte ihn verändert, seine Sichtweise. Seitdem wollte er nur noch in Ruhe gelassen werden.

Bis Carlise in seinem Leben auftauchte. Jetzt konnte er sich schon nicht mehr vorstellen, wie sie ihn verließ.

Chappy hatte ein schlechtes Gewissen wegen der Kameras, aber er würde es ihr sagen, sobald sie aufwachte. Sie sollte nicht denken, er würde spionieren. Sie waren nur aus Sicherheitsgründen da, wenn er nicht in der Hütte war.

Ein Geräusch aus dem Wohnbereich erregte seine Aufmerksamkeit, und Chappy drehte sich um und sah Carlise auf der Couch sitzen. Ihre Augen waren unkonzentriert, ihr Haar war zerzaust und ihr T-Shirt war so eng um sie gewickelt, dass er jede köstliche Kurve sehen konnte.

»Wie spät ist es?«, fragte sie schläfrig.

»Ich habe uns eine warme Mahlzeit zubereitet«, sagte er, anstatt direkt auf ihre Frage zu antworten.

»Es riecht gut. Obwohl ich glaube, dass im Moment alles andere als ein Erdnussbutter-Marmeladen-Sandwich himmlisch schmecken würde.«

Chappy lächelte sie an. »Es ist bereit, wenn du es bist. Ich werfe den Generator später an, aber ich habe etwas Wasser auf dem Herd erhitzt, das du zum Waschen benutzen kannst, wenn du willst.«

»Oh, sehr gern«, sagte sie, wobei sie etwas wacher klang und aussah.

»Dann bringe ich den Topf für dich ins Bad«, sagte Chappy.

Carlise stand auf und zog die Stirn in Falten. »Solltest du das tun? Wie fühlst du dich? Hast du noch Fieber? Hast du heute etwas Paracetamol genommen?«

Chappy konnte sich ein Grinsen nicht verkneifen. »Mir geht es gut«, versicherte er ihr. »Mein Fieber ist weg, und ja, ich habe ein paar Medikamente genommen.«

»Okay. Es ist nur ... Ich habe drei Tage lang versucht, dich wieder gesund zu machen, und es wäre blöd, wenn du einen Rückfall gehabt hättest, während ich schlafe«, sagte sie mit einem kleinen Schulterzucken.

Chappy konnte sich nicht davon abhalten, zu der Frau zu gehen, die aus dem Nichts aufgetaucht war und schnell zu einer Obsession wurde. Er trat dicht an sie heran und schloss sie in die Arme.

Zu seiner Erleichterung wich sie nicht erschrocken zurück. Stattdessen kuschelte sie sich an ihn, während sie neben seiner Couch standen.

Chappy legte eine Wange an ihre Schläfe und seufzte zufrieden. »Danke«, sagte er inbrünstig. »Ich kann mich nicht erinnern, wann jemand das letzte Mal etwas so Selbstloses für mich getan hat wie du.«

Er erwartete ihre Reaktion. Sie schüttelte den Kopf, zog sich dann zurück und sah auf, um seinem Blick zu begegnen. »Ich hätte dich nicht einfach dir selbst überlassen, Riggs. Du warst derjenige, der in den Sturm hinausging, während du *krank* warst, um mich zu finden. Wenn du Baxter nicht gefolgt wärst ...« Ihre Stimme wurde leiser und sie zitterte.

»Aber ich habe es getan. Und dir geht es gut. Ebenso wie mir«, versicherte er ihr.

»Ja«, stimmte sie zu.

Chappy wollte sie nicht loslassen, aber er zwang sich, die Arme von ihr zu lösen und einen Schritt zurückzutreten. »Vor drei Tagen waren wir noch Fremde, und jetzt habe ich das Gefühl, dich schon ewig zu kennen.« Er zuckte mit den Schultern. »Ich verstehe es nicht, aber ich habe im Laufe der Jahre gelernt, solche Dinge nicht zu hinterfragen.«

»Ich ebenso«, sagte sie, woraufhin Chappy vor Erleichterung beinahe zusammensackte. »Aber ich weiß, dass intensive Situationen manchmal dazu führen können, dass Menschen sich näherkommen, als sie es sonst tun würden.«

Chappy schüttelte den Kopf. »Ich habe das Gefühl, dass ich, egal wo oder wann ich dich getroffen hätte, genauso empfinden würde wie jetzt.« Er wollte mehr sagen. Wollte ihr sagen, dass er sie nicht zu einer Beziehung zwingen würde, wenn sie es nicht wollte. Aber es war viel zu früh für diese Art von Gespräch ... nicht wahr?

Er räusperte sich und trat einen Schritt zurück in Richtung Küche. »Ich bringe den Topf für dich ins Bad. Das Wasser kocht nicht mehr, aber der Topf wird noch heiß sein. Sei einfach vorsichtig, okay?«

»Das werde ich«, sagte sie mit einem leichten Nicken.

Sie stellte sich neben die Couch, während er den großen Topf ins Bad trug.

»Lass dir Zeit. Das Essen läuft nicht weg.«

»Okay. Danke«, sagte Carlise und schenkte ihm ein kleines Lächeln, bevor sie zu ihrem Rucksack hinüberging, der an der Wand lehnte. Chappy hatte ihn vorhin gesehen, ihn aber in Ruhe gelassen. Sie hatte seine Schubladen und persönlichen Gegenstände nicht durchwühlt, während er bewusstlos gewesen war – obwohl er das ehrlich gesagt an ihrer Stelle sicher getan hätte. Trotzdem wollte er sich nicht für ihre Fürsorglichkeit und Selbstlosigkeit revanchieren, indem er ihre Sachen durchwühlte.

Sie holte Wechselkleidung heraus, ging dann ins Bad und schloss die Tür.

Chappy atmete lange aus. Er war etwas schockiert, als er feststellte, wie leer die Hütte sich ohne sie anfühlte. Es war lächerlich, aber er wurde das Gefühl trotzdem nicht los. Sie brauchte nicht lange im Bad, und als sie wieder auftauchte, waren die Haare um ihr Gesicht herum nass, was ihm verriet, dass sie das warme Wasser genutzt hatte, um sich das Gesicht zu waschen.

Sofort fragte er sich, ob sie auch andere Teile ihres Körpers gewaschen hatte.

Da er sich wie ein Perverser fühlte, tat er sein Bestes, um diesen Gedankengang zu unterbinden. Wenn er sich vorstellte, wie sie nackt in seinem Badezimmer stand und mit einem seiner Waschlappen über ihre üppigen Kurven strich ...

Nein ... das würde er nicht tun.

Chappy räusperte sich. »Alles in Ordnung?«, fragte er.

Carlise nickte. »Das warme Wasser hat sich großartig angefühlt. Danke.«

»Wie gesagt, ich werde morgen den Generator anwerfen, und dann können wir beide duschen. Es wird nicht viel heißes Wasser geben, aber es wird für eine schnelle Wäsche reichen. Wir können auch eine Ladung Wäsche waschen.«

»Ich werde heißes Wasser oder Strom nie wieder als selbstverständlich ansehen«, sagte sie mit einem kleinen Lächeln. Sie ließ ein Bündel schmutziger Wäsche neben ihrem Rucksack fallen und ging dann zur Küche hinüber. »Was kann ich tun, um zu helfen?«

»Nichts«, erwiderte Chappy. »Es ist alles fertig. Setz dich einfach hin. Was kann ich dir zu trinken bringen?«

»Wasser reicht«, sagte sie.

Er spürte ihren nervösen Blick auf sich, als er zwei Teller mit dem klebrigen Nudelgericht füllte.

»Was?«, fragte er, da er nicht *nicht* fragen konnte. »Was ist los?«

»Nichts.«

»Tu das nicht«, sagte er leise und fing ihren Blick ein. »Sag nicht, dass alles in Ordnung ist, wenn ich weiß, dass du dir über etwas Sorgen machst. Du kannst mich alles fragen. Mir alles sagen. Ich werde nicht böse sein. Ich werde dich nicht dafür bestrafen, dass du auf eine bestimmte Weise denkst. Die Dinge zwischen uns haben sich in Windeseile von null auf hundert entwickelt, aber du sollst nicht das Gefühl haben, deine Sorgen nicht äußern oder mir nicht sagen zu können, was dich bedrückt.«

»Ich bin es einfach nicht gewohnt, herumzusitzen und mich von jemandem bedienen zu lassen«, antwortete sie. »Tommy hat immer erwartet, dass ich alles mache. Kochen, putzen, ihm ein Bier holen. Und natürlich fühlt es sich auch komisch an, einfach hier zu sitzen, nachdem ich die letzten Tage alles gemacht habe.«

Nicht zum ersten Mal wollte Chappy ihrem Ex in den Hintern treten. Er brachte die vollen Teller zum Tisch und stellte sie ab, bevor er zurück in die Küche ging und die zwei Gläser Wasser, zwei Gabeln und zwei Papiertücher holte.

Er stellte alles auf den Tisch, setzte sich und holte tief Luft, bevor er sich ihr zuwandte. »Ich bin vierunddreißig Jahre alt. Ich koche schon seit mindestens eineinhalb Jahrzehnten für mich selbst. Ich wasche meine Wäsche, bezahle meine Rechnungen, spüle mein Geschirr und putze meine Böden, meine Bäder und alles andere. Ich erwarte nicht, dass du – oder irgendjemand anderes – diese Dinge für mich tust. Ich fände es sogar sehr seltsam, wenn *ich* nur rumsitzen und dich all diese Dinge tun lassen würde.

Mir gefällt auch der Gedanke nicht, dass du hier alles machen musstest, während ich krank war. Versteh mich nicht falsch, ich bin dankbar und ich kann mich nicht erinnern, wann jemand das letzte Mal so viel für mich getan hat ... aber ich erwarte oder will diese Dynamik in keiner Beziehung, egal ob platonischer oder romantischer Art.«

Carlise starrte ihn so verzückt an, dass Chappy sich wünschte, er könnte ihre Gedanken lesen und wissen, was sie dachte. Als sie nichts erwiderte, sprach er weiter.

»Ich muss zugeben, dass es sich gut anfühlt, für jemand anderen als mich zu kochen. Ich mache immer zu viel und muss tagelang Reste essen. Normalerweise habe ich es satt, immer dasselbe zu essen, aber ich bekomme ein schlechtes Gewissen, wenn ich gutes Essen wegwerfe. Du tust mir also wirklich einen Gefallen.«

Ihre Lippen zuckten und sie rollte mit den Augen. »Mich

von vorn bis hinten von dir bedienen zu lassen ist ein Gefallen für dich?«

»Ja«, sagte er grinsend.

»Wie du meinst«, murmelte sie und griff nach ihrer Gabel.

Chappy wusste, dass die Taco-Nudeln gut waren, aber er hielt dennoch den Atem an, als sie ihren ersten Bissen nahm. Ihre Augen weiteten sich, während sie kaute. Nachdem sie geschluckt hatte, grinste sie ihn an. »Heilige Scheiße, Riggs. Das ist ... das ist *so* gut!«

Er lachte. »Ich weiß nicht, inwieweit das ein Kompliment ist, da du die letzten drei Tage nichts anderes als Erdnussbutter-Marmeladen-Sandwiches gegessen hast.«

»Nein, ich meine es ernst. Es ist wirklich sehr, sehr gut«, sagte sie begeistert.

»Nun, es ist reichlich da, also greif zu«, gab er zurück, während Freude in seiner Brust aufblühte. Es war albern. Es war nur Essen. Aber als sie dort saßen und sie die Mahlzeit aß, die er für sie zubereitet hatte, wuchs Chappys Zuneigung zu dieser Frau. Er wusste, dass es nicht nur um das Essen ging. Es war ein Gefühl der Befriedigung tief in seiner Seele, weil er für sie sorgte.

Er hatte vorhin nicht gelogen, als er ihr gesagt hatte, er sei ein Beschützer. Er genoss es, gebraucht zu werden, Dinge für andere zu tun. Aber dies fühlte sich so anders an.

Anders, als wenn er seinen Freunden oder einem Nachbarn half. Einem Touristen auf dem AT half. Anders, als sich einfach nur revanchieren zu wollen, nachdem sie sich um ihn gekümmert hatte.

Er war bereits dabei, sich in Carlise zu verlieben.

Das sah ihm nicht ähnlich. Er hatte im Laufe der Jahre viele Frauen kennengelernt, aber keine von ihnen hatte ihn so fühlen lassen wie in diesem Moment, während er am Tisch in seiner bescheidenen Hütte saß, mehr als stolz darauf, die von ihm zubereitete Mahlzeit zu teilen. Keine war dem auch nur ansatzweise nahegekommen.

Er mochte nicht viele Details über ihr Leben kennen, aber er wusste, dass Carlise die Art von Mensch war, die alles tun würde, um sich um einen Mitmenschen zu kümmern, selbst wenn sie ihn nicht kannte. Sie war die Art, die sich um einen streunenden Hund sorgte. Die ihn fütterte und dafür sorgte, dass er warm und sicher vor einem Sturm war.

Sie war die Art von Frau, die es sich nicht gefallen ließ, dass ein Mann sie missbrauchte, die wegging, als er das erste Mal die Fäuste erhob. Die sich geweigert hatte, die Nase in das Privatleben und die Besitztümer eines Mannes zu stecken, selbst wenn er im Delirium war und es nie erfahren hätte. Die Art von Frau, die Freude an etwas so Einfachem wie warmem Wasser empfand.

Okay, vielleicht wusste er viel mehr über Carlise, als er gedacht hatte. Und jede einzelne Sache machte ihn neugierig auf mehr.

»Du bist furchtbar still da drüben. Ich glaube, du hast mehr geredet, als du im Delirium warst«, sagte Carlise ein wenig nervös.

»Tut mir leid, ich bin es nicht gewohnt, Gäste zu haben«, sagte Chappy.

Sie schnitt eine Grimasse. »Nein, mir tut es leid. Sobald ich kann, bin ich wieder weg.«

»Das wollte ich damit nicht andeuten«, erwiderte er, wobei sofort Panik in ihm aufstieg. »Es ist nur ... Ich bin kein sonderlich guter Gesprächspartner. Ich habe es einfach nur genossen, hier mit dir zu sitzen, und versucht, mich daran zu erinnern, wann ich das letzte Mal so zufrieden war. Normalerweise esse ich im Stehen in der Küche und schlinge mein Essen schnell hinunter.«

»Ich auch. Irgendwie fühlt es sich noch einsamer an, wenn man allein am Tisch sitzt, nicht wahr?«, fragte sie.

Erleichterung erfüllte Chappy. Sie verstand. Er hätte nicht überrascht sein sollen. »Ja«, stimmte er zu. »Also ... erzähl mir von dieser Übersetzungssache, die du machst. Welche Art von Büchern übersetzt du? Wie hast du so gut Französisch gelernt, dass du das machen kannst? Ich nehme an, es wird gut bezahlt, da du es zu deinem Beruf gemacht hast.«

Carlises Gesicht erhellte sich. Sie begann, ihm zu erzählen, was sie tat, und Chappy hörte nur die Hälfte der Worte. Er war vielmehr fasziniert davon, wie leidenschaftlich sie ihren Beruf ausübte und wie lebhaft sie ihn beschrieb.

Als sie zu Ende erzählt hatte, schenkte sie ihm ein verlegenes Grinsen. »Tut mir leid. Das war wahrscheinlich viel mehr, als du hören wolltest.«

»Nein«, sagte er sofort, »es ist faszinierend. Ich schätze, ich habe noch nie darüber nachgedacht, aber es ist großartig, dass Bücher französischsprachiger Autoren auch in anderen Sprachen erhältlich sind, damit andere sie lesen können. Ich wüsste nicht, was ich ohne Bücher machen würde.«

»Ist es nicht toll, wenn man sich in einer Geschichte verlieren kann? Wenn man traurig ist, weil man ein Buch beendet hat? Eines der schönsten Dinge an meinem Job ist, dass ich direkt mit den Autoren kommunizieren kann. Ich meine, manchmal werde ich von Verlagen beauftragt zu übersetzen, aber den größten Teil meines Geschäfts habe ich mit den Autoren selbst. Ich muss mich selbst kneifen, wenn sie sich tatsächlich per E-Mail mit mir unterhalten.«

»Das ist wirklich cool«, sagte Chappy, legte einen Ellbogen auf den Tisch und stützte sein Kinn auf die Hand, während er sie anschaute.

»Das ist es wirklich«, stimmte sie zu.

»Du konntest in den letzten Tagen nicht viel arbeiten. Wirst du dadurch in Verzug geraten?«, fragte er.

Carlise zuckte mit den Schultern. »Nicht allzu sehr. Ich meine, ich sollte wahrscheinlich bald wieder anfangen zu arbeiten, aber ich baue immer viel Spielraum für jede Übersetzung ein. Auf keinen Fall will ich ein Buch verspätet an einen Autor liefern und dessen Veröffentlichungszeitplan durcheinanderbringen.«

Rücksichtsvoll. Eine weitere Eigenschaft, die Chappy zu Carlises Pluspunkten zählte.

Sie schwiegen einen Moment lang, dann legte sie den Kopf schief und sagte: »Hörst du das?«

Chappy verkrampfte sich und lauschte dem, was ihre Aufmerksamkeit erregt hatte. »Nein, was?«

»Es ist still«, flüsterte sie. »Ich hatte mich so an das Heulen des Windes draußen gewöhnt, dass es seltsam klingt, ihn *nicht* zu hören.«

»Du hast recht«, sagte Chappy. »Hoffentlich bedeutet das, dass der Sturm sich endlich verzogen hat.«

»Es wird Zeit für Baxters Abendessen«, sagte sie. »Meinst du, wir könnten ihm etwas von diesen leckeren Nudeln unter das Essen mischen? Es wäre warm, und ich weiß, dass er das mag. Und es ist Käse ... alle Hunde mögen Käse und Rindfleisch.«

Chappy lachte. »Da bin ich mir sicher. Es sind nur wenige Gewürze drin, und ich habe eine ganze Menge gemacht. Wie

ich schon sagte, wenn ich koche, neige ich dazu, es zu über-
treiben.«

»Nun, ich bin froh. Denn ich kann das zum Frühstück,
Mittag- und Abendessen essen, ohne es leid zu werden.«

»Das sagt die Frau, die drei Tage lang nur Erdnussbutter-
Marmeladen-Sandwiches gegessen hat.«

Carlise grinste und zuckte mit den Schultern.

»Komm, ich räume auf, während du Baxters Essen fertig
machst. Dann gehen wir raus und sehen nach, ob es ihm gut
geht.«

»Ich kann –«

»Nein.«

Carlise schnaubte. »Du weißt nicht, was ich sagen wollte.«

»Du wolltest sagen, dass du mir beim Aufräumen helfen
könntest. Ich mache das schon. Wenn du mir beim Abwaschen
und Einpacken der Reste helfen würdest, würde es nur länger
dauern, bis Baxter sein Essen bekommt.«

»Das ist hinterhältig«, sagte Carlise, aber sie lächelte,
wodurch Chappy wusste, dass sie nicht wirklich verärgert war.

»Nein, es ist praktisch. Also, was meinst du, wie viel willst
du heute Abend zu Baxters Futter geben?«

Es war ein angenehmes Gefühl, Seite an Seite mit Carlise in
der Küche zu arbeiten. Der Raum war nicht sonderlich groß,
sodass sie ständig aneinanderstießen. Es fühlte sich intim und
überhaupt nicht unangenehm an. Es war verrückt, wie
zufrieden Chappy mit dieser Frau in seiner Privatsphäre war.

Es dauerte nicht lange, bis er die Teller und das andere
Geschirr, das er für die Zubereitung der Mahlzeit benutzt hatte,
von Hand abgewaschen hatte und Carlise Baxters Napf vorbe-
reitete. Er erklärte, dass er seine Wertstoffe sammelte und sie
nach Newton brachte, wenn er nach Hause kam, und dass er

jeden Abfall verbrannte, bei dem das möglich war. Im Sommer hatte er auch einen Komposthaufen. Für Chappy war es wichtig, die Umwelt so wenig wie möglich zu belasten und so natürlich wie möglich zu leben, solange er in der Hütte war.

Sie zogen sich beide warm an, um mit Baxters Abendessen auf die Veranda zu gehen, und Chappy hielt den Atem an, als sie nach draußen traten, während er betete, dass der Hund noch da war.

Das war er.

Sobald die Tür sich öffnete, tauchte Baxters Kopf aus dem Nest aus Decken auf, das er gemacht hatte. Es gab Pfotenabdrücke, die über die Veranda in den Garten führten, also war es offensichtlich, dass der Hund sein Geschäft erledigt hatte und dann in die Wärme seiner kleinen Höhle zurückgekehrt war.

»Hey, Bax«, sagte Carlise leise. »Wie geht's dir? Dein Plätzchen sieht gemütlich aus. Obwohl es drinnen mit Riggs und mir so viel wärmer und schöner wäre. Wir werden dir nicht wehtun, das verspreche ich. Der Sturm scheint aufgehört zu haben, das ist eine gute Nachricht. Ohne den Wind sollte dir viel wärmer sein. Ich habe dir mehr Futter und Wasser gebracht. Und heute Abend kannst du dich auf etwas freuen ... Riggs hat käsige Taco-Nudeln gemacht! Die sind soooo gut. Du wirst denken, du seist gestorben und im Himmel. Ich habe ein paar grüne Bohnen und Kichererbsen untergemischt, weil du die Nährstoffe brauchst, aber ich denke, du wirst sie bei dem herrlich käsigen Rindfleisch, das du gleich verschlingen wirst, gar nicht bemerken.«

Chappy hatte ein breites Grinsen im Gesicht. Es war bezaubernd, wie sie mit dem Hund sprach, als könnte er verstehen, was sie sagte. Aber vielleicht tat er das ja auch. Baxter beobachtete sie mit geneigtem Kopf, als sei er auf jedes Wort fixiert.

Carlise stellte die Schüsseln auf die Holzdielen der Veranda und schob sie nach vorn, in Richtung des Hundes. Als sie sich zurückziehen wollte, sagte Chappy: »Nein, bleib wieder dicht bei ihm. Und sprich weiter. Er braucht regelmäßige Erinnerungen daran, dass du ihm nicht wehtun wirst. Dass du ihm nicht sein Futter gibst und es ihm dann wieder wegnimmst.«

»Das würde ich nie tun«, sagte sie empört, aber sie tat, was er vorschlug, und setzte sich langsam auf den Hintern, näher als je zuvor.

»Braver Junge. Ich weiß, ich bin nahe dran, aber ich werde dir nicht wehtun. Das Essen gehört ganz dir. Ich habe mich satt gegessen – mehr als satt, wenn du es wissen willst«, sagte sie in ruhigem Ton zu dem Hund. »Und es sind noch viele Reste übrig. Ich werde sehen, ob ich mich beherrschen kann, damit du morgen etwas bekommst, aber ich kann nichts garantieren. Vielleicht wache ich mitten in der Nacht auf und schleiche mich hier raus zu diesem Eisschrank und esse den Rest selbst.«

Sie redete weiter Unsinn mit dem Hund, und schließlich gewann die Verlockung des Futters die Oberhand und Baxter kroch gerade so weit vor, dass er den Napf erreichen konnte. Wie zuvor schlang er das Futter nicht einfach schnell hinunter. Er schien jeden Bissen zu genießen, als hätte er Angst, nie wieder etwas zu bekommen, und wollte das Erlebnis so lange hinauszögern wie möglich.

Chappy konnte das nachvollziehen. Als er und seine Freunde Kriegsgefangene gewesen waren, hatten sie nicht gerade regelmäßig zu essen bekommen. Und wenn, dann war es ekelhafter, verwässerter Haferbrei oder etwas, das überhaupt keinen Geschmack hatte.

Die erste Mahlzeit, die er im Krankenhaus in Deutschland bekommen hatte, hatte besser geschmeckt als alles, was er je in seinem Leben gegessen hatte. Er hatte zwanzig Minuten gebraucht, um eine einfache Schüssel Hühnersuppe aufzuessen. Nicht weil sein Magen geschrumpft war, sondern weil er jeden Bissen genossen hatte.

»Er frisst«, sagte Carlise in demselben Ton, in dem sie mit dem Hund gesprochen hatte.

»Greif nach unten und leg eine Hand in die Nähe der Schüssel. Versuche nicht, ihn zu berühren, leg nur deine Hand hin«, schlug Chappy vor.

»Ich will ihn nicht erschrecken«, argumentierte sie.

»Deshalb wirst du auch nicht versuchen, ihn zu berühren«, erwiderte er ruhig.

Ohne weitere Proteste bewegte Carlise sich langsam und sprach wieder in diesem ruhigen Tonfall zu Baxter, während sie eine Hand in die Nähe des Napfes legte.

Baxter hörte einen Moment lang auf zu fressen, sah sie an, dann ihre Hand und wandte die Aufmerksamkeit wieder dem Napf zu.

»Er ignoriert mich!«, sagte Carlise fröhlich.

Chappy hätte gelacht, wenn er nicht gedacht hätte, dass es den Hund erschrecken würde.

Sie sahen beide zu, wie Baxter den Napf bis auf den letzten Bissen ausleckte. Dann leckte er zu ihrer Überraschung und Freude Carlises Finger ab, nur einmal, bevor er sich in die kleine Höhle zurückzog, die er auf der Veranda geschaffen hatte.

Carlise drehte sich um und lächelte Chappy an – und er musste sich zurückhalten, sie nicht in die Arme zu ziehen und bis zur Besinnungslosigkeit zu küssen.

»Er hat mich abgeleckt!«, rief sie glücklich aus. »Hast du das gesehen, Riggs? Er hat mich abgeleckt!«

»Ich habe es gesehen, Süße.« Der Kosename kam einfach so heraus. Als der Hund mit dem Fressen fertig war und sich wieder in die Decken eingerollt hatte, ging Chappy neben Carlise in die Hocke. Er balancierte sich aus, indem er eine Hand auf ihre Schulter und die andere an die Wand neben ihr legte.

»Hey, Junge. Das hast du gut gemacht«, lobte er den Hund. »Danke, dass du mich geholt und zu Carlise geführt hast.« Seine Freunde würden sich darüber kaputtlachen, dass er mit einem Hund sprach, aber er hatte noch keine Gelegenheit gehabt, dem Tier seine Wertschätzung zu zeigen, und dachte sich, dass dies ein guter Zeitpunkt war, um mit ihm zu reden und ihn nicht zu erschrecken, wenn sein Bauch voll war und er sich hoffentlich wohlfühlte.

Carlise lehnte sich an ihn und die drei verharrten einen Moment lang so. Dann peitschte ein kleiner Windstoß unter das Dach der Veranda und Chappy spürte, wie Carlise fröstelte.

»Zeit, wieder hineinzugehen«, sagte er nachdrücklich, als er aufstand.

Carlise beschwerte sich nicht, sondern griff einfach nach dem leeren Hundenapf, schob das frische Wasser näher an Baxters Bett heran und streckte dann eine Hand nach oben, damit Chappy ihr beim Aufstehen helfen konnte. Als sie wieder auf den Beinen war, legte er einen Arm um ihre Taille und führte sie zurück zur Tür.

Sie blickte zu Baxter zurück und sagte: »Gute Nacht, Junge. Wir sehen uns morgen früh. Bleib warm und pass auf dich auf, okay?«

Natürlich antwortete der Hund nicht, aber seine großen braunen Augen blieben auf sie gerichtet, als sie zurück in die Hütte gingen.

KAPITEL SIEBEN

Carlise saß an einem Ende der Couch mit ihrem Computer auf dem Schoß. Nachdem sie Baxter gefüttert hatten, hatte Riggs ihr vorgeschlagen, etwas zu arbeiten. Er las ein Buch an seinem Ende des Sofas, und sie konnte nicht umhin, ab und an zu ihm hinüberzusehen.

Er sah viel besser aus als in den letzten drei Tagen. Es war ihr viel lieber, dass er auf war und sich bewegte, als dass er so still und krank dalag. Es war verrückt, wie er sich innerhalb weniger Stunden von einem völligen Wrack in jemanden verwandelt hatte, der scheinbar überhaupt nicht krank gewesen war. Aber sie war mehr als erleichtert, dass er auf dem Weg der Besserung war.

Natürlich fühlte sie sich jetzt, da er bei Bewusstsein war, ein wenig unwohl. Sie war ein ungebetener Gast. Und sie hatte drei Tage lang in seiner Hütte gelebt. Zugegeben, er hatte sie nicht wirklich bemerkt, aber trotzdem.

Sie hatte den ganzen Nachmittag geschlafen, was sie sonst

nie tat, und jetzt war sie nicht im Geringsten müde. Das war wahrscheinlich auch gut so, denn sie freute sich nicht darauf, die Schlafmöglichkeiten zu besprechen. Sie hatte sich keine Gedanken darüber gemacht, neben ihm im Bett zu schlafen, während er krank gewesen war. Er hatte eindeutig ihre Nähe gewollt und war nicht in der Verfassung gewesen, etwas Unangemessenes zu tun. Aber jetzt, da er wach und bei Bewusstsein war ... war es nicht so, dass sie einfach wieder zu ihm ins Bett klettern konnte.

Aber sie wollte es.

Gott, wie sehr sie es wollte.

Sie hatte sich nie sicherer gefühlt, als wenn Riggs sie in den Armen hielt. Nie war sie so zufrieden gewesen.

Was verrückt war. Dumm. Lächerlich.

Riggs Chapman war ein Fremder. Sie kannte ihn nicht. Er könnte plötzlich beschließen, dass sie ihm für ihre Rettung auf körperliche Weise danken sollte. Er könnte sich ihr aufdrängen, und sie könnte nichts dagegen tun, da er viel stärker war. Und sie konnte nicht weggehen ... Im Moment saß sie hier fest.

Allein der Gedanke, dass jemand ihr etwas wegnehmen könnte, was sie nicht geben wollte, und dass sie danach keine andere Wahl hätte, als sich einen engen Wohnraum zu teilen, machte sie fast körperlich krank.

»Geht es dir gut?«, fragte Riggs.

Sie sah überrascht zu ihm auf und nickte.

Er starrte sie einen Moment lang an, bevor er ihr Nicken erwiderte und sich wieder dem Buch in seinen Händen zuwandte.

Carlise beruhigte sich. Riggs würde sich *niemandem* aufdrängen. Es stimmte, dass sie ihn nicht besonders gut kannte, aber er hatte heute viele Gelegenheiten gehabt, aggressiv zu werden, ihr wehzutun, wenn er wollte, und er hatte es nicht getan. Er hatte ihr Abendessen gekocht, ihr von seiner Einsamkeit erzählt und bei ihr gesessen, während sie Baxter gefüttert hatte.

Carlise *wusste*, dass Riggs einer der Guten war.

Trotzdem brannte sie darauf, Susie anzurufen. Ihre Meinung zu hören. Ihre Freundin war durch und durch ehrlich und man konnte sich auf ihren guten Rat verlassen. Aber nein. Sie genoss die Pause von ihrem wirklichen Leben noch mehr. Und sie glaubte nicht, dass Tommy ihre Anrufe zurückverfolgen konnte, aber sie würde es nicht riskieren. Noch nicht. Sie wollte sich noch ein paar Tage völlig sicher fühlen, bevor sie sich Sorgen machen musste, dass ihr Stalker sie wieder belästigen würde.

Carlise atmete tief durch und wandte die Aufmerksamkeit wieder dem Buch zu, das sie übersetzte. Es war eines ihrer Lieblingsgenres, spannende Liebesromane. Mit einer Heldin, die in Schwierigkeiten steckte ... und den Mann in ihrem Leben brauchte, um ihr aus diesen Schwierigkeiten zu helfen. Sie wünschte sich immer, sie sei wie die Heldinnen in diesen Büchern. Stark. Unverwüstlich. Tapfer.

Sie hatte sich nie so gefühlt. Niemals. Zum Teufel, was hatte sie beim ersten Anzeichen einer Bedrohung getan? Sie war weggelaufen.

Aber die Heldinnen in den Büchern, die sie übersetzte, waren nicht wie sie. Die meiste Zeit begegneten sie der Gefahr direkt. Selbst wenn alles schiefging, kämpften sie weiter und waren nicht bereit aufzugeben.

Einen Moment lang träumte Carlise davon, was sie tun würde, wenn Tommy in der Hütte auftauchte. Würde sie wie eine der Heldinnen in den Büchern sein, die sie liebte, und sich ihm entgegenstellen? Ihm eine Standpauke halten und darauf vorbereitet sein, sich zu schützen?

Wahrscheinlich nicht. Sie wäre ein Wrack. Ihr erster Instinkt wäre, sich zu verstecken. Zu fliehen ... wenn Tommy sie nicht vorher wegschleppte und tat, was er wollte.

Carlise hasste den Gedanken, dass ihr Ex all die Drohungen, die er ihr per E-Mail und SMS geschickt hatte, wahr machen würde – er musste es sein, wer sonst sollte es sein –, und erschauderte.

Riggs bewegte sich plötzlich, stand auf, ging zum Bett hinüber, schnappte sich eine der flauschigen Decken, die am Fußende zusammengefaltet waren, und brachte sie zurück zur Couch. Ohne ein Wort zu sagen, schüttelte er sie aus und bedeutete ihr dann, ihren Laptop zu bewegen.

Carlise hob ihn hoch und ließ Riggs die Decke auf ihrem Schoß ausbreiten, zusätzlich zu der Decke, die bereits dort lag. Dann wandte er sich dem Feuer zu und legte ein weiteres Holzscheit nach, das die Flammen mit neuem Schwung tanzen ließ.

Schließlich setzte er sich wieder. »Besser?«

Carlise bemerkte zu spät, dass er gesehen hatte, wie sie zitterte, in der Annahme, ihr sei kalt.

Plötzlich wollte sie weinen. Er war so gut auf ihre Bedürfnisse eingestellt. So begierig, ihr das zu geben, von dem er glaubte, dass sie es wollte. War Tommy jemals so gewesen? Eigentlich nicht. Und ihr Vater hatte sich definitiv nie so sehr um ihre Mutter gekümmert.

»Sehr. Danke«, sagte sie.

Riggs lächelte, dann wandte er sich wieder seinem Buch zu.

Mist. Sie verliebte sich in diesen Mann.

Innerhalb eines Tages war er mehr fester Freund für sie gewesen als Tommy oder irgendein anderer Kerl, mit dem sie je ausgegangen war. Und für Riggs schien es selbstverständlich zu sein. Er übertrieb es nicht, nur um ihr Honig ums Maul zu schmieren. Er warf sich ihr nicht an den Hals und drängte sich ihr nicht auf widerliche, unerträgliche Weise auf. Alles, was er tat, war einfach Teil seines Wesens.

Und sie mochte ihn. Sehr.

Aber sie hatte keine Ahnung, was er von *ihr* dachte. Sie war ein unerwarteter Gast. Jemand, der ihm aufgezwungen worden war, denn ein Mann wie Riggs würde nie jemanden in Not abweisen. Und wer wusste schon, wie lange sie noch zusammen in seiner Hütte festsitzen würden? Der arme Mann war hergekommen, um etwas Ruhe und Frieden zu finden.

Wenn sie ehrlich war, schien er jedoch nicht sonderlich beunruhigt zu sein. Er hatte sogar gesagt, wie sehr er es genoss, jemanden zu haben, für den er kochen und mit dem er essen konnte.

Carlise beschloss, dass sie sich einfach entspannen musste, und versuchte erneut, sich auf die Worte auf dem Bildschirm vor ihr zu konzentrieren. Der Sturm hatte sich gelegt, was hoffentlich bedeutete, dass sie bald zu ihrem Wagen zurückkehren und ihr Leben fortsetzen konnte.

Bei dem Gedanken, die Hütte und Riggs zu verlassen, krampfte sich ihr Magen zusammen. Sie hatte das Gefühl, dass sie etwas Unglaubliches hinter sich lassen würde, wenn sie ging. Etwas, das ihr Leben verändern würde. Aber welche andere Wahl hatte sie denn? Es war nicht so, als würde Riggs ihr seine unsterbliche Hingabe erklären und sie anflehen, nicht zu gehen.

Aber ein kleiner Teil in ihr – die Romantikerin, die an Happy Ends und wahre Liebe glaubte – wollte genau das. Sie hatte einen Job, den sie von überall erledigen konnte. Warum konnte sie ihn nicht von hier erledigen? Oder von seiner Wohnung in Newton?

Ein Neuanfang klang eigentlich perfekt. Tommy würde irgendwann über seine Besessenheit hinwegkommen, oder was auch immer sein Problem war. Ihre Mutter würde wahrscheinlich denken, dass sie zu schnell eine große Entscheidung traf, aber letztendlich würde sie es verstehen. Und sie und Susie könnten immer noch beste Freundinnen sein ... sie hatten E-Mails, SMS und Telefonate. Sie könnten immer noch zusammen tratschen und lachen.

Zum Teufel, Susie würde Maine wahrscheinlich lieben. Sie glaubte an Dinge wie Bigfoot und Entführungen durch Außerirdische, und diese Gegend war eine Brutstätte für Fans von beidem.

Einen Moment lang träumte sie davon hierherzuziehen. Riggs' Freunde kennenzulernen, ihn zu begrüßen, wenn er von einem Ausflug auf dem AT nach Hause kam oder nachdem er mitten in der Nacht losgezogen war, um einen Baum wegzuräumen, der über eine Straße oder auf ein Haus gestürzt war.

Dann runzelte sie die Stirn. Sie machte sich schon wieder lächerlich. Im besten Fall würde Riggs vielleicht versuchen, nach ihrer Abreise in Kontakt zu bleiben, überwiegend, weil er sich vergewissern wollte, dass es ihr gut ging. Aber irgendwann würden sie den Kontakt verlieren und ihr Leben weiterleben.

»Läuft es nicht gut?«, fragte Riggs.

Carlise zuckte überrascht zusammen und sah ihn an. »Was?«

»Du sitzt da, starrst auf den Bildschirm und tippst nicht. Läuft es mit der Übersetzung nicht gut?«

Carlise spürte, wie ihre Wangen heiß wurden. Scheiße. Sie hatte davon geträumt, mit dem Mann neben ihr zu leben, anstatt zu arbeiten. »Nein. Es ist alles in Ordnung. Ich meine ... Ich denke nur nach.«

»Worüber?«

Nun, auf keinen Fall würde sie ihm die Wahrheit sagen. Dass sie sich ausgemalt hatte, ihn zu begrüßen, wenn er nach Hause kam, und wie sie beide zusammen ins Bett fielen. »Nur das Leben. Was ich als Nächstes tun werde, jetzt, da der Sturm sich gelegt hat.«

»Nun, das hat keine Eile. Es wird noch eine ganze Weile dauern, bis wir sicher von hier wegkommen. Es ist nicht so, als kämen die Pflüge hierher. JJ wird sehen, was er tun kann, aber Priorität haben die Hauptstraßen.«

Carlise konnte nicht sagen, ob Riggs verärgert darüber war, dass er hier noch eine Weile festsaß oder nicht. »Ich weiß, du hast keinen Hausgast erwartet –«, begann sie, aber Riggs unterbrach sie sofort.

»Das habe ich auch nicht. Aber ich bin nicht verärgert, dass du hier bist, Carlise. Vielleicht wäre ich es, wenn du eine Zicke wärst, wenn du dich über den fehlenden Strom beschweren würdest, darüber, dass wir mitten im Nirgendwo sind, oder wenn du generell eine Nervensäge wärst. Aber ich finde, du passt perfekt hierher.«

Seine Worte setzten sich in ihrer Seele fest. »Ich liebe die Ruhe hier draußen.«

»Ich auch. Obwohl ich nicht glaube, dass ich hier auf Dauer leben könnte«, sagte er achselzuckend. »Ich meine, ich liebe es herzukommen, um neue Energie zu tanken, mich mit der Natur zu verbinden und den nervigen Leuten zu entkommen. Aber irgendwann vermisse ich es, in den Supermarkt gehen zu können, um mir etwas zu holen, was ich brauche, oder um mir einen Hamburger oder so etwas zu besorgen.«

»In Newton gibt es Fast Food?«, stichelte sie.

Riggs grinste. »Besser. *Granny's Burgers*«, sagte er. »Es ist ein kleines, familiengeführtes Restaurant, und sie machen dort die besten Burger, die ich je gegessen habe. Und Pommes. Gott, die sind so gut.«

Carlise grinste.

»Wie auch immer, ich sage nur, dass ich diese Hütte liebe, aber *Unsere kleine Farm* ist nicht das Leben, das ich in Vollzeit führen möchte.«

»Was weißt du denn über *Unsere kleine Farm*?«, fragte sie.

Plötzlich färbten sich seine Wangen rot. »Ich habe dir doch gesagt, dass ich gern lese«, erwiderte er etwas verlegen.

»Du hast die Bücher gelesen?«

»Ja. Ich wollte eigentlich nur eins lesen ... aber sie haben mich in ihren Bann gezogen. Ich konnte nicht aufhören. Ich liebe gute Serien.«

»Ich auch«, sagte sie.

»Autoren sind grausam, sie zwingen uns, alle Figuren zu lieben, die sie sich ausdenken. Normalerweise ist es unmöglich, das nächste Buch einer Serie *nicht* in die Hand zu nehmen.«

»Nicht wahr? Und wenn sie im ersten Buch eine Figur einführen, für die wir eine Geschichte haben *müssen*, nur um dann zu erfahren, dass wir sie erst im achten Buch bekommen? Das ist so gemein«, stimmte Carlise zu.

Riggs lachte. »Wie auch immer, ich wollte nur sagen, dass es mir hier draußen zwar gefällt, ich aber nicht vorhabe, dies zu meinem ständigen Wohnsitz zu machen.«

Carlise starrte ihn einen Moment lang an. Schließlich nickte sie.

»Gut, dann höre ich jetzt auf zu reden, damit du etwas

arbeiten kannst. Willst du dich an den Tisch setzen? Wird es dadurch einfacher?«

»Nein. Ich sitze gut hier. Trotzdem danke.«

»Okay. Wenn du etwas brauchst, lass es mich wissen.«

Carlise nickte erneut und beobachtete, wie Riggs wieder auf das Buch in seiner Hand hinunterblickte. Sie nahm einen tiefen Atemzug. Sie musste etwas Arbeit erledigen. Noch war sie nicht im Rückstand, aber das würde sie sein, wenn sie sich zu viele Tage freinahm.

Zum Glück war sie bald in die Geschichte vertieft und die Übersetzung ging recht schnell vonstatten. Es war immer einfacher, wenn ihr das Buch gefiel, das sie übersetzte. Glücklicherweise war sie nicht allzu wählerisch und las so gut wie jedes Genre, sodass es nicht oft vorkam, dass sie eine Geschichte nicht mochte.

Die Vertrautheit mit ihrem Job setzte ein, und Carlise verlor sich darin, die französischen Wörter nahtlos und genauso bedeutungsvoll wie im Englischen klingen zu lassen.

Chappy konnte sich nicht davon abhalten, den Blick zu Carlise wandern zu lassen. Er hatte keine Ahnung, was er las, hatte schon lange keine Seite mehr umgeblättert. Er war zu sehr von der Frau neben ihm fasziniert. Es hatte eine Weile gedauert, bis sie zu arbeiten begonnen hatte, aber jetzt, da sie es tat, brachte sie ihn zum Lächeln.

Sie runzelte die Stirn, tippte ein paar Worte, legte den Kopf schief, während sie nachdachte, und tippte dann weiter. Der Prozess der Übersetzung eines ausländischen Buches ins Englische war unglaublich interessant. Und die Frau, die es tat, war noch viel interessanter.

Er fragte sich, worüber sie wohl so intensiv nachgedacht hatte, bevor sie sich auf ihre Arbeit konzentrierte. Ja, er hatte sie auch heimlich beobachtet ... und er hatte so viele Gefühle über ihr Gesicht huschen sehen. Je länger er in ihrer Nähe war, desto mehr wollte er in ihren Kopf eindringen.

Chappy wollte auf keinen Fall, dass sie das Gefühl hatte, in seinen Bereich einzudringen, und es war klar, dass sie genau das befürchtete. Er mochte es, sie dort zu haben. Er war so verdammt erleichtert und dankbar, dass Baxter ihn zu der Fremden auf der Straße geführt hatte. Die Alternative verursachte ihm Übelkeit. Ihre Leiche wäre schon längst unter dem Schnee begraben worden. Er hätte ihr Lächeln nie gesehen. Ihr Lachen gehört. Ihr Mitgefühl für Baxter oder sich selbst gesehen.

Die Welt wäre ohne sie ein düsterer Ort gewesen.

Sie nie kennengelernt zu haben schien jetzt unmöglich. Es kam ihm so vor, als würde er sie schon seit Jahren kennen. Er hätte definitiv etwas verpasst, wenn sie nicht in sein Leben gestolpert wäre.

Schließlich konnte Chappy seine Aufmerksamkeit wieder auf sein Buch richten. Es war ein Spionagethriller und er hatte immer noch keine Ahnung, wer der Bösewicht war, wofür er dem Autor große Anerkennung zollte. Normalerweise war er in der Lage, solche Dinge recht früh in einer Geschichte herauszufinden. Aber dieses Mal nicht.

Er wusste nicht, wie viele Stunden vergangen waren, bis er das Buch beendet hatte, aber als er zu Carlise hinübersah, bemerkte er, dass ihr Kopf auf dem Kissen hinter ihr ruhte und sie fest schlief. Ihre Finger lagen noch immer auf der Tastatur und er fragte sich, wie oft sie in der Vergangenheit schon mitten in der Arbeit eingeschlafen war.

Langsam, um sie nicht zu wecken, stand Chappy auf. Er legte noch ein paar Holzscheite ins Feuer, dann zog er den Laptop vorsichtig aus Carlises Griff und berührte das Mauspad, um das Dokument aufzurufen, an dem sie gerade arbeitete. Dankbar, dass sie es nicht mit einem Passwort geschützt hatte, klickte er vorsichtshalber auf Speichern und klappte den Computer zu, bevor er ihn auf den kleinen Küchentisch stellte.

Dann beugte er sich, ohne zu zögern, vor und legte die Arme unter Carlises Beine und um ihren Rücken, bevor er sie mühelos anhob und zum Bett trug.

Diesen Moment hatte er den ganzen Abend im Hinterkopf gehabt. Ihre Schlafgewohnheiten. Er wollte sie in seinem Bett haben. Wollte *mit* ihr darin liegen. Sie hatten aneinandergekuschelt geschlafen, als er krank gewesen war, aber sein Gefühl sagte ihm, dass es ihr unangenehm wäre, das jetzt zu tun, da er nicht mehr im Fieberwahn war. Wenn er ein Gentleman wäre, würde er sie in sein Bett legen und dann auf der Couch schlafen gehen.

Aber das wollte er nicht tun.

»Riggs?«, murmelte sie an seiner Brust. Sie hatte einen Arm um seinen Hals gelegt, als er sie die kurze Strecke getragen hatte, und er hielt den Atem an, als er sie auf die Matratze legte.

»Ja?«, fragte er leise.

»Mir ist kalt.«

Die Decken, unter denen sie begraben gewesen war, waren heruntergefallen, als er sie hochgehoben hatte, und Chappy brachte ihre Beine schnell unter die Decken auf dem Bett und zog sie hoch.

»Besser?«, fragte er.

»Hmmm.« Offensichtlich schien sie noch fast zu schlafen.

Chappy starrte einen Moment lang auf Carlise hinunter und haderte innerlich mit sich selbst. Er sollte sich umdrehen und zurück zur Couch gehen. Dort schlafen. Es wäre anmaßend, etwas anderes zu tun, und sie würde wahrscheinlich ausflippen, wenn sie in seinen Armen aufwachte.

Aber seine Füße wollten sich nicht bewegen. Er stand wie angewurzelt da. Unentschlossenheit zerrte an ihm. Bleiben oder gehen?

Als sie unter der Decke zitterte, war seine Entscheidung gefallen.

Vorhin hatte Chappy eine Jeans und ein langärmeliges Hemd angezogen, und obwohl er normalerweise nur in Boxershorts schlief, hob er die Bettdecke an und legte sich, ohne zu zögern, vollständig bekleidet auf die Matratze.

Carlise war kalt, und mit ihm an ihrer Seite würde ihr wärmer sein. Aber wenn er angezogen war, würde er hoffentlich vermeiden, dass sie sich am Morgen unwohl fühlte. Hautkontakt wäre effektiver, um sie beide warm zu halten, aber er war nicht bereit, etwas zu tun, was sie glauben lassen könnte, dass er sie ausnutzte. Seine Kleidung anzubehalten war keine schwierige Entscheidung.

In dem Moment, in dem er sich an sie schmiegte, schoss ihm eine Erinnerung durch den Kopf, wie er so bei ihr lag, seine nackten Beine mit ihren verschränkt. Wie er eine Hand unter ihr Hemd schob und sie auf ihrer weichen Haut ruhen ließ.

Zu Chappys Überraschung begann sein Schwanz zu zucken.

Er zwang sich, an etwas anderes zu denken. Daran, wie er morgens in die Kälte hinausging, um den Generator zu starten.

Schnee schaufelte. Irgendwann JJ anrief und ihn bat, ihm mit Carlises Wagen zu helfen.

Der Gedanke, dass sie wegfahren würde, tötete augenblicklich jede Lust, die er empfand.

Mit jeder Minute, die er in ihrer Gegenwart verbrachte, wollte er zehnmal mehr. Diese Art von Bindung kam bei ihm nicht vor. Normalerweise nervten ihn die Menschen. Sehr schnell. Manchmal sogar seine Freunde. Er war gern allein. Er war von Natur aus introvertiert. Aber bei Carlise fühlte er sich extrem wohl.

Sie murmelte etwas, dann drehte sie sich in seinen Armen und vergrub das Gesicht in seiner Halsbeuge. Ihre Nase war kühl und sie schmiegte sich an ihn, schob beide Hände unter sein Hemd und legte sie auf die nackte Haut seiner Brust.

Chappy lächelte, auch wenn er bei ihren kalten Fingern auf seiner Haut die Luft einsog.

»Du bist warm«, murmelte sie schläfrig.

»Schhh«, erwiderte er und legte sein Kinn auf ihren Kopf.

Sie schob eines ihrer Beine zwischen seine, sodass sie so eng wie möglich an ihn gekuschelt war.

Chappy war noch nie so entspannt gewesen. Sie waren beide vollständig bekleidet, aber der Moment fühlte sich dennoch intim an. Carlise wackelte noch ein wenig an ihm und stieß schließlich einen Seufzer aus, den er für Zufriedenheit hielt.

Einen Moment lang machte er sich noch Sorgen darüber, was der Morgen bringen würde. Er fragte sich, ob sie wütend sein würde, dass sie zusammen im Bett lagen. Ob sie immer noch so ineinander verschränkt wären wie jetzt. Ob sie Angst vor ihm haben würde, weil er sich ganz klar dafür entschieden hatte, neben ihr zu schlafen.

Aber je länger er mit Carlise in den Armen dalag, desto mehr verblasste seine Sorge. Er würde sich morgen früh mit ihrer Reaktion auseinandersetzen. Er würde sie davon überzeugen, dass an dem, was sie taten, nichts auszusetzen war. Dass sie lediglich Körperwärme teilten. In der Hütte wurde es nachts kühl, wenn das Feuer erlosch. Es war nur logisch, das zu tun.

Und sie war bei ihm sicher. Vollkommen, hundertprozentig sicher. Er würde ihr nie etwas antun. Er würde jeden zur Strecke bringen, der es versuchte.

Chappy war mit der Richtung, in die seine Gedanken gingen, vollkommen einverstanden. Diese Frau gehörte ihm. Er wusste es instinktiv. Er spürte es in seinen Knochen. Sie war aus einem bestimmten Grund direkt zu ihm geführt worden. Und er hatte nicht vor, sie kampflos gehen zu lassen.

Zum Glück hatte er noch etwas Zeit, sie davon zu überzeugen, dass er nicht verrückt war und dass sie zusammengehörten. Er hatte keine Ahnung, wie er das anstellen wollte, aber er würde es herausfinden. Er musste es. In seinem Kopf gab es keine Alternative.

KAPITEL ACHT

Carlise wachte am nächsten Morgen mit dem Sonnenlicht in den Augen auf. Sie runzelte die Stirn und blinzelte überrascht. Sie hatte die Sonne seit Tagen nicht mehr gesehen.

»Tut mir leid«, sagte Riggs mit tiefer Stimme, und sie spürte eine Bewegung, bevor das Licht hinter ihren Lidern schwächer wurde.

Sie öffnete die Augen und stellte fest, dass Riggs neben ihr lag – *direkt* neben ihr – und mit seinem Kopf die Sonnenstrahlen abschirmte.

Sie spannte sich an und versuchte, in seinen Augen zu lesen, was er dachte und fühlte ... ohne Erfolg.

»Gut geschlafen?«

Sie nickte.

»War dir nicht kalt?«

Carlise schüttelte den Kopf.

»Morgens bist du verschlafen.«

Sie zuckte mit den Schultern. »Ohne Kaffee brauche ich länger, um wach zu werden.«

»Ich gehe gleich raus und schmeiße den Generator an. Ich hole die Kaffeemaschine raus und mache sie an.«

»Du hast eine Kaffeemaschine?«, fragte sie ungläubig.

»Jup.«

Carlise schloss in Ekstase die Augen. »Schweig still, mein Herz«, scherzte sie.

Als Riggs lachte, spürte sie es in ihrem Oberkörper, was sie zu ihrer jetzigen Position zurückbrachte. Sie lag auf der Seite, eines ihrer Beine zwischen seinen, und ihre Hand war unter seinem T-Shirt, wo sie auf seiner Brust ruhte. Mit der anderen umklammerte sie seinen Unterarm. Sie hielt sich fest, als wollte sie nie wieder loslassen ... und stellte fest, dass das tatsächlich der Fall war.

»Ähm ... wir haben zusammen geschlafen.« Sie zuckte zusammen, sobald die Worte ihren Mund verließen.

Aber Riggs schien nicht im Geringsten beunruhigt zu sein. »Ja. Du bist bei der Arbeit eingeschlafen, und ich habe es nicht übers Herz gebracht, dich zu wecken. Ich hätte auf der Couch schlafen können ... aber ganz ehrlich? Ich wollte es nicht. Ich wollte hier sein. Neben dir. Ich erinnere mich vage daran, dass wir so geschlafen haben, als ich krank war, und ich muss sagen, es ist viel besser, jetzt, da ich nicht mehr im Fieberwahn bin.« Er betrachtete sie einen Moment lang und fügte dann hinzu: »Es tut mir nicht leid, Carlise ... aber ich will nicht, dass *du* dir Sorgen machst oder ausflippst. Ist es für dich in Ordnung?«

War sie einverstanden damit, dass dieser umwerfende Mann die ganze Nacht an ihrer Seite schlafen wollte? Ähm ... verdammt, ja! Aber sie behielt ihre Begeisterung für sich und antwortete einfach: »Ja.«

»Gut. Und es wird auch heute Abend für dich in Ordnung sein? Wenn es Zeit ist, ins Bett zu gehen, und wir es wieder tun?«

Ein Kribbeln schoss durch Carlise, während Erregung in ihren Adern schwamm. Er hatte eigentlich nicht gesagt, dass etwas über den Schlaf hinaus passieren würde, aber ihr Körper hatte andere Vorstellungen. »Ja«, wiederholte sie.

Riggs seufzte. »Gott sei Dank«, murmelte er.

Dann beugte er sich zu ihrer Überraschung zu ihr hinunter und küsste sie auf die Stirn. »Mach die Augen zu, Süße. Ich werde mich jetzt bewegen und die Sonne wird dir wieder direkt in die Augen scheinen.«

Sie tat, was er vorschlug, und spürte die Strahlen an ihren Lidern, als er sich von ihr löste. Kalte Luft drang in den warmen Kokon ein, in dem sie sich befunden hatten, und sie vergrub sich sofort in die Decken, in dem Versuch, Riggs' Körperwärme zu erhalten.

»Ich lege noch ein paar Holzscheite ins Feuer. Es wird bald wärmer werden. Bleib für den Moment einfach im Bett«, sagte er.

Carlise öffnete die Augen und beobachtete, wie Riggs vollständig angezogen zum Kamin ging. Das Wissen, dass sie beide bekleidet geblieben waren, dass er sie in der Nacht zuvor offensichtlich nicht ausgenutzt hatte, ließ ihre Wertschätzung für ihn noch mehr steigen als ohnehin schon.

Ihr Instinkt hatte recht gehabt. Er war ein ehrenwerter Mann. Er würde ihr nicht wehtun. Er würde sie nicht angreifen oder vergewaltigen, sobald sie unachtsam war.

Doch ein winziger Teil von ihr, der Teil, der von den Männern in ihrem Leben immer enttäuscht worden war, mahnte sie, dass sie Riggs immer noch nicht so gut kannte. Sie wusste nicht, ob es Teile von ihm gab, die er verbarg.

Sie beobachtete, wie er in der Hütte herumhantierte und eine uralte Kaffeemaschine aus einem der Schränke holte, die sie sich nicht näher angesehen hatte. Schließlich blickte er zu ihr hinüber. »Willst du Baxter heute Morgen füttern? Oder willst du im Bett bleiben und es mich versuchen lassen, wenn ich rausgehe, um den Generator anzuwerfen?«

Carlise wollte nach dem Hund sehen, aber sie konnte Riggs' Wunsch, sich mit Baxter anzufreunden, in seinem Tonfall hören. »Du kannst es tun, wenn es nicht zu viel Mühe macht.«

»Niemals«, sagte er mit einem kleinen Lächeln.

Sie sah von der anderen Seite des Zimmers aus zu, wie er zwei Dosen zerkleinertes Hühnerfleisch in eine Schüssel leerte, zusammen mit einer Dose grüner Bohnen. »Du verwöhnst ihn«, rief sie aus.

»Hey, das ist das erste Mal, dass du nicht da bist, um ihn zu füttern. Ich muss ihm einen Anreiz geben, nicht abzuhauen«, sagte Riggs. »Ich gebe etwas von den Nudeln rein, wenn ich draußen bin und sie aus dem Eisschrank hole. Ich bin gleich wieder da.«

Carlise musste darüber lächeln. Wo sollte er denn sonst hingehen?

Etwa fünfzehn Minuten vergingen, während Carlise döste und auf Riggs' Rückkehr wartete. Als sie das Knarren der Tür hörte, öffnete sie die Augen und sah Riggs mit einem breiten Grinsen und einer leeren Schüssel hereinkommen.

»Hat er gefressen?«, fragte sie unnötigerweise.

»Ja. Er wird zutraulicher«, sagte Riggs. »Es ist nur eine Frage der Zeit, bis wir ihn ins Haus holen können. Er wird es lieben, vor dem Feuer zu schlafen. Ich habe auch den Generator in Gang gesetzt. Er ist zwar ziemlich laut, aber sobald wir alles erledigt haben, schalte ich ihn ab.«

Jetzt, da sie wacher war, konnte Carlise tatsächlich das Brummen des Generators draußen hören. Nach der Stille des Waldes klang es ein wenig deplatziert.

»Du kannst zuerst duschen«, sagte er. »Es wird noch etwa zehn Minuten dauern, bis das Wasser heiß ist, aber ich setze schon mal den Kaffee auf und schließe deinen Laptop an, damit er voll aufgeladen ist. Soll ich auch dein Handy aufladen?«

Carlise zwang sich, sich aufzusetzen. Die Luft in der Hütte war nicht annähernd so kalt wie zuvor, als Riggs aufgestanden war. Sie dachte einen Moment über seine Frage nach, dann schüttelte sie den Kopf.

»Bist du sicher?«

»Werde ich überhaupt Empfang haben?«

Riggs zuckte mit den Schultern. »Wahrscheinlich nicht.«

Carlise schüttelte erneut den Kopf. »Meine Mutter wird noch ein paar Tage klarkommen. Als ich das letzte Mal mit ihr gesprochen habe, habe ich ihr gesagt, dass ich für eine Weile offline gehe.«

»Wenn du dir sicher bist.«

»Ich bin sicher«, erwiderte Carlise. Sie war noch nicht bereit dafür, dass das wirkliche Leben eindrang. Sie wollte so tun, als sei sie einfach nur im Urlaub.

Die Wahrheit war, dass sie Todesangst hatte, beim Einschalten ihres Telefons Dutzende von beängstigenden Nachrichten und SMS von ihrem Stalker zu erhalten. Sie war noch nicht bereit, sich damit zu befassen. Sie wollte noch ein wenig länger mit Riggs in einer Fantasiewelt leben.

»Okay. Wenn du so weit bist, sag mir Bescheid. Ich dachte, wir könnten heute vielleicht einen Spaziergang machen.«

Carlise starrte ihn stirnrunzelnd an. »Ähm, da draußen liegen mindestens sechzig Zentimeter Schnee, Riggs.«

»Ich weiß«, sagte er mit einem Lächeln. »Aber ich möchte mir die Gegend ansehen, ob irgendwelche Bäume umgestürzt sind, um die ich mich kümmern muss. Und die Sonne ist draußen. Ohne den Wind ist es wahrscheinlich mindestens mehrere Grad wärmer. Es wird Spaß machen.«

»Das sagt der Mann, der an die Winter in Maine gewöhnt ist«, murmelte Carlise.

»Ja«, sagte Riggs ohne einen Anflug von Verlegenheit. »Ich denke, Baxter wird sich auch gern die Beine vertreten.«

»Meinst du, er wird uns folgen?«

»Ich denke, er wird dir überall hin folgen«, antwortete er nickend.

»Da bin ich mir nicht so sicher. Er ist es gewohnt, auf sich allein gestellt zu sein«, sagte Carlise, obwohl der Gedanke sie erfreute, dass Baxter sie so sehr mochte, dass er ihr folgen würde.

»Es gibt ein altes Sprichwort, das ungefähr so lautet: ›Wenn du ein Leben rettest, bist du dafür verantwortlich.‹ Er hat dich gerettet, also hat er das Gefühl, dass du jetzt zu ihm gehörst. Außerdem hast du ihm Futter gegeben, als er hungrig war, Decken, als er fror, und du hast in einem beruhigenden, liebevollen Ton mit ihm gesprochen. Ich habe das Gefühl, dass dieser Hund alles für dich tun würde.«

Die Freude über den Gedanken, dass Baxter sie mochte, verblasste, als sie darüber nachdachte, was passieren würde, sobald sie weg war.

»Was? Was ist los?«, fragte Riggs und trat näher an das Bett heran.

»Ich ... ich hatte nur noch nie einen Hund. Ich weiß nicht, was ich mit einem machen soll. Es wäre besser, wenn er sich an dich hängen würde.«

»Zu spät, Süße. Mach dir keinen Kummer. Das wird sich schon regeln.«

Er klang so sicher. Carlise hatte eine Million Fragen, aber sie wollte keine Nervensäge sein, nicht nach all den netten Dingen, die er am Abend zuvor über sie gesagt hatte. »Okay.«

»Okay. Wenn du aufstehst und mir die Sachen bringst, die du gewaschen haben willst, mache ich eine Ladung für nach dem Duschen fertig. Bis du dir die Zähne geputzt hast und so, sollte das Wasser für dich bereit sein.«

Zum ersten Mal wurde Carlise bewusst, dass sie nackt hinter der Badezimmertür stehen würde. Und sie konnte sich nicht daran erinnern, dass die Tür ein Schloss hatte. Riggs könnte hereinplatzen, während sie duschte, und ...

Nein.

Das würde er nicht tun. Das wusste sie bis in die Zehenspitzen. Sie zwang sich, die Bettdecke zurückzuschieben und unter der warmen Decke hervorzukommen. Sie ging zu ihrem Rucksack und holte die letzte saubere Kleidung heraus, die sie hatte. Sie hatte es geliebt, Riggs' Jogginghose zu tragen, aber jetzt, da er wach und bei Bewusstsein war, fühlte es sich zu intim an, also trug sie wieder ihre eigenen Sachen.

Sie war erleichtert, dass ihre Kleidung gewaschen werden konnte, aber sie fühlte sich ein wenig komisch dabei, Riggs ihre Unterwäsche auszuhändigen. Natürlich zuckte er nicht einmal mit der Wimper, als er das Kleiderbündel entgegennahm. Er warf es einfach in den Wäschekorb, den sie ihn zuvor hatte benutzen sehen, hob ihn hoch und ging zu einem breiten Schrank, den sie nicht untersucht hatte.

Er öffnete die Tür, und Carlise sah eine kleine Waschmaschine sowie einen darauf gestapelten Trockner. Die Geräte schienen in der Hütte fast fehl am Platz zu sein, besonders nach all den Tagen, in denen nur der Kamin als Lichtquelle gedient hatte. »Ich tue die Kleidung, die du anhast, nach dem Duschen dazu«, sagte er, während er sich vorbeugte, um ein paar Kleidungsstücke in die Waschmaschine zu stecken.

Carlise konnte nicht umhin, auf seinen Hintern zu starren. Er war ein Prachtexemplar. Rund. Knackig. Und es juckte sie in den Fingern, ihn zu berühren.

Bei diesem Gedanken drehte sie sich um und machte sich auf den Weg ins Bad. Riggs' Anwesenheit war die Hölle für ihre Libido. Aber auf keinen Fall wollte sie, dass er sich unwohl fühlte. Frauen mussten sich ständig an ihn heranmachen, so attraktiv wie er war. Und sie wollte nichts tun, was ihn bereuen lassen könnte, dass er sie hier hatte wohnen lassen.

Beim Zähneputzen warf sie einen Blick auf den Türknauf und sah, dass sie recht hatte. Es gab kein Schloss. Aber sie spürte keine Angst. Nachdem sie sich die Zähne geputzt hatte, stellte sie die Dusche an und war erfreut, wie schnell das Wasser sich erwärmte. Sie zog sich so schnell wie möglich aus und stand unter dem warmen Wasserstrahl, bevor sie sich Gedanken darüber machen konnte, dass sie nackt war und zwischen ihr und Riggs nur eine dünne Tür war.

Eine Dusche hatte sich noch nie so gut angefühlt, und sie schwor sich einmal mehr, Elektrizität oder heißes Wasser nie wieder als selbstverständlich anzusehen.

Chappy biss die Zähne zusammen, als das Wasser im Bad angestellt wurde. Carlise stand auf der anderen Seite der Tür. Nackt. Eingeseift. In *seiner* Dusche.

Sein Schwanz wurde hart, und dieses Mal dachte er nicht sofort an etwas anderes, um ihn zu beruhigen. Es hatte ihn all seine Willenskraft gekostet, sie vorhin im Bett zu lassen. Sie war nicht in Panik geraten, als sie in seinen Armen aufgewacht war. Sie hatte es gelassen hingenommen, so wie alles andere, seit sie sich kennengelernt hatten.

Er hatte sich nicht zurückhalten können, ihr klarzumachen, dass er heute Nacht wieder neben ihr schlafen wollte, und war überrascht und erleichtert gewesen, als sie nicht protestiert hatte. Ihm war weder der lustvolle Blick in ihrem Gesicht noch die Art und Weise entgangen, wie sie sich subtil unter ihm bewegt hatte. Der Gedanke, wieder mit ihm zu schlafen, hatte sie erregt – und Chappy war noch nie in seinem Leben begeisterter gewesen.

»Langsam, Chap. Du musst es langsam angehen«, murmelte er. »Du kannst dich nicht auf die Frau stürzen wie ein wildes Tier.«

Aber genauso fühlte er sich. Noch nie hatte er eine Frau so sehr begehrt wie Carlise Edwards. Das war auch der Grund, warum er vorgeschlagen hatte, dass sie spazieren gehen sollten. Er musste sich von den Gefühlen ablenken, die sie in ihm auslöste. Wenn er den ganzen Tag mit ihr in dieser Hütte saß, würde er wahrscheinlich etwas tun, was er bereuen würde. Er wollte sie nicht erschrecken. Er wollte nicht, dass sein Verlangen nach ihr die Verbindung zerstörte, die sie hatten.

Er war noch nie ein Mann gewesen, der Sex *brauchte*, aber je mehr Zeit er mit Carlise verbrachte, desto mehr glaubte er, dass er vor Verlangen verrückt werden würde.

Er wollte sehen, wie sie ihn mit verschlafenen Augen anschaute, mit den Händen über ihren nackten Körper streichen und spüren, wie sie unter und um seinen Schwanz zitterte, während er sie über den Abgrund trieb.

»Verdammt«, fluchte er und fuhr sich mit einer Hand durch die Haare. Es war an der Zeit, an etwas anderes zu denken. Sein Schwanz pochte in seiner Hose. Seine Hoden zogen sich zusammen, als seien sie bereit, ihre Ladung freizugeben, nur bei dem Gedanken, in der Frau in seiner Dusche zu sein.

Er könnte jetzt sofort hineingehen. Sich ausziehen. Sich ihr unter dem Wasser anschließen und sie in wenigen Minuten an seinen Händen, seiner Zunge kommen lassen. So sicher war er sich über ihre Verbindung. Aber er würde nichts tun, was sie dazu bringen könnte, das Vertrauen zu verlieren, das sie gerade aufbauten.

Und deshalb musste er nach draußen gehen. Um etwas von dieser knisternden Energie loszuwerden. Er fühlte sich gut, als sei er nie krank gewesen. Ohne Carlise wäre er in einer wesentlich schlechteren Verfassung gewesen, daran hatte er keinen Zweifel. Aber jetzt war er mehr als bereit, etwas Körperliches zu tun ... etwas, bei dem es nicht darum ging, sich auszuziehen und sich einem Sexmarathon mit seinem hinreißenden Gast hinzugeben.

Verdammt noch mal. Er tat es schon wieder. Er musste sich zusammenreißen. Wenn er mit duschen an der Reihe war, würde er masturbieren. Das sollte ihm die Anspannung nehmen.

Tief in seinem Inneren wusste Chappy, dass er sich etwas vormachte. Ja, wenn er sich einen runterholte, fühlte er sich vielleicht kurzfristig besser, aber sobald er Carlise erblickte, würde sein Schwanz wieder in Fahrt kommen.

Seufzend tat er sein Bestes, um sich auf das Kaffeekochen zu konzentrieren. Er war genauso bereit, eine Tasse Kaffee zu trinken, wie Carlise. Er lehnte sich an den Küchentisch und hörte, wie das Wasser im Bad abgestellt wurde, während der Kaffee köchelte. Er quälte sich, indem er sich vorstellte, wie Carlise mit einem Handtuch über ihren nassen Körper rieb, sich bückte, um ihre Unterwäsche anzuziehen, und hinter ihren Rücken griff, um ihren BH zu schließen.

Gott! Sein Verstand gab ihm buchstäblich keine Pause! Er konnte nicht aufhören, daran zu denken, wie verführerisch Carlise auf seiner Matratze ausgebreitet aussähe. Nackt.

Als sie die Badezimmertür öffnete, war Chappy so hart, dass er sich wunderte, dass er noch nicht in seiner Hose gekommen war. Carlise lächelte ihn an und Chappy konnte nur noch sagen: »Der Kaffee ist fertig. Ich bin gleich so weit«, und schob sich an ihr vorbei ins Bad. Der Geruch seiner Seife auf ihrer Haut, der Anblick ihres langen Haares, das ihr Hemd nass machte, ließ einen Schwall von Erregung aus seinem Schwanz entweichen. Kaum hatte er die Tür geschlossen, entledigte er sich seiner Kleidung und machte sich auf den Weg in die Dusche.

Das Wasser hatte noch keine Zeit gehabt, sich vollständig wieder aufzuwärmen, aber das war in Ordnung. Eine kalte Dusche würde ihm wahrscheinlich guttun. Er war ihr gegenüber schroff gewesen, das wusste er, aber er hatte nicht gewollt, dass Carlise seinen Ständer sah. Entweder war er ein wenig kurz angebunden oder er könnte dafür sorgen, dass diese wunderschönen blauen Augen ängstlich wurden. Letzteres war nicht akzeptabel.

Chappy ergriff seinen Schwanz, sobald er unter das Wasser trat, und atmete vor Lust zischend ein, als er begann, sich zu streicheln. Es dauerte nicht lange. Er hatte nicht einmal die Gelegenheit, Seife in seine Hand zu geben, um die Sache zu unterstützen. Kaum hatte er mit einer Hand seine Hoden gepackt und mit der anderen seinen Schwanz gedrückt, kam er auch schon. Heftig.

Weiße Stränge von Sperma trafen auf die Plastikwand der Dusche und Chappy konnte sich vorstellen, wie Carlise aussehen würde, wenn er auf ihren Brüsten kam. Sie würde ihn anlächeln und sein Sperma in ihre Haut reiben ...

Scheiße. Sein Schwanz zuckte wieder und ein weiterer Schwall Sperma benetzte seine Hand. Das Wasser an seinem Rücken war lauwarm, und Chappy drehte sich um und ließ es auf sein Gesicht prasseln, wobei er sich zwang, an all die Dinge zu denken, die er heute noch zu erledigen hatte.

Nach etwa einer Minute konnte er nach der Seife greifen und sich waschen. Obwohl es fast schmerzhaft war, den Waschlappen an seinem Schwanz zu benutzen. Seine Hoden waren immer noch empfindlich, als er sich zwischen den Beinen wusch, und er stieß ein kleines Lachen aus. Die Tatsache, dass er dachte, er würde sich besser fühlen, sobald er masturbiert hatte, war fast schon urkomisch. Er fühlte sich nicht besser. Er fühlte sich sogar noch erregter.

Er brauchte Carlise Edwards auf eine Weise, die ihn immer wieder schockierte. Und das nicht nur für Sex. Er brauchte ihr Lächeln. Ihre Gelassenheit. Ihre fürsorgliche Art. Die Frau war ihm so schnell unter die Haut gegangen, dass er Angst hätte haben müssen. Aber stattdessen spürte er nur die Angst, dass er sie nicht würde überzeugen können, ihm eine Chance zu geben.

Dann dachte er an ihren Gesichtsausdruck, als er vorgeschlagen hatte, ihr Telefon aufzuladen. War sie ... nervös gewesen? Verängstigt? Wovor, da war er sich nicht ganz sicher, aber Chappy gefiel das nicht. Wenn es noch einmal jemand wagte, Hand an sie zu legen, würde derjenige es bereuen. Sie wusste es vielleicht nicht, aber sie hatte einen bereiten Verteidiger. Er hatte nicht all die Jahre beim Militär verbracht, ohne zu lernen, wie man einen Feind zur Strecke brachte.

Das Wasser wechselte innerhalb einer Sekunde von lauwarm zu eiskalt, aber Chappy stand noch einen Moment länger in der Dusche und hoffte inständig, dass sein Schwanz sich dadurch benehmen würde, sobald er sich angezogen hatte und wieder in die Hütte ging. Er wollte Carlise in seinem Bett, unter ihm, wollte in ihr sein, aber noch mehr wollte er, dass sie ihm vertraute, dass sie sich sicher fühlte.

Und wenn sie nie den Punkt erreichte, an dem sie sich wohlfühlte, mit ihm zu schlafen, würde er das respektieren. *Sie* respektieren. Er würde sie trotzdem beschützen. Sie gehen lassen, wenn sie das wollte. Es könnte ihn umbringen, aber er würde es tun. Er würde nie mehr nehmen, als sie zu geben bereit war.

In vielerlei Hinsicht war sie wie Baxter. Sie wünschte sich, geliebt zu werden. Sie wünschte sich verzweifelt, sicher zu sein. Aber sie war nicht in der Lage, denen zu vertrauen, die bereit waren, ihr zu helfen.

Noch nicht.

Er würde Carlise Raum und Zeit geben. Er würde ihr zeigen, dass sie ihm ihre Geheimnisse anvertrauen konnte, ihren Körper, ihr ganzes Leben. Und sobald sie sich öffnete und ihm sagte, wovor sie davonlief, würde er sich mit JJ, Cal und Bob um die Bedrohung kümmern.

Dann ging es nur noch darum, sie davon zu überzeugen, nach Newton zu ziehen. Zu ihm.

Chappy schnaubte. Sicher. Er hatte das Gefühl, dass nichts an Carlise einfach sein würde. Aber sie wäre den Kampf wert. Das wusste er ohne jeden Zweifel.

Irgendetwas war anders an Riggs, aber Carlise konnte es nicht genau festmachen. Er war so freundlich und beschützend wie immer, aber sie hatte ihn dabei erwischt, wie er sie mehr als sonst angestarrt hatte. Und nach dem gestrigen Tag hieß das schon etwas. Es war nicht beunruhigend, nicht wirklich, aber sie war sich bewusst, dass er sie noch mehr musterte als am Tag zuvor.

Sie hatte ein wenig gezögert, spazieren zu gehen, aber als sie erst einmal draußen war, merkte sie, wie sehr sie es gebraucht hatte, aus der Hütte herauszukommen. Sie liebte sie, aber sie war klein, und die ständigen Gedanken an Riggs hatten sie gestresst. Jetzt draußen in der Sonne zu sein fühlte sich wunderbar an.

Baxter empfand offensichtlich dasselbe. Zuerst hatte sie sich Sorgen gemacht, dass der Hund weglaufen und sich verlaufen würde, aber Riggs hatte ihr versichert, dass er sie nicht verlieren würde, nicht, wenn sie ihn fütterten und er einen warmen Schlafplatz auf der Veranda der Hütte hatte.

Er war immer noch dünn, zu dünn, aber erstaunlicherweise war er schon nach ein paar Tagen voller Mahlzeiten ein wenig kräftiger geworden. Seine Hüftknochen und Rippen ragten nicht mehr so stark heraus wie zuvor, und im Moment tollte der Hund um sie herum. Das war das einzige Wort, mit dem Carlise es beschreiben konnte. Baxter hüpfte durch den Schnee wie ein Kaninchen. Es sah sogar so aus, als würde er lächeln, während er in den hohen Verwehungen spielte. Er kam nicht nahe genug heran, um sich streicheln zu lassen, aber er behielt die beiden im Auge und ließ sie weder zu weit vor noch hinter sich.

Die Luft war kalt, Carlise konnte ihren Atem sehen, aber sie fühlte sich nicht so kalt an wie zuvor. Der Wind war jetzt nicht mehr so stark, aber er ließ die Bäume über ihren Köpfen immer noch schwanken.

Während sie langsam durch den tiefen Schnee stapfte, griff Riggs nach ihrer Hand. Es fühlte sich so natürlich an, als würden sie jeden Tag auf diese Weise gehen.

Ein kleines Lächeln bildete sich auf Carlises Gesicht. Aus dem Augenwinkel bemerkte sie, wie Riggs sie – wieder einmal – anstarrte, also drehte sie sich um und sah ihn an, während sie weitergingen. »Was?«

Er zuckte mit den Schultern. »Du siehst zufrieden aus.«

»Willst du die Wahrheit?«

»Immer.«

»Das bin ich«, sagte Carlise. »Ich meine, ich bin nicht gerade ein Naturkind. Ich habe immer in der Stadt gelebt. Aber es ist so friedlich, hier draußen zu sein, mitten im Nirgendwo. Die ersten Menschen zu sein, die Spuren im frischen Schnee hinterlassen. Das lässt meine Probleme nicht ganz so unüberwindbar erscheinen.«

»Ich liebe es hier draußen. Als meine Freunde und ich als Geiseln festgehalten wurden, war ich mir ziemlich sicher, dass ich nie wieder die Chance bekommen würde, so etwas zu tun. Ich versuche, es nicht als selbstverständlich anzusehen.«

Carlise drückte seine Hand. Sie hasste den Gedanken, dass er ein Kriegsgefangener war. Es schien unvorstellbar. Er war so stark, so kompetent.

Nach einem langen Moment fragte sie: »Gehen wir an einen bestimmten Ort?«

»Ja. Ich wollte eigentlich zur Straße gehen, um nach deinem Wagen zu sehen, aber ich habe beschlossen, stattdessen diesen Weg zu nehmen, um dir etwas zu zeigen.«

»Was?«

Er grinste. »Du wirst abwarten müssen, bis wir da sind.«

»Du bist gemein«, schmollte Carlise. »Ich hasse Überraschungen.«

»Diese wird dir gefallen«, sagte er geheimnisvoll.

Die Wahrheit war, dass Carlise früher Überraschungen geliebt hatte, aber in letzter Zeit hatte sie nicht mehr so viele gute bekommen, und sie war misstrauisch geworden.

Sie gingen eine Weile, wahrscheinlich etwa dreißig Minuten oder so, und hielten häufig an, um die Landschaft zu bewundern oder nach Baxter zu sehen, bevor Riggs sich ihr zuwandte. Das Gehen war bei dem vielen Schnee nicht einfach gewesen, und Carlise spürte, wie ihr eine Schweißperle über das Gesicht lief. Sie war dick eingemummelt und zuerst war ihr kalt gewesen, aber jetzt war ihr ein wenig zu warm. Die Temperatur lag wahrscheinlich weit unter dem Gefrierpunkt, aber sie hatte sich sehr angestrengt.

»Bist du bereit?«, fragte Riggs.

»Ja.«

»Okay, mach die Augen zu.«

Ohne nachzudenken, tat Carlise, was er verlangte.

»Bleib hier. Behalte deine Hand an diesem Baum. Und nicht gucken, egal, was du hörst. Okay?«

Sie wurde immer neugieriger. Sie waren durch den Wald gegangen und alles um sie herum sah genauso aus wie vorher. Sie war sich nicht sicher, woher Riggs wusste, wohin sie gingen, aber er war hier draußen offensichtlich in seinem Element. Sie hatte keinen Zweifel an seinen Navigations-künsten.

»Okay«, versicherte sie ihm verspätet.

Er wich von ihrer Seite, und es war tatsächlich schwieriger, als sie gedacht hatte, die Augen geschlossen zu halten. In der Sekunde, in der er sich entfernte, fühlte sie sich, als sei sie allein hier draußen in der Wildnis. Sie konnte seine leisen Geräusche in der Nähe hören, aber das war irgendwie nicht genug.

»Riggs?«, rief sie und hasste es, dass ihre Stimme schwankte.

Sie hörte seine Schritte, als er näher kam.

»Was ist los?«, fragte er.

In der Sekunde, in der er mit behandschuhten Händen ihr Gesicht berührte, entspannte Carlise sich. Und kam sich sofort dumm vor. »Tut mir leid. Es ist nichts.«

»Sieh mich an«, befahl er.

Sie öffnete die Augen. Er hatte ihren Kopf nach oben geneigt, sodass sie nur ihn sah.

»Was ist los? Was ist passiert?«

»Ich habe mir nur ... einen Moment lang Sorgen gemacht.«

»Worüber?«

»Dass du mich hier zurücklassen würdest. Dass du viel-leicht denkst, es sei lustig, einen Scherz zu machen oder so.«

Als Antwort darauf spannte Riggs den Kiefer an, während er näher an sie heranrückte. »Das würde ich nie tun. Das wäre nicht im Geringsten lustig.«

»Ich weiß«, flüsterte sie.

»Wie kommst du überhaupt auf so etwas?«

Jetzt, da ihre Augen offen waren und sie sah, wie sehr Riggs von ihren Gedanken betroffen war, fühlte Carlise sich schrecklich. »Ich weiß nicht.«

»Doch, du weißt es«, entgegnete er. »Sprich mit mir, Süße.«

»Mein Ex ... er fand es lustig, mich zu erschrecken. Er sprang um Ecken und hinter Türen hervor, nur um mich schreien zu hören. Er sagte mir beim Einkaufen, er müsse etwas aus einem anderen Gang holen, dann ging er raus und fuhr den Wagen weg, damit ich dachte, er hätte mich zurückgelassen. Er *liebte* es, mir einen Streich zu spielen, indem er mich spät in der Nacht anrief und nichts sagte, wenn ich abnahm, sondern nur schwer atmete.« Sie schüttelte den Kopf und versuchte, alle Gedanken an Tommy zu verdrängen. »Mich hier stehen zu lassen, während er sich versteckt, hätte ihm riesige Freude gemacht. Er hat immer gesagt, ich würde keinen Spaß verstehen.«

»Nichts davon ist lustig«, sagte Riggs streng. »Ich erschrecke Leute nicht als Streich, und es ist nicht cool. So etwas würde ich dir nie antun. Niemals.«

Carlises Muskeln entspannten sich bei seiner Antwort, sowohl bei seiner verbalen als auch bei der Art und Weise, wie sein ganzer Körper sich vor Wut anzuspannen schien. Aber sie war nicht auf sie gerichtet. »Es tut mir leid, dass ich an dir gezweifelt habe.«

»Das muss es nicht«, erwiderte Riggs kopfschüttelnd. »Wir lernen einander noch kennen. Und deine Vergangenheit hat dich gelehrt, vorsichtig zu sein. Aber du kannst deinen Schutzschild um mich herum senken, Carlise. Ich hoffe, ich kann dir mit der Zeit zeigen, dass *ich* dein Schutzschild sein kann. Ich kann dich vor den Arschlöchern dieser Welt beschützen. Vor dem Mist, den das Leben den Menschen von Zeit zu Zeit zumutet.«

Seine Worte waren alles. Carlise war es gewohnt, dass niemand sich für sie einsetzte. Angefangen bei ihrer Mutter, als sie noch ein Kind war und Carlise nicht vor ihrem Vater beschützen konnte. Riggs' Versprechen, sie zu beschützen, ließ die Vergangenheit nicht automatisch verschwinden, aber als sie in seine ernsten Augen sah, spürte sie, wie die Mauer um ihr Herz einen kleinen Riss bekam.

Es dauerte einen Moment, aber schließlich entspannte Riggs sich. Sie spürte, wie er mit dem Daumen die Unterseite ihres Kiefers liebkoste. »Geht es dir jetzt gut?«

Sie nickte. »Ich glaube schon.«

»Würdest du dich besser fühlen, wenn du die Augen offen lässt, aber mir den Rücken zuwendest?«

Noch mehr Erleichterung durchströmte Carlise. »Ja.«

»Okay.« Er legte die Hände auf ihre Schultern und drehte sie um. Aber er ließ sie nicht los. Stattdessen beugte Riggs sich vor und legte das Kinn auf ihre Schulter. Ihre Gesichter waren nur eine Haaresbreite voneinander entfernt, und wenn sie sich umdrehte, würden ihre Lippen sich berühren.

Er ließ eine Hand zu ihrer Hüfte wandern und drückte sie einen Moment lang an sich. »Sieh dir Baxter an. Er amüsiert sich prächtig.«

Carlise sah sofort den schwarzen Pitbull vor dem Hintergrund der verschneiten Waldlandschaft. Er warf einen Stock in die Luft, stürzte sich darauf, wenn er landete, und spritzte beim Spielen den Schnee um sich herum auf.

Sie grinste über die Freude, die der Hund zum Ausdruck brachte.

»Er wusste, dass du verunsichert warst«, sagte Riggs.

»Was?«, fragte Carlise.

»Er hat gewartet, um zu sehen, was ich tun würde. Er stand

nahe genug, um dich vor mir beschützen zu können, wenn es nötig wäre. Aber als du dich entspannt hast, hat er es auch getan.«

Carlise starrte auf den Hund, der vor ihr spielte. »Ich habe ihn nicht gesehen.«

»Ich weiß. Du hast nur mich gesehen.«

Er hatte nicht unrecht. Wenn sie in Riggs' Augen blickte, war er das Einzige, woran sie denken konnte. Er füllte ihre Sinne aus, auf eine gute Art.

»Ich bin gleich wieder da. Es wird nicht lange dauern, und ich werde dich die ganze Zeit im Auge behalten. Bei mir bist du sicher, Carlise. Ich gebe dir mein Wort.«

Sie nickte in dem Wissen, dass sie in diesem Moment nichts sagen konnte, selbst wenn sie es versuchte.

Riggs entfernte sich von ihr und sie spürte wieder den kalten Wind, der sie umwehte. Sie umarmte sich selbst und lehnte sich an den Baum, an dem Riggs sie zurückgelassen hatte. Sie sah zu, wie Baxter im Schnee spielte, als hätte er keine Sorge auf der Welt. Der Hund war ausgehungert, missbraucht und ausgesetzt worden, und doch könnte er nach ein wenig Liebe nicht glücklicher sein.

Sie könnte eine Menge von dem Hund lernen, dachte Carlise. Sie hatte eine harte Kindheit gehabt, und doch wusste sie immer, dass ihre Mutter sie von ganzem Herzen liebte, auch wenn sie zu schwach und verängstigt gewesen war, sich selbst und Carlise von ihrem Vater zu befreien. Als Carlise schließlich in eine neue Stadt gezogen war, um ein neues Leben zu beginnen, war alles ein wenig besser. Ihre Nachbarn waren freundlich, sie hatte einen Job, der ihr Spaß machte und in dem sie sehr gut war, und sie hatte in Susie eine enge Freundin gefunden. Auch ihre Mutter hatte ihr Leben wieder in den Griff bekommen und war zum ersten Mal seit Jahren wieder glücklich.

Nach mehreren gescheiterten Verabredungen im Laufe der Jahre war Carlises einziges Problem die Einsamkeit ... eine Sehnsucht nach jemandem, den sie lieben konnte und der sie auch liebte. Und sie hatte gedacht, Tommy sei dieser Mann. Stattdessen war er zum größten Fehler ihres Lebens geworden.

Nach der einstweiligen Verfügung, als die »anonymen« SMS und E-Mails immer bösartiger wurden, hatte sie ihn nur einmal zur Rede gestellt. Tommy behauptete, nicht zu wissen, wovon sie sprach. Er leugnete jeglichen Kontakt über diese ersten Wochen nach der Trennung hinaus.

Dennoch gingen die Belästigungen weiter. In ihrer Vorstellung gab es buchstäblich niemanden sonst, der es sein konnte. Dann kam es zu materieller Gewalt, die in ihren zerstochenen Reifen gipfelte ... Also war sie weggelaufen. Es war feige, aber Carlise wollte nicht sehen, was er als Nächstes tun würde.

Jetzt ... war sie irgendwie wie Baxter. Auf der Suche nach ihrem Platz in der Welt. Einem Platz, an dem sie sicher sein konnte.

Und sie hatte Riggs gefunden.

Eine Bewegung zu ihrer Rechten erregte ihre Aufmerksamkeit, und Carlise drehte sich, um Riggs zu sehen, der ruhig ein paar Meter entfernt stand und sie anstarrte.

Sie blinzelte. »Tut mir leid, ich habe dich nicht gehört.«

»Ich habe nichts gesagt. Und ich wollte dich nicht berühren, während du in Gedanken versunken bist, um dich nicht zu erschrecken ... also habe ich einfach gewartet. Es ist sicherlich keine Last, hier zu stehen und dich anzuschauen«, sagte er mit einem kleinen Achselzucken.

Ein weiterer Backstein in der Mauer um ihr Herz fiel mit

seinen Worten weg. »Ist meine Überraschung fertig?«, fragte sie.

Er sah verlegen aus. »Ja, aber jetzt befürchte ich, dass sie irgendwie dumm ist. Es ist nicht sonderlich aufregend, und wahrscheinlich habe ich deine Erwartungen zu hoch geschraubt.«

Carlise fand es süß, dass er so besorgt war. »Riggs, du könntest mich herführen und mir sagen, dass du mir deinen Lieblingsbaum im ganzen Wald zeigen willst, und ich wäre begeistert. Alles, was du mit mir teilen willst, will ich sehen.«

Für einen Moment huschte ein so intensiver Ausdruck über sein Gesicht, dass Carlise erschrak, doch dann klärte sich seine Miene und er grinste sie an. Sie war sich nicht sicher, was ihn an ihren Worten so sehr berührt hatte.

Er streckte ihr eine Hand entgegen. »Komm her, Schätzchen.«

Die Kosenamen, die er fallen ließ, waren ihr nicht entgangen. Bei jedem breitete sich Wärme in ihr aus. Sicherlich hatte es nichts zu bedeuten, also sollte sie sich keine Hoffnungen machen. Er würde wahrscheinlich schreiend davonlaufen, wenn er wüsste, wie viel ihr diese einfachen Kosenamen bedeuteten. Sie musste vorsichtig vorgehen. Ihre Gefühle für sich behalten.

Sie verringerte den Abstand zwischen ihnen und legte eine behandschuhte Hand in seine. Er drückte ihre Finger, bevor er sich umdrehte und auf eine Baumgruppe zuging.

»Dieser Ort ist leicht zu finden, weil es hier eine bestimmte Gruppe von Kiefern gibt. Sie sind die einzigen in der Gegend, soweit man sehen kann«, erklärte er, während sie zu der Stelle gingen, an der der Schnee vor den Bäumen, auf die er hingewiesen hatte, aufgewühlt worden war.

Carlise erkannte, dass er recht hatte. Sie hatte gar nicht bemerkt, dass die Kiefern inmitten all der Fichten und Ahornbäume um sie herum etwas fehl am Platz waren.

»Ich vermute, jemand hat sie als eine Art Markierung gepflanzt«, fuhr Riggs fort. »Wir sind etwa eineinhalb Kilometer von meiner Hütte entfernt, und früher gab es hier draußen eine andere Hütte, nicht allzu weit von hier.«

»Was ist daraus geworden?«, fragte Carlise, die sich umschaute und keine Anzeichen für irgendeine Struktur sah.

»Es gab eine Lawine.«

Sie hielt inne und starrte ihn ungläubig an. »Ernsthaft?«

»Ja. Die meisten Leute sehen Maine nicht als Lawinenzentrum, aber siehst du diesen Berg?«, fragte Riggs und deutete hinter die Kiefern.

Carlise sah den riesigen aufragenden Berg. Ein Schauer lief ihr über den Rücken.

»Wir sind in Sicherheit«, beruhigte Riggs sie, als könnte er ihre Gedanken lesen. »Es ist noch kalt genug, dass der Schnee an den Hängen stabil ist. Wenn es wärmer wird und der Schnee dort oben sich verlagert, sieht die Sache allerdings anders aus.«

»Besteht die Gefahr, dass deine Hütte verschüttet wird?«, fragte Carlise.

»Nein. Ich habe sie außerhalb der Rutschzone gebaut. Aber ich denke, dass derjenige, der vor mir hier war, das nicht getan hat. Ich habe nicht in den Archiven der Gegend nachgeschaut, aber nachdem ich mit eigenen Augen gesehen hatte, was ich dir gleich zeigen werde, habe ich mich ein wenig umgesehen und die Reste eines Fundaments in der Nähe entdeckt. Eine Lawine hat die Hütte weggerissen, und wer auch immer hier war, beschloss danach, woanders hinzuziehen. Wenn er seine

Hütte nur eineinhalb Kilometer oder so weiter westlich gebaut hätte, wo ich jetzt bin, wäre er sicher gewesen.«

Carlise erschauderte erneut.

»Es ist in Ordnung«, versicherte Riggs ihr. »Ich hätte dich nicht hergebracht, wenn ich anders denken würde. Aber ich habe dich nervös gemacht, und das war nicht meine Absicht. Also zeige ich dir, was ich dir zeigen wollte, und dann gehen wir zurück in die Hütte, okay?«

Sie nickte eifrig. Jetzt bekam sie das Bild nicht mehr aus dem Kopf, wie der Schnee sie beide begrub.

Riggs zog sie nach vorn und zeigte auf den Boden. »Wegen dieser Sache vermute ich, dass die Vorbesitzer eventuell Prepper waren.«

Als Carlise nach unten blickte, stellte sie fest, dass Riggs den Schnee in einem kleinen Bereich vor den Kiefern weggeräumt hatte. Sie sah eine kleine offene Tür mit einer Leiter, die in den Boden führte. »Was zum Teufel?«, fragte sie verwirrt.

Riggs lachte. »Als ich das Grundstück hier oben gekauft habe, hat der Makler mir von diesem Ort erzählt. Es ist ein Endzeitbunker, soweit ich das beurteilen kann. Er ist nicht riesig, gerade groß genug für ein paar Leute. Es gibt Metallregale, die mit alten Feldrationen und einigen mit Wasser gefüllten Krügen bestückt waren. Meine Freunde und ich haben ihn ausgeräumt, also ist er jetzt leer.«

Mit geweckter Neugier schritt Carlise auf das Loch zu. In geschlossenem Zustand würde die Tür bündig mit dem Boden abschließen, und sie nahm an, dass sie sich im Sommer in den Dreck einfügte. Als sie die Tür untersuchte, sah sie einen großen Ring an der Außenseite, der offensichtlich zum Öffnen diente, und an der Unterseite war etwas angebracht, das wie eine Art hydraulisches System aussah.

»Kann ich da runter?«, fragte sie.

»Natürlich. Sei vorsichtig, wenn du die Leiter hinuntersteigst. Es ist nicht sehr tief, aber es würde trotzdem wehtun, wenn du fällst.«

»Kommst du auch mit?«, fragte sie.

Zum ersten Mal sah Riggs unbehaglich aus. »Ich komme in geschlossenen Räumen nicht so gut zurecht«, sagte er mit einem kleinen Achselzucken.

Carlise wurde von Mitgefühl erfüllt. »Es tut mir leid.«

»Das muss es nicht. Es ist nicht deine Schuld. Ich war schon einmal da drin, aber ich würde lieber nicht mehr reingehen, wenn ich nicht muss.«

Sie nickte. »Ich kann einfach von hier oben schauen.«

»Nein«, entgegnete er. »Meine Phobien sind nicht deine. Ich kann sehen, dass du neugierig bist, und deshalb habe ich dich hergebracht. Ich hatte das Gefühl, dass du neugierig sein würdest. Geh nur, ich komme hier oben schon zurecht.«

»Besteht die Möglichkeit, dass ich eingeschlossen werde?«, fragte sie.

»Nein. Auf keinen Fall. Der Bunker lässt sich tatsächlich nur von innen verschließen. Wenn du also einmal drin bist, kannst du andere aussperren, aber nicht umgekehrt. Deshalb dachte ich, dass es sich um eine Art Endzeitbunker handelt. Diejenigen, die drinnen sind, würden den Rest der Menschheit draußen halten wollen.«

Carlise nickte. Sie ging näher an das Loch im Boden heran und sah hinunter. Es war dunkel in dem Bunker, und bevor sie es sich anders überlegen oder Riggs fragen konnte, ob er eine Taschenlampe hatte, streckte er ihr eine Hand mit genau dem entgegen, was sie brauchte.

»Hier, das ist eine starke Taschenlampe. Du kannst sie auf

den Boden legen, wenn du drinnen bist, und sie sollte das gesamte Innere erhellen.«

Carlise lächelte ihn an, setzte sich in den Schnee am Rand des Lochs und stellte die Füße auf die Leitersprossen. Schnell stieg sie in den Bunker hinab und schaute sich fasziniert um, nachdem sie die Taschenlampe auf den Boden gelegt hatte. Der Strahl beleuchtete den Raum genau so, wie Riggs es gesagt hatte. Als sie aufblickte, sah sie ihn am Eingang hocken.

»Das ist so cool«, sagte sie lächelnd.

»Wir haben die Regale drin gelassen, weil es zu mühsam gewesen wäre, sie herauszunehmen. Ich nehme an, der Vorbesitzer hat sie dort unten aufgebaut, denn so wie sie jetzt sind, passen sie nicht durch die Tür. In der hinteren Ecke befand sich eine Chemietoilette, und wenn du ganz genau hinsiehst, kannst du hinten links ein Loch in der Decke sehen, das zugeschüttet wurde.«

Carlise ging tiefer in den Bunker hinein und schaute sich die Stelle an, die Riggs erwähnt hatte. Und tatsächlich, da war ein kleines Loch.

»Das ist das Luftloch. Cal glaubt, dass dort wahrscheinlich eine Art Ventilator angebracht war, um Luft nach unten oder oben zu saugen, falls nötig. Wir haben es aber zugedeckt, damit keine Viecher reinkommen und dann festsitzen.«

In dem Raum befand sich auch etwas, das wie die Überreste eines Metallbettes aussah. Eine Matratze war allerdings nicht mehr darauf zu finden. Wenn Carlise sich umsah, konnte sie sich vorstellen, wie eine Familie hier saß, während die Welt über ihren Köpfen tobte. Sie hatte schon einige Bücher über Apokalypsen und außerirdische Invasionen übersetzt und konnte sich gut vorstellen, wie eine Gruppe von Menschen unter der Erde kauerte und versuchte, in einer auf den Kopf gestellten Welt zu überleben.

Sie ging zurück zum Loch, wo Riggs immer noch hockte. »Das hier ist wirklich cool.«

»Ja«, sagte Riggs. »Ich konnte mich nicht dazu durchringen, ihn entfernen zu lassen. Nicht viele Leute wissen davon, also mache ich mir keine Sorgen, dass jemand ihn für schändliche Zwecke benutzt. Und es ist nicht so, als würde jemand einfach darüber stolpern. Außer mir und gelegentlichen Jägern kommt niemand hierher, aber er ist ziemlich schwer zu finden, wenn man nicht weiß, wonach man sucht.«

Carlise nahm die Taschenlampe in die Hand und warf einen letzten Blick in den Bunker, bevor sie sich an der Leiter festhielt. Der Bunker war gerade hoch genug, dass sie aufrecht stehen konnte. Sie hatte das Gefühl, Riggs würde sich ein wenig bücken müssen, wenn er drinnen war. Es waren nur etwa acht Sprossen bis nach oben, und sobald sie hoch genug war, griff Riggs mit einer Hand unter ihren Ellbogen, um ihr hinauszuhelfen.

Carlise gab ihm die Taschenlampe und er steckte sie in eine der tiefen Taschen seiner Jacke.

»Willst du ihn zumachen?«, fragte er.

Carlise grinste. »Ja!« Sie war von dem Bunker und seiner Funktionsweise einfach begeistert. Bevor er ihn schloss, zeigte Riggs ihr den Schließmechanismus. Es war ein einfacher Riegel, der sich einschieben ließ, um zu verhindern, dass die Tür von außen geöffnet werden konnte.

Zu ihrer Überraschung ließ die schwer wirkende Stahltür sich leicht schließen. Die hydraulische Vorrichtung verhinderte, dass sie zuschlug, aber sie war auch nicht langsam. Carlise nahm an, wenn man mit einem Außerirdischen auf den

Fersen um sein Leben lief, dann wollte man sich nicht unnötig anstrengen, um hineinzukommen, aber auch nicht ewig warten, bis die Tür sich schloss.

»Ich kann sehen, wie sich die Räder in deinem Kopf drehen«, sagte Riggs mit einem kleinen Lächeln, als die Bunkertür gesichert war.

»Ich habe mir nur gerade vorgestellt, wie jemand versucht, vor einer Alien-Invasion zu fliehen und sich hier zu verstecken«, sagte sie.

»Hast du jemals daran gedacht, deine eigenen Bücher zu schreiben?«, fragte er.

Carlise blinzelte überrascht. »Was?«

»Du übersetzt die Worte anderer. Wolltest du jemals deine eigenen schreiben?«

»Oh, ich bin keine Autorin«, protestierte sie. »Ich übersetze nur für andere Leute.«

Riggs starrte sie einen Moment lang an und es schien, als könnte er ihre Gedanken lesen. »Ich wette, du könntest es tun.«

»Was tun?« Aber sie wusste, was er meinte.

»Ein Buch schreiben.«

»Wie kommst du denn darauf? Du hast mich doch gerade erst kennengelernt«, entgegnete sie ein wenig abwehrend.

»Ich habe das Gefühl, dass du alles erreichen kannst, was du dir vornimmst«, sagte er, ohne zu zögern.

Sein Glaube an sie, seine verdammte Überzeugung, brachte ihren Magen zum Hüpfen.

»Außerdem hast du, wie es sich anhört, eine Menge Bücher übersetzt. Ich bin mir sicher, dass du bei deiner Arbeit auch deine eigenen Ideen bekommen hast.«

Carlise nickte zögernd.

»Was hält dich zurück?«

Sie zuckte mit den Schultern. »Ich weiß nicht.«

»Nun, ich denke, du solltest es versuchen. Auch wenn es nur für dich selbst ist. Vielleicht kannst du eine Alien-Romanze schreiben. Die Heldin versteckt sich vor den bösen Außerirdischen in einem Bunker im Wald. Dann findet ein wohlwollender Außerirdischer sie und versichert ihr, dass er da ist, um zu helfen. Um *allen* Menschen zu helfen. Er gewinnt ihr Vertrauen. Sie verbringen eine heiße Zeit im Bunker, dann kommen sie heraus und treten den bösen Außerirdischen in den Hintern. Sie kommt mit zu seinem Planeten zurück, weil sich herausstellt, dass er der König seines Volkes ist und nicht ewig auf der Erde bleiben kann, und sie lebt glücklich an seiner Seite als seine Königin.«

Carlise starrte Riggs ungläubig an.

»Was?«, fragte er grinsend.

»Ich ... du ... *was zum Teufel?*«

»Ich habe vielleicht den einen oder anderen Alien-Roman gelesen«, sagte er lachend.

»Ernsthaft?«

»Jup.«

Carlise schüttelte den Kopf. »Du überraschst mich immer wieder.«

»Gut. Ich will dich auf Trab halten«, erwiderte Riggs, bevor er näher an sie herantrat.

Sie musste den Kopf in den Nacken legen, um den Blick-kontakt aufrechtzuerhalten. Dieser intensive Ausdruck war wieder da.

»Was machst du mit mir?«, murmelte er.

Carlise schluckte schwer. Sie wollte ihm dieselbe Frage stellen. Sie fühlte sich wie angewurzelt. Erstarrt. Hatte er den Kopf gesenkt? Das hatte er. Gott, würde er sie küssen? Sie wollte, dass er es tat. Mehr, als sie atmen wollte.

Sie hob das Kinn an, um ihm zu zeigen, dass sie es wollte. *Ihn* wollte.

»Darf ich?«, flüsterte er, wobei er sie auch weiterhin anschaute.

Unter ihrem langärmeligen Hemd und ihrer Jacke bildete sich eine Gänsehaut auf ihren Armen. Die Art und Weise, wie er immer um Erlaubnis fragte, wenn er sie berührte, war eines der vielen Dinge, die sie an ihm bewunderte. »Ja. Bitte.«

Sofort waren seine Lippen auf ihre gepresst.

Sie waren kalt, weil sie so lange draußen gewesen waren, aber sie erwärmten sich schnell. Der Kuss begann süß und sanft, zwei Münder, die einander liebkosten und kennenlernten. Doch schon bald wurde aus der keuschen Berührung mehr.

Carlise hatte plötzlich das Gefühl, Riggs nicht nahe genug kommen zu können. Sie umklammerte seine Jacke und hielt sich fest. Er ließ eine Hand zu ihrem Rücken wandern, um sie an sich zu drücken, die andere zu ihrem Hinterkopf. Er hielt sie fest, während er ihren Mund verschlang.

Noch nie war sie so geküsst worden. Als bräuchte er sie zum Atmen. Ihre Zungen duellierten sich, er biss und saugte an ihrer Unterlippe, bevor er wieder in ihre Wärme eintauchte.

Die Art und Weise, wie er sie an sich drückte, hätte Carlise bei jedem anderen Mann Unbehagen bereitet. Aber dies war Riggs. Er hielt sie fest, aber sie hatte keinen Zweifel daran, dass er sie sofort loslassen würde, wenn sie auch nur die kleinste Bewegung machte, um sich zurückzuziehen. Aber sie wollte sich nicht zurückziehen. Sie wollte mehr.

Ein Stöhnen wanderte von seiner Kehle zu ihrem Mund,

und sofort zog Carlises Muschi sich voller Sehnsucht zusammen. Das Wissen, dass Riggs genauso erregt war, verstärkte ihre Begierde nach ihm nur. Ihr Kuss war innerhalb von Sekunden von null auf hundert gestiegen, und als sie ihn noch dringlicher küsste, verfluchte Carlise die Tatsache, dass sie sich mitten im Wald befanden und nicht in seiner Hütte.

Sie wollte diesen Mann. Es spielte keine Rolle, dass es weniger als eine Woche her war, seit sie ihn kennengelernt hatte. Es spielte keine Rolle, dass sie nicht die Art von Frau war, die sich auf Affären einließ. Dies fühlte sich *überhaupt* nicht wie eine Affäre an. Sie brauchte diesen Mann mehr, als sie Luft zum Atmen brauchte.

Riggs zog sich schließlich von ihr zurück, aber er ließ sie nicht los. Er ließ die Hände dort, wo sie waren, und starrte ihr in die Augen, während sie beide keuchten und versuchten, ihr Gleichgewicht wiederzufinden.

»Heilige Scheiße«, flüsterte er nach einem Moment.

Carlise grinste. »Ja.«

»Ich will dich, Carlise«, sagte er unverblümt. »Ich glaube, ich habe noch *nie* eine Frau so sehr gewollt wie dich. Aber nicht für einen One-Night-Stand. Du hast etwas an dir, das mir unter die Haut geht. Ich kann nicht aufhören, an dich zu denken. Ich frage mich, was ich in meinem Leben richtig gemacht habe, dass du wie aus dem Nichts aufgetaucht bist.«

»Ich hätte nicht auf dieser Straße sein sollen«, flüsterte sie. »Mein Plan war, auf der Landstraße nach Bangor zu bleiben.«

»Aber das bist du nicht. Du bist zu mir gefahren. Zu meinem Berg. Meiner Hütte.«

»Ja.«

Dies war ein wichtiger Moment. Carlise konnte es spüren. Sie war sich nicht sicher, was es bedeutete, ob die Sache mit ihr und Riggs jemals gut gehen konnte, aber sie wollte es. So verdammt sehr.

»Wir werden heute nicht miteinander schlafen«, sagte er schließlich.

Carlise runzelte die Stirn und starrte zu ihm auf.

»Ich möchte es. Du hast keine Ahnung, wie sehr. Aber ich will beweisen, dass du mehr bist als eine vorübergehende Schwärmerei. Ich möchte, dass du mich kennenlernst. Du sollst dir sicher sein, denn sobald ich dich hatte ... war es das. Es gibt kein Zurück mehr, Carlise. Verstehst du das?«

Das tat sie. So sehr sie auch mit Riggs zusammen sein wollte, ein kleiner Teil von ihr hatte Angst, dass er sie wieder würde loswerden wollen, sobald sie miteinander geschlafen hatten. Sich Zeit zu nehmen, um einander besser kennenzulernen, war klug. Erwachsen. Aber es war trotzdem irgendwie beschissen. Denn verdammt, der Mann konnte küssen. Und wenn er so gut küssen konnte, hatte sie keinen Zweifel daran, dass der Sex mit ihm ihre Welt auf den Kopf stellen würde. »Ja.«

»Ja, was?«, fragte er.

»Wir sollten warten. Ich will es nicht, aber es ist wahrscheinlich klug.«

»Und das andere? Ich habe es ernst gemeint, Carlise. Sobald du mich in deinen Körper lässt, gehörst du mir. Genauso wie ich dir gehöre. Das musst du verstehen.«

Der Gedanke, dass dieser Mann ihr gehörte, ließ Sehnsucht durch ihre Adern fließen. »Ja.«

Er starrte sie einen Moment lang an, bevor er einen langen Atemzug durch die Nase nahm. »Okay.«

»Okay«, wiederholte sie. Nach einer Weile lächelte sie.

»Also, wollen wir den ganzen Tag hier draußen stehen oder zurück zur Hütte gehen?«

»Ich kann mich nicht bewegen«, gab er mit einem leichten Stirnrunzeln zu.

»Was? Warum denn nicht? Ist alles in Ordnung mit dir?«, fragte Carlise besorgt.

Er stieß einen Atemzug aus. »Mir geht's gut. Ich will dich nur nicht loslassen. Und fürs Protokoll, nur weil wir nicht miteinander schlafen, heißt das nicht, dass du nicht in meinem Bett, in meinen Armen schläfst. Das gilt immer noch.«

Carlise lächelte wieder. »Gut. Denn dein Bett ist wirklich gemütlich.«

Riggs knurrte. »Das ist der einzige Grund, warum du es magst?«

Es machte Spaß, ihn zu ärgern. »Vielleeeicht. Ich mag auch den Geruch deiner Bettwäsche.«

»Und?«

»Deine Kissen sind fantastisch. Und ich habe noch nie einen Mann getroffen, der so besessen von Decken ist wie du.«

»*Und?*«, fragte er erneut und zog sie grob an sich. Sie konnte seine Erektion an ihrem Bauch spüren. Erneut schoss Verlangen durch sie hindurch.

»Und neben einem Mann zu schlafen hat mir noch nie ein so sicheres Gefühl gegeben wie in deinen Armen«, gab sie leise zu.

Er lächelte sanft. »Verdammt richtig. Wenn du bei mir bist, *bist* du sicher.« Er holte tief Luft, dann ließ er seine Hand von ihrem Hinterkopf sinken.

Carlise vermisste sofort seine Berührung.

Aber er machte es besser, als er sich umdrehte und einen

Arm um ihre Taille schlang, um sie an seiner Seite zu halten. »Komm, wir bringen dich zurück und wärmen dich auf.«

»Du warst derjenige, der krank war, nicht ich«, erinnerte sie ihn.

»Und ich will nicht, dass du krank wirst«, erwiderte er. »Das ist kein Spaß, glaub mir. Obwohl ich eine sehr gute Krankenschwester hatte.«

Carlise lächelte auf dem Weg zurück zur Hütte. Die Dinge zwischen ihr und Riggs hatten sich an diesem Bunker geändert ... und sie war begeistert. Susie würde ihr sagen, dass sie völlig verrückt war und viel zu schnell vorging, dass sie es verdammt noch mal langsamer angehen musste, dass sie den Mann gar nicht kannte. Aber Susie läge falsch.

Riggs behandelte sie besser, als es jemals jemand getan hatte, und sie wusste tief in ihrem Inneren, dass er genau die Art von Mann war, die er ihr bis jetzt gezeigt hatte. Ehrenhaft. Gut. Beschützend. Sicher.

Irgendwann würde sie sich mit dem Grund auseinandersetzen müssen, warum sie Ohio überhaupt verlassen hatte, aber im Moment war sie zu sehr damit beschäftigt, in ihrer eigenen Liebesgeschichte zu leben. Vielleicht würde sie ein Buch über eine Heldin schreiben, die sich in der Wildnis von Maine verirrte, schließlich in der Hütte eines Bergmannes landete und mit ihm glücklich lebte.

Schmetterlinge flatterten in Carlises Bauch. Ihr war schwindelig. Sie war aufgeregt. Glücklich.

Und es war schon lange her, dass sie eines dieser Gefühle empfunden hatte. In letzter Zeit war sie von Besorgnis, Angst und Sorge erfüllt gewesen. Dies war eine schöne Abwechslung. Eine große Abwechslung.

Ihre Aufmerksamkeit wurde von Baxter erregt, als er beim

Gehen ein kleines Tier vor ihnen jagte, aber er rannte nicht weg. Es sah nicht so aus, als wollte er sich mehr als fünf Meter von den Menschen entfernen, die er offenbar für sich beansprucht hatte.

»Wie wäre es mit Lachs zum Mittagessen?«, fragte Riggs. »Ich habe noch welchen im Eisschrank, den ich zubereiten könnte.«

»Klingt gut. Ich könnte einen Auflauf mit grünen Bohnen dazu machen«, erwiderte Carlise.

»Perfekt«, sagte Riggs.

Als Carlise ihn ansah, bemerkte sie, dass er sie anstarrte, als er dieses Wort sagte, und irgendwie hatte sie das Gefühl, dass er nicht das Essen meinte.

Sie erwiderte sein Lächeln und schmiegte sich an seine Seite. Sie war die glücklichste Frau der Welt. Sie würde all den Mist, den sie in ihrem Leben erlebt hatte, noch einmal durchmachen, wenn das bedeutete, hier an Riggs' Seite zu landen.

KAPITEL NEUN

Die letzten drei Tage waren für Chappy Paradies und Hölle zugleich gewesen. Das Paradies, weil er sich noch nie mit einer Frau so gut verstanden hatte. Die Hölle, weil er sie so sehr wollte und sein Bestes tat, ein Gentleman zu sein. Ihnen beiden Zeit zu geben, sich ganz sicher zu sein, bevor er sie beanspruchte.

Carlise war witzig und klug. Sie lachte viel und brachte auch ihn zum Lachen. Außerdem war sie wunderschön, roch umwerfend, und sie küsste, als würde sie nach ihm hungern. Er wünschte sich, sie seien an einem tropischen Ort, damit er mehr von ihrem kurvenreichen Körper sehen könnte, aber andererseits war es fast genauso schön, wenn sie sich auf der Couch unter einer seiner Decken an ihn schmiegte.

Die sich ständig steigernde Vorfreude und sexuelle Spannung in der Hütte hatte etwas Elektrisches an sich. Es war eine unglaubliche Erregung. Chappy masturbierte jedes Mal, wenn er duschte, obwohl das kaum die Lust befriedigte, die durch seine Adern strömte.

Gestern Morgen hatte er auch Carlise unter der Dusche leise stöhnen gehört, und es hatte ihn all seine Beherrschung gekostet, nicht zu ihr ins Bad zu gehen.

Wenn sie endlich miteinander schliefen, würde das sein Leben verändern. Chappy wusste es. Carlise würde ihn für jede andere Frau ruinieren – und dazu war er bereit.

So sehr er es auch mochte, auf der Couch zu sitzen und zu lesen, während Carlise an einer ihrer Übersetzungen arbeitete, und es genoss, mit ihr über alles und nichts zu reden, war Chappy doch ein wenig erleichtert, dass seine Freunde heute in die Hütte kamen. Sie behaupteten, sich vergewissern zu wollen, dass es ihm wirklich gut ging, nachdem er so krank gewesen war, aber er wusste, dass sie Carlise sehen wollten.

Sie waren seine besten Freunde und er konnte sich nicht darüber ärgern, dass sie sich davon überzeugen wollten, dass sie gut genug für ihn war. Dass sie ihn nicht ausnutzte oder auf sein Geld aus war. Er würde nicht die Privatsphäre haben, die er brauchte, um seinen Freunden zu versprechen, dass Carlise nicht wie einige der Miststücke war, die sie während und nach ihrer Zeit beim Militär getroffen hatten.

Tatsächlich freute er sich darauf, sie einander vorzustellen, denn er wusste ohne Zweifel, dass sie innerhalb weniger Minuten in ihrer Gegenwart wissen würden, dass er ein verdammter Glückspilz war.

Chappy merkte jedoch, dass Carlise ein wenig unruhig war, seine Freunde zu treffen. Er hatte versucht, ihr zu versichern, dass sie sie lieben würden, aber er wusste, dass sie sich selbst davon überzeugen musste, wie bodenständig JJ, Cal und Bob waren. Sie hatten vor, auf dem Weg zur Hütte ihren CR-V zu suchen und ihn möglicherweise freizuschaufeln. Sie würden sich auch den Koffer schnappen, den sie im Kofferraum gelassen hatte, und ihn in die Hütte bringen.

Was den Wagen selbst anging, so könnte die Batterie durch das kalte Wetter tot sein oder der Motor könnte durch den Zusammenprall mit dem Baum Schaden genommen haben. Sie würden es überprüfen und die Informationen bei ihrer Ankunft weitergeben. Während der letzten drei Tage hatte die Sonne geschienen, aber es war immer noch kalt und der Schnee war noch nicht geschmolzen. Die sechzig Zentimeter Schnee mochten für den kleinen Geländewagen zu viel gewesen sein, aber das spielte keine Rolle. Wenn Carlise in die Stadt musste, würde er sie in seinem Jeep hinbringen.

»Was glaubst du, wann sie hier sein werden?«, fragte Carlise nervös.

»Ich bin mir nicht sicher. Wahrscheinlich um die Mittagszeit«, antwortete er. »Bob hat einen Pflug an der Front seines Pick-ups, aber letztlich wird der Zustand der Straßen bestimmen, wann sie ankommen.«

»Okay. Ich hoffe, Baxter flippt nicht aus.«

»Das wird er nicht«, beruhigte Chappy sie.

»Das weißt du doch gar nicht.«

»Doch, das tue ich. Es geht ihm in unserer Nähe schon so viel besser. Er gewöhnt sich an uns und merkt, dass nicht alle Menschen schlecht sind. Erst gestern wäre er fast in die Hütte gekommen, als du die Tür offen gelassen hast. Ich denke, dass er zumindest in der Nähe bleiben wird, wenn auch nur, um sicherzugehen, dass es dir gut geht.«

»Er ist ziemlich beschützend, nicht wahr?«, fragte Carlise mit einem kleinen Lächeln.

»Ja. Ich habe mir fast in die Hose gemacht, als er gestern gebellt hat, als ich dich auf der Couch gekitzelt habe und er dich durch die Tür kreischen hörte. Ich bin sicher, er dachte, ich würde dir wehtun.«

»Du würdest mir nicht wehtun«, sagte Carlise entschieden.

Es gefiel ihm, dass sie so überzeugt klang. »Natürlich würde ich das nicht. Aber Baxter weiß das nicht. Er wird es aber lernen.«

»Meinst du, Cal wird daran denken, die Tüte mit dem Hundefutter mitzubringen? Ich meine, so sehr Baxter das Menschenfutter sicher auch genießt, es ist wahrscheinlich besser, ihn sobald wie möglich davon zu entwöhnen.«

»Er wird daran denken.«

»Ich kann nicht glauben, dass ich Callum Redmon treffen werde. Er ist berühmt!«

Chappy lachte. »Was auch immer du tust, verbeuge dich nicht und nenne ihn nicht Eure Hoheit. Er hasst das.«

»Oh mein Gott, das würde ich nicht tun. Das wäre ... komisch oder so.«

»Das wäre es.«

»Aber das heißt nicht, dass ich es nicht denke«, sagte sie mit einem kleinen Lachen.

»Ich weiß, dass ich dir das nicht sagen muss, weil ich dir vertraue, aber ich werde es trotzdem tun. Bitte starre nicht auf seine Narben. Er ist durch die Hölle gegangen, als wir Kriegsgefangene waren, und er hat von unseren Entführern die meiste Folter abbekommen.«

»Das werde ich nicht. Narben machen einen Mann nicht aus, mich interessiert das, was in ihm steckt. Die hübschesten Männer sind manchmal die größten Arschlöcher, während diejenigen, die nicht in die gesellschaftliche Vorstellung von

Männlichkeit oder Schönheit passen, oft die größten Herzen haben und die nettesten Menschen sind.«

»Das ist sehr wahr. Es wurde nur viel Mist über ihn erzählt, wegen seines königlichen Status und der Narben. Das fordert seinen Tribut.«

»Nun, hier ist er sicher«, sagte Carlise. »Ich würde nie absichtlich etwas tun, um deine Freunde zu verärgern.«

»Und sie werden nichts tun, um dich zu verärgern«, erwiderte Chappy.

»Es ist ... wir haben ...« Sie hielt inne. »Ich glaube, sie werden sich Sorgen darüber machen, wie schnell die Dinge sich bei uns entwickelt haben.«

»Das werden sie nicht.«

»Natürlich werden sie das. Ich meine, es *ist* schnell gegangen, Riggs.«

»Fühlt es sich für dich falsch an?«

»Nun, nein, aber –«

»Dann scheiß auf das, was die anderen denken«, sagte er entschieden. Aber Chappy wusste, was sie meinte. Sie hatte bisher weder ihre beste Freundin noch ihre Mutter angerufen, aus Angst, sie würden sie verurteilen, genau wie sie dachte, dass seine Freunde es tun würden.

»Ja.«

Sie standen in der Küche und er strich ihr über die Wange, als er sie dazu drängte, ihn anzusehen. Er liebte es, die Hände auf ihr zu haben. Sie auf jede erdenkliche Weise zu berühren. Ihre Haut war weich und sie sah so zerbrechlich aus, aber er wusste, dass sie ein Rückgrat aus Stahl hatte.

»Wenn Susie dir sagt, dass du einen Fehler machst, wirst du ihr dann glauben? Oder auf das vertrauen, was sich zwischen uns aufbaut?« Chappy hatte die Frage eigentlich nicht stellen wollen, aber er war ein wenig besorgt darüber, wie gestresst sie wegen des Fortschreitens ihrer Beziehung schien. Was ihn betraf, so passten sie perfekt zusammen, aber wenn sie nicht genauso empfand, würde er so lange warten, bis sie erkannte, dass sie füreinander bestimmt waren.

»Du verstehst nicht«, flüsterte sie, senkte den Blick – und antwortete nicht auf seine Frage.

Chappys Bauch zog sich zusammen. Sie hatten nicht darüber gesprochen, was sie überhaupt nach Maine gebracht hatte, aber es lag zwischen ihnen wie ein Felsbrocken, den sie irgendwann würden überwinden müssen. Er versuchte, geduldig zu sein, damit sie ihm die Details erzählen konnte, wenn sie sich wohlfühlte.

»Dann rede mit mir«, sagte er, wobei er den flehenden Tonfall seiner Worte hörte.

»Ich ... ich habe Angst.«

»Vor mir?«, fragte Chappy.

»Nein! Nicht vor dir. Niemals vor dir.«

»Wovor dann?«

Sie öffnete den Mund, um zu antworten, hielt jedoch inne, als ein Geräusch von draußen ihre Aufmerksamkeit erregte.

Im Geiste verfluchte Chappy das schlechte Timing seiner Freunde, beugte sich vor und küsste Carlise sanft. »Wir reden später weiter. Aber in der Zwischenzeit sollst du eines wissen: Was auch immer passiert ist. Wovor auch immer du Angst hast ... wir werden *gemeinsam* herausfinden, wie wir es hinter uns lassen können. Ein paar Leichen in deiner Vergangenheit werden mich nicht abschrecken, Süße.«

Sie schenkte ihm ein tapferes Lächeln und nickte.

Das würde für den Moment reichen müssen. Aber später, wenn sie allein waren, war Chappy entschlossen, ihre

Geschichte zu hören. Damit sie es sich von der Seele reden konnte. Instinktiv wusste er, dass sie nicht weiterkommen würden, bevor sie sich nicht mit dem beschäftigten, wovor sie davonlief.

»Komm und lerne meine Freunde kennen. Sie werden dich lieben.«

Chappy half ihr, ihren Mantel anzuziehen, und sie gingen hinaus auf die Veranda. Baxter war in seiner kleinen Höhle unter dem Feuerholz, behielt aber sowohl Carlise als auch die Neuankömmlinge im Auge.

Er war ein großartiger Hund und ein fantastischer Beschützer. Chappy könnte nicht glücklicher darüber sein, wie gut er auf Carlise abgestimmt war.

Cal, Bob und JJ stiegen aus Bobs Chevy Silverado aus, der einen riesigen Pflug an der Front hatte – der einzige Grund, warum sie zu seiner Hütte gelangen konnten –, und Chappy war überrascht, als ihre Verwaltungsassistentin April ebenfalls aus dem Wagen sprang.

»Hey!«, sagte Bob grinsend, als er mit einem großen Koffer auf die Hütte zuging. JJ hielt sich in der Nähe von April auf, um sicherzustellen, dass sie nicht in den tiefen Schnee fiel, und Cal folgte hinter ihnen.

Bevor Chappy etwas erwidern konnte, kam Baxter aus seiner behelfsmäßigen Hundehütte und knurrte leise, während er in Carlises Nähe stand.

»Wow. Okay, ich komme nicht näher«, sagte Bob und blieb am Fuß der drei Stufen stehen, die zur Veranda hinaufführten.

»Ist schon gut, Baxter«, sagte Carlise und kniete sich sofort auf die Veranda neben den offensichtlich verunsicherten Hund. »Sie sind Freunde. Sie werden dir nicht wehtun.«

»Ich glaube, er macht sich mehr Sorgen, dass sie *dir* wehtun, Schätzchen«, sagte Chappy.

Sie sah zu ihm auf, dann wieder zu dem Hund. »Sie werden mir auch nicht wehtun«, fügte sie hinzu.

»Heilige Scheiße, das ist der dünnste Hund, den ich je gesehen habe«, bemerkte JJ.

»Tatsächlich hat er während der letzten Woche, seit wir ihn das erste Mal gesehen haben, zugenommen«, erklärte Chappy achselzuckend. Zu seiner Überraschung war Baxter nahe genug bei Carlise, dass sie ihn anfassen konnte. Mit einer Hand berührte sie sanft seinen Hals, und er konnte sehen, wie der Körper des Hundes zitterte.

»Ich bin mir nicht sicher, ob das eine gute Idee ist«, sagte er misstrauisch.

Aber Carlise ignorierte seine Warnung. »Es ist in Ordnung. Er ist nur nervös. Es ist wahrscheinlich das erste Mal seit langer Zeit, dass er andere Menschen als uns sieht. Dir geht es doch gut, oder, Bax? Das sind Chappys Freunde. Sie sind nur zu Besuch hier. Sie sind gute Menschen. Sie werden dir nicht wehtun.«

In ihrer Stimme lag ein leichter Singsang – und in Chappys Kopf erschien eine Vorstellung, wie sie sich anhören würde, wenn sie mit ihrem gemeinsamen Baby sprach. Es war völlig verrückt, aber dennoch überkam ihn eine Sehnsucht, die so intensiv war, dass sie ihn fast in die Knie zwang.

»Ich werde dir ein extragroßes Abendessen bringen, um dich für deinen Mut zu belohnen«, fuhr Carlise fort, ohne zu bemerken, wie Chappy darauf reagierte, dass sie den Hund umgarnte. »Nur zu, kuschle dich wieder in dein Nest. Es ist immer noch kalt hier draußen, und solange du nicht zugenommen hast, wirst du es noch mehr spüren.«

Zu seiner Überraschung warf Baxter den vier neuen Menschen noch einen Blick zu, als wollte er sie nonverbal davor warnen, seinem Lieblingsmenschen wehzutun, dann drehte er sich um und tapste zurück zu dem Platz hinter dem Brennholz, den er sich zu eigen gemacht hatte.

Carlise stand auf und grinste seine Freunde an. »Hi. Tut mir leid. Wir glauben, dass er von jemandem furchtbar missbraucht wurde. Er vertraut nicht leicht. Das war eigentlich das erste Mal, dass er mich so nahe an sich herangelassen hat, dass ich ihn berühren konnte.«

Chappy konnte sehen, wie aufgeregt Carlise war, und einen Moment lang ärgerte er sich über die Anwesenheit seiner Freunde, weil er nicht so an ihrer Freude teilhaben konnte, wie er es am liebsten getan hätte, nämlich mit seinen Lippen auf ihren. Andererseits hätte Baxter, wenn sie nicht gekommen wären, keinen Grund gehabt, so beschützend zu sein, und wer weiß, wie lange es gedauert hätte, bis er den Mut aufgebracht hätte, sich von Carlise streicheln zu lassen.

»Für jemanden, der vor nicht allzu langer Zeit krank war, siehst du ziemlich gut aus«, sagte Bob, als er auf die Veranda stieg und Chappy eine typische Männerumarmung gab – einarmig und mit viel Schulterklopfen.

»Ich hatte eine hervorragende Krankenschwester«, sagte er und lächelte Carlise an. Ihre Wangen färbten sich rosa, als sei sie es nicht gewohnt, dass jemand ihr Komplimente machte.

»Ich bin Bob«, sagte sein Freund und streckte Carlise eine Hand entgegen. Sie schüttelte sie, wobei die ihre von Bobs großer Hand umschlossen wurde.

»Und ich bin JJ. Das ist April«, sagte JJ, der Carlises Hand schüttelte, nachdem Bob zurückgetreten war.

»Ich habe versucht, alle davon abzuhalten, gleichzeitig

aufzutauchen und euch zu überwältigen, aber sie wollten nicht hören«, sagte April in verzweifeltem Tonfall.

»Wir wollten nach unserem Freund sehen«, protestierte Bob.

April verdrehte die Augen und Carlise biss sich auf die Lippe, um nicht laut loszulachen.

»Ich meine, mich an einen Auftrag zu erinnern, bei dem Chappy von einem fliegenden Holzstück am Kopf getroffen wurde und blutete wie ein abgestochenes Schwein, aber keiner von euch es für nötig hielt, seine Arbeit zu unterbrechen, um nach ihm zu sehen. Ihr habt ihm nur gesagt, er solle ein Pflaster draufmachen und wieder an die Arbeit gehen.«

Chappy lachte. April hatte nicht unrecht. *Sie* war diejenige, die nach der Arbeit kurz in seiner Wohnung vorbeigeschaut hatte, um sich zu vergewissern, dass es ihm gut ging.

»Er hat einen harten Schädel«, murmelte Bob abwehrend.

»Nichts kommt durch seine große Melone durch«, stimmte JJ zu.

»Er ist hart im Nehmen«, fügte Cal hinzu.

Carlise kicherte.

April verdrehte wieder die Augen.

»Wollt ihr reinkommen?«

Alle nickten, und Chappy hielt seinen Freunden die Tür auf, als sie alle eintraten. Cal, der immer noch die Nachhut bildete, blieb stehen, bevor er hineinging, und fragte leise: »Geht es dir wirklich gut, Kumpel?«

Chappy nickte. »Ja. Ich fühle mich gut. Ich war ein wenig schwach, bis das Fieber gesunken ist, aber jetzt geht es mir gut.«

Cal nickte. »Und es scheint, dass *sie* gut für dich ist.«

»Was?«

»Sie ist gut für dich«, wiederholte Cal. »Du siehst entspannt aus. Deine Augen sind nicht ständig in Bewegung, auf der Suche nach Ärger, darauf wartend, dass jemand hinter einem Baum hervorspringt.«

Er hatte recht und unrecht zugleich. Während ihres Spaziergangs hatte Chappy sehr genau darauf geachtet, wo sie waren und welche Geräusche es gab, aber nur, um Carlise zu schützen. Nicht weil er Angst hatte, dass unter dem Schnee Sprengsätze versteckt waren oder Terroristen sich in den Bäumen versteckten.

Cal klopfte ihm auf den Rücken, womit er ihm die Gelegenheit zur Antwort nahm, und betrat die Hütte mit einer großen Tüte Hundefutter.

Chappy blickte zurück zu Baxter und sagte: »Braver Junge.« Dann ging er hinein und schloss die Tür.

Bob legte noch ein Holzscheit ins Feuer, Cal war auf dem Weg ins Bad und JJ stand in der Nähe der Couch, auf der April und Carlise saßen und sich unterhielten, als seien sie alte Freundinnen und nicht zwei Frauen, die sich erst vor wenigen Minuten kennengelernt hatten.

Es war eine gemütliche Szene. Mit vier zusätzlichen Personen in seiner kleinen Hütte hätte es sich voll anfühlen müssen. Fast klaustrophobisch. Aber die Tatsache, dass seine Freunde zu ihm kamen, um sich zu vergewissern, dass es ihm gut ging, und um sich ein Bild von der Frau zu machen, die aus dem Nichts aufgetaucht war, erfüllte ihn mit Dankbarkeit.

»Habt ihr Hunger?«, fragte er in die Runde.

»Nein, schon gut.«

»Nö.«

»Nein danke.«

»Ich könnte etwas essen.«

Die letzte Bemerkung kam von JJ. Bevor Chappy in die Küche gehen konnte, um zu sehen, was er seinem Freund anbieten konnte, ergriff April das Wort.

»Jack, du hast gerade erst gegessen, bevor wir herkamen. Du kannst doch nicht schon wieder Hunger haben.«

»Ich bin ein wachsender Junge«, erwiderte er mit einem Grinsen.

April wandte sich an Carlise. »Du wärst schockiert, wie viel vom Firmenbudget für Lebensmittel ausgegeben wird. Wir haben einen vollen Kühlschrank im Büro und sehr volle Schränke. Ich schwöre, die essen *immer*.«

Carlise lächelte sie an. »Ich bin sicher, sie verbrennen eine Menge Kalorien, wenn sie Bäume fällen und so.«

April nickte. »Stimmt, aber trotzdem.«

»Carlise könnte dir ein Erdnussbutter-Marmeladen-Sandwich machen. Darin war sie richtig gut, als ich krank war«, sagte Chappy lachend. »Ich war praktisch weg, sobald wir zur Hütte zurückkamen, nachdem ich sie auf der Straße getroffen hatte. Ich hatte keine Gelegenheit, ihr etwas über die Hütte zu erklären. Sie wusste nicht, dass der Herd mit Gas betrieben wird, und natürlich war der Generator nicht an, also gab es auch keinen Strom.«

»Oh nein! Du hast drei Tage lang nur Erdnussbutter-Marmeladen-Sandwiches gegessen?«, fragte April.

»Ja. Aber so schlimm war es nicht. Ich meine, ich habe mir mehr Sorgen um Riggs gemacht, als viel zu essen.«

»Riggs. Mann, so hat dich schon seit Jahren keiner mehr genannt«, sagte Cal, als er den Raum wieder betrat.

»Nicht wahr?«

»Den Namen hat er mir genannt, bevor er ohnmächtig wurde«, sagte Carlise ein wenig abwehrend. »Es ist schwer, einen anderen Namen zu benutzen, nachdem ich ihn drei Tage lang in meinem Kopf Riggs genannt habe, während er im Delirium war.«

»Das ist mehr als in Ordnung«, sagte Chappy, da sie nicht denken sollte, er würde seinen Vornamen nicht mögen, wenn er ihr über die Lippen kam. »Also ... Dem Koffer nach zu urteilen, den Bob mitgebracht hat, vermute ich, ihr habt ihren Wagen gefunden«, sagte er, um die Aufmerksamkeit von Carlise abzulenken.

Sie schenkte ihm ein erleichtertes Lächeln.

»Ja. Wir haben auf dem Weg hierher angehalten. Er ist begraben, Mann«, sagte Bob. Er lehnte an einer Wand der Hütte, nachdem er das Feuer zu seiner Zufriedenheit angefacht hatte.

»Das dachte ich mir«, seufzte Chappy.

»Ja, wir konnten die Heckklappe öffnen, um in den Kofferraum zu gelangen, aber es sieht so aus, als sei er geradeaus gerollt, wo die Straße einen Knick von fast neunzig Grad macht. Die Stoßstange ist bedeckt und der Schnee reicht über die Reifen«, fügte Cal hinzu. »Nach dem zu urteilen, was wir sehen konnten, ist vorn eine ziemlich große Delle, wo sie gegen den Baum geprallt ist. Wir werden nicht genau wissen, wie groß der Schaden ist, bis der Schnee ein wenig schmilzt.«

»Wir können ihn ausgraben, aber es wird etwas Arbeit sein«, stimmte JJ zu. »In der kommenden Woche soll es wärmer werden. Ich denke, wenn wir dem Ganzen etwas Zeit geben und die Sonne ihre Arbeit tun lassen, wird es einfacher sein, ihn freizulegen und zu sehen, womit wir arbeiten.«

Chappy sah Carlise an. Seine erste Reaktion war, dagegen zu protestieren, dass sie ihren Wagen überhaupt ausgruben.

Aber es war nicht so, als könnte sie für immer bleiben ... oder doch?

Sie starrten einander einen langen Moment an, bevor sie sich an Bob wandte. »Danke, dass ihr meinen Koffer geholt habt. Ich weiß das zu schätzen. Und ich habe kein Problem damit, noch ein wenig zu warten«, sagte sie langsam. »Ich möchte nur nicht länger bleiben, als ich willkommen bin.«

»Du kannst so lange bleiben, wie du willst«, platzte Chappy heraus.

Sie schenkte ihm ein weiteres kleines Lächeln. Es fühlte sich an, als seien sie die einzigen beiden Menschen in diesem Raum.

»Musst du jemanden anrufen? Jemanden wissen lassen, wo du bist? Einen Chef? Familie? Freund? Ehemann?«, fragte Bob.

Die Andeutung seines Freundes ließ ihn sofort wütend werden. Chappy funkelte ihn an.

»Ich sollte wohl bald meine Freundin anrufen und meine Mutter. Aber es gibt sonst niemanden. Ich bin selbstständig und kann ortsunabhängig arbeiten, also brauche ich mir darüber keine Sorgen zu machen«, antwortete Carlise ruhig.

»Wirklich? Darf ich fragen, was du machst? Oder ist das zu neugierig?«, fragte April.

»Das ist es nicht. Ich bin Übersetzerin. Ich übersetze französische Bücher ins Englische, damit Autoren und Verlage sie hier verkaufen können.«

»Das ist so cool!«

Bob ging auf ihn zu, aber Chappy behielt den Blick auf Carlise gerichtet. Sie schien sich sehr wohlzufühlen, und er war froh, dass April seine Freunde begleitet hatte. Er hatte das Gefühl, dass ihre Anwesenheit dieses Treffen einfacher machte. JJ und Cal schienen entspannt zu sein, aber er wusste ohne

Zweifel, dass sie jedes Wort von Carlise hörten – und analysierten.

Unter anderen Umständen wäre er froh gewesen, dass sie ihm den Rücken freihielten. Aber im Moment, besonders nach Bobs Frage, ärgerte er sich ein wenig darüber, dass sie seinem Urteilsvermögen nicht ganz trauten.

»Ich musste fragen«, murmelte Bob, als er sich Chappy näherte.

»Das war nicht cool«, sagte er. »Glaubst du ernsthaft, ich wüsste nicht schon, ob sie Single ist oder nicht?«

Aber Bob sah nicht im Geringsten verärgert aus. »Tut mir leid«, sagte er, ohne wirklich zerknirscht zu klingen. »Du magst sie offensichtlich.«

»Das tue ich«, stimmte Chappy, ohne zu zögern, zu.

»Ist es, weil sie sich um dich gekümmert hat? Weil sie hier gefangen ist? Fühlst du dich ihr gegenüber verpflichtet, bis sie sich um ihren Wagen kümmern kann? Denn wir haben genügend Platz im Pick-up, um sie nach Newton zu bringen und dir die Ruhe zu lassen, die du, wie wir alle wissen, ab und zu brauchst.«

»Nein!«, rief er aus.

Bei seinem Ausbruch drehte Carlise sich um und sah ihn mit besorgter Miene an. Er schenkte ihr ein angespanntes Lächeln und hob das Kinn, um ihr zu zeigen, dass alles in Ordnung war. Sie nickte leicht, dann wandte sie die Aufmerksamkeit wieder der Frau zu, die neben ihr saß.

»Das hingegen *war* cool«, bemerkte Bob, der Chappys vorherige Worte wiederholte.

»Was?«

»Ihr habt ein ganzes Gespräch geführt, ohne ein Wort zu sagen.«

Das hatten sie. Chappy zuckte mit den Schultern. »Ich will ehrlich sein, ich mag unsere Verbindung vielleicht nicht verstehen, aber sie ist echt. Es liegt nicht daran, dass sie hier gefangen ist oder so. Es liegt an dem, wer sie ist. Sie wurde in eine unangenehme Situation geworfen. Sie war dafür verantwortlich, sich um einen Fremden zu kümmern, nachdem sie selbst gerade etwas Schlimmes durchgemacht hatte. Und sie hat nicht einmal gezögert. Sie tat, was sie tun musste, ohne sich zu beschweren. Sie durchwühlte nicht meine Sachen, suchte nicht nach Wertsachen, die sie in ihre Tasche stopfen konnte. Wenn sie sich nicht um mich kümmerte oder Erdnussbutter-Marmeladen-Sandwiches aß, hat sie gelesen. Oder ein Nickerchen gemacht. Oder einfach auf der Couch gesessen und ins Feuer gestarrt. So ziemlich alles, was ich auch mache, wenn ich hier allein bin.«

»Hast du ihr von den Kameras erzählt?«, fragte Bob leise.

Chappy zuckte zusammen. »Nein.«

»Hattet ihr schon Sex?«

Chappy tat sein Bestes, um nicht erneut wütend auf seinen Freund zu werden.

Bob hob die Hände. »Ich frage nur. Wenn du ihr nicht von den Kameras erzählt hast und ihr beide intim wart, wäre sie nicht glücklich zu erfahren, dass es auf Video aufgezeichnet wurde. Das wäre *definitiv* nicht cool, Mann. Ganz und gar nicht.«

Mist. Daran hatte Chappy gar nicht gedacht. Die Kameras waren für seinen Seelenfrieden da. Nur für seine Augen. Aber *keine* Frau wäre glücklich, wenn sie hörte, dass sie ohne ihr Wissen im Bett gefilmt worden war. »Ich werde es ihr sagen, bevor es so weit ist.«

Bob nickte. »Wenn du mich fragst ... Ich mag sie. Ich kenne

sie natürlich nicht, aber wenn ich sie mit dem Hund draußen sehe und wie sie ein Auge auf dich hat, selbst wenn sie mit April spricht ... Das freut mich für dich, Chappy.«

Ihn freute es ebenfalls. »Danke.«

Cal schlenderte zu den beiden hinüber. »Ich weiß, dass JJ dir von den anstehenden wärmeren Temperaturen erzählt hat ... das bedeutet, dass die Gefahr von Schneeabgängen zunehmen wird«, warnte er.

»Ich weiß«, sagte Chappy mit einem Nicken. »Wir bleiben in der Nähe der Hütte, bis die Gefahr vorüber ist.«

»Das ist ein wenig knapp«, sagte Cal. »Es wäre sicherer, wenn ihr zurück nach Newton kämt.«

Chappy wusste das. Aber er war noch nicht bereit. Es war schon schwer genug, Carlise für einen kurzen Besuch mit seinen Freunden zu teilen. Er genoss es, mit ihr allein zu sein. Er wollte noch nicht daran denken, sie in die Stadt zu bringen. Er war egoistisch, aber ausnahmsweise war es ihm egal. »Wir kommen hier schon klar. Die Hütte liegt nicht in der Gefahrenzone, wenn es in den höheren Lagen des Berges zu Schneeabgängen kommt.«

»Zumindest könnte ein Schneeabgang bedeuten, dass sie hier noch länger gefangen sind«, scherzte Bob.

Chappys Mundwinkel zuckten nach oben.

»Und er scheint damit kein Problem zu haben«, sagte Cal. »Sei einfach vorsichtig«, fügte er ernst hinzu.

»Das werde ich.«

»Mit dem Wetter *und* mit ihr«, warnte Cal.

»Du nicht auch noch«, sagte Chappy mit einem Seufzer.

»Was weißt du wirklich über sie? Über ihre Familie? Ihren Hintergrund? Ihre finanzielle Situation? Vielleicht sieht sie in dir nur einen bequemen Ausweg aus einem ihrer Probleme.«

Chappy gefiel es nicht, dass seine Freunde so zynisch waren. Und misstrauisch. Aber diese Gefühle kämpften mit der Genugtuung, die er empfand, dass sie sich um ihn sorgten. Und er konnte nicht leugnen, dass er sich noch vor einer Woche dieselben Fragen gestellt hätte, wenn seine Freunde an seiner Stelle gewesen wären.

»Sie verbirgt *etwas*«, gab er schließlich zu.

Bob und Cal hoben bei diesem Eingeständnis beide die Augenbrauen. Bevor sie etwas sagen konnten, fuhr er fort.

»Sie hat einen gewalttätigen Ex erwähnt. Sie hat mir nicht gesagt, wie sie auf meiner Straße gelandet ist, nur dass sie sich verfahren hat. Sie war von Cleveland aus auf dem Weg nach Bangor. Sie hat ein enges Verhältnis zu ihrer Mutter und ihrer besten Freundin, aber ich glaube nicht, dass sie sonst viele Menschen hat, auf die sie sich verlassen kann. Ich versuche, sie nicht zu drängen. Sie wird mir mehr erzählen, wenn wir uns besser kennengelernt haben. Ich mache mir allerdings keine Sorgen darüber, wie sie hergekommen ist. Sie hat keinen einzigen unehrlichen Knochen in ihrem Körper, Leute. Da bin ich mir sicher.«

»Ist sie auf der Flucht?«, fragte Cal.

»Hat ihr Ex ihr wehgetan?«, knurrte Bob.

Das. *Das* war der Grund, warum er die Neugier und die Überfürsorglichkeit seiner Freunde ertrug. Sie hassten es genauso sehr wie er, wenn jemand missbraucht oder verletzt wurde.

»Ich bin mir nicht ganz sicher. Sie ist nicht die Art von Mensch, die aufgibt, wenn das Leben schwer wird. Aber in diesem Fall glaube ich, dass sie vor etwas ... oder *jemandem* Angst hat.«

»Wenn du etwas brauchst, lass es uns wissen«, sagte Cal leise.

»Ja, wir mögen abgewrackte Soldaten sein, aber wir sind mehr als fähig, einen von uns zu beschützen«, stimmte Bob zu.

Wärme breitete sich in Chappy aus. Diese Männer waren seine besten Freunde, wie Brüder. Sie hatten zusammen gekämpft und sich gegenseitig öfter das Leben gerettet, als er zählen konnte. Ihre Bereitschaft, sich für Carlise einzusetzen, eine Frau, die sie nicht einmal kannten, bedeutete ihm sehr viel.

»Danke«, sagte er. »Wenn ich mehr herausfinde, und mit ihrer Erlaubnis, werde ich es euch mitteilen, und wir können einen Plan ausarbeiten, falls sich das als notwendig erweisen sollte.«

Sowohl Bob als auch Cal nickten.

»Ihr seht ernst aus da drüben. Alles in Ordnung?«, fragte Carlise nervös von ihrem Platz auf der Couch aus.

»Uns geht es gut«, sagte Chappy sofort, um sie zu beruhigen.

»Ja, wir reden nur darüber, wer von uns morgen zum Haus von Old Man Smith geht.«

»Old Man Smith?«, fragte Carlise.

»So alt ist er gar nicht«, sagte April mit einem Seufzer. »Und so schlimm ist er auch nicht.«

»Als ich das letzte Mal dort war, bestand er darauf, dass ich zum Mittagessen bleibe, und servierte mir eine Art Fleisch, das er wahrscheinlich schon seit fünfundzwanzig Jahren in seiner Gefriertruhe hatte«, sagte JJ. »Er hat außerdem darauf beharrt, dass er von Leuten beobachtet wird und jemand hinter ihm her ist, weil er vor vierzig Jahren ein Regierungsspion war.«

»War er das?«, fragte Carlise mit großen Augen.

»Nein«, sagte JJ mit einem amüsierten Kopfschütteln.

»Er ist einsam«, erklärte April. »Und es ist keine große Sache, wenn du dich für eine Stunde oder so zu ihm setzt, nachdem du ihm versichert hast, dass die Bäume in seinem Garten nicht auf das Haus fallen werden.«

JJ blickte gescholten drein und nickte.

»Jetzt, da wir uns vergewissert haben, dass Chappy nicht an der Schwelle des Todes steht, muss ich zurück nach Newton«, verkündete Bob plötzlich.

»Ja, es gibt da eine Sendung im Fernsehen, die ich mir ansehen wollte«, stimmte Cal zu.

»Und da Chappy mir nichts zu essen gegeben hat und ich Hunger habe, können wir genauso gut gehen«, fügte JJ hinzu.

Chappy diskutierte nicht mit seinen Freunden. Er versuchte nicht, sie dazu zu bringen, länger zu bleiben. Eigentlich war er Bob viel schuldig, weil er der Erste war, der vorschlug, dass sie gehen sollten. Er mochte nicht ganz verstehen, was zwischen Chappy und Carlise vor sich ging, aber Bob vertraute ihm genug, um ihn in Ruhe sein Ding machen zu lassen.

»Oh, aber ich bin sicher, dass wir etwas für alle machen können«, protestierte Carlise, als sie aufstand.

»Nein, wir wollen euch nicht zur Last fallen. Außerdem wissen wir, dass Chappy seine Einsamkeit mag. Deshalb kommt er auch hierher, um sich zu verstecken und allein zu sein«, sagte Bob.

Chappy sah, wie Carlise die Stirn runzelte, und er hätte seinem Freund einen Tritt verpassen können, weil er nicht wusste, wann er die Klappe halten sollte. Es war offensichtlich, dass sie sich jetzt – wieder einmal – Sorgen machte, ihn zu stören.

»Vielleicht sollte ich –«

»Ich werde dir meine Nummer aufschreiben«, unterbrach April. »Ich gebe dir auch die Nummer von *Jack's Lumber*. Hier oben gibt es keinen Empfang, aber ich bin sicher, du kannst Chappys Satellitentelefon benutzen. Wenn du etwas brauchst, ruf mich einfach an. Einer der Jungs wird es dir dann bringen. Oder wenn du einfach nur plaudern willst ... du weißt schon, um eine freundliche Frauenstimme zu hören ... Ich bin nur einen Telefonanruf entfernt.«

»Oh ... danke«, sagte Carlise. »Ich gebe dir meine auch.«

Chappy, der April für die Ablenkung dankbar war, seufzte, als die Jungs ihre Mäntel von der Garderobe neben der Tür holten. Er blieb hinter April und Carlise stehen, während sie Informationen austauschten. Er war nicht überrascht, als Carlise sich vorbeugte und die andere Frau umarmte. April wirkte einen Moment lang überrascht, aber dann breitete sich ein Lächeln auf ihrem Gesicht aus.

Chappy mochte April, das hatte er schon immer getan. Sie war der Leim, der ihr Geschäft zusammenhielt, und er betrachtete sie normalerweise als einen der Jungs. Aber jetzt wurde ihm klar, dass er gar nicht so viel über diese Frau wusste. Nichts über ihre Familie, wie sie ihre Freizeit verbrachte, ob sie Freundinnen hatte.

Er hatte immer nur angenommen, dass sie Leute hatte, mit denen sie abhing, wenn sie nicht im Büro war. Aber als er sah, wie schnell es zwischen ihr und Carlise gefunkt hatte, und wie sehr sie sich über eine einfache Umarmung freute, fragte er sich, ob er sich geirrt hatte.

Aber er hatte nicht viel mehr Zeit, als sie anzulächeln, bevor sie hinter den Jungs aus der Eingangstür schritt. JJ hielt die Tür offen und stand zwischen ihnen und Baxter. Der Hund schien damit zufrieden zu sein, in seinem Nest zu bleiben und all die Fremden zu beobachten.

An einer Stelle rutschte April auf dem Schnee aus und wäre fast auf den Hintern gefallen, aber JJ war nahe genug, um sie aufzufangen. Er zog sie an sich und drückte sie an seine Seite, bis sie wieder festen Boden unter den Füßen hatte.

Während er seinen Freund dabei beobachtete, wie er April festhielt, wurde Chappy plötzlich klar, dass JJ ihre Assistentin so ansah, wie Chappy wahrscheinlich Carlise ansah. Als sei sie die Sonne und der Mond zugleich.

Während er zusah, verschwand jeglicher Ausdruck aus JJs Gesicht und er trat von April zurück. »Geht es dir gut?«

Sie errötete, nickte aber. »Ich bin ungeschickt. Ich könnte über Luft stolpern.«

JJ gab keinen Kommentar ab, aber Chappy bemerkte, dass er dicht bei April blieb, als sie zum Wagen gingen.

Er stand auf der Veranda, während die Gruppe in den Pick-up stieg. Alle kurbelten die Fenster herunter, als sie sich zum Losfahren bereit machten. Die Sonne kam heraus, was die Kälte in der Luft jedoch nicht wirklich minderte. Die kommende Woche würde wärmeres Wetter bringen, aber im Moment war es noch recht kalt.

Ohne nachzudenken, stellte Chappy sich hinter Carlise und schlang die Arme um sie, um sie an seine Brust zu ziehen und sie zu wärmen.

»Ich bin froh, dass du nicht tot bist«, rief Bob.

April schüttelte den Kopf und gab ihm einen Klaps auf den Arm. »Das war unhöflich«, schimpfte sie lautstark vom Rücksitz aus.

Bob grinste nur, ohne seinen makabren Humor auch nur im Geringsten zu bereuen.

»Ruf an, wenn du etwas brauchst«, befahl JJ.

»Wir melden uns, wenn wir etwas über die Lawinenwarnungen hören«, fügte Cal hinzu.

Chappy spürte, wie Carlise sich an ihm versteifte, und er sah seinen Freund stirnrunzelnd an.

»Aber ich bin sicher, ihr kommt schon klar«, fügte Cal verspätet hinzu, veranlasst durch Chappys wenig begeisterten Blick.

»Wenn du Hilfe mit ihrem Wagen brauchst, sag uns Bescheid«, erklärte JJ. »Wir kommen dann wieder hoch.«

»Danke!«, rief Chappy.

Er und Carlise sahen zu, wie Bob wendete und sie sich auf den Weg zurück zur Straße machten. Der große Pflug, der den Schnee aus dem Weg schob, während sie fuhren, machte noch deutlicher, wie viel sie durch den Sturm abbekommen hatten. Selbst mit einem Pflug musste es schwierig sein, zu seiner Hütte zu gelangen, aber Chappy war nicht allzu überrascht. Seine Freunde waren verdammt stur, und sie würden sich auf keinen Fall von ein bisschen Schnee davon abhalten lassen, ihm den Rücken zu stärken.

»Komm, wir bringen dich rein«, sagte Chappy und drehte Carlise zur Tür.

Zu seiner Überraschung war Baxter von seinem Platz am Haus aufgetaucht und saß neben ihnen. Er war so nahe dran, dass er den Kopf des Hundes fast berühren konnte.

»Oh! Hallo, Baxter. Willst du auch mit reinkommen?«, fragte Carlise mit demselben Singsang, den sie vorhin benutzt hatte. »Es ist schön warm da drin. Ich mache dir ein bequemes Bett neben dem Kamin. Du wirst es lieben. Ich verspreche es.«

Sie öffnete die Tür – und zu Chappys Überraschung kam

Baxter herein, als hätte er sein ganzes Leben als Haushund verbracht.

»Riggs! Schau! Er ist drinnen!«, hauchte Carlise.

»Ich sehe es, Süße.«

»Ich bin so ...« Sie brach ab, drehte sich dann schnell zu ihm um und vergrub ihr Gesicht an seiner Brust.

Chappy führte sie hinein und schloss die Tür, dann schlang er die Arme um sie und ließ sie an ihm weinen.

Nach wenigen Minuten hatte sie sich wieder unter Kontrolle und hob den Kopf, um ihn mit geröteten Augen anzusehen. »Ich bin so glücklich«, flüsterte sie.

Er lachte leise. »Verzeih mir, dass ich das sage, aber du siehst nicht so aus.«

Sie schenkte ihm ein schiefes Lächeln. »Ich bin es.« Sie wischte sich mit den Händen über die Augen, legte sie dann auf seine Brust und lehnte sich an ihn. »Warst du jemals so glücklich, dass es dir Angst macht, weil du darauf wartest, dass die Dinge wieder zum Teufel gehen?«

Chappy runzelte die Stirn und hielt sie noch fester. »Ja.«

Sie nickte. »Es ist nur ... Du. Baxter. Mein Job ... Alles ist im Moment so perfekt. Und ich habe schreckliche Angst, dass sich alles in Luft auflöst. Als würde ich vielleicht träumen oder so. Als könnte ich aufwachen und alles wäre weg. Anders.«

»Du träumst nicht. Und ich werde nirgendwo hingehen. Baxter ist jetzt drinnen und ich habe das Gefühl, dass er in nächster Zeit nicht wieder draußen schlafen will. Es ist alles gut, Süße.«

»Die Vergangenheit schleicht sich immer dann an, wenn man es am wenigsten erwartet«, murmelte sie.

Chappy hielt den Atem an in der Hoffnung, dass sie sich ihm gleich öffnen würde.

Aber stattdessen seufzte sie. »Ich bin verdrießlich. Mir geht's gut«, sagte sie. »Normalerweise bin ich nicht so emotional.«

Er erwiderte im Geiste ihren Seufzer. Sie war genau da. Was auch immer sie bedrückte, es lag ihr auf der Zunge. Er hätte sie gedrängt, aber da Baxters Hereinkommen eine glückliche, bedeutsame Sache war, wollte er die Stimmung nicht verderben. »Du kannst so emotional sein, wie du willst. Ich kann damit umgehen. Ich kann mit *allem* umgehen, was du mir sagen willst. Bei mir bist du sicher. Punkt.«

Sie lächelte und legte eine Hand an seine Wange. »Ich weiß.«

»Tust du das?« Er konnte sich die Frage nicht verkneifen.

Sie nickte sofort.

»Gut. Denn es ist wahr. Ist es wirklich in Ordnung für dich, noch eine Woche oder so hier oben bei mir zu bleiben, bis wir deinen Wagen rausholen können?«

»Ist es für *dich* in Ordnung, dass ich hier bin? Du hast mir gesagt, dass du deine Einsamkeit magst, und dein Freund hat es bestätigt. Ich möchte mich wirklich *nicht* aufdrängen.«

Chappy fluchte im Geiste. Sie hatte sich Bobs Worte offensichtlich zu Herzen genommen. »Du drängst dich nicht auf. Ich mag zwar meine Abgeschiedenheit, aber ich war auch einsam. Seit du hier bist, fühle ich mich überhaupt nicht mehr so.«

»Ich auch nicht.«

»Gut. Es ist alles geregelt. Du kannst so lange bleiben, wie du willst. Wie wäre es, wenn wir es Baxter gemütlich machen und dann entscheiden, was wir zu Mittag essen wollen? Ich bin am Verhungern.«

Sie kicherte. »Du und JJ.«

»Ja. Du hast den Kerl allerdings noch nicht essen sehen. Er hätte uns die Haare vom Kopf gefressen.«

Carlise kicherte, und der Klang schloss sich um sein Herz und ließ es nicht mehr los. Er hatte nicht gelogen, er konnte damit umgehen, dass sie emotional war, aber ihr Lachen war ihm viel lieber als ihre Tränen. Selbst wenn es Freudentränen waren.

Später, als Baxter sich mit vollem Bauch in einen Haufen Decken vor dem Kamin gekuschelt hatte, saß Chappy auf der Couch, einen Arm um Carlise gelegt. Sie hatte sich an ihn gekuschelt und ein Taschenbuch aus seinem Regal aufgeschlagen. So lasen sie, zusammengekuschelt unter einer weiteren flauschigen Decke, mindestens eine Stunde lang.

Es kostete Chappy all seine Selbstbeherrschung, ihr das Buch nicht aus den Händen zu reißen und sie auf die Kissen zu werfen, um sie zu vernaschen. Aber Bob hatte recht gehabt – er musste ihr von den Kameras erzählen.

»Ich muss dir etwas sagen«, platzte Chappy heraus.

Sie schlug ihr Buch zu und sah zu ihm auf. »Es klingt ernst«, sagte sie mit gerunzelter Stirn.

»Ist es nicht. Ich meine, ich glaube nicht, dass es eine große Sache ist ... aber du vielleicht.«

»Was ist es?«

»Ich habe Kameras«, sagte er unverblümt. »Zum Schutz.«

Carlise nickte. »Das ist wahrscheinlich klug. Diese Hütte liegt nicht gerade an einer der Hauptverkehrsstraßen, und wenn jemand einbrechen wollte, würden die Nachbarn es sicher nicht sehen und die Polizei rufen.«

»Ganz genau. Hier gibt es nichts, um das ich mich allzu sehr sorgen würde, wenn es gestohlen würde. Wenn ich nicht hier bin, lasse ich weder Schusswaffen noch andere Dinge zurück, mit denen man jemandem etwas antun könnte. Aber ich mag den Gedanken nicht, dass jemand in meinem Raum ist. Diese Hütte ist ein Zufluchtsort für mich, und wenn jemand einbricht, würde ich das wissen wollen.«

»Das kann ich verstehen.«

»Die Sache ist die ... die Kameras sind nicht nur draußen. Sie sind auch hier drinnen.« Chappy hielt den Atem an, als er darauf wartete, dass Carlise ausflippte. Er konnte sehen, wie sie seine Worte verarbeitete.

Sie biss sich auf die Lippe.

»Sie sind mit keinem Dienst verbunden, nur mit einer App auf meinem Telefon. Ich bin der Einzige, der auf sie zugreifen kann. Ich habe eine Menge Sicherheitsprotokolle eingerichtet, sodass die Wahrscheinlichkeit, dass jemand sich hineinhackt und die Aufnahmen ansieht, gering bis nicht vorhanden ist. Die App speichert die Aufnahmen dreißig Tage lang, bevor sie gelöscht werden.« Er sprach schnell, aber sie sollte wissen, dass er nicht Hunderte von Stunden an Videos hortete oder so.

»Bob meinte, ich solle es dir sagen. Dass ich ein Arsch wäre, wenn ich es nicht täte. Also lasse ich es dich wissen.«

Daraufhin hob sie das Kinn an. »Du bist kein Arsch«, sagte sie.

Chappy stieß einen Atemzug aus. »Ist das alles, was du zu sagen hast?«, fragte er. »Ich erzähle dir, dass jede deiner Bewegungen der letzten Woche auf Video festgehalten ist, außer als du im Bad warst, und du machst dir mehr Sorgen darüber, dass mein Freund mich beschimpft?«

»Na ja ... erstens bin ich nicht so überrascht über die Kameras. Du hast mir gesagt, dass du beschützend bist. Ich nahm an, das bedeutet, dass du sowohl deine Sachen als auch deine Freunde beschützt. Wenn ich ganz ehrlich bin, finde ich es nicht so toll, gefilmt zu werden. Aber ich vertraue dir, Riggs. Wenn du sagst, dass niemand außer dir es sehen wird, dann glaube ich dir.«

Chappy konnte sie einen langen Moment nur anstarren. Wie zum Teufel hatte er nur so viel Glück gehabt?

»Wo sind sie?«, fragte sie und sah sich im Raum um.

»Die eine ist dort«, antwortete er und zeigte auf die Ecke ihnen gegenüber. »Und die andere ist in der Ecke der Küche und zeigt in den Raum.«

Sie drehte sich, um seinem Blick erneut zu begegnen. »Hast du die Videos aus der Zeit gesehen, als du krank warst?«

Er würde sie nicht anlügen, obwohl er nicht ins Detail ging, wie er sie hatte herunterladen können, um sie anzusehen. »Ich habe sie durchgesehen. Aber eher, um sicherzugehen, dass ich dir nicht wehgetan habe, nicht um dich auszuspionieren.«

»Ich habe nichts genommen. Oder deine Sachen durchgesehen.«

»Ich weiß.« Sie starrten einander einen Moment lang an. »Ich schalte sie aus, solange du hier bist«, sagte er und überraschte sich selbst mit diesem Angebot.

Sie musterte ihn einen Moment, bevor sie antwortete: »Du hast sie aus einem bestimmten Grund. Damit du dich sicher fühlst. Ich nehme an, dein Bedürfnis danach hat mit dem zu tun, was dir passiert ist.«

Wie immer lag sie mit ihrer Einschätzung goldrichtig. Er zuckte mit den Schultern. »Nachdem ich gefangen gehalten wurde, hatte ich lange Zeit kein Vertrauen in die Menschheit. Ich habe *niemandem* mehr vertraut. Den anderen Autofahrern auf der Straße, den Menschen, denen ich auf der Straße begegnete, den Wanderern auf dem AT. Das hat an mir genagt. Ich fragte mich, wer es auf mich abgesehen haben könnte, was sie mir wegnehmen würden. Unsere Entführer haben mir die Sicherheit gestohlen, die ich immer für selbstverständlich gehalten hatte. Dafür hasse ich sie«, gab er leise zu.

»Schalte sie nicht aus«, sagte sie entschlossen.

»Was?«

»Lass sie an. Ich möchte nicht, dass du dich so fühlst wie damals in der Kriegsgefangenschaft.«

»Es ist nicht so, dass ich dir nicht vertraue –«, begann er, aber sie legte ihm eine Hand auf den Mund und schüttelte den Kopf.

»Ich weiß. Wenn du sie brauchst, um dich hier an deinem sicheren Ort wohlzufühlen, dann bleiben sie eingeschaltet.«

Chappy zog ihre Hand von seinem Mund und küsste die Handfläche. »Ich habe uns beobachtet. Beim Schlafen«, stellte er klar. »Wie du aufs Bett geklettert bist, als ich krank war ... wie ich dich gepackt und nicht mehr losgelassen habe. Du bist nicht ausgeflippt, hast nicht versucht wegzukommen. Du hast mich einfach beruhigt. Und als du dann eingeschlafen bist, konnte ich die Augen nicht mehr von deinem Anblick in meinen Armen losreißen.«

Carlise schluckte schwer.

»Wenn ich diese Kameras nicht ausschalte ... wird es gefilmt, wenn wir uns lieben«, erinnerte er sie. »Aber niemand – und ich meine *niemand* – wird es jemals sehen. Das bleibt unter uns. Ich werde das, was du mir gibst, mit niemandem sonst teilen. Wenn du dich dabei auch nur ein bisschen unwohl fühlst, schalte ich sie aus, bevor wir ins Bett gehen, und schalte sie morgen früh wieder ein.«

»Kann ich sie sehen?«

»Was? Die Videos?«

»Ja. Von uns beim Schlafen. Als du krank warst.«

»Natürlich. Sie werden erst in ein paar Wochen oder so gelöscht werden.« Als sie nicht antwortete, fragte er: »Oh, du meinst jetzt?«

»Wenn das in Ordnung ist?«

Chappy nickte. Das Herz schlug ihm bis zum Hals. Sie hatte gesagt, sie hätte nichts gegen die Kameras, aber das könnte sich ändern, sobald sie die Videos sah.

Er löste sich von ihr und kam unter der Decke hervor, dann ging er in die Küche, wo sein Handy auf dem Tresen lag. Er hatte es vorhin aufgeladen, als der Generator noch lief. Mit dem Handy selbst konnte er nicht telefonieren, aber das Satelliteninternet hatte, wenn es richtig funktionierte, genügend Kraft, um die Apps zu starten. Und da die Videos auf die Festplatte heruntergeladen worden waren, als er den Generator das erste Mal eingeschaltet hatte, konnten sie angesehen werden.

Er kehrte zur Couch zurück und setzte sich neben sie. Chappy war erleichtert, als sie sich wieder an ihn kuschelte. Er rief die App auf dem Telefon auf und spulte bis zu ihrer Ankunft zurück.

Er reichte ihr das Handy und zeigte ihr, wie sie durch die Videos wischen konnte. Er schaute ihr über die Schulter, als sie die Aufnahmen betrachtete.

Zehn volle Minuten vergingen, bevor sie das Telefon ausschaltete, über ihn hinweggriff und es auf den kleinen Tisch neben der Couch legte.

Dann überrumpelte sie ihn, indem sie sich auf seinen Schoß setzte. Die Decke rutschte ihr von den Schultern, aber Chappy bemerkte es kaum. Er ließ die Hände zu ihrer Taille wandern und starrte ihr in die Augen.

»Können wir Clips aus den Videos speichern?«, fragte sie.

Chappy runzelte die Stirn und nickte. »Ja.«

»Gut. Wenn du die Aufnahmen von heute herunterlädst, möchte ich die, auf der Baxter heute zum ersten Mal die Hütte betritt. Und vielleicht eine von dir beim Kochen, denn du bist heiß, wenn du einen Pfannenwender in der Hand hast, Riggs Chapman«, neckte sie ihn.

Zum ersten Mal, seit er die Kameras angesprochen hatte, entspannten Chappys Muskeln sich völlig. Er hatte gar nicht bemerkt, wie angespannt er gewesen war. »Die Kameras beunruhigen dich nicht?«, fragte er.

Sie zuckte mit den Schultern. »Ich habe nichts getan, wofür ich mich schämen würde. Und es ist nicht so, als hättest du eine im Badezimmer oder so ... denn das wäre etwas ganz anderes gewesen. Ich vertraue dir, Riggs. Aber ... vielleicht könntest du die Videos von uns beim Sex löschen, bevor die dreißig Tage um sind?«, fragte sie zaghaft.

»Sie werden verschwinden, sobald ich das Material heruntergeladen habe«, schwor er.

Dann lächelte sie. Ein sexy Lächeln, das seinen Schwanz in seiner Hose zucken ließ. »Na ja ... vielleicht nicht sofort. Ich habe mir noch nie wirklich Pornos angesehen, aber das könnte ein guter Zeitpunkt sein, damit anzufangen. Ich meine, vielleicht ist es gar nicht so schlecht, *uns* zusammen zu sehen.« Diesmal war ihr Lächeln schüchtern.

Chappys Gehirn fühlte sich an, als würde es gleich explodieren. »Verdammt, Frau«, seufzte er.

»Zu seltsam?«, fragte sie mit einer Grimasse.

»Nein! Du bist perfekt.«

Sie schüttelte den Kopf. »Bin ich nicht. Ich habe Schwächen, Riggs. Stell mich nicht auf ein Podest.«

»Meinetwegen. Dann bist du perfekt für *mich*«, korrigierte er.

Das Stirnrunzeln blieb auf ihrem Gesicht. Chappy fasste ihr in den Nacken und ermutigte sie, sich an ihn zu lehnen. Sie ließ sich auf seine Brust fallen, die Arme zwischen ihnen, und ließ ihr Körpergewicht auf ihm ruhen.

»Rede mit mir«, flüsterte er. »Es gibt nichts, was du mir sagen könntest, das meine Meinung darüber ändern würde, dich hier zu haben. Dich zu lieben. *Nichts.*«

»Das werde ich. Aber nicht heute Abend. Ist das in Ordnung? Heute Abend will ich nur hier sitzen und so tun, als sei alles in meinem Leben gut und in Ordnung.«

»Okay, Süße«, sagte Chappy. Er war enttäuscht, aber wenn sie mehr Zeit brauchte, würde er sie ihr geben. Denn sie hatte endlich bestätigt, dass es etwas in ihrem Leben gab, das nicht gut war. Und sie hatte gesagt, sie würde es ihm mitteilen. Er musste nur geduldig sein.

»Vielen Dank. Riggs?«

»Ja, Schätzchen?«

»Bitte tu mir nicht weh. Ich glaube nicht, dass ich das verkraften könnte. Nicht nach allem, was passiert ist.«

»Das werde ich nicht. Weder körperlich noch geistig noch emotional. Ich verspreche es.«

Sie seufzte, dann rückte sie noch näher an ihn heran. Sie zog die Arme zwischen ihnen hervor und schob einen hinter seinen Rücken. Den anderen ließ sie in seinen Nacken wandern, wo sie das Haar streichelte.

Ihre Berührung löste eine Gänsehaut auf seinen Armen aus. Diese Frau könnte ihn brechen, aber er wusste irgendwie, dass sie es nicht tun würde. Sie würde ihn mit Sorgfalt behandeln, so wie er sie behandeln würde. Er würde alle ihre Drachen töten, nur um jeden Tag genau so beenden zu dürfen. Mit ihr in seinen Armen, warm und vertrauensvoll.

Kleidung flog quer durch den Raum, als sie aus den Schubladen der Kommode geschleudert wurde. Als Nächstes wurden die Kleider und Hemden, die in Carlises Schrank hingen, von ihren Bügeln gerissen.

»Wo bist du, Schlampe? Wo *bist* du?«

Jedes Wort wurde von einem Messerstich begleitet, als Carlises Kleidung und Bettzeug aus Frust und Wut immer wieder zerschnitten wurden.

Jeder Winkel der Wohnung war durchsucht worden. Die gesamte Post wurde geöffnet, die Papiere in Carlises Schreibtisch durchwühlt ... und doch gab es immer noch keine Spur davon, wohin das Miststück verschwunden war! Sie war wirklich spurlos verschwunden.

Keuchend vor Anstrengung stand der Eindringling mitten in Carlises Schlafzimmer und starrte auf die Dutzenden von zerrissenen Hemden und Unterhosen, zerbrochenen Bilder und Nippes, während er überlegte, was er als Nächstes tun sollte. Wie er herausfinden sollte, wohin sie verschwunden sein könnte.

Das war inakzeptabel! Carlise nahm offensichtlich an, dass alles aufhören würde, wenn sie ging, aber sie hatte sich geirrt. *Völlig* geirrt. Sobald er ihren Aufenthaltsort entdeckte, würde sie dafür bezahlen, ohne ein Wort verschwunden zu sein. Sie würde dafür bezahlen, diese verdammte einstweilige Verfügung erwirkt zu haben. Sie würde für *alles* bezahlen!

Dann kam ihm ein Gedanke.

Ihre Mutter.

Ja, natürlich! Sie war der Schlüssel.

Carlise *musste* ihrer Mutter gesagt haben, wohin sie wollte, oder sie zumindest angerufen haben. Ihre Mutter würde genau wissen, wohin sie gegangen war. Und sie würde es ausplaudern, vor allem wenn er sie mit ein wenig ... *Überredungskunst* dazu brachte, es zu sagen. Die alte Verliererin war schwach. Genau wie ihre Tochter.

Der Eindringling grinste und ging auf die Wohnungstür zu, ohne auf die Zerstörung zu achten, die er hinterlassen hatte.

»Ich werde dich finden, Schlampe. Und wenn ich das tue, wirst du all die Lügen bereuen ... all den Schmerz, den du verursacht hast. Merk dir meine verdammten Worte.«

KAPITEL ZEHN

Sechsunddreißig Stunden waren seit Riggs' Geständnis über die Kameras vergangen und Carlise war mehr als überrascht, dass es sie nicht störte, dass er alles aufzeichnete, was sie in der Hütte taten oder sagten.

Wäre es Tommy gewesen, wäre sie völlig ausgeflippt. Es wäre ihr wie ein gewaltiger Eingriff in die Privatsphäre vorgekommen, und sie hätte sich nicht darauf verlassen können, dass er die Aufnahmen für sich behielt. Aber da sie und Riggs jede Minute eines jeden Tages zusammen waren und beide ständig gefilmt wurden – ganz zu schweigen von der wichtigen Tatsache, dass sie ihm auf eine Weise vertraute, wie sie ihrem Ex niemals hätte vertrauen können –, konnte sie sich nicht dazu durchringen, sich darüber Gedanken zu machen.

Eine weitere Überraschung in den letzten eineinhalb Tagen – Baxter hatte sich sehr schnell daran gewöhnt, ein Haushund zu sein. Das bestätigte Carlises Vermutung, dass er einmal jemandes Haustier gewesen war. Er hatte keine einzige Panne in der Hütte gehabt und ging sogar zur Tür und kratzte daran, um sie und Riggs wissen zu lassen, dass er nach draußen gehen wollte. Er kam nicht nahe genug heran, um sich streicheln zu lassen, sondern bevorzugte seinen Platz in der Nähe des Feuers in seinen Decken, aber Carlise war zuversichtlich, dass er sich mit der Zeit noch mehr entspannen würde. Er ließ sie nicht aus den Augen, egal wohin sie in der Hütte gingen, er war immer auf der Hut.

Carlise und Riggs hatten seit ihrer Ankunft fast jede Nacht zusammen geschlafen, und nie hatte sie sich sicherer oder zufriedener gefühlt. Wenn sie und Tommy zusammen schliefen, war sie immer angespannt gewesen. Sie war in Alarmbereitschaft und konnte deshalb nie richtig zur Ruhe kommen.

Sie hätte ihn schon lange vorher verlassen sollen. Sie war geblieben, weil sie sich schämte, sich irgendwie in eine Beziehung verstrickt zu haben, von der sie sich geschworen hatte, sie niemals einzugehen, nachdem sie in einem missbrauchenden Haushalt aufgewachsen war. Aber auch, weil sie so lange Ausreden für ihn gefunden hatte. Er arbeitete zu viel, war gestresst, machte sich Sorgen um ihre Versorgung ...

Sie hatte Susie und vor allem ihrer Mutter verheimlicht, was vor sich ging, da sie sich keine Sorgen machen sollten. Aber als Tommy schließlich von der bloßen Grausamkeit oder Drohung dazu übergegangen war, sie so heftig zu schubsen, dass sie gegen den Tresen schlug und sich verletzte, hatte sie endlich die Augen geöffnet.

Da sie nichts von Carlises Unglück ahnten, hatten sowohl ihre Mutter als auch Susie sie gefragt, warum sie sich plötzlich entschlossen hatte, ihn zu verlassen. Als sie es gestanden hatte, warf das in Susie die Frage auf, ob der Missbrauch eine einmalige Sache war ... ob Carlise ihm vielleicht noch eine Chance geben sollte. Kein Wunder, denn er verstand es, jeden zu bezaubern, der ihn nicht gut kannte. Von außen betrachtet war Tommy ein guter Fang und ihre Beziehung war großartig. Carlise wusste, dass das allein an ihr lag.

Sie machte sich nicht die Mühe zu erklären, dass Männer wie Tommy sich nicht änderten, dass ihre Entschuldigungen hohl waren und es nicht lange dauern würde, bis er in ein Muster aus Schlägen und falscher Reue verfiel. Carlise wusste, dass Susie es nie ganz verstehen würde. Sie war nie in einer missbräuchlichen Beziehung gewesen. Sie war nicht damit aufgewachsen, sich zu fragen, in welcher Stimmung ihr Vater sein würde, wenn er nach Hause kam. Ob er glücklich sein würde oder ob er sofort die Fäuste schwingen würde, ohne sich darum zu kümmern, wen er verletzte.

Ihre Mutter verstand das natürlich nur zu gut.

Ihre beste Freundin hatte sie mehr unterstützt, nachdem Carlise Drohungen erhalten hatte. Sie war empört gewesen ... auch wenn sie vorsichtig fragte, ob es jemand anderes als Tommy hätte sein können. Und sie hatte nicht ganz unrecht. Das Aufschlitzen von Reifen, das Beschmieren ihrer Tür, das Hinterlassen von Notizen ... nichts davon war wirklich sein Stil. Er war eher der direkte, konfrontative Typ. Der Typ, der direkt an ihre Tür kommen, klingeln und ihr persönlich sagen würde, dass sie eine Schlampe war.

Aber wenn es nicht Tommy war, der sie belästigte, hatte sie keine Ahnung, wer es sonst gewesen sein könnte. Sie konnte sich niemanden vorstellen, der sie so sehr hasste, dass er ihr das Leben so schwer machen wollte, wie es gewesen war, bevor sie Cleveland verlassen hatte.

Da war diese Frau im Supermarkt, die völlig durchgedreht war, als Carlise die letzte Packung Minzeis genommen hatte, und die ihr bis zur Kasse und dann bis zu ihrem Wagen gefolgt war und dabei die ganze Zeit gekreischt hatte. Trotz des irrationalen Verhaltens der Frau konnte Carlise sich nicht vorstellen, dass ihr jemand wegen Eiscreme nachstellte.

Vielleicht war es die Autorin, die behauptet hatte, ihre Übersetzung sei schrecklich. Das war sie nicht; die Frau wollte nur nicht für die Arbeit bezahlen, die Carlise geleistet hatte.

Die Möglichkeit, dass es ihr Vater sein könnte, ging ihr immer wieder durch den Kopf. Er schien erleichtert gewesen zu sein, seine Frau und Tochter loszuwerden ... aber vielleicht konnte sein Ego es nicht verkraften, als er erfuhr, wie gut es den beiden ging. Und Carlise war diejenige gewesen, die ihre Mutter ständig angefleht hatte, den Mann zu verlassen.

»Wie spät ist es?«, murmelte Riggs neben ihr.

Draußen war es noch dunkel. Sie war an Riggs gekuschelt, so wie sie jede Nacht einschlief. Ein Bein zwischen seinen, den Kopf auf seiner Brust, einen Arm auf seinem Körper, und sie hielt ihn fast so fest, wie er sie hielt. Sie trug eines seiner T-Shirts und ein Höschen, aber das Hemd war in der Nacht hochgerutscht.

Eine seiner Hände ruhte auf ihrem Kreuz, mit den Fingern streifte er den Gummizug ihrer Unterwäsche. Die andere lag auf dem Arm über seiner Brust, als wollte er sicherstellen, dass sie nicht von seiner Seite wich.

»Es ist noch nicht Zeit aufzustehen«, flüsterte sie zurück.

»Kannst du nicht schlafen?«, fragte er.

Carlise schüttelte den Kopf. »Ich denke nach.«

»Worüber?«

Es war so weit. Sie musste ihm von ihrem Stalker erzählen. Von dem Grund, warum sie aus Cleveland geflohen war, und warum sie mitten in einem verdammten Schneesturm in seiner

Hütte gelandet war. Er hatte es verdient zu wissen, dass er in Gefahr sein könnte, wenn sie zusammenblieben. Dass jemand diese Hütte finden und sie auf irgendeine Weise schänden könnte. Sie plündern oder niederbrennen.

Der letzte Gedanke ließ sie an ihm erschaudern.

»Carlise? Was ist los? Sprich mit mir.«

»Ich habe einen Stalker«, platzte es aus ihr heraus.

Die Erleichterung, die sie bei diesem schnellen Einge-ständnis durchströmte, war immens. Sie hatte gar nicht bemerkt, wie sehr es sie belastet hatte, dieses Geheimnis für sich zu behalten.

Zu ihrer Überraschung verkrampfte er sich nicht unter ihr. »Weißt du, wer es ist?«, fragte er.

Sie hob den Kopf und versuchte, sein Gesicht in der Dunkelheit zu erkennen. »Du bist nicht verärgert?«

»Oh, ich bin stinksauer«, sagte er ruhig, »aber ich brauche Informationen, um das Problem zu lösen. Und du kannst es nicht gebrauchen, dass ich aufspringe und schimpfend und tobend durch den Raum laufe. Das würde auch Baxter nicht gefallen. Ich bin einfach begeistert, dass du mir endlich genü-gend vertraust, um mir zu sagen, was dich hierhergebracht hat. Also bleibe ich ruhig und versuche, Informationen zu sammeln, damit ich sie an JJ und die anderen weitergeben kann und wir die Bedrohung für dich beenden können. Und damit wir mit unserem Leben weitermachen können.«

Das war das Süßeste und Liebevollste, was jemals jemand zu ihr gesagt hatte. Was wahrscheinlich verkorkst war, aber egal.

»Ich bin mir ziemlich sicher, dass es mein Ex ist ... Er war nicht glücklich, als ich mit ihm Schluss gemacht habe. Und er war am nächsten Tag noch wütender, nachdem er entdeckt hatte, dass ich alle Klamotten und Sachen, die ich zu ihm nach Hause gebracht hatte, eingepackt hatte, während er auf der Arbeit war. Er flehte mich an, ihm noch eine Chance zu geben. Er folgte mir auf Schritt und Tritt – sogar während seiner Arbeitszeit. Er kam zu meiner Wohnung und rief mich wochenlang Dutzende Male am Tag an. Er schrieb mir auch immer wieder SMS. Ich ging nie ans Telefon oder an die Tür.

Zuerst waren seine Sprachnachrichten und SMS ganz süß und entschuldigend. Dann wurden sie bedrohlich und mischten sich mit willkürlichem Flehen. Nach einer Weile hörte er ganz auf, mich zu kontaktieren, und ich dachte, er hätte endlich aufgegeben. Aber ... es dauerte nicht lange, da fingen die seltsamen Dinge an.«

»Seltsame Dinge?«, fragte er.

Carlise nickte und holte tief Luft. »Unheimliche Dinge. Notizen, die an meinem Wagen hinterlassen wurden, sowohl in meiner Wohnanlage als auch, wenn ich unterwegs war, um Besorgungen zu machen. Meine Reifen wurden aufgeschlitzt. Das Wort Schlampe wurde an meine Tür gemalt. E-Mails und SMS von unbekannten Nummern und Konten.«

»Was stand darin?«

»Nichts Gutes«, sagte Carlise mit gerümpfter Nase.

Als Riggs keinen Kommentar abgab, seufzte sie. »Wer auch immer es war, behauptete, ich sei eine Idiotin. Ein dummes Miststück. Ein furchtbares menschliches Wesen. Dass ich nicht wüsste, wie gut mein Leben sei. So etwas in der Art.«

»Warst du bei der Polizei?«, fragte Riggs.

Carlise merkte, dass er aufgebracht war, aber er strich mit dem Daumen beruhigend auf ihrem Arm auf und ab. Es bedeutete ihr viel, dass er nicht aufsprang und sich maßlos über die Situation ärgerte. »Ja, und ich habe eine einstweilige

Verfügung erwirkt, aufgrund der Anrufe und SMS von seinem Telefon. Aber es gab nicht viel mehr, was sie tun konnten, da ich nicht beweisen kann, wer die Notizen hinterlässt oder wer meinen Wagen oder meine Tür verwüstet hat. Ich habe keine Kameras in meiner Wohnung.

Sie sagten mir, dass ich wahrscheinlich jemanden beauftragen könnte, um zu sehen, ob die E-Mails oder SMS zurückverfolgt werden können, aber ehrlich gesagt verdiene ich zwar genügend Geld, um davon zu leben, aber ich habe nicht unendlich viel Geld, um Spezialisten zu beauftragen. Es schien mir einfacher, für eine Weile aus der Stadt zu verschwinden und zu hoffen, dass die Sache sich in Luft auflöst, als jemanden zu bezahlen, der *vielleicht* denjenigen aufspürt, der mich belästigt.«

Riggs schwieg eine ganze Weile. Carlise hatte das Gefühl, dass er mit ihrer Entscheidung nicht einverstanden war, aber sie schätzte es, dass er sie deswegen nicht bedrängte.

»Wer könnte es sonst sein, außer deinem Ex?«, fragte er schließlich.

Sie erzählte ihm von der Autorin, die mit ihrer Arbeit unzufrieden war. Von der Frau im Supermarkt. Sie nannte jede einzelne Person, die sie in den Wochen vor dem Beginn der Belästigung auch nur leicht verärgert haben könnte.

Riggs schüttelte den Kopf und Carlise neigte den Kopf, um ihn anzuschauen. »Was?«

»Carlise, die Leute tun nicht das, was du ertragen musstest, weil du sie in einer Baustelle nicht auf deine Spur gelassen hast. Oder weil du den letzten Becher Eiscreme genommen hast. Oder weil du ihnen in einem Beitrag in den sozialen Medien widersprochen hast.«

»Die Leute sind verrückt, Riggs«, sagte sie leise. »Ich

schwöre, jedermanns Haut ist in den letzten zehn Jahren viel dünner geworden. Die kleinste Sache kann jemanden in den Wahnsinn treiben.«

»Das ist mir klar«, sagte er ruhig, »aber ich glaube trotzdem nicht, dass diese Dinge jemanden so wütend machen würden, dass er deinen Wohnort ausfindig macht und die Reifen deines Wagens aufschlitzt. Ganz zu schweigen davon, dir all diese E-Mails und SMS zu schicken.«

»Ja«, stimmte sie seufzend zu, während sie den Kopf wieder auf seine Brust legte. »Die einzige andere Person, die mir einfällt, ist mein Vater.«

Riggs hielt inne. »Dein Vater weiß, wo du wohnst? Wann hattest du das letzte Mal Kontakt mit ihm?«

»Ja, und vor etwa vier Monaten. Er kam nach Cleveland, um meine Mutter zu sehen. Sie war auf mein Drängen hin nach Ohio gezogen. Ich habe sie vermisst, und es geht ihr dort wirklich gut. Wie auch immer ... mein Vater ruft ab und zu an. Er versucht, Mom dazu zu bringen, zu ihm zurückzukehren. Sie sagt immer Nein, aber als er vor ein paar Monaten nach Cleveland kam, war sie tatsächlich einverstanden, mit ihm zu Mittag zu essen.

Ich war so wütend, als sie es mir im Nachhinein erzählte. Ich nahm ihr das Versprechen ab, es mir zu sagen, falls er sich wieder bei ihr meldet. Überraschenderweise tat sie das. Nur ein paar Monate später kehrte er nach Cleveland zurück. Ich flehte sie an, mich stattdessen mit ihm treffen zu dürfen, und sie stimmte zu.«

»Bitte sag mir, dass du dich nicht allein mit diesem gewalttätigen Arschloch getroffen hast«, knurrte Riggs.

»Auf keinen Fall!«, sagte Carlise inbrünstig. »Ich habe Tommy gebeten, mich zu begleiten, aber er sagte, er sei beschäftigt. Also habe ich Susie angerufen, und sie ist mitgegangen. Es ist nichts passiert«, beruhigte sie ihn, legte eine Hand an Riggs' Hals und strich mit dem Daumen über seinen Kiefer. »Ich habe ihm klipp und klar gesagt, dass Mom mit ihm fertig ist. Dass wir froh sein können, ihn nicht mehr in unserem Leben zu haben.

Er hat versucht, mir zu sagen, dass er sich geändert hat, aber ich wusste es besser. Er wird immer ein Arschloch sein. Er war nicht begeistert, als ich nicht klein beigeben wollte. Sein Kiefer fing an zu zucken, genau wie früher, bevor er Mom oder mich angriff. Aber da wir an einem öffentlichen Ort waren, konnte er nichts tun. Er ist einfach aufgestanden und gegangen.«

»Das ist nicht gut«, sagte Riggs.

»Ich weiß. Das mit den Reifen kann ich mir gut vorstellen, aber ich weiß nicht, wie er an meine E-Mail-Adresse oder meine Telefonnummer gekommen sein sollte. Es ist nicht so, als hätte ich sie ihm gegeben.«

»Solche Informationen sind nicht schwer zu finden«, erwiderte Riggs. »Hast du irgendwelche Nachrichten erhalten, seit du hier bist?«

»Ganz ehrlich?«

»Ja, natürlich.«

»Ich habe Angst, mein Telefon einzuschalten. Ich weiß, dass ich es tun sollte. Ich muss meine Mutter und Susie anrufen ... aber ich will einfach nicht sehen, ob er sich durch meine Abwesenheit zurückgezogen hat oder noch wütender geworden ist«, gab Carlise zu.

»Willst du, dass ich es tue? Es zum ersten Mal einschalten? Ich meine, ich werde nichts löschen, was vielleicht reingekommen ist, weil wir die Nachrichten als Beweis für die Belästigung bei der Polizei brauchen, aber allein das Klingeln und Vibrieren zu hören, wenn man sein Telefon zum ersten Mal wieder einschaltet, kann stressig sein.«

Carlise bewegte sich, ohne nachzudenken. Sie drehte sich, bis sie auf ihm lag. Sie waren von den Hüften bis zur Brust aneinandergepresst. Sie richtete sich leicht auf und schaute in sein hübsches Gesicht. Er ließ die Hände zu ihren Hüften wandern und hielt sie fest. »Das würdest du für mich tun?«

»Ich würde alles für dich tun, Carlise. Hast du das noch nicht begriffen?«

»So langsam schon. Dies ist ... Ich hatte noch nie jemanden, der so rücksichtsvoll war wie du, Riggs. Ich weiß nicht, was ich damit anfangen soll.«

»Du musst gar nichts tun. Du musst dich nur damit abfinden und es als das akzeptieren, was dir zusteht.«

»Ich möchte mich bei dir bedanken.«

»Wofür?«, fragte er.

»Dass du nicht ausflippst. Dass du nicht aus dem Bett springst und durch den Raum stapfst. Wut macht mir Angst. Ich weiß warum; man muss kein Genie sein, um zu verstehen, dass die Taten meines Vaters während meiner Kindheit mich auch heute noch beeinflussen. Und dass ich mit Tommy zusammen war, hat nicht geholfen. Selbst wenn ich weiß, dass jemandes Wut nicht gegen mich gerichtet ist, werde ich trotzdem nervös. Ich weiß es also zu schätzen, dass du nicht reagiert hast, als ich dir von Tommy erzählt habe. Du warst nicht glücklich – das konnte ich daran erkennen, wie angespannt du warst. Aber du hast nichts getan, was mich beunruhigt hat.«

»Ich verabscheue Gewalt«, sagte Riggs, ohne den Blick von ihr zu lösen. »Was ziemlich lächerlich ist, wenn man bedenkt, was ich beruflich gemacht habe, bevor ich nach Maine gezogen bin. Aber nachdem ich Kriegsgefangener war und gesehen habe, wie meine Freunde völlig grundlos verprügelt wurden, nachdem ich gesehen habe, wie Cal gefoltert wurde, nur weil unsere Entführer dachten, es mache Spaß, einem Prinzen wehzutun, kann ich es nicht ertragen. Ich kann nicht versprechen, dass ich in Zukunft niemals wütend werde, aber jetzt, da ich weiß, wie stark es dich beeinflusst, werde ich mein Bestes tun, um es im Zaum zu halten.«

»Du musst nicht –«

»Ich werde es im Zaum halten«, unterbrach Riggs entschieden. »Ich werde dir nie einen Grund geben, Angst vor mir zu haben. *Niemals.*«

Carlise schluckte schwer und blinzelte, um ihre Tränen zu unterdrücken. »Danke«, flüsterte sie.

»Wir können dein Telefon einschalten, um es zu überprüfen, aber ehrlich gesagt bin ich mir nicht sicher, ob das WLAN funktioniert, auch wenn der Sturm vorbei ist. Ich habe Satelliteninternet, und das ist sehr launisch. Ich muss die Antenne überprüfen und sie wahrscheinlich aufrüsten. In letzter Zeit fällt sie immer öfter aus. Wenn sie nicht funktioniert, muss ich ein Stück die Straße entlangfahren, um ein Signal zu bekommen.

Wenn wir oben sind, kannst du mein Satellitentelefon benutzen, um deine Mutter und Susie anzurufen. Ich bin sicher, sie machen sich inzwischen große Sorgen. Du musst ihnen versichern, dass es dir gut geht, und dich vergewissern, dass es *ihnen* gut geht. Dann gehen wir vielleicht mit Baxter spazieren, waschen Wäsche, lesen, spielen Dame ... und du kannst an dem Buch arbeiten, das du übersetzt. Dann kochen wir gemeinsam Abendessen, okay?«

Seine Pläne für den Tag klangen wunderbar. Denn sie würden die meisten dieser Dinge gemeinsam tun. »Okay.«

»Was ich auf deinem Handy finde, wird darüber entscheiden, wie schnell du die Polizei hier in Newton kontaktieren solltest. Sie sind keine große Truppe, aber der Polizeichef ist ein guter Mann. Er wird deine Sorgen ernst nehmen, Schätzchen. Er wird nicht dulden, dass jemand in seinem Zuständigkeitsbereich belästigt wird.«

»Aber wir wissen nicht, wer mir die Nachrichten schickt.«

»Er wird es herausfinden. Vielleicht muss er dir dein Handy eine Weile wegnehmen, um es den staatlichen Cyberforensikern zur Analyse zu überlassen, aber wir werden es herausfinden. Wir werden dir ein neues besorgen, wenn wir in der Stadt sind, damit du weiterhin mit deiner Mutter und Susie kommunizieren kannst.«

Carlise starrte auf den Mann unter ihr hinunter. Die Sonne begann gerade, über den Horizont zu spähen, was den Raum in ein leichtes Glühen tauchte. »Riggs«, flüsterte sie.

»Das ist normal«, sagte er mit einem leichten Kopfschütteln und ernster Miene. »Das ist es, was ein Mann für seine Frau tut. Er beschützt sie. Er setzt alles daran, dass sie glücklich und sicher ist. Er kümmert sich um sie. So wie sie es für ihn tut.

Du hattest kein gutes Beispiel dafür, wie eine Beziehung aussehen sollte, aber ich bin für dich da, Carlise. Wenn du Hunger hast, mache ich dir etwas zu essen. Wenn dir kalt ist, bringe ich dir ein paar Decken. Wenn du Angst hast, beschütze ich dich, und wenn du glücklich bist, tue ich alles, was ich kann, damit du es bleibst.«

Carlise konnte in diesem Moment nicht sprechen, selbst wenn ihr Leben davon abgehangen hätte. Sie war überwältigt, auf eine gute Art. Wie zum Teufel hatte sie diesen Mann gefunden? Die Chancen waren astronomisch. Und doch war sie hier, in seinem Bett, in seinen Armen.

Sie senkte den Kopf, ohne nachzudenken. Ohne zu zögern. Ohne jeden Zweifel.

Ihre Lippen berührten seine und er öffnete sich sofort für sie. Sie küsste ihn fast verzweifelt, drückte mit den Lippen die Worte aus, die sie nicht an dem Kloß in ihrer Kehle vorbeibringen konnte.

Der Kuss wurde innerhalb von Sekunden leidenschaftlich. Was als eine Art Dankeschön begonnen hatte, verwandelte sich in etwas unendlich Tieferes. Riggs drehte sich, bis sie unter ihm lag. Ein Bein war zwischen ihren und sie spürte seine Erektion, die gegen ihr Inneres pulsierte. Sie wurden nur durch ihre Unterwäsche getrennt. Und das war plötzlich zu viel.

»Ich will dich«, keuchte sie, als er sich zurückzog, um einen tiefen Atemzug zu nehmen. Seine Lippen waren geschwollen und feucht von ihrem Kuss. Noch während sie zusah, fuhr er mit der Zunge über seine Unterlippe, und Carlise konnte nur mit Mühe verhindern, seinen Kopf wieder zu sich herunterzuziehen.

»Bist du sicher?«

»Ich war mir noch nie in meinem Leben bei etwas so sicher«, antwortete sie.

Daraufhin beugte Riggs sich vor und griff nach dem kleinen Tisch neben dem Bett. Er riss die Schublade auf und fluchte, als er zu viel Kraft einsetzte und sie auf dem Boden landete. Er rutschte von ihr herunter und tastete einen Moment lang auf dem Boden herum.

Carlise kicherte und hielt seine Taille fest, damit er nicht vom Bett fiel.

Als er sich wieder aufrichtete und über ihrem Körper

aufragte, hatte er ein Kondom in der Hand. Sie hatten nie über Verhütung gesprochen, aber sie schätzte seine Bereitschaft, ein Kondom zu benutzen. Tommy hatte gemeckert und gestöhnt, eines tragen zu müssen. Allerdings wusste sie bereits, dass sie die beiden Männer in keiner Weise vergleichen konnte. Riggs würde jedes Mal als Sieger hervorgehen.

»Ich habe sie gekauft, um das Ende meiner Flinte trocken zu halten, wenn ich in den Regen oder in den Schnee muss«, erklärte er ihr ernst. »Nicht weil ich bisher einen Grund gehabt hätte, sie zu benutzen.«

Carlise glaubte ihm. Wie sollte sie auch nicht? Er tat alles, um sie zu beruhigen, um dafür zu sorgen, dass sie sicher war. Sie hatte keinen Grund, an ihm zu zweifeln. Sie nickte und leckte sich über die Unterlippe, weil sie ihn mehr begehrte, als es wahrscheinlich normal war.

Der Blick aus seinen bernsteinfarbenen Augen bohrte sich in ihren, als er das Kondom neben das Kissen legte, sich dann auf die Knie drückte und nach seinem T-Shirt griff. Er zog es sich über den Kopf, und Carlise nahm Riggs in sich auf, während er über ihr kniete. Er war umwerfend. Sie hasste es, die Narben auf seinem Oberkörper zu sehen, da sie jetzt wusste, wie er sie bekommen hatte, aber sie schmälerten seine Schönheit in keiner Weise.

Ohne nachzudenken, hob sie die Hände, legte sie flach auf seine Brustmuskeln und ließ sie langsam an seinem Körper auf und ab gleiten. Riggs rührte sich nicht. Er war still wie eine Statue, und Carlise begann, sich Sorgen zu machen. »Riggs?«

»Ja?«, fragte er mit zusammengebissenen Zähnen.

Sie hielt inne und starrte zu ihm hoch. Er sah wirklich nicht so aus, als würde er ihre Berührung genießen. Sie hob unsicher die Hände. »Gefällt es dir nicht, wenn ich dich berühre?«, flüsterte sie.

»Ob es mir nicht gefällt?«, fragte er, die Augenbrauen verwirrt zusammengezogen. »Ich habe während der letzten Woche buchstäblich an nichts anderes gedacht als an deine Hände auf mir. Ich habe jeden Tag unter der Dusche masturbiert und davon geträumt, wie du dich auf mir anfühlen würdest. Ich bin so hart wie seit Jahren nicht mehr, und es wäre ein Wunder, wenn ich lange genug durchhalte, um dieses Kondom überzuziehen und in dich zu kommen. Ob es mir nicht gefällt, wenn du mich berührst? Unmöglich.«

Seine Worte beruhigten Carlise, obwohl sie immer noch verwirrt war. »Warum tust du dann nichts? Erwiderst die Berührung?«

»Weil ich nicht glaube, dass ich mich bewegen kann«, gab er zu. »Ich habe Angst, dass ich durchdrehe, wenn ich es tue.«

Carlise lächelte und legte die Hände wieder auf seine Brust. »Das bedeutet nur, dass du länger durchhältst, wenn wir zur Sache kommen«, beruhigte sie ihn.

Er starrte sie einen Moment lang an, bevor er vom Bett kletterte und sich von ihren Händen löste. Er schob seine Boxershorts über die Hüften und zog sie aus, bevor er sich wieder auf sie setzte.

Carlise konnte nicht anders, als zu erröten. Sie war keine Jungfrau mehr. Sie hatte einige Penisse gesehen. Aber seiner war ... Gott, er war atemberaubend. Und beängstigend. Er war groß. Nicht viel länger als normal, aber dicker als die aller anderen Männer, mit denen sie bisher zusammen gewesen war. Und selbst als sie ihn anstarrte – denn sie konnte nirgendwo anders hinschauen als zwischen seine Beine –, tropfte Sperma aus dem Schlitz in der pilzförmigen Spitze und lief seinen harten Schaft hinunter.

»Verdammt, Frau, allein dein Blick reicht aus, um mich explodieren zu lassen«, gab er zu.

Langsam führte Carlise eine Hand zu seiner Erektion und fuhr mit einem Finger an der Seite entlang. Er zuckte augenblicklich, als stünde ihre Berührung unter Strom.

Riggs stöhnte, griff an den Ansatz seines Schwanzes und drückte fest zu. »Berühre mich noch einmal«, flehte er. »Bitte. Ich brauche deine Hände auf mir.«

Carlise lächelte und genoss es, dass sie, obwohl er über ihr kniete, im Moment die ganze Macht zu haben schien, und legte wieder eine Hand auf seinen pochenden Schwanz. Sie umfasste ihn fest und war erstaunt, dass Daumen und Zeigefinger sich nicht berührten, bevor sie nach oben streichelte.

Er hatte den Griff am Ansatz nicht gelockert und warf den Kopf zurück, während er stöhnte.

Erfreut begann Carlise, ihn langsam zu streicheln. Penisse waren so erstaunlich. Hart wie Stahl, und doch war die Haut so weich. Er ließ den Kopf nach vorn fallen und durchbohrte sie mit seinem intensiven Blick. Es überraschte Carlise, dass er *sie* anstarrte, nicht ihre Hand auf seinem Schwanz. Sie schaute abwechselnd zu ihm auf und zu dem, was sie gerade tat.

»Ich hoffe, du warst nicht nur nett, als du das vorhin gesagt hast«, knurrte er mit tiefer, gequälter Stimme.

»Was?«, fragte sie, fasziniert davon, wie viel Sperma aus seinem Schwanz tropfte, während sie ihn streichelte.

»Dass es für dich in Ordnung ist, wenn ich zuerst komme.«

»Ich wollte nicht nur nett sein«, versicherte sie ihm. Zu sehen, wie erregt er war, wie sehr er sie wollte, steigerte auch ihre Erregung. Sie glaubte nicht, dass irgendein Mann sie jemals so angesehen hatte wie Riggs in diesem Moment. Als sei sie das Licht seiner Welt. Als sei sie selbst für die Drehung der Welt verantwortlich.

Sie nahm ihre Hand weg, wackelte unter ihm in dem Versuch, sich leicht aufzusetzen.

Riggs drückte sich auf die Knie, um ihr Bewegungsfreiheit zu geben. »Tue ich dir weh?«, fragte er besorgt.

Sie antwortete nicht, sondern griff nur nach dem Saum des Hemdes, das sie trug, zog es nach oben und krümmte den Rücken, um den Stoff über ihren Kopf zu ziehen. Sie warf das Kleidungsstück auf die Seite und legte sich wieder hin. »Ich will dein Hemd nicht schmutzig machen«, sagte sie kokett, während sie ihn anlächelte.

»Scheiße«, fluchte er, als er den Blick auf ihre Brust senkte. »Du bist perfekt. Sieh dich an, Frau. Deine Titten sind ... verdammt ...«

Seine Reaktion war alles, was sie sich erhoffen konnte, und noch mehr. Carlise wölbte den Rücken, auch als sie nach seinem Schwanz griff.

»Ja ... Gott, deine Hand fühlt sich so gut an. So weich. Mehr, härter, bitte ... genau so! Ich komme.«

Und das tat er. Plötzlich schoss ein Schwall Sperma aus seinem Schwanz und traf sie auf die Brust. Sie lachte, als ein weiterer Spritzer herauskam. Dann noch einer. Ihre Hand war glitschig von seinem Orgasmus und der Ausdruck auf seinem Gesicht war eher gequält als lustvoll. Sie hatte Sperma auf der Brust und wahrscheinlich auch im Gesicht, aber das war Carlise egal.

Sie hatte sich noch nie so begehrenswert gefühlt. Riggs hatte es nicht einmal dreißig Sekunden ausgehalten, nachdem sie sich ausgezogen hatte. Es gab kein besseres

Zeichen dafür, dass er sich zu ihr hingezogen fühlte, als das.

Sie erwartete, dass er auf ihr zusammenbrechen würde, aber sie hätte wissen müssen, dass er nichts tun würde, was sie bei anderen Männern vermutet hätte. Er streckte die Hände aus und berührte sie ehrfürchtig. Seine Handflächen landeten auf ihrer Brust und er begann, seine Erlösung in ihre Haut zu massieren. Sein Duft, moschusartig und erdig, erfüllte die Luft.

»Ich hoffe, du fühlst dich wohl«, sagte er fast schon im Plauderton.

»Was? Warum?«

»Weil wir eine Weile hier sein werden. Jetzt, da du mir die Anspannung genommen hast, kann ich mir Zeit lassen. Herausfinden, was dir gefällt ... was dich zum Zappeln bringt, was dich zum Quieken bringt, was dich die Kontrolle verlieren lässt. Das Gute daran, hier draußen im Nirgendwo zu leben, ist, dass es nur wenige Ablenkungen gibt. Ich werde mir Zeit nehmen und dir zeigen, wie großartig Sex sein kann.«

Seine kleine Rede war ein wenig eingebildet. Er ging davon aus, dass sie nicht schon wusste, dass Sex gut sein konnte. Aber Carlise hatte das Gefühl, dass alle Erfahrungen, die sie in der Vergangenheit gemacht hatte, im Vergleich zu dem verblassen würden, was dieser Mann mit ihr anstellen konnte, also hatte er vielleicht einen Grund, eingebildet zu sein.

Als Antwort krümmte sie sich in seine Berührung. »Worauf wartest du dann?«

»Deine Erlaubnis. Dein Einverständnis. Deine Zusicherung, dass du mich so sehr willst wie ich dich. Ich will alles von dir, Carlise. Dein Vertrauen, deinen Körper, dein Herz.«

Sie erstarrte unter ihm.

»Ich bin in dich verliebt«, sagte er ohne jedes Zögern. »Ich weiß nicht, wie es so schnell ging, oder warum, aber ich *weiß*, dass du die Richtige für mich bist. Die letzte Frau, die ich je begehren werde. Die letzte, die ich je haben werde. Du bist die Frau, nach der ich mein ganzes Leben lang gesucht habe. Und plötzlich warst du da, praktisch vor meiner Haustür. Ich bin ein verdammter Glückspilz, und ich werde alles tun, was nötig ist, um sicherzustellen, dass du mich nie verlassen willst.«

Ihr Mund war trocken, ihre Kehle wie zugeschnürt. War dieser Mann real?

Ihr Leben war in letzter Zeit sehr turbulent gewesen, aber seit sie ihn gesehen hatte, wie er mit Fieber im Bett lag ... hatte sie es gewusst. Auch wenn sie da nicht bereit oder in der Lage gewesen war, es zuzugeben. Er gehörte ihr.

Tief in ihrem Inneren vermutete sie, dass das der Grund war, warum sie sich so bereitwillig drei Tage lang um ihn gekümmert hatte. Warum sie keine Angst gehabt hatte, neben ihm zu schlafen, als er noch ein Fremder war. Warum sie ihm so schnell vertraut hatte.

»Carlise?«, fragte er und ließ die Hände ruhen. Er umfasste ihre Brüste und es schien, als sei jeder Muskel in seinem Körper erstarrt.

»Ja. Berühre mich, Riggs. Du hast meine Erlaubnis und mein Einverständnis. Ich will dich seit dem Moment, in dem ich dich das erste Mal gesehen habe. Ich gehöre dir. Alles von mir. Ich ... ich liebe dich auch.«

Leidenschaft blühte in seinen Augen auf. »Ich hoffe, du sagst das nicht nur, um nett zu sein«, sagte er etwas verzweifelt.

Carlise konnte sich ein Lachen nicht verkneifen. »Ich mag vielleicht keine Konflikte, aber ich würde nie zustimmen, dass ein Mann mich berührt, mit mir Liebe macht, nur um nett zu sein.«

Riggs setzte seine Hände wieder in Bewegung. Er knetete ihre Brüste, bevor er sich herunterbeugte, eine ihrer Brustwarzen in den Mund nahm und kräftig daran saugte. Er ließ es nicht langsam angehen. Er ließ nicht zu, dass sie sich an seine Berührungen gewöhnte, er ging einfach mit vollem Elan an sie heran.

Carlises Muschi sehnte sich nach ihm, und sie krümmte sich seinem Mund entgegen, hielt seinen Kopf fest und umklammerte sein Haar mit eisernem Griff. »Jaaaaa«, flüsterte sie.

Die andere Hand ließ er zu ihrer Hüfte wandern, um ihre Unterwäsche zu packen. Carlise hob die Hüften und half so gut sie konnte, sie auszuziehen, während sie sich unter den Liebkosungen seiner Zunge und dem Saugen seines Mundes lustvoll wand.

Als sie den Stoff vom Bett schubste, ging Riggs wieder auf die Knie, um sich zwischen ihre Oberschenkel zu knien, und starrte sie an. Diesmal hatte er den Blick nicht auf ihr Gesicht gerichtet, sondern ließ ihn über ihre Brust und ihren Oberkörper wandern, bevor er sich auf ihre Muschi konzentrierte.

»Verdammt, Frau.«

Carlise grinste und war dankbar, dass sie sich am Vortag unter der Dusche die Zeit genommen hatte, alles zu trimmen. Sie mochte es nicht gern kahl, weil es mühsam zu pflegen war und sie untenrum nicht aussehen wollte wie ein Kind, aber sie trimmte die Haare an ihrem Schamhügel kurz und rasierte ihre Schamlippen komplett.

Da sie sich verdammt sexy fühlte und seine Worte noch immer in ihrem Kopf nachhallten, beugte Carlise die Knie und spreizte langsam die Beine so weit wie möglich.

Riggs leckte sich über die Lippen, während er sie beobachtete, und der Hunger in seinem Blick war deutlich zu erkennen. Erstaunlicherweise war sein Schwanz wieder hart, und jedes Mal, wenn er sich bewegte, spürte sie, wie er gegen ihren Oberschenkel und ihren Unterbauch stieß. Der Gedanke, ihn in sich aufzunehmen, wurde zu einer Besessenheit.

»Berühre mich, Riggs«, bat sie.

»Wo?«, flüsterte er.

»Überall.«

Er ließ den Blick wieder zu ihrem Gesicht wandern und grinste. »Halt dich fest, Süße. Das wird heftig werden.« Dann bewegte er sich.

KAPITEL ELF

Chappy fühlte sich, als hätte er einen Finger in die Steckdose gesteckt. Elektrizität surrte durch seinen Körper. Der Orgasmus, den er Minuten zuvor gehabt hatte, fühlte sich an, als sei er schon Tage her. Sein Schwanz war wieder hart und einsatzbereit, was in Carlises Nähe fast schon normal war.

Nur dass sie jetzt unter ihm lag. Herrlich nackt. Und er hatte noch nie etwas, noch nie jemanden gesehen, der so schön war. Sie war ganz Frau. Sie war nicht spindeldürr, hatte Kurven an den richtigen Stellen. Ihre Brüste waren mehr als eine Handvoll – und er hatte große Hände. Ihr Bauch hatte eine bezaubernde kleine Wölbung, die er unbedingt erkunden wollte. Ihre Oberschenkel waren kräftig ... aber es war ihre Muschi, die im Moment seine Aufmerksamkeit erregte.

Er rutschte an ihrem Körper hinunter und senkte den Kopf, da er ihre Essenz einatmen musste. Er schob die Schultern zwischen ihre Schenkel und griff nach ihrem Hintern, um sie zu sich hochzuziehen. Mit einem tiefen Atemzug spürte Chappy, wie sein Schwanz heftig zuckte. Er wusste, wo er sein wollte. Tief in ihrem Körper vergraben. Aber er würde noch warten müssen. Chappys Mund wollte sich zuerst mit ihrer Muschi beschäftigen.

Er nahm sich einen Moment Zeit, um nach oben zu schauen, vorbei an den Hügeln und Tälern ihres Oberkörpers und in ihre Augen. Carlise hatte sich auf die Ellbogen gestützt und starrte ihn an. Er liebte es, dass sie ihm bei dem zusehen wollte, was er tat.

Wem wollte er etwas vormachen? Er liebte *alles* an ihr.

Wie ihre Augen gefunkelt hatten, als er auf ihren Brüsten gekommen war, das würde er so schnell nicht vergessen. Sie hatte es geliebt. Nicht alle Frauen mochten so etwas. Aber schmutzigen Sex mochte Chappy am liebsten. Und wie er ihr gesagt hatte – sie war die Richtige für ihn. Punkt. Wenn es nicht funktionierte – ein Gedanke, der seinen Puls in die Höhe trieb –, würde er vermutlich nie wieder Sex mit einer anderen haben. Niemand konnte sie ersetzen, daran hatte er nicht den geringsten Zweifel.

»Riggs?«, fragte sie mit einem kleinen Lächeln. »Wirst du da unten etwas tun oder mich nur anstarren?«

»Oh, ich habe vor, etwas zu tun. Ich zögere nur den Moment hinaus. Die Vorfreude darauf, deine süße Muschi zum ersten Mal zu kosten.«

Ihre Wangen röteten sich, was Chappy entzückend fand.

»Halt dich fest«, forderte er.

»Woran?«, sagte sie lachend.

»An mir.« Dann senkte er den Kopf erneut. Er fuhr mit der Zunge zwischen ihre Schamlippen, wo ihr moschusartiger

Geschmack seine Geschmacksnerven betörte und ihn verzweifelt nach mehr verlangen ließ. Er spürte, wie sie mit den Händen durch sein Haar strich, und lächelte, bevor er sich wieder an die Arbeit machte.

Innerhalb weniger Augenblicke krümmte sie sich in seinem Griff, während er saugte und leckte, wobei er ihrer Klitoris besondere Aufmerksamkeit schenkte. Es dauerte nicht lange, bis das kleine Nervenbündel unter seiner schützenden Kapuze hervortrat und ihm einen besseren Zugang bot, um sie in den Wahnsinn zu treiben. Ihre Erregung bedeckte bald sein Gesicht, was Chappy beinahe erneut zum Höhepunkt getrieben hätte.

Er zog sich zurück und drang langsam mit einem Finger in sie ein, wobei er den Anblick ihrer Muskeln bewunderte, die ihn zusammenpressten, als sie sich um seinen Finger krampfte. Sie war eng, heiß und so verdammt feucht, dass er keinen Zweifel daran hatte, dass sie ihn ohne Probleme aufnehmen würde.

Er zog den Finger heraus und konnte nicht widerstehen, ihn zu seinen Lippen zu führen, um ihn sauber zu lecken. »Köstlich«, stöhnte er, bevor er ihn langsam wieder in ihren Körper einführte. Er fickte sie sanft mit dem Finger, fasziniert davon, wie leicht ihr Körper sich für ihn öffnete.

Sie stöhnte über ihm. »Riggs«, flehte sie.

»Ja?«, fragte er abgelenkt.

»In mir. Ich will dich in mir haben.«

»Das bin ich«, sagte er ruhig und fügte dem ersten Finger einen zweiten hinzu.

»Mehr! Ich will deinen Schwanz.«

Die besagte Gliedmaße zuckte erneut. Wäre er nicht gegen

die Matratze gedrückt, hatte Chappy das Gefühl, dass er auf der Stelle hätte kommen können. Carlises schmutzige Worte zu hören machte ihn wild.

»Du wirst ihn bekommen, Süße. Aber du bist noch nicht so weit.«

»Das bin ich«, beharrte sie.

»Ich will dir nicht wehtun«, erwiderte Chappy. »Ich brauche dich noch feuchter. Du musst zuerst kommen.«

Zu seiner Überraschung ließ sie eine Hand zwischen ihre Beine schnellen. »Meinetwegen. Dann komme ich eben«, keuchte sie, bevor sie begann, an ihrer Klitoris zu reiben.

Sie aus nächster Nähe masturbieren zu sehen erregte Chappy mehr, als er es je für möglich gehalten hätte. Seine Finger waren immer noch in ihr und er konnte spüren, wie sie um ihn herum pulsierte, während Carlise sich dem Orgasmus immer weiter näherte.

Ihr Duft änderte sich leicht, als sie kurz davor war, und Chappy hielt seine Finger still, während er sich die Art und Weise einprägte, wie sie sich selbst berührte. Er machte sich Notizen für die Zukunft. Sie spreizte die Beine weiter und hob die Hüften, als sie kam, und Chappys Herz schlug genauso schnell wie zuvor, als er seinen eigenen Orgasmus gehabt hatte.

Sie nahm sofort die Finger von ihrer Klitoris, aber Chappy wollte – nein, brauchte – mehr. Er drehte seine Finger und suchte nach der kleinen schwammigen Stelle in ihrem Körper, während er ihre Klitoris in den Mund nahm und daran saugte.

Carlise kreischte und packte seine Haare so heftig, dass es wehtat, aber Chappy konnte über den leichten Schmerz nur lächeln, während er ihren Orgasmus in die Länge zog.

Ihre Beinmuskeln zitterten unkontrolliert, und er spürte, wie ihre Bauchmuskeln sich anspannten. Sie war so schön im

Rausch ihrer Lust, dass Chappy sich zusammenreißen musste, um nicht selbst auf der Stelle zu kommen. Aber er musste in ihr sein, wenn er wieder zum Orgasmus kam. Er wünschte sich nichts sehnlicher, als zu spüren, wie ihre Muskeln seinen Schwanz umklammerten, so wie sie seine Finger packten.

Als sie wimmerte, ließ er nach. Es würde eine Zeit und einen Ort geben, an dem er sie wieder und wieder über den Abgrund treiben und sie zwingen konnte, wiederholt für ihn zu kommen, aber diese Zeit war nicht jetzt. Er musste mit dieser Frau eins werden. Ihr zeigen, wie viel sie ihm bedeutete. Sie schätzen.

Mit schnellen Bewegungen, um sie nicht ganz von ihrem Orgasmus herunterkommen zu lassen, griff Chappy nach dem Kondom, das er zuvor auf den Rand der Matratze gelegt hatte. Er fluchte, als er versuchte, die Verpackung aufzureißen, denn seine Finger waren feucht von ihrer Erregung, und er konnte die Folie nicht richtig greifen. Schließlich riss er sie mit den Zähnen auf und rollte das Kondom schnell über seinen Schwanz. Dann zog er ihre Knie in seine Armbeugen und spreizte sie weit.

Er schaute auf ihre Muschi hinunter, die klaffte und schimmerte. Das hatte *er* getan. Er hatte sie darauf vorbereitet, seinen Schwanz zu nehmen.

Er schaute von ihrer Muschi über ihre harten Brustwarzen zu ihrem Gesicht. Sie atmete schwer und starrte ehrfürchtig zu ihm auf. Er sah die Liebe in ihren Augen, und es ließ ihn beinahe die Kontrolle verlieren, bevor er auch nur annähernd in ihr war.

»Ja?« Er konnte es sich nicht verkneifen, erneut zu fragen. Er wollte sicher sein, dass sie ihn wollte. Er würde nie eine Frau ohne ihre Erlaubnis nehmen.

»Ja!«, schrie sie praktisch.

Grinsend richtete Chappy seinen steinharten Schwanz an ihrer Muschi aus und begann, in sie einzudringen. Er musste sich nicht selbst in ihren Körper führen; er war hart genug, um ohne Hilfe auszukommen. Sein Lächeln ging in ein Stöhnen über, als die Spitze seines Schwanzes von der heißesten und feuchtesten Muschi verschlungen wurde, in die hineinzugleiten er jemals das Vergnügen gehabt hatte.

Spermatropfen spritzten in das Kondom und er biss die Zähne zusammen. Er würde es nicht durchhalten. Das fühlte sich zu gut an. Zu sehr wie nach Hause zu kommen.

Doch dann ließ Carlise die Hände zu seinem Hintern wandern, packte ihn fest und zog ihn näher an sich. »Mehr! Ich will alles von dir.«

Das war es. Ihre Worte waren alles, was er brauchte, um ganz und gar ihr zu gehören.

Er glitt vollständig in sie hinein, bis seine Schamhaare sich mit den ihren vermischten. Dann bewegte er sich, wollte noch tiefer eindringen. Sein Schwanz pochte fast schmerzhaft. Die Lust, die seinen Rücken hinaufglitt, seine Wirbelsäule hinauf, seine Arme hinunter, sodass sie zitterten, war fast zu viel für ihn.

Seine Hoden waren so nahe an seinen Körper gezogen, dass es ein Wunder war, dass er noch nicht die Kontrolle verloren hatte.

»Du fühlst dich so gut an. Ich bin so voll. Ich liebe das, Riggs. Du hast ja keine Ahnung.«

Ihre Worte klangen heiß an seinem Ohr. Er hatte nicht einmal bemerkt, dass er den Oberkörper gesenkt hatte, um das Gesicht an ihrem Hals zu vergraben. Er hob den Kopf und starrte sie an, um sich zu vergewissern, dass ihr nichts wehtat, während er die Hüften langsam nach hinten zog und dann wieder nach vorn stieß.

Er sah keinen Schmerz in ihrem Gesicht, nur Vergnügen.

»*Ja*. Riggs! Mehr. Beweg dich! Schneller, bitte.«

Er gehorchte mit Freuden. Er hielt ein gleichmäßiges Tempo – rein und raus, rein und raus – und liebte es, wie ihr Körper sich unter ihm bewegte. Sie lag nicht passiv da; sie ließ die Hüften mit steigender Geschwindigkeit kreisen, als würde Chappy dadurch schneller werden.

Er hielt ihre Knie immer noch in den Armen, sodass sie unter ihm praktisch zusammengefaltet war. Jeder Stoß ließ ihre Brüste wackeln und ihm lief das Wasser im Mund zusammen vor Begierde, ihre Brustwarzen zu umschließen, während er sie fickte. Aber er war kein Verrenkungskünstler, konnte sie nicht ganz erreichen, während er in ihr war. Später würde er Zeit haben, sich daran zu laben.

Im einen Moment genoss er das Gefühl, zum ersten Mal vollständig in ihr vergraben zu sein, und im nächsten kribbelte es an seiner Wirbelsäule und ließ ihn wissen, dass er nur noch wenige Sekunden vom Höhepunkt entfernt war.

Er hasste es, dass ihr erstes Mal so schnell zu Ende ging, es gab keinen Ort, an dem er lieber wäre als tief in ihrer Muschi, aber er musste schneller werden. Er biss die Zähne zusammen und behielt ihr Gesicht im Auge, während er sie fickte. Hart.

Sie atmete scharf ein und schloss vor lauter Luft fast vollständig die Augen, während er in ihren Körper stieß. Es dauerte nicht lange, bis er erledigt war. Er stieß so weit in sie hinein, wie er konnte, und bereute zum ersten Mal in seinem Leben, dass er nicht in der Lage sein würde, die Gebärmutter einer Frau mit seinem Samen zu überfluten, bevor er explodierte.

Chappy sah Sterne. Die Welt wurde für einen Moment schwarz, als ihn die intensivste Lust überschwemmte, die er je erlebt hatte. Als er wieder zu sich kam, war Carlise noch immer praktisch gefaltet, aber sie fuhr beruhigend mit den Händen über seinen Rücken.

Scheiß auf Beruhigung. Es sollte ihr so ergehen wie ihm. Chappy ließ ihre Beine sinken, zog ihren Unterkörper jedoch näher an sich heran, während er sich hinkniete.

»Riggs?«

»Ich will, dass du wieder kommst. Diesmal an meinem Schwanz.«

»Wie kannst du immer noch hart sein?«, fragte sie ungläubig.

»Ich bin nicht ganz hart, aber wie könnte ich es *nicht* sein, wenn ich auf diesen wunderschönen Körper hinunterschaue, der ganz mir gehört?«, fragte er. Er führte eine Hand zu ihrer Klitoris und begann, sie zu reiben, hart und schnell, genau so, wie er es vorhin bei ihr beobachtet hatte.

Er griff zwischen sie und nahm etwas von der Erregung, die aus ihrem Körper gelaufen war, um ihre Klitoris zu befeuchten. »Komm für mich, Süße. Lass mich spüren, wie du meinen Schwanz drückst.«

Sie zuckte an ihm und er lächelte. Schmutziges Gerede machte sie wirklich an.

»Riggs, das ist ... oh Mist!«

Ihre Hüften begannen erneut, zu zittern, ebenso wie ihre Oberschenkel, und dieses Mal konnte Chappy nicht anders – anstatt ihr Gesicht zu betrachten, schaute er nach unten, wo sie noch immer miteinander verbunden waren. Der Anblick seines Schwanzes, der in ihrem Körper steckte, war erotischer und heißer als alles, was er jemals in seinem Leben gesehen hatte.

Er konnte nicht anders, als an die hoffentlich nicht allzu ferne Zukunft zu denken, in der er ungeschützt in sie eindringen konnte. Wenn er sie mit seinem Samen füllen und zusehen würde, wie ihr Bauch mit ihrem Baby rund wurde.

Verdammt. Sie hatten nicht über Kinder gesprochen oder über irgendetwas, das auch nur annähernd mit dem zu tun hatte, was passieren würde, nachdem sie seine Hütte verlassen hatten, aber jetzt, da er den Gedanken hatte, konnte er ihn nicht mehr abschütteln. Sie wäre eine ausgezeichnete Mutter. Sie wäre eine wunderschöne schwangere Frau. Ihre Kinder könnten hier oben in der Hütte herumtollen und die Natur so sehr genießen wie er. Er würde sie vergrößern müssen, ihnen mehr Räume geben, aber das konnte er ohne Probleme tun.

Seine Gedanken wurden in die Gegenwart zurückgeholt, als Carlise mit ihrer Erlösung aufschrie. Das Gefühl, wie sie sich um seinen Schwanz zusammenzog, war unbeschreiblich. Er war fasziniert von dieser Frau. Sie hatte ihn mit ihrer Bereitschaft beeindruckt, mit dem Strom zu schwimmen, ihrer Anpassungsfähigkeit, ihrer Freundlichkeit gegenüber seinen Freunden ... aber jetzt, da sie sich so nahe waren, wie zwei Menschen es nur sein konnten? Sie überwältigte ihn.

Sobald sie aufhörte zu zittern, zog Chappy sich widerwillig aus ihrem Körper zurück. Sein Schwanz glänzte mit ihrer Erregung und es war fast schmerzhaft, das Kondom zu entfernen. Er verließ das Bett, um es wegzuwerfen, war aber zurück, bevor sie sich auch nur einen Zentimeter bewegt hatte. Chappy lächelte über die Art und Weise, wie sie sich auf der Matratze ausbreitete, zog das Laken gerade, das durch ihr Liebesspiel verrutscht war, und zog sie an seinen Körper, nachdem er sich zu ihr unter die Decke gesellt hatte.

Sofort schmiegte sie sich an ihn, legte ein Bein über seins, einen Arm auf seine Brust und zog ihn an sich.

»Heilige Scheiße, Riggs. Ich bin vollkommen erledigt.«

Er konnte sich das zufriedene Lächeln nicht verkneifen, das seine Lippen umspielte. »Ich auch, Schatz.«

»Ich habe allerdings eine schlechte Nachricht für dich«, sagte sie beiläufig.

Er versteifte sich. »Was?«

»Ich werde nicht nach draußen gehen, um den Generator zu starten, damit wir duschen können.«

Chappy entspannte sich und lachte. »Ich werde dich nie darum bitten, also bist du sicher. Ich werde es tun.«

»Gott sei Dank.«

Sie lagen einige Minuten lang in träger Zufriedenheit beieinander, bevor Carlise das Kinn auf seine Brust stützte und zu ihm aufsah.

»Was?«, fragte er, als sie nichts sagte.

»Es ist nur ... Ich will nie wieder weg von hier. Ich möchte für immer in dieser glücklichen Blase leben.«

»Jetzt verstehst du, warum ich gern hierherkomme.«

»Ja. Es ist so ruhig und friedlich.«

»So sehr ich dich auch hierbehalten möchte, in meinem Bett, damit ich dich jeden Tag lieben kann, können wir nicht für immer hierbleiben«, sagte er sanft.

»Ich weiß«, erwiderte sie. »Du hast ein Leben und einen Job in der Stadt, den du erledigen musst. Aber ... ich möchte nicht, dass die reale Welt mein Glück in dieser Sekunde stört.«

»Das wird sie nicht«, sagte Chappy entschlossen.

Carlise seufzte. »Sobald du mein Telefon einschaltest, wird sie das.«

Aber er schüttelte den Kopf. »Nein. Ich werde mich für dich darum kümmern. Niemand wird dich anrühren, wenn ich ein Mitspracherecht habe.«

»Das kannst du nicht versprechen«, sagte sie nüchtern. »Ich bin ein pragmatischer Mensch. Ich kann nicht jede Sekunde eines jeden Tages bei dir sein, egal wie sehr ich es genieße würde. Schlimme Dinge passieren. Ich habe es aus erster Hand gesehen und erlebt. Aber allein zu wissen, dass du mich beschützen *willst*, bedeutet mir sehr viel.«

Chappy wusste, dass sie recht hatte. Wenn er Gruppen auf dem AT leitete, war er mehrere Tage und Nächte am Stück von zu Hause weg. Und er konnte stundenlang mit einem Baum-auftrag beschäftigt sein. Aber zum Glück war dies nicht die Jahreszeit, in der er irgendwelche Wanderungen führte. So hatte er genügend Zeit herauszufinden, wer sie stalkte, und denjenigen wissen zu lassen, dass sie von nun an tabu war. »Du bist ein vernünftiger Mensch. Als es zu heftig wurde, hast du dich aus der Situation befreit«, sagte er nach einem Moment.

»Du meinst, ich bin weggelaufen«, entgegnete sie trocken.

»Ja, um Abstand zwischen dich und denjenigen zu bringen, der dich belästigt hat. Das war das Klügste, was du tun konn-test, Carlise. Das meine ich ernst.«

Sie seufzte. »Das hoffe ich. Ich hatte gehofft, wenn er mich nicht findet, verliert er das Interesse.«

»Nun, wir werden bald sehen, ob es funktioniert hat. Aber erst einmal will ich hier liegen und in der Entspannung schwel-gen, die ich im Moment empfinde.«

»Das passiert eben nach zwei Orgasmen«, sagte sie, wobei

die Genugtuung und der Stolz in ihrem Tonfall deutlich zu hören waren.

Chappy lachte. »Jup. Und fürs Protokoll ... das ist noch nie passiert.«

»Was? Dass du einen Orgasmus hattest?«, fragte sie frech.

Er grub die Finger in ihre Taille, kitzelte sie und genoss es, wie sie quietschte und sich an ihm wand. Er spürte ihre Brustwarzen auf seiner nackten Haut, das Streifen ihrer Schamhaare an seinem Oberschenkel ... Es war so intim, und er hätte sie nicht mehr lieben können, als er es in diesem Moment tat.

»Nein, Klugscheißer«, sagte er, als sie sich beide wieder beruhigt hatten. »Dass ich zweimal innerhalb so kurzer Zeit gekommen bin. Ich bin süchtig nach dir. Vielleicht werde ich dich in einem Jahr – oder fünf oder zehn – so oft gehabt haben, dass ich nicht mehr so verzweifelt bin und das Bedürfnis verspüre, sofort zu kommen.«

Sie kicherte an ihm. »Ehrlich gesagt, Riggs, ist das ein Kompliment. Ich habe mich noch nie so sexy gefühlt wie mit dir über mir, unfähig, dich zurückzuhalten, sodass du auf der Stelle kommst.«

»Du *bist* sexy«, versicherte er ihr.

»Ich liebe dich«, flüsterte sie an seiner Haut. »Ich weiß, dass die Leute nicht verstehen werden, wie oder warum die Dinge zwischen uns sich so schnell entwickelt haben, und ich kann es auch nicht erklären. Ich weiß nur, dass ich dazu bestimmt bin, dir zu gehören.«

Bei ihren Worten schloss Chappy vor Erleichterung die Augen. Und vor Dankbarkeit. »Mir geht es ebenso, Süße. Mir geht es ebenso.«

Er begann, sich wieder auf sie zu rollen, als ihn etwas innehalten ließ. Er hatte das Gefühl, beobachtet zu werden. Es war ein Gefühl, das er niemals ignorieren würde, nicht nach seiner militärischen Ausbildung und allem, was er durchgemacht hatte.

Er drehte den Kopf – und blinzelte.

Baxter saß neben dem Bett und starrte ihn mit großen braunen Augen an.

»Scheiße«, fluchte Chappy.

»Was? Was ist denn los?«, fragte Carlise, die ein wenig besorgt klang.

»Keine Panik. Es ist alles in Ordnung. Aber dein Hund starrt uns an.«

Carlise drehte den Kopf, um zur Seite des Bettes zu schauen, und er spürte, wie sie lachte. »Oh, er ist also *mein* Hund, wenn er raus will?«, fragte sie frech.

»Nein. Er war schon immer dein Hund. Er hat dich auf der Straße gefunden, hat dich in die richtige Richtung geführt, hat mich geholt und zu dir geführt. Er ist dein Hund, mit allem Drum und Dran.«

»Denkst du, er will raus? Oder ist er eine Art Voyeur?«, fragte sie grinsend.

»Ich denke, er will raus«, sagte Chappy lachend.

»Nun, ich bin noch nicht bereit, aus diesem warmen Bett zu steigen.«

Chappy beugte sich vor und küsste sie. »Das wollte ich auch gar nicht von dir verlangen. Ich bin gerade dabei, die Energie und den Mut aufzubringen, mich von deinem köstlichen Körper zu lösen, mich aus der warmen Decke zu befreien, mich anzuziehen, ein oder zwei Holzscheite auf das Feuer zu legen, ihn rauszubringen und dann den Generator anzuwerfen, damit wir eine heiße Dusche, Kaffee und ein warmes Frühstück haben können.«

»Ich stehe auf, während du draußen bist, und mache den Kaffee«, bot sie an.

Aber Chappy schüttelte den Kopf. »Nein. Bleib hier. Ich möchte dich nackt und glücklich in meinem Bett liegen sehen, wenn ich zurückkomme. Ich kann dir gar nicht sagen, wie oft ich mir das in den letzten Tagen ausgemalt habe.«

Sie errötete. »Du wirst mich verwöhnen«, schimpfte sie.

»Das ist mein Ziel«, antwortete Chappy, ohne zu zögern. Er wandte sich an den Hund. »Ich komme schon, Junge. Gib mir eine Sekunde.«

Als könnte Baxter ihn verstehen, drehte er sich um und ging zur Vorderseite der Hütte. Dann setzte er sich mit dem Gesicht zur Tür, als wollte er ihm Privatsphäre geben.

»*Jetzt* schaut er weg«, sagte Chappy mit einem Kopfschütteln und einem leisen Lachen, bevor er unter der Decke hervorkroch. Er beugte sich vor und küsste Carlise sanft. »Ich liebe dich. So sehr. Ich bin gleich wieder da.«

Dann drehte er sich um, ohne sich im Geringsten seiner Nacktheit zu schämen, und bückte sich, um ihre weggeworfene Kleidung aufzuheben. Er spürte Carlises Blick auf sich, was ihm ein Lächeln entlockte. Sie konnte schauen, so viel sie wollte, es machte ihm nichts aus. Jeder Zentimeter von ihm gehörte ihr.

Er ging zur Kommode und zog sich Boxershorts, eine Hose und ein langärmeliges Hemd an, dann wandte er sich wieder dem Bett zu. Wie er es sich gedacht hatte, war Carlises Blick auf ihn gerichtet. »Gefällt dir die Show?«, neckte er.

»Mehr, als du denkst«, antwortete sie mit einem breiten Lächeln.

Da er wusste, dass er, wenn er zum Bett ging, wieder unter die Decke kriechen würde und Baxter so schnell nicht mehr

nach draußen käme, zwang Chappy sich, stattdessen ins Badezimmer zu gehen. Er hatte nicht erwartet, dass der Morgen so
verlaufen würde, aber er war überglücklich. Er hatte Carlise
begehrt, seit er sich ihrer Anwesenheit zum ersten Mal bewusst
geworden war.

Er konnte sie sich viele Jahre in der Zukunft vorstellen, aber
zuerst musste er sich um denjenigen kümmern, der sie belästigte. Sobald das erledigt war, konnten sie beide sich
entspannen und ihr Leben weiterführen ... hoffentlich
gemeinsam.

KAPITEL ZWÖLF

Carlise konnte sich an keinen besseren Start in den Tag erinnern als den, den sie mit Riggs geteilt hatte. Der Sex war ... besser, als sie es je für möglich gehalten hätte. Riggs war ein großzügiger Liebhaber. Und er fasste sie nicht mit Samthandschuhen an, was sie liebte. Sie hatte gar nicht gewusst, wie sehr sie es mochte, wenn Riggs energisch war. Nicht so, dass es wehtat, aber er hielt sie mit Leichtigkeit fest, wenn sie versuchte, sich zu winden, zog ihren Orgasmus auf eine Weise in die Länge, die fast schmerzhaft war, aber letztendlich so verdammt gut. Und er nahm sie hart, schnell und grob.

Alles, was er getan hatte, fühlte sich fantastisch an – und sie konnte es kaum erwarten, es wieder zu tun.

Aber nachdem er Baxter rausgelassen und den Generator angeworfen hatte, weigerte er sich, wieder zu ihr ins Bett zu kommen, und befahl ihr, sich zu entspannen. Da sie nicht wollte, dass er sie bediente, hörte sie nicht auf ihn. Sie war aufgestanden, hatte geduscht, ihm geholfen, Eier, Speck und Toast zum Frühstück zu machen, und Baxter gefüttert.

Sie wusste, dass er darauf wartete, dass sie ihr Telefon holte, und so hielt sie ihn hin und versuchte, irgendein anderes Gesprächsthema zu finden als ihren Stalker. Sie hatte das Gefühl, dass er wusste, was sie tat, aber er sprach sie nicht darauf an.

Erst als das Geschirr abgewaschen war, Baxter wieder in seinem Bett neben dem Kamin schnarchte und sie von der Handlung des Buches geschwärmt hatte, das sie übersetzte, und davon, wer ihrer Meinung nach der Bösewicht war, ging er auf sie zu und zog sie an seine Brust.

Eine Hand legte er in ihren Nacken, mit der anderen umschloss er fest ihre Taille. »Es ist Zeit, Süße.«

Carlise seufzte an ihm und nickte.

»Es wird alles gut werden. Ich verspreche es.«

Sie war sich da nicht so sicher, aber sie nickte dennoch. Auf keinen Fall wollte sie, dass ihr wirkliches Leben in ihr momentanes Glück eindrang. Aber er hatte recht, das Problem zu ignorieren würde es nicht aus der Welt schaffen. So oder so würde sie herausfinden müssen, ob die Belästigungen aufgehört hatten, jetzt, da sie nicht mehr in Reichweite desjenigen war, der sie stalkte.

Riggs zog sich zurück, ließ sie aber nicht los. »Vertraust du mir?«, fragte er.

»Ja.« Carlise musste nicht einmal über ihre Antwort auf diese Frage nachdenken.

»Gut. Hol dein Telefon, während ich nach draußen gehe und den Generator wieder einschalte. Ich bringe ihn zum Laufen und schaue, ob wir Glück haben und das WLAN funktioniert, damit wir herausfinden können, womit wir es zu tun haben, okay?«

»Okay.« Übelkeit machte sich in ihrem Bauch breit, als sie sich zu ihrem Rucksack umdrehte, in dem sie das Handy verstaut hatte, damit sie es nicht sehen musste. Sie betete, dass Riggs nicht beschloss, dass ihre Probleme zu groß waren und er sich nicht mit ihnen befassen wollte. Mit *ihr*.

Er brauchte nicht lange, um rauszugehen und den Generator einzuschalten. Sie wartete mit ihrem Handy in der Hand auf ihn, als er zurückkam, und übergab es ihm, ohne ihm in die Augen zu sehen.

»Dies ändert nichts«, sagte er nachdrücklich.

Carlise blickte zögernd zu ihm auf.

»Egal was er geschickt oder nicht geschickt hat, es ändert nichts an meinen Gefühlen für dich. Ich liebe dich, Carlise. In guten wie in schlechten Zeiten, heißt es nicht so? Ich bin auf Dauer dabei, und selbst wenn wir uns noch jahrelang mit diesem Arschloch herumschlagen müssen, gehe ich nirgendwo hin. Alles klar?«

Erleichterung durchflutete sie. Sie nickte, zu emotional, um zu sprechen.

»Gut.« Er küsste sie auf die Stirn, dann wandte er sich dem Telefon zu.

Carlise hielt den Atem an und starrte ihn besorgt an, als er das Gerät einschaltete.

Nichts geschah. Kein Klingeln. Kein Vibrieren. Nichts.

»Ist es tot?«, fragte sie.

»Nein. Es sieht so aus, als hätte es noch zwanzig Prozent Ladung«, sagte Riggs.

»Das WLAN funktioniert also nicht?«, fragte sie.

»Sieht leider so aus«, antwortete Riggs ruhig. »Ich habe

mich nie wirklich um WLAN gekümmert, wenn ich hier oben war, da ich diese Hütte als einen Ort benutze, an dem ich von allem wegkomme. Ich werde mich auf jeden Fall darum kümmern, die Ausstattung aufzurüsten und stabiler zu machen, da du sie für deine Arbeit brauchst. Ich werde ein Stück die Straße hinunter zu einem Ort fahren, von dem ich glaube, dass es dort besser sein wird.«

Ihr wurde warm ums Herz, dass er ihr zuliebe sein Internetsystem aufrüsten wollte. Aber jetzt war nicht der richtige Zeitpunkt, um darüber nachzudenken. »Ich hole meinen Mantel, dann komme ich mit«, sagte Carlise und wandte sich der Tür zu.

Riggs nahm eine ihrer Hände, bevor sie einen Schritt machen konnte. »Ich denke, du solltest hierbleiben. Ich fahre mit meinem Jeep die Straße hinunter und schaue unterwegs bei deinem Wagen vorbei. Ich schaue mir die Benachrichtigungen an und komme dann zurück.«

Carlise wusste, dass sie protestieren sollte. Sie sollte darauf bestehen, dass dies ihr Problem war und er sich nicht damit befassen musste. Aber ein größerer Teil von ihr war erleichtert. Es fühlte sich gut an – *wirklich* gut –, dass jemand sich um sie kümmerte. Im Endeffekt wusste sie nicht, wie sie reagieren würde, wenn eine Flut von Benachrichtigungen eintrudelte, sobald sie ihr Handy einschaltete.

»Bitte? Lass mich das für dich tun, Schätzchen«, sagte er.

Sie nickte.

Die Erleichterung auf seinem Gesicht machte ihr klar, dass er das tun *musste*. Sie hatte das Gefühl, dass er ihr erlaubt hätte mitzukommen, wenn sie darauf bestanden hätte, aber die Tatsache, dass er sie vor einem möglichen Ansturm von Hass schützen wollte, wenn er ihr Telefon einschaltete, fühlte sich gut an.

»Bleib hier bei Baxter. Es wird nicht lange dauern«, versprach er.

»Okay.«

Er musterte sie einen Moment lang, bevor er nickte. Sie war froh, dass er nicht zögerte, dass er es jetzt gleich erledigen würde, auch wenn ein kleiner Teil von ihr es noch ein wenig aufschieben wollte. Aber sie war eine erwachsene Frau. So oder so würde sie es wissen müssen.

Sie ging mit ihm zur Tür und küsste ihn heftig, bevor er mit ihrem Telefon und seinem Schlüssel hinausging. Sie beobachtete durch das Fenster, wie er zu der kleinen, frei stehenden Garage ging, in der offensichtlich sein Fahrzeug stand. Einen Moment später fuhr er mit einem Jeep heraus, winkte in Richtung der Hütte, als wüsste er, dass sie ihn beobachtete, und fuhr dann den Weg hinunter, den Bob mit seinem Pick-up samt Pflug freigeräumt hatte, als seine Freunde hier gewesen waren.

Carlise atmete tief durch und drehte sich um, nur um zu sehen, dass Baxter einen Meter von ihr entfernt stand und sie mit schief gelegtem Kopf musterte, als wüsste er, dass sie gestresst war.

»Hey, Bax«, sagte sie leise. »Er wird bald zurück sein.«

Er bewegte sich nicht, sondern starrte sie weiterhin mit seinem allwissenden Blick an.

Carlise ging um den Hund herum, wobei sie ihm viel Platz ließ, und ging auf die Couch zu. Sie setzte sich, wollte jedoch nicht wirklich lesen, und machte sich nicht die Mühe, nach ihrem Laptop zu greifen. Sie würde sich im Moment sowieso nicht konzentrieren können.

Zu ihrer Überraschung lief Baxter um die Couch herum und sprang auf das Kissen neben ihr.

Er drehte sich im Kreis und setzte sich dann mit dem Hintern gegen ihren Oberschenkel.

Schockiert und erfreut, da sie ihn bisher nur einmal hatte berühren können, fuhr Carlise mit einer Hand ganz langsam seinen Rücken hinunter. Seine Wirbelsäule stand nicht mehr so stark vor, wie sie es bei ihrer ersten Begegnung getan hatte, und Zufriedenheit durchströmte ihre Adern.

Erstaunlicherweise entspannte sie sich dabei. Was auch immer Riggs fand, wenn er ihr Telefon anschaltete, sie würden sich darum kümmern. Noch mehr freute sie sich darüber, dass Baxter ihr endlich völlig zu vertrauen schien. Entweder das, oder er versuchte, sie zu trösten. Sie hatte das Gefühl, dass es eine Kombination aus beidem war.

Was auch immer der Grund dafür war, dass der Hund neben ihr hochgesprungen war, er hatte Carlises Gedanken von den Nachrichten abgelenkt, die auf ihrem Handy sein könnten. Sie konnte es kaum erwarten, dass Riggs zurückkam, damit er Baxter sehen konnte. Während sie ihn weiter streichelte, lächelte sie, was sie in diesem Moment eigentlich nicht für möglich gehalten hätte.

Chappy sah stirnrunzelnd auf das Telefon in seiner Hand. Er hatte erwartet, ein paar Nachrichten und SMS zu finden, aber nicht, *Hunderte* zu sehen. Carlises Flucht aus Cleveland hatte ihren Stalker nicht nur *nicht* zurückweichen, sondern die Situation offenbar eskalieren lassen.

Voller Anspannung scrollte Chappy durch die Nachrichten.

Sie waren im Laufe der Tage immer wütender geworden. Wer auch immer Carlises Stalker war, er war sauer, dass er sie nicht finden konnte. Dass sie nicht auf seine Nachrichten reagierte. Dass sie offenbar unerreichbar für ihn war.

Sein Magen drehte sich. Carlise musste unbedingt nach Newton fahren und mit dem Polizeichef sprechen.

Alfred Rutkey hatte sein ganzes Leben lang in Maine gelebt, gehörte praktisch zur Altherrenriege, aber Chappy respektierte ihn. Er duldete keinen Unfug in seiner Stadt und er zögerte nie, Hilfe zu schicken, wenn jemand verletzt war oder sich auf dem AT verirrt hatte. Manche Polizeichefs von Kleinstädten gaben ihr hart erkämpftes, etwas knappes Budget nicht gern für etwas aus, das viele für sinnlose Unterfangen hielten, aber Polizeichef Rutkey gehörte nicht zu ihnen.

Chappy konnte kaum seine Erleichterung darüber ausdrücken, dass Carlise sich gerade nicht mit all diesen schrecklichen Nachrichten auseinandersetzen musste. Während er durch die SMS scrollte, stieg seine Wut weiter an. Wie konnte es jemand *wagen*, einen anderen Menschen so zu behandeln? Wie konnte er es wagen, der Meinung zu sein, Carlise sei ihm etwas schuldig?

Die letzten SMS waren die beunruhigendsten.

Unbekannt: Wo bist du, Schlampe?

Unbekannt: Du glaubst, du kannst dich vor mir verstecken? Es gibt keinen Ort, an dem ich dich nicht finden werde.

Unbekannt: Irgendwann wirst du zurückkommen müssen, und wenn du das tust, werde ich immer noch hier sein. Warten. Dich beobachten.

Unbekannt: Wie geht es deiner Mutter? Sie sah in der

Bibliothek ziemlich entspannt aus. Schade mit dem platten Reifen, den sie neulich hatte.

Unbekannt: Frauen wurden geschaffen, um zu gehorchen. Um Männern untertan zu sein. Das Problem mit der Welt sind Leute wie DU. Du hast es nicht in deinen Dickschädel bekommen, dass du nichts bist, wenn dir kein Mann sagt, was du tun sollst.

Unbekannt: Wo zum Teufel bist du? Das wirst du büßen, wenn ich dich finde!

Es gab auch einige langatmige E-Mails, die nicht einmal viel Sinn ergaben. Aber die Drohungen waren eindeutig. Carlise war in Gefahr, und möglicherweise auch ihre Mutter, wenn der Stalker sie wirklich verfolgt hatte, wie er angedeutet hatte ... irgendwie ihren platten Reifen verursacht hatte.

Wenn es nach Chappy ginge, würde Carlise nie wieder nach Cleveland zurückkehren und ihre Mutter würde nach Newton ziehen.

Er seufzte. Er hatte Carlise so gern sagen wollen, dass alles in Ordnung war, dass es keine Nachrichten gab, damit sie sich keinen Stress machte. Aber er würde sie nicht anlügen. Erstens wäre es beschissen, und zweitens wollte er nicht, dass sie unvorsichtig wurde. Und sie musste auch ihre Mutter bitten, vorsichtig zu sein.

Er respektierte Frauen. Sie sollten einem Mann genauso wenig »gehorchen«, wie Männer Unterwürfigkeit erwarten sollten. Was ihn betraf, so regierten Frauen die Welt.

Er saß in seinem Jeep am Straßenrand und überlegte, was er als Nächstes tun sollte. Er würde mit Carlise sprechen müssen, wenn er wieder in der Hütte war, und ihr klarmachen, dass ihr Stalker, wer auch immer es war, nicht so schnell verschwinden würde. Dann würde er mit Polizeichef Rutkey sprechen und ihn dazu bringen, ihren Ex-Freund Tommy zu überprüfen. Er wollte alles mit seinen Freunden besprechen und sicherstellen, dass sie über die Situation Bescheid wussten. Sie würden helfen, Carlise zu beschützen, daran hatte er keinen Zweifel.

Obwohl sie beschlossen hatten, ins Baumgeschäft einzusteigen und nichts zu tun, was dem Klischee ehemaliger Soldaten der Spezialeinheit entsprach, wie zum Beispiel Sicherheitsdienst oder Personenschutz, verspürte Chappy immer noch ein tief sitzendes Bedürfnis, andere zu beschützen. Er hatte ein wachsames Auge auf die Männer und Frauen, die er auf Wanderungen auf dem Appalachian Trail begleitete. Er und seine Freunde waren alle sehr beschützend gegenüber April, nicht nur, weil sie ihre Angestellte war, sondern auch, weil sie niemanden zu haben schien, auf den sie sich verlassen konnte. Chappy kannte ihre Geschichte nicht, keiner von ihnen kannte sie, aber sie hatten den Eindruck, dass sie nicht wirklich gut sein konnte.

Chappy hatte keinen Zweifel daran, dass Bob, Cal und JJ, sobald sie von Carlises Situation erfuhren, alles tun würden, um sicherzustellen, dass ihr Stalker nicht in ihre Nähe kam.

Seufzend leitete er die E-Mails, die sie erhalten hatte, an seinen eigenen Posteingang weiter und legte dann einen Ordner mit dem Namen *Widerliches Zeug* in ihrem E-Mail-Programm an. Er konnte sie nicht löschen, da sie Beweismaterial waren, aber er wollte auch nicht, dass sie sie sehen musste. Er öffnete die E-Mails, die sie von ihrer Mutter und Susie erhalten hatte, las sie aber nicht. Er wollte nur, dass Carlise sie auch ohne Handyempfang oder WLAN lesen konnte, sobald er wieder in der Hütte war.

Er wusste nicht, was er mit den hasserfüllten SMS machen sollte, die sie von ihrem Stalker erhalten hatte. Letzten Endes ließ er sie in den Nachrichten in dem Wissen, dass sie weiteres Beweismaterial waren, aber er würde Carlise zumindest bitten, sie nicht zu lesen, um zusätzliche Angst und Stress zu vermeiden. Darauf zu vertrauen, dass er sich um die Situation kümmern würde.

Er liebte sie. Mehr als er es nach etwas mehr als einer Woche je für möglich gehalten hätte. Und das machte ihm eine Höllenangst. Jetzt, da er einen Eindruck davon bekommen hatte, was es bedeutete, seinen Menschen zu finden, von ihm geliebt zu werden und wie das Leben mit Carlise an seiner Seite aussehen konnte, hatte er schreckliche Angst, sie zu verlieren.

Chappy sah auf die Uhr und fluchte. Er war länger weg gewesen als gedacht. Vor allem mit einem Stalker da draußen, der aus irgendeinem Grund, den er nicht herausfinden konnte, wütend auf Carlise war. Soweit er es beurteilen konnte hatte sie nichts weiter getan, als sich von einem Mann zu trennen, der sie schlug, und versuchte nun, ihr Leben weiterzuleben. Und nicht nur das, in keiner der E-Mails oder SMS war die Rede davon, dass er Carlise zurückgewinnen wollte ... oder von der Trennung oder ihrer Beziehung.

Wenn es sich bei dem Stalker um Tommy handelte, würde er dann nicht wenigstens auf ihre gemeinsame Zeit verweisen?

Das war nur eines der Dinge, die an Carlises Stalker so verwirrend waren. Soweit er es beurteilen konnte war sie nicht die Art von Mensch, der eine solche ... Wut bei jemand anderem hervorrufen würde. Sie hatte mit Tommy Schluss gemacht und war weitergezogen. Chappy wusste nicht, ob *Tommy* weitergezogen war, aber wer auch immer die Nachrichten schickte, hasste Carlise offensichtlich.

Wer auch immer dieser Stalker war, er war alles andere als stabil. So viel war klar. Viele Männer waren der Meinung, dass, wenn sie nicht mit einer Frau zusammen sein konnten, es auch niemand anderes konnte. Er hatte diese Denkweise nie verstanden. Wenn eine Frau nicht mit ihm zusammen sein wollte, warum zum Teufel sollte er dann um sie kämpfen? Es ergab keinen Sinn.

In seinem Kopf schwirrten all die Dinge, die er tun musste, aber zuallererst musste er zu Carlise zurückkehren. Es war ein merkwürdiges Gefühl, so verzweifelt an jemandes Seite sein zu wollen. Ständig wissen zu wollen, was derjenige gerade tat. Nicht weil er anmaßend oder besitzergreifend war, sondern weil er sicherstellen wollte, dass sie alles hatte, was sie brauchte oder wollte.

Bevor er anhielt, um ihr Telefon einzuschalten, hatte Chappy auch ihren CR-V überprüft. Sie hatte großes Glück gehabt, als sie von der Straße abgekommen war. Ja, sie war frontal gegen einen Baum geprallt, aber es war klar, dass sie zu diesem Zeitpunkt nicht allzu schnell unterwegs gewesen war. Außerdem standen in der Nähe noch zwei weitere Bäume, die doppelt so groß waren und ihren Wagen noch stärker beschädigt hätten, unabhängig von der Geschwindigkeit.

Trotzdem musste der kleine Geländewagen erst einmal repariert werden, bevor sie ihn würde fahren können. Wie er schon vermutet hatte, war die Batterie tot. Und angesichts der Schieflage des Fahrzeuges hatte er das Gefühl, dass es einen, vielleicht zwei platte Reifen hatte.

Carlise würde es vielleicht nicht gefallen, aber Chappy

wollte den Wagen in die Stadt abschleppen lassen, damit jemand ihn sich ansah. Vielleicht ein paar Winterreifen aufziehen, ihn auf Vordermann bringen ... solche Dinge. Maine war extrem hart zu Fahrzeugen, und er wollte dafür sorgen, dass sie sicher war. Carlise war jetzt der wichtigste Mensch in seinem Leben und er würde alles tun, was nötig war, um sie gesund und munter zu halten. Dazu gehörte auch, dafür zu sorgen, dass ihr Wagen in einem tadellosen Zustand war ... und die Bedrohung durch ihren Stalker zu beenden.

Er fuhr langsam zurück zu seiner Hütte. Zu Carlise. Bobs Pflug hatte ganze Arbeit geleistet, um den Weg zu seinem Haus freizuräumen. Es war nicht perfekt, weshalb er langsam fahren musste, aber er war ein selbstsicherer Fahrer, und sein Jeep hatte schon schlechtere Bedingungen bewältigt.

Als er in die kleine, frei stehende Garage fuhr, die er in der Nähe seiner Hütte gebaut hatte, atmete Chappy erleichtert auf. Wenn ihm unterwegs etwas zugestoßen wäre, hätte er Carlise allein in seiner Hütte zurückgelassen, was inakzeptabel war. Er hatte sein Satellitentelefon bei ihr gelassen, nur für den Fall der Fälle, aber er war erleichtert, wieder zurück zu sein.

Auf dem Weg zur Hütte schaute er sich auf dem Grundstück um und machte sich geistige Notizen, die Garage zu vergrößern, damit ihr CR-V hineinpasste. Es war unwahrscheinlich, dass sie mit zwei Fahrzeugen hier hochfahren würden, aber für den Fall der Fälle wollte er sichergehen, dass er einen Platz hatte, um beide Fahrzeuge gleichzeitig unterzubringen.

Er betrat die Hütte und öffnete den Mund, um sie zu begrüßen, hielt sich jedoch rechtzeitig zurück.

Stattdessen starrte er Carlise an, die auf der Couch schlief. Ihr Kopf lag auf dem Rückenpolster, ihr Mund war leicht geöffnet ... und sie hatte eine Hand auf Baxters Kopf. Der Hund lag zusammengerollt neben ihr.

Seine Augen waren offen und er beobachtete Chappy, wich aber nicht von Carlises Seite, was Chappy voll und ganz akzeptierte.

»Hey, Junge. Es ist gemütlich da oben, nicht wahr?«, fragte er leise, als er Carlises Telefon auf den Tresen legte. Er konnte sich nicht davon abhalten, zu ihr zu gehen, als sei sie eine Art Magnet, der ihn anzog.

Er bewegte sich langsam, um Baxter nicht zu beunruhigen, aber der Hund schien ganz zufrieden zu sein, dort zu bleiben, wo er war. Chappy ging neben Carlises Füßen in die Hocke und starrte sie an.

Er war ein Glückspilz, und das wusste er. Sie war so schön. Er betrachtete ihr langes blondes Haar, das zerzaust ihr Gesicht umspielte, und erinnerte sich daran, wie er mit den Händen hindurchfuhr, während sie in seinen Armen schlief, wie es auf seinem Kissen aussah. Sie war ein wahr gewordener Traum. *Sein* wahr gewordener Traum.

Als könnte sie seinen intensiven Blick spüren, flatterten ihre Lider, dann öffnete sie die Augen. Sie blinzelte einen Moment lang verwirrt, bevor sie die Lippen zu einem trägen, verschlafenen Lächeln verzog. »Hey«, begrüßte sie ihn.

»Hey«, erwiderte er.

Als er nichts weiter sagte, fragte sie: »Ist alles in Ordnung?«

»Alles ist gut«, beruhigte er sie. »Ich bin gerade zurückgekommen. Bist du müde?«

Carlise schüttelte den Kopf. »Eigentlich nicht. Aber ich habe mich hingesetzt und Baxter hat sich zu mir gesetzt«, sie lächelte den Hund an ihrer Seite an, »und ich wollte ihn nicht stören, indem ich aufstehe, um meinen Laptop zu holen. Ich glaube, ich bin eingeschlafen. Jemand hat mich heute Morgen müde gemacht«, sagte sie mit einem schüchternen Grinsen.

Chappy lächelte breit. Das war es, wovon er immer geträumt hatte, aber nie gedacht hatte, dass er es erleben würde. Nach Hause zu kommen und die Frau vorzufinden, die er liebte, die auf ihn wartete und ihn fröhlich anlächelte.

»Soll ich deinen Laptop für dich holen? Willst du etwas zu trinken? Hast du Hunger?«

Sie schüttelte den Kopf. »Nein, mir geht's gut. Wie spät ist es eigentlich? Wie lange warst du weg? Oh! Hat er geschrieben?«

Es war offensichtlich, dass sie sich gerade daran erinnert hatte, wo er gewesen war und warum. Chappy betrauerte den Verlust seiner verschlafenen, vergesslichen Frau.

»Ich war nicht so lange weg. Vielleicht eine Stunde. Und ja ... er hat geschrieben«, erzählte er ihr.

»War es ...« Sie hielt inne, dann fragte sie überstürzt: »War es schlimm?«

»Sagen wir einfach, dass dein Stalker dich durch dein Weggehen nicht vergessen hat«, antwortete er grimmig.

Carlises Schultern sackten in sich zusammen und sie sah auf ihren Schoß hinunter.

Chappy legte einen Finger unter ihr Kinn und hob es sanft an, sodass sie keine andere Wahl hatte, als ihn anzuschauen. »Wir werden der Sache auf den Grund gehen«, sagte er entschlossen.

»Ich weiß nicht einmal, was ich getan habe, um ihn so zu verärgern«, flüsterte sie. »Ich meine, ich bin doch nur ich. Ich bin wohl kaum ein Model. Ich bin nichts Besonderes. Warum tut er das?«

Chappy bewegte sich langsam, um Baxter nicht zu stören, und setzte sich auf ihre andere Seite. Er ließ die Hand von ihrem Kinn zu ihrem Nacken gleiten, mit der anderen umfasste er ihre Taille. »Du *bist* etwas Besonderes«, betonte er. »Du bist klug, witzig, wunderschön und so verdammt sexy, dass ich kaum die Finger von dir lassen kann.

Dass du *du* bist, ist der Grund, warum ich mich so schnell in dich verliebt habe. Ich weiß ohne den geringsten Zweifel, dass ich ohne dich nur die Hälfte des Mannes wäre, der ich sein könnte. Seit ich nicht mehr im Dienst bin, existiere ich nur noch. Und jetzt? Ich fühle mich, als hätte ich einen neuen Sinn im Leben. Wie all die Dinge, die ich gesehen und getan habe, war auch die Zeit, in der ich als Geisel gehalten wurde ... etwas wert. Ich habe es durchgestanden, weil es mein Schicksal war, *dich* zu treffen.

Ganz ehrlich? Ich habe das Gefühl, dass dieser Kerl dir nachstellt, weil er weiß, dass er sich etwas Gutes durch die Finger hat gleiten lassen. Er hat es vermasselt und will dich unbedingt zurückgewinnen, um dich unter seiner Fuchtel zu haben. Aber das wird nicht passieren. Ich werde nicht zulassen, dass er dein Licht auslöscht ... denn es gehört jetzt *mir*. Und das meine ich nicht auf eine seltsame, verrückte Art. Es ist meine Aufgabe, es zu beschützen. Es zu bewahren. Damit du leuchten kannst.«

Carlise hatte Tränen in den Augen, während er sprach.

Chappy hatte keine Ahnung, woher die Worte kamen – er war nicht gerade dafür bekannt, eine romantische Seele zu haben –, aber irgendwie brachte sie sie in ihm zum Vorschein.

»Riggs«, murmelte sie.

»Wir sind füreinander bestimmt«, sagte er schlicht. »Ich kann mir nicht vorstellen, dass eine höhere Macht dich zu Baxter geführt hat, der dich zu *mir* geführt hat, nur damit du jetzt aus meinem Leben verschwindest. Wir werden mit dem

Polizeichef in Newton sprechen. Wir werden meinen Freunden mitteilen, was los ist. Wir werden deiner Mutter und Susie sagen, dass sie vorsichtig sein sollen, dass jemand da draußen versuchen könnte, sie zu benutzen, um dich nach Cleveland zurückzubringen. Wir werden alles tun, was nötig ist, damit du in Sicherheit bist und die Menschen, die dir wichtig sind, in Sicherheit sind, damit wir glücklich bis ans Ende unserer Tage leben können.«

»Glaubst du, er ist hinter meiner Mutter oder Susie her?«, fragte Carlise beunruhigt.

Scheiße. Er hatte sie nicht erschrecken wollen. »Ich wünschte, ich könnte Nein sagen, aber ich weiß wirklich nicht, was dieser Typ tun wird.« Chappy wollte nicht erwähnen, dass er vermutete, dass ihr Stalker ihre Mutter beobachtete. Nicht wenn sie schon so besorgt war. »Ich schwöre, wir werden es herausfinden. Wir bringen deine beste Freundin und deine Mutter hierher nach Newton, wenn es sein muss. Ich werde für beide Leibwächter anheuern. Wir schicken sie auf eine monatelange Kreuzfahrt. Was auch immer sie wollen. Aber ich werde alles tun, was nötig ist, damit sie in Sicherheit sind, weil es das Richtige ist und weil ich weiß, dass du dir Sorgen machst und dir die Schuld geben wirst, wenn ihnen etwas passiert.«

Seufzend schloss Carlise die Augen und lehnte sich an ihn. »Ich bin so müde.«

»Dann schlaf«, sagte er sofort.

Sie öffnete die Augen und schüttelte den Kopf. »Nein, ich meine, ich bin nur müde von all dem hier. Von den Sorgen. Dem Stress. Ich bin es leid, mich zu fragen, wann und wo er auftauchen könnte. Es tut mir nicht leid, dass ich Cleveland verlassen habe, weil es mich zu dir geführt hat … aber was kommt als Nächstes? Wird er mich hier finden, und ich muss wieder gehen? Was dann? Wo werde ich hingehen? Wo werde ich in Sicherheit sein?«

»Bei mir. Du wirst bei mir in Sicherheit sein«, sagte Chappy entschlossen. »Ich werde nicht zulassen, dass dir etwas zustößt.«

»Du kannst es nicht verhindern«, sagte Carlise traurig. »Irgendwann wird er mich finden. Wird er *dir* wehtun, weil du mit mir zusammen bist? Oder deinen Freunden? Oder April? Oder Baxter? Ich will nur ... Ich kann nicht zulassen, dass dir etwas zustößt, Riggs. Das *kann* ich nicht. Ich werde alles tun, was nötig ist, damit du nicht in mein Drama hineingezogen wirst.«

»Weißt du, was du tun kannst?«, fragte er.

»Was?«

»Kämpfen. Für mich. Für dich. Für *uns*. Du hast recht, dass ich nicht immer an deiner Seite sein kann. Aber ich will nicht, dass du uns aufgibst. Lauf nicht weg. Bleib hier in Maine. Bei mir. Kämpfe für das, was wir haben. Dies ist einmalig, Carlise. So habe ich noch nie gefühlt, und es ist mir egal, wie schnell es passiert ist. Wir sind füreinander geschaffen, und kein Stalker wird uns das nehmen.«

»Das kann ich tun. Kämpfen, meine ich«, sagte sie leise.

»Gut. Willst du jetzt die Nachrichten von deiner Mutter und Susie sehen?«, fragte er, um das Thema zu wechseln. Allein der Gedanke, dass Carlise gegen ihren Stalker kämpfen musste, dass sie um ihr Leben kämpfen musste, machte ihn krank.

»Oh, ich kann sie sehen? Ich dachte, da das WLAN nicht funktioniert, kann ich das nicht«, sagte sie aufgeregt.

»Ich habe die E-Mails auf die Festplatte deines Telefons heruntergeladen, indem ich sie geöffnet habe. Ich habe sie nicht gelesen«, fügte er schnell hinzu.

»Es würde mir nichts ausmachen, wenn du es getan hättest. Ich vertraue dir, Riggs.«

Wieder einmal zwang ihn diese Frau mit ihren Worten sprichwörtlich in die Knie.

»Ich habe die E-Mails von deinem Stalker an mich selbst weitergeleitet und sie dann in einen Ordner mit dem Namen *Widerliches Zeug* in deinem Konto geschoben – ich weiß, dass das schwer ist, aber mir wäre es lieber, wenn du sie nicht lesen würdest. Sie werden dich nur beunruhigen, und ich werde mich darum kümmern – aber ich konnte nichts gegen die SMS unternehmen. Also bitte ich dich darum, die auch nicht zu lesen. Zumindest keine von dem unbekannten Konto. Du kannst die Nachrichten von deiner Freundin und deiner Mutter lesen, aber ich würde mich viel besser fühlen, wenn du die anderen erst einmal nicht anrühren würdest«, sagte Chappy.

Carlise nickte. »Ich fühle mich wie ein Weichei, weil ich erleichtert bin, dass ich nicht sehen muss, was er geschrieben hat.«

»Das bist du nicht«, erwiderte er, ohne zu zögern.

»Danke«, sagte sie mit einem Seufzer. »Ich weiß nicht, was ich getan hätte, wenn du nicht hier gewesen wärst.«

Darüber wollte Chappy gar nicht nachdenken. Denn wenn er sich nicht entschlossen hätte, in die Hütte zu kommen, um dem Leben für eine Weile zu entfliehen, wäre sie wahrscheinlich hier draußen in der Wildnis gestorben. Ihr Wagen wäre ohne sie darin gefunden worden. Ihre Leiche wäre vielleicht erst bei Tauwetter im Frühjahr entdeckt worden. Ihn schauderte bei dem Gedanken.

Um seine Verzweiflung zu verbergen, beugte er sich vor und küsste sie auf die Stirn. »Aber ich *war* hier, und du *hast* mich gefunden«, sagte er nachdrücklich, wobei seine Lippen bei jedem Wort ihre Haut berührten.

Sie nickte an ihm, dann flüsterte sie: »Baxter ist *zu mir auf die Couch gekommen! Er lässt sich von mir anfassen!*«

Chappy lächelte. »Ich sehe es.«

»Er hat Angst, aber er hat mir vertraut, dass ich ihm nicht wehtue. So geht es mir auch mit dir, Riggs. Ich bin ein bisschen nervös, weil ich dich so sehr liebe und weil es so schnell geht. Aber ich vertraue dir, dass du mir nicht wehtust. Dass du mich gut behandelst. Und wenn ich in Zukunft wegen Kleinigkeiten ausflippe, weil sie mich an etwas aus meiner Vergangenheit erinnern, dann vertraue ich darauf, dass du damit klarkommst. Dass du weißt, dass es nicht du bist, sondern meine Erinnerungen, gegen die ich ankämpfe.«

Chappy starrte ihr in die Augen und nickte. »Ich hätte es selbst nicht besser sagen können, Süße. Meine Entführer haben mir einen Teil von mir genommen. Sie haben mir ein Stück meiner Seele gestohlen. Und manchmal habe ich mich gefragt, ob ich es jemals zurückbekommen würde. Aber mit dir an meiner Seite habe ich das Gefühl, dass ich es werde. Sei auch mit mir geduldig, Schätzchen. Wenn ich etwas tue oder sage, das dich daran zweifeln lässt, mit mir zusammen zu sein, gib mir bitte eine Chance, es wiedergutzumachen.«

»Das werde ich. Und wir werden es schaffen«, sagte sie entschlossen. »Ich weiß es.«

Chappy stieß einen Seufzer der Erleichterung aus. »Das glaube ich auch. Bleib hier. Du und Baxter scheint es euch zu bequem gemacht zu haben, um euch zu bewegen. Ich hole dein Handy und lasse dich deine E-Mails und SMS lesen. Es sind ein paar von Leuten dabei, von denen ich annehme, dass sie Kunden sind. Ich werde nach draußen gehen und den Generator anwerfen, um zu sehen, ob das WLAN funktioniert, damit du antworten kannst, wenn du musst.«

Er küsste sie kurz und wollte aufstehen, aber sie hielt ihn auf, indem sie eine Hand auf seinen Arm legte. »Riggs?«

»Ja, Süße?«

»Ich liebe dich.«

Gott, er würde es nie leid werden, diese Worte aus ihrem Mund zu hören. »Ich liebe dich auch«, erwiderte er. »Ich bin gleich wieder da.«

Er wollte Baxter streicheln, den Hund aber auch nicht erschrecken. Also stand er auf und ging dorthin, wo er ihr Telefon hingelegt hatte. »Willst du Pasta Caprese zum Mittagessen?«, fragte er. »Tomaten, Nudeln und Mozzarella?«

»Klingt köstlich, obwohl ich auch mit einem Erdnussbutter-Marmeladen-Sandwich zufrieden gewesen wäre«, scherzte sie.

Fünf Minuten später, als er in der Küche herumhantierte, schaute Chappy zu Carlise hinüber, die auf ihr Telefon konzentriert war. Ihr Haar war hinter ein Ohr gestrichen und mit der freien Hand streichelte sie abwesend Baxter.

Sie füllte sein Zuhause aus, indem sie einfach da war. Auf dieselbe Weise füllte sie alle leeren Räume in seinem Herzen aus. Sie mochte es nicht wissen, aber Chappys neue Lebensaufgabe bestand darin, alles in seiner Macht Stehende zu tun, um sie glücklich zu machen.

Carlises Stalker beobachtete ihre Mutter mit zusammengekniffenen Augen. Es wäre so einfach, sich von hinten an sie heranzuschleichen, während sie mit ihrem Haustürschlüssel herumfuchtelte. Es wäre so einfach, sie hineinzuschubsen und niederzuschlagen, sie zu fesseln. Es wäre so einfach, aus ihr herauszubekommen, wo Carlise war.

Das schwache Miststück würde keine zwei Minuten der Folter überstehen, bevor sie zusammenbrach.

Bevor sie nach Hause kam, hatte die alte Frau einen Einkaufswagen durch den Supermarkt geschoben, als hätte sie keine Sorgen auf der Welt. Es war nervig. Beinahe unerträglich. Denn es war unmöglich, dass sie so sorglos in der verdammten Gemüseabteilung vor sich hin summte, wenn sie *nicht* wusste, wo Carlise war. Sie hatte eindeutig Kontakt mit ihrer Tochter.

Eine Möglichkeit, Carlise zurück nach Cleveland zu bringen, bestand darin, dass ihrer Mutter etwas Schreckliches zustieß. Wenn die blöde Schlampe ihren Hintern nicht von selbst wieder hierher bewegte, obwohl sie immer wieder gewarnt worden war, dann mussten drastische Maßnahmen ergriffen werden.

Entweder würde die alte Frau ausplaudern, wo Carlise sich versteckt hielt, oder sie würde anstelle ihrer Tochter leiden.

So oder so, Carlise würde dafür bezahlen, ein absolutes Miststück zu sein.

KAPITEL DREIZEHN

»Ich hacke noch etwas Brennholz, während du mit deiner Mutter und Susie redest«, sagte Riggs, als er zur Tür ging. Er blieb stehen, um seine Stiefel und seine Jacke anzuziehen.

»Ich will dich nicht aus dem Haus werfen. Es ist in Ordnung, wenn du bleibst, während ich mit ihnen spreche«, sagte Carlise stirnrunzelnd.

»Es ist schon in Ordnung. Du sollst sagen können, was immer du musst oder willst, ohne dir Sorgen machen zu müssen, dass ich es mitbekomme.«

Sie hatte die Nachrichten ihrer Mutter gelesen, dann die E-Mails ihrer Kunden, aber sie war nicht mehr zu Susies Nachrichten gekommen, bevor Riggs das Mittagessen servierte. Danach hatte er ihr vorgeschlagen, ihre Lieben mit seinem Satellitentelefon anzurufen, um ihnen zu versichern, dass es ihr gut ging. Vielleicht um ihnen mitzuteilen, dass sie besonders vorsichtig sein sollten, bis sie nach Newton kommen und mit Polizeichef Rutkey über die Situation sprechen konnten.

»Was mitbekommen? Ich habe keine Geheimnisse vor dir, Riggs«, erwiderte sie.

Er zwinkerte ihr zu, und Carlise wäre bei dieser sexy Kleinigkeit fast in Ohnmacht gefallen.

»Oh, du weißt schon … wie süß ich bin und dass du die Finger nicht von mir lassen kannst.«

Er hatte nicht unrecht, aber Carlise verdrehte dennoch die Augen. »Ich glaube, *du* bist es, der die Finger nicht bei sich behalten kann, Mister.«

»Stimmt«, sagte er ohne jede Spur von Verlegenheit. Er pirschte sich an sie heran – das war das einzige Wort, mit dem sie die Art und Weise beschreiben konnte, wie er sich ihr näherte – und Carlise wich zurück, bis sie gegen den Tresen gepresst war.

Riggs ließ die Hände zu ihrer Taille wandern und zog sie an sich.

Sie kicherte und legte die Hände auf seine Brust, wobei sie sich ohne jede Sorge um seine Absichten an ihn lehnte. Wenn Tommy sie so aggressiv gepackt hätte, hätte sie versucht, sich aus seinem Griff zu befreien.

»Du, Frau, bist tödlich. Ich schwöre, ich muss dich nur ansehen, und schon will ich dich. Erneut. Ich kann nicht genug bekommen. Aber es geht nicht nur um Sex. Es geht darum, mit dir zu reden. Dir bei der Arbeit zuzusehen. Dich mit Baxter zu sehen und das Vertrauen, das er zu dir hat. Dein Lachen zu hören, wenn ich etwas Dummes mache. Es ist alles.«

»Du verstehst das falsch, *du* bist es, der gefährlich ist. Ich hatte keine Ahnung, dass ich so … so auf Sex fixiert sein kann.«

»Solange es nur mit mir ist, habe ich kein Problem damit«, erwiderte Riggs grinsend.

»Oh, daran gibt es keinen Zweifel. Du bist der einzige Mann, den ich will, Riggs«, sagte Carlise ernst.

»Gut. Und jetzt küss mich, bevor ich rausgehe und ganz heiß und verschwitzt werde. Und wahrscheinlich Muskelkater bekomme. Ich bin sicher, dass ich eine Massage brauche, wenn ich wieder drinnen bin.«

»Sicher. Natürlich wirst du das. Aber erst nach einer Dusche«, neckte sie ihn.

Riggs grinste, dann ließ er den Kopf sinken. Carlise stellte sich auf die Zehenspitzen, um ihm auf halbem Weg entgegenzukommen. Sie hatte ihn wieder küssen wollen, seit sie ihn das letzte Mal kurz vor dem Mittagessen geküsst hatte, als er sie herumgewirbelt und ihr einen Kuss auf die begierigen Lippen gedrückt hatte.

Der Kuss wurde sofort intensiv. Als er sich zurückzog, war ihr Hemd verrutscht, seine Jacke war geöffnet und eine ihrer Hände lag unter seinem Hemd auf seiner nackten Haut. Die andere befand sich in seinen Haaren, die von ihrem Festhalten und Ziehen in alle Richtungen abstanden.

»Tödlich«, murmelte er, bevor er sie erneut heftig küsste. Dann zog er sich zurück, rückte ihr Hemd zurecht und zog den Reißverschluss seiner Jacke zu.

»Die Kälte wird mir guttun«, sagte er. Dann wandte er sich an Baxter. »Willst du mit mir nach draußen gehen, Bax?«

Der Hund gab keinen Laut von sich, sondern trottete nur zur Tür, drehte sich dann um und sah ihn an, als wollte er sagen: »Na? Lass uns schon gehen.«

Carlise lachte zusammen mit Riggs. Dann konnte sie sich nicht verkneifen zu sagen: »Sei vorsichtig.«

Sofort zuckte sie zusammen. Sie war ein Schwarzseher. Sie

konnte nicht anders. Sie hatte das immer zu Tommy gesagt, wenn er irgendwo hinging, und er hatte es gehasst. Er hatte ihr gesagt, sie würde sich lächerlich machen, dass es nicht so war, als sei er absichtlich leichtsinnig.

Aber Riggs lächelte sie an und sagte: »Immer. Nimm dir Zeit mit den Telefonaten. Ich werde eine Weile brauchen.«

»Okay.« Er ging zur Tür und hatte sie schon geöffnet, bevor Carlise hinzufügte: »Riggs?«

»Ja?«, fragte er in der Tür.

»Ich liebe dich.«

Das Lächeln auf seinem Gesicht zu sehen war der Höhepunkt ihres Tages.

»Ich liebe dich auch. Bis später.«

Dann war er weg.

Carlise atmete tief durch, schnappte sich sein Satellitentelefon und ging zur Couch. Sie zog eine Decke über ihren Schoß und wählte die Nummer ihrer Mutter.

Nach dreimaligem Klingeln nahm sie ab.

»Hallo?«

»Hi, Mom, hier ist Carlise.«

»Leese! Wo bist du denn? Geht es dir gut? Du hast auf keine meiner Nachrichten oder SMS geantwortet. Ich habe mir solche Sorgen gemacht!«

»Mir geht's gut, Mom.«

Es gab eine kurze Pause am anderen Ende der Leitung. »Du hörst dich tatsächlich gut an. Vor allem wenn man bedenkt, dass du bei unserem letzten Gespräch ziemlich in Panik warst.«

Carlise zuckte zusammen. Sie hatte ihre Mutter angerufen, als sie auf dem Weg aus Cleveland gewesen war. Damals war sie gestresst gewesen, hatte keine Ahnung, wohin sie fuhr oder wann sie zurückkommen würde, und natürlich hatte sie keine Ahnung, wer sie stalkte.

»Wo bist du?«, fragte ihre Mutter.

»In Maine«, antwortete Carlise mit einem kleinen Lächeln.

»Was? Ernsthaft? In Maine? Warte, gab es dort nicht gerade einen riesigen Schneesturm oder so?«, fragte sie.

»In der Tat, ja. Also, um es kurz zu machen, ich habe mich verfahren und bin von der Straße abgekommen, als der Schneesturm begann, und wurde von einem Hund gefunden, der mir buchstäblich das Leben gerettet hat.«

»Carlise Renee Edwards, du solltest besser schneller sprechen! Was zum Teufel ist passiert?«, fragte ihre Mutter, die völlig verunsichert klang.

»Beruhige dich, Mom. Ich bin in Sicherheit. Und was noch besser ist ... Ich bin glücklich. Ich habe jemanden kennengelernt.«

Diesmal gab es eine viel längere Pause. Dann sagte ihre Mutter: »Oh, Schatz«, in einem Ton, der deutlich verriet, dass sie von dieser Entwicklung nicht begeistert war.

»Er ist fantastisch, Mom, ehrlich. Er ist nicht wie Tommy ... oder Dad. Er hat diese Hütte, und sie ist so süß. Der Hund, von dem ich dir erzählt habe, Baxter, hat mich direkt zu ihm geführt. Er war krank, als ich hier ankam, und ich musste mich drei Tage lang um ihn kümmern, während draußen der Sturm tobte. Als er aufwachte, war ich besorgt, dass es beängstigend werden könnte, aber er hat sich große Mühe gegeben, dass ich mich wohl und nicht bedroht fühlte. Sein Name ist Riggs. Er war beim Militär, wurde mit seinen Freunden als Kriegsgefangener festgehalten, und ich habe sie auch getroffen. Sie kamen her, um sich zu vergewissern, dass es ihm gut geht, nachdem sie erfahren hatten, dass er krank war und eine fremde Frau in seiner Hütte ist, und ich liebe ihn.«

Carlise war sich bewusst, dass ihre Worte ineinander übergingen und sie plapperte, als sei sie acht Jahre alt, aber sie wollte alles loswerden, bevor ihre Mutter ihr sagte, dass sie einen Fehler machte, dass sie die Dinge überstürzte. Dass sie es nicht guthieß.

Als am anderen Ende der Leitung nichts als Stille herrschte, fragte Carlise mit besorgter Stimme: »Mom?«

»Ich bin hier«, sagte sie, wobei sie bemerkenswert ruhig klang.

»Sag etwas«, flehte Carlise. »Du machst mir Angst.«

»Die Mutter in mir möchte dir sagen, dass du viel zu schnell vorgehst. Dass du einen Mann, den du gerade erst kennengelernt hast, auf keinen Fall lieben kannst.«

»Aber?«, drängte Carlise und hielt praktisch den Atem an, während sie darauf wartete, dass ihre Mutter ihren Teil sagte.

»Aber ... Ich höre etwas in deiner Stimme, das ich noch nie gehört habe. Schon gar nicht, als du über Tommy gesprochen hast. Behandelt dieser Mann dich gut?«

»So gut, Mom. Er ist anders als alle anderen, die ich je getroffen habe. Es war, als würde ich ihn kennen, bevor er überhaupt den Mund aufgemacht und ein Wort gesagt hat.«

Am anderen Ende der Leitung war ein Schniefen zu hören.

»Mom? Was ist los? Weinst du etwa?«

»Nichts ist los. Ich freue mich nur für dich.«

Carlise blinzelte überrascht. »Ich dachte, du würdest dich aufregen. Oder mich zumindest ermahnen, dass ich langsamer machen soll oder so.«

»Schatz, ich wusste schon bevor ich mit deinem Vater zum Traualtar schritt, dass ich es nicht tun sollte. Aber ich hatte nicht den Mumm, einen Rückzieher zu machen. Es waren zu viele Leute in der Kirche, zu viel Geld war ausgegeben worden. Und dann habe ich viel zu viele Jahre gebraucht, um mich ... und dich davon zu befreien. Ich schäme mich, dass ich so lange bei ihm geblieben bin. Du hattest einige sehr schlechte Beispiele dafür, was Liebe ist. Wie ein Partner sich verhalten sollte.

Aber das hat dich auch wachsam und dir bewusst gemacht, wie ein Mann dich behandeln *sollte*. Wenn du sagst, dass du diesen Mann liebst, und er dich gut behandelt, dann sage ich, mach es. Es gibt nichts Besseres, als tagelang miteinander zu leben, um sofort zu erkennen, was für ein Mann er ist. Es ging sehr schnell, ja ... aber wenn jemand es verdient hat, glücklich zu sein, dann du. Du hast schon zu viel in deinem Leben durchgemacht.«

Erleichterung machte sich in Carlise breit, und diesmal hatte sie Tränen in den Augen. Sie wusste bereits, dass sie Riggs liebte, aber die Unterstützung ihrer Mutter zu haben bedeutete ihr die Welt. »Du wirst ihn lieben. Er ist superbeschützend.«

»Das ist gut. Aber ist er heiß? Bitte sag mir, dass er ein Holzfäller ist!«

Carlise brach in Gelächter aus. »Tatsächlich gehört ihm und seinen drei Freunden eine Firma namens *Jack's Lumber* ... sie betreiben Baumpflege.«

Ihre Mutter lachte mit ihr. »Und wie sieht er aus?«

»Oh, Mom«, hauchte Carlise. »Er ist so gut aussehend.«

»Wann lerne ich ihn kennen?«, fragte sie. »Wann kommst du nach Hause? Wirst du ihn mitbringen?«

Das war der heikle Teil. »Nun ... Ich kann noch nicht nach Hause kommen«, wich Carlise aus.

»Tommy belästigt dich immer noch, oder?«, vermutete ihre Mutter sofort.

»Ja. Er ist nicht glücklich darüber, dass er mich nicht finden kann. Riggs hat meine Nachrichten überprüft – er musste ein Stück die Straße runterfahren, weil es in der Hütte keinen Handyempfang gibt, ich benutze sein Satellitentelefon, um mit dir zu sprechen – und es sind sogar noch mehr Nachrichten und SMS eingegangen als vor meiner Abreise. Also werde ich eine Weile hierbleiben. Und beten, dass Tommy früher oder später über seine Besessenheit hinwegkommt.«

Ihre Mutter seufzte. »Ich verstehe das, aber ich hasse das für dich.«

»Ich weiß. Und du musst vorsichtig sein. Ich schätze, er ... er hat angedeutet, dass er auf dich losgehen würde, wenn er mich nicht finden kann.«

»Ich kann auf mich selbst aufpassen. Das weißt du«, sagte ihre Mutter entschlossen. »Ich bin vielleicht viel zu lange bei deinem Vater geblieben, aber ich habe viel daraus gelernt. Ich bin jetzt ein anderer Mensch. Es tut mir nur leid, dass ich so lange gebraucht habe. Dass du wegen meiner Entscheidungen leiden musstest.«

»Ich mache dir keine Vorwürfe. Ich verstehe es. Wenn ich ein Kind mit Tommy gehabt hätte, wäre es viel schwieriger gewesen, ihn zu verlassen. Und ich weiß, dass du zäh bist, aber wenn dir meinetwegen etwas zustößt, würde ich mir das nie verzeihen.«

»Schluss damit. Ich komme schon zurecht. Du bleibst dort. Lerne deinen Mann weiter kennen. Es klingt, als wüsste er, was los ist, und hoffentlich wird er dich beschützen.«

»Das wird er«, sagte Carlise ohne jegliche Zweifel.

»Gut. Danke, dass du angerufen hast, Süße. Ich war wirklich sehr besorgt.«

»Es tut mir leid. Ich weiß nicht, wann ich wieder anrufe, aber du sollst wissen, dass ich in Sicherheit bin.«

»Okay. Irgendwann möchte ich deinen Riggs kennenlernen.«

»Das wirst du. Ich hab dich lieb, Mom.«

»Ich hab dich auch lieb, Schatz. Pass auf dich auf und sei vorsichtig. Wir sprechen uns bald wieder.«

»Das werden wir. Tschüss.«

»Tschüss.«

Carlise legte auf und fühlte sich bereits viel besser. Sie hatte sich Sorgen gemacht, was ihre Mutter davon halten würde, dass sie schon nach wenigen Tagen einen Mann liebte. Aber sie hatte recht, Carlise wusste, wie eine Beziehung sein sollte – und wie nicht –, und bisher hatte Riggs ihre Träume weit übertroffen.

Sie stand auf und ging zum Fenster hinüber. Die Sonne kam heraus, und es war der erste Tag seit ihrer Ankunft, an dem die Temperaturen über den Gefrierpunkt steigen würden. Es war zwar immer noch kühl, aber durch den Sonnenschein wirkte es fast mild.

Ein Schneeball flog am Fenster vorbei, gefolgt von Baxter, der hochsprang und ihn in der Luft auffing. Natürlich zerfiel er, sobald er auf den Schnee biss, aber das hielt den albernen Hund nicht davon ab, siegessicher herumzuspringen, als hätte er einen Bösewicht besiegt.

Carlise schaute nach rechts, woher der Schneeball gekommen war – und hätte fast ihre Zunge verschluckt. Riggs hatte sich bis auf ein T-Shirt ausgezogen und die Muskeln in seinen Armen spannten sich an, als er eine Axt schwang und ein Holzscheit in zwei Teile spaltete.

Sie beobachtete ihn ein paar Minuten lang und bemerkte den Schweiß an seinen Schläfen, während er sich abmühte, das Holz für den Kamin zu hacken. Er schwang die Axt, spaltete ein Scheit und warf dann einen Schneeball für Baxter. Seine Handlungen waren faszinierend, beruhigend, und erst als Riggs innehielt, um sich mit einem Arm über die Stirn zu fahren und sich den Schweiß abzuwischen, schaute er in ihre Richtung, und ihr wurde klar, dass sie ihn eigentlich schon eine ganze Weile anstarrte.

»Alles in Ordnung?«, formte er mit dem Mund, während er sie stirnrunzelnd ansah.

Sie lächelte und nickte. Er hob das Kinn an und machte sich wieder ans Hacken, diesmal mit einem kleinen Grinsen auf den Lippen. Carlise hätte schwören können, dass er seine Muskeln etwas mehr anspannte als zuvor, einfach weil er jetzt wusste, dass sie ihn beobachtete.

Sie kicherte. Es fiel ihr äußerst schwer, das Telefon nicht wegzulegen und zu ihm nach draußen zu gehen. Sie fühlte sich auf eine Weise zu Riggs hingezogen, die sie nicht verstehen konnte. Wenn sie in seiner Nähe war, war sie zufrieden, und heute Morgen, als er weggefahren war, um ihr Telefon zu überprüfen, hatte sie ihn sofort vermisst, als er weg war. Es war ein seltsames Gefühl, aber kein schlechtes.

Carlise fragte sich vage, ob es nur daran lag, dass sie sich einen so kleinen Raum teilten und praktisch vierundzwanzig Stunden am Tag umeinander waren. Sie wusste nur, dass sie umso mehr bei ihm sein *wollte*, je mehr Zeit sie in seiner Gegenwart verbrachte. Das war etwas ganz Neues für sie.

Ehrlich gesagt war sie erleichtert, dass das Telefonat mit

ihrer Mutter erledigt war. Sie hatte sie zuerst angerufen, weil sie es hinter sich bringen wollte und davon überzeugt gewesen war, dass ihre Mutter versuchen würde, sie zum Nachhause-kommen zu überreden. Es war so viel besser gelaufen als erwartet.

Nach einem weiteren kurzen Blick auf Riggs wandte sie sich wieder dem Zimmer zu. Als sie zur Couch zurückkehrte, wählte sie Susies Nummer, die einzige andere, die sie auswendig kannte, und freute sich auf ein Gespräch mit ihrer besten Freundin.

»Hallo?«

»Hey, Suz, hier ist Carlise«, sagte sie, als ihre Freundin abnahm.

Das ohrenbetäubende Kreischen, das durch die Telefonlei-tung drang, war so laut, dass Carlise zusammenzuckte, obwohl sie lächelte.

»Oh mein Gott! Ich versuche schon seit fast zwei Wochen, dich zu erreichen!«, rief Susie.

»Ich weiß. Es tut mir leid. Hier gab es einen riesigen Sturm, und ich habe keinen Handyempfang, wo ich bin.«

»Wo bist du denn? Ich habe mir solche Sorgen gemacht!«

»Du wirst nicht glauben, was alles passiert ist.«

»Nun, du bist erst seit eineinhalb Wochen weg«, sagte Susie. »Jetzt, da ich weiß, dass du lebst – Gott sei Dank –, was kann in so kurzer Zeit schon passiert sein?«

»Ich habe meinen Wagen zu Schrott gefahren, wäre fast erfroren, wurde von einem Hund gerettet und habe den Mann meiner Träume gefunden«, antwortete Carlise schlicht.

»*Was?*«, fragte Susie und kreischte wieder. »Fang ganz von vorn an und lass nichts aus!«

Carlise lachte und tat genau das. Sie erzählte ihrer

Freundin alles über ihr Abenteuer, was wirklich nur etwa zehn Minuten dauerte. Susie unterbrach sie nicht und ließ sie einfach reden.

Als sie fertig war, wartete Carlise einen Moment, bevor sie fragte: »Und? Warum sagst du nichts?«

Nach einem kurzen Moment seufzte Susie. »Ich weiß ehrlich gesagt nicht, *was* ich sagen soll. Jetzt mache ich mir noch mehr Sorgen um dich, Car.«

»Was? Warum?«

»Weil das nicht typisch für dich ist. Erst verlässt du die Stadt, ohne jemandem zu sagen, wohin du gehst, womit du deine Mutter und mich beunruhigst, und jetzt ziehst du mit einem Holzfäller zusammen, den du vor einer Woche kennengelernt hast, als würdet ihr bis ans Ende eurer Tage glücklich leben? So ... so funktioniert das Leben einfach nicht.«

Carlise runzelte die Stirn. Eigentlich hatte sie genau dieses Argument von ihrer Mutter erwartet, aber sie hatte gehofft, ihre Freundin würde sich für sie freuen. »Wer sagt denn, dass wir *kein* Happy End bekommen?«, fragte sie ein wenig schroff.

»Hör zu ... Ich weiß, du steckst mitten in dieser neuen Beziehung und denkst, du bist glücklich, aber du bist in *Maine*. In irgendeiner hinterwäldlerischen Hütte. Du magst keine Insekten, du bist ein Stadtmädchen und du hast gesagt, du würdest dich nie in eine Beziehung stürzen nach dem, was mit Tommy passiert ist. Für mich hört es sich so an, als hättest du genau das getan.«

»Du verstehst nicht –«, begann Carlise, aber Susie unterbrach sie.

»Dann erkläre es so, dass ich es verstehen *kann*. Denn ich weiß nur, dass meine beste Freundin auf der Flucht vor einem Mann ist und sich jetzt wahrscheinlich in einer ähnlich gestörten Beziehung mit einem anderen befindet und denselben Weg einschlägt.«

»Das ist nicht fair«, erwiderte Carlise. »Riggs ist nicht Tommy. Abgesehen von den drei Tagen, in denen er bewusstlos war, hat er alles für mein Glück und meine Sicherheit getan.«

»Schatz, du warst anfangs genauso glücklich mit Tommy«, erinnerte Susie sie sanft.

Carlise war langsam frustriert. Riggs war ganz *anders* als ihr Ex, und es ärgerte sie, dass ihre Freundin so starrköpfig war ... auch wenn sie widerwillig zugab, dass ihre Argumente stichhaltig waren. Wären ihre Rollen vertauscht, würde sie vielleicht dasselbe zu Susie sagen.

Sie atmete tief durch und tat dann, was ihre Freundin verlangte – sie erklärte es so, dass sie es verstehen konnte.

»Vor zwei Tagen arbeitete ich an einer Übersetzung und hatte wie üblich das Zeitgefühl verloren. Ehe ich michs versah, hatte Riggs einen Teller mit einem Sandwich neben mich gestellt. Dann küsste er mich auf den Kopf und ging weg. Tommy war immer genervt, wenn ich in seiner Gegenwart arbeitete. Er mochte es nicht, nicht im Mittelpunkt zu stehen – und er hat mir nie, kein einziges Mal, etwas zu essen gemacht.

Ein anderes Mal waren wir in der Küche und kochten *gemeinsam* das Abendessen, und mir fiel eine Gabel auf den Boden. Ich beugte mich vor, um sie aufzuheben, und als ich mich aufrichtete, bemerkte ich, dass er eine Hand auf die Ecke der Arbeitsplatte gelegt hatte. Ich fragte ihn, was er da mache, und er zuckte nur mit den Schultern und sagte, er wolle sichergehen, dass ich mir nicht den Kopf an der Ecke stoße, wenn ich mich aufrichte.

Ich könnte dir noch zwanzig weitere Geschichten wie diese erzählen, Susie. Situationen, in denen Riggs sich um mich

gekümmert hat, in denen er nette Dinge nur für mein Wohlbefinden getan hat, oder in denen er sich aus dem einen oder
anderen Grund hätte aufregen können, es aber nicht tat. Und
das alles in nur einer Woche, seit sein Fieber nachgelassen hat.
Ich habe noch nie einen Mann wie Riggs getroffen. Je mehr
ich in seiner Nähe bin, desto mehr *möchte* ich in seiner Nähe
sein.«

»Ich finde es toll, dass er dich so gut behandelt, aber
machen das nicht *alle* Männer am Anfang der Beziehung? Es
gefällt mir nicht, dass deine Mutter und ich den Kerl weder
kennen noch wissen, wo er dich festhält«, sagte Susie. »Sag mir,
wo seine Hütte ist. Welche Städte in der Nähe sind. Gib uns
wenigstens eine *Chance*, dich zu finden, wenn du plötzlich
wieder von der Bildfläche verschwindest. Er könnte dich heute
Nacht ermorden und in der Wildnis verscharren, und niemand
würde je deine Leiche finden!«

Mit einem tiefen Seufzer fügte sie hinzu: »Ich bin deine
beste Freundin, Car. Ich wäre keine sehr gute, wenn ich nicht
versuchen würde, hier die Stimme der Vernunft zu sein.«

Ohne zu zögern, sagte Carlise: »Die nächstgelegene Stadt
ist Newton. Mir wurde gesagt, sie sei ziemlich klein. Ich war auf
der Landstraße in Richtung Bangor unterwegs und bin wohl an
der falschen Ausfahrt abgebogen und auf einer kleineren
Straße nach Norden gefahren. Als Nächstes sah ich Schilder
zum Baldpate Mountain und nahm eine andere Straße. Es
stürmte sehr stark, und ich wusste, dass ich umkehren musste,
aber es gab keinen guten Platz. Und dann bin ich von der
Straße abgekommen und Baxter hat mich gefunden ... und zu
Riggs geführt.«

Einen unangenehm langen Moment herrschte Schweigen.

»Gott, das gefällt mir nicht«, sagte Susie.

Carlise seufzte frustriert. »Ich möchte, dass du dich für mich freust. Ist das so schwer?«

»Ehrlich gesagt? Ja. Vergiss nicht, ich war bei dir, als du Tommy kennengelernt hast, und du hast ähnliche Dinge gesagt wie jetzt. Du hast davon geschwärmt, wie toll er sei und was er alles für dich getan hat. Dann wurden die Dinge schlecht, und jetzt hast du einen Stalker. Warte – hast du irgendwelche Nachrichten von ihm bekommen, seit du dort bist?«

»Hier gibt es keinen Handyempfang und das WLAN ist schlecht, aber Riggs hat mein Telefon überprüft und gesagt, dass er mir immer noch schreckliche Nachrichten hinterlässt.«

»Warte, warte, warte! Du hast sie nicht selbst gesehen? *Ernsthaft?* Car, du verhältst dich gerade extrem dumm!«

Susie klang sauer, und Carlise war sich nicht sicher warum. »Ich vertraue ihm, Susie.«

»Es sind eineinhalb Wochen! Du kennst ihn doch gar nicht!«, schrie sie.

»Tue ich doch!«, erwiderte Carlise, die selbst die Stimme hob.

»Du hast ihn gevögelt, nicht wahr?«, fragte sie abrupt, als sei ihr gerade erst die Möglichkeit bewusst geworden. »Deshalb benimmst du dich so. Er hat dich mit seinem magischen Schwanz hypnotisiert, und du bist in einem Sexrausch.«

Jetzt war *Carlise* stinksauer. »Das habe ich. Und es war *fantastisch.* Der beste Fick, den ich je hatte. Ihm geht es tatsächlich um mein Vergnügen – im Gegensatz zu Tommy, der nur seinen Schwanz in mich stecken wollte, um zu kommen und dann einzuschlafen. Ich war noch nie mit einem Mann zusammen, der mich so sehr will wie Riggs.«

»*Natürlich* tut er das. Er lebt mitten im Nirgendwo. Wie viele Frauen tauchen bei einem Sturm einfach vor seiner Tür auf? Es scheint sehr praktisch zu sein, dass du dort festsitzt, wenn du mich fragst. Gott, er könnte eine Geschlechtskrankheit oder so etwas haben.«

»Jetzt bist du einfach nur ein Miststück«, zischte Carlise.

»Und *du* bist rücksichtslos und lächerlich. Du musst nach Hause kommen. *Sofort.* Bevor er es schafft, dein Bankkonto zu leeren oder dich davon zu überzeugen, dass er heiraten und vierzehn Kinder haben will.«

Carlises Magen zog sich zusammen und sie legte eine Hand auf ihren Bauch. Babys mit Riggs. Das klang himmlisch.

Sie wusste, dass Susie versuchte, sie zu schockieren, damit sie die Situation von außen betrachtete, aber sie hatte genau das Gegenteil erreicht. Carlise *sehnte* sich danach, Riggs Kinder zu schenken. Sie könnten im Sommer in die Hütte kommen und ihre Kinder könnten nach Herzenslust herumtollen. Abends würden sie am Feuer sitzen, Bücher lesen und einfach die Zeit als Familie genießen.

»Carlise? Hörst du mir zu?«

»Nein«, sagte sie ruhig zu ihrer besten Freundin. »Wenn du Riggs kennenlernst, wirst du sehen, wie falsch du liegst. Er ist einer von den Guten, Suz, ehrlich.«

Sie seufzte schwer. »Was machst du dann mit deinem Stalker? Hast du meine E-Mails überhaupt gelesen? Du weißt, dass ich seltsame Geschenke bekommen habe, oder? Da er dich nicht finden kann, versucht er offenbar, über *mich* an dich heranzukommen.«

»Oh nein«, hauchte Carlise, deren Magen sich nun aus einem anderen Grund zusammenzog. Tränen brannten ihr in den Augen. »Suz, du musst vorsichtig sein.«

»Was du nicht sagst«, erwiderte sie. »Du *musst* zurückkommen und dem Ganzen ein Ende setzen.«

»Und wie soll ich das anstellen?«, fragte Carlise ernst.

»Ich weiß es nicht! Aber dich in Maine zu verstecken und so zu tun, als seist du in diesen Riggs verliebt, ist nicht gerade hilfreich.«

»Ich weiß, dass wegzulaufen nichts gebracht hat«, sagte Carlise seufzend, »aber ich tue nicht nur so. Ich liebe ihn wirklich.«

»Du bringst mich um«, sagte Susie traurig. »Ich vermisse dich, Car. Ich vermisse es, mit dir zu reden, zu lachen, meine beste Freundin um mich zu haben, der ich all meine guten Neuigkeiten erzählen kann.«

»Ich vermisse dich auch«, versicherte Carlise ihr. »Und gute Neuigkeiten?«, hakte sie nach, um die Stimmung des Telefonats aufzulockern.

»Ja. Ich habe einen neuen Freund.«

»Wirklich? Das ist ja großartig! Und wer ist es? Jemand, den ich kenne? Wo hast du ihn kennengelernt?«

»Ja«, sagte sie, wobei sie fast schüchtern klang. »Er ist großartig. Er liebt mich so sehr, dass er es hasst, wenn jemand mich falsch ansieht. Er ist besitzergreifend, aber auf eine gute Art.«

Carlise war sich nicht sicher, ob ihr das gefiel. Tommy war auch besitzergreifend gewesen, und anfangs hatte sie es als schmeichelhaft empfunden. Bald wurde es erdrückend, und er war beängstigend, wenn er Leute konfrontierte, die sie nur gegrüßt hatten.

Aber nachdem sie ihre Freundin endlich beruhigt hatte, wollte sie sie nicht wieder verärgern oder ihr in die Parade fahren.

»Ich freue mich für dich«, sagte Carlise. Und das tat sie wirklich.

»Danke. Ich freue mich auch ... außer, dass meine beste

Freundin mir nicht gesagt hat, wo sie hingeht, und dass ich sie in den letzten eineinhalb Wochen nicht erreichen konnte.«

»Es tut mir leid. Ich werde mich von nun an mehr bemühen, in Kontakt zu bleiben.«

»Gut. Ich weiß deinen Anruf wirklich zu schätzen, Car. Und es tut mir leid, dass ich ausgeflippt bin. Werden wir uns bald wieder sprechen?«

»Ja, das werden wir«, versicherte Carlise ihr. »Und sei mir bitte nicht böse«, bat sie. Vieles in ihrem Gespräch war ihr unangenehm, aber Susie war immer noch ihre beste Freundin. Die Dinge würden sich beruhigen, und wenn sie Riggs kennenlernte, würde sie merken, dass sie sich keine Sorgen machen musste.

»Bin ich nicht«, sagte Susie seufzend. »Ich mache mir nur Sorgen um dich.«

»Mir geht es gut, ehrlich«, sagte Carlise.

»Was hältst du davon, wenn ich zu dir komme und mich selbst davon überzeuge?«, fragte Susie.

»Ernsthaft? Ja!«, rief Carlise aus.

»Ich möchte diesen Riggs kennenlernen und mich vergewissern, dass er gut genug für meine beste Freundin ist.«

»Das würde mir gefallen. Ich verspreche, besser in Kontakt zu bleiben, als ich es bisher getan habe, und wir werden einen guten Zeitpunkt finden, an dem du herkommen kannst. Ich meine, Newton ist nicht gerade das Zentrum der Welt, also werde ich dir eine genaue Wegbeschreibung geben müssen«, scherzte sie lachend.

»Okay. Pass auf dich auf«, sagte Susie leise.

»Du auch. Wenn du Tommy irgendwo siehst, geh einfach in die andere Richtung. Riggs sagte, er würde mir helfen, diese

Stalkersache zu beenden. Er wird seine Freunde einschalten und die örtliche Polizei von Newton.«

»Das ist zumindest eine Erleichterung«, sagte Susie.

»Ja.«

»Okay, bis dann.«

»Ich hab dich lieb, Suz.«

»Ich dich auch. Tschüss.«

Carlise legte auf, unsicher, was sie von dem Gespräch mit ihrer besten Freundin halten sollte. Sie und Susie waren immer brutal ehrlich zueinander gewesen, aber trotz all ihrer Sorgen schien sie heute ... seltsam zu sein. Sie konnte nicht genau sagen warum, aber das Gefühl hielt an. Vielleicht lag es daran, dass Susie eher wütend als besorgt wirkte.

Sie hasste es, dass ihre Freundin ihre Beziehung zu Riggs nicht unterstützen konnte, aber sie wusste, dass Susie in Anbetracht von Carlises letzter Beziehung guten Grund hatte, misstrauisch zu sein. Und sie hatte wahrscheinlich keine unerwartete Nachricht überbracht. Aber sie kannte Riggs auch nicht. Wenn sie ihn kennenlernte, würde sie sehen, dass er nicht wie Tommy war. Dass seine Gefühle für Carlise echt waren.

Erst als sie aufstand und das Telefon zurück auf den Küchentisch legte, fiel ihr auf, dass Susie ihr nichts über ihren neuen Freund erzählt hatte. Sie hatte geschickt das Thema gewechselt.

Mit einem Achselzucken beschloss Carlise, dass dies das Erste sein würde, was sie Susie beim nächsten Gespräch fragte. Sie wollte alles über den neuen Mann in ihrem Leben wissen.

Im Moment musste sie jedoch Riggs sehen. Mit ihm reden. Sich vergewissern, dass er der Mann war, für den sie ihn hielt, und nicht das Monster, von dem Susie annahm, dass er es sein könnte.

Sie zog ihre Stiefel und ihre Jacke an und trat nach draußen. Baxter sah sie und rannte sofort in ihre Richtung. Er kam nahe genug heran, dass sie ihm gerade noch mit den Fingern über den Kopf streichen konnte, bevor er davonstürmte, sich ein Maul voll Schnee schnappte und ihn in die Luft warf.

Lachend drehte Carlise sich zu Riggs um ... und erstarrte. Er kam in ihre Richtung, mit einem Gesichtsausdruck, den sie nicht deuten konnte. Wenn sie hätte raten müssen, hätte sie gesagt, dass er aufgebracht aussah.

»Was ist los?«, fragte sie stirnrunzelnd, als sie von der Veranda trat.

»Das wollte ich *dich* gerade fragen. Konntest du deine Mutter oder Susie nicht erreichen? Sind sie krank? Müssen wir dich in die Stadt oder zurück nach Ohio bringen? Wir können wahrscheinlich innerhalb eines Tages dort sein, wenn wir fahren, oder wir könnten nach Bangor fahren und einen Flug nach Cleveland nehmen.«

Carlise starrte ihn erstaunt an. »Bist du überhaupt real?«, platzte sie heraus.

»Was?«, fragte er völlig verwirrt.

»Ich wusste nicht, dass es Männer wie dich gibt. Du weißt nicht einmal, ob etwas nicht stimmt, und doch willst du mich nach Ohio bringen, weil du denkst, dass ich meine Lieben sehen muss.«

»Es geht ihnen also gut? Was ist dann los?«

Carlise schüttelte den Kopf. Dieser Mann. Susie hatte sich so sehr in ihm getäuscht. Und das hier war Grund Nummer fünfhundertsechzehn, der es bewies.

Sie trat näher heran und legte die Arme um seinen Hals.

Riggs zog sie sofort dicht an sich heran. Dann legte er einen Finger unter ihr Kinn und hob ihren Kopf an, damit er ihre Augen sehen konnte.

»Geht es dir gut?«

»Ja.«

»Geht es deiner Mutter gut?«

»Ja.«

»Susie?«

Carlise nickte.

Jeder Muskel in Riggs' Körper entspannte sich. »Sprich mit mir, Süße. Deinem Gesichtsausdruck nach zu urteilen, als du rauskamst, stelle ich mir das Schlimmste vor.«

»Meine Mutter hat sich für mich gefreut. Sie sagte, sie kann es kaum erwarten, dich kennenzulernen.«

»Ich will sie auch kennenlernen«, sagte Riggs mit einem leichten Nicken.

»Susie ... Sie ist sich da nicht so sicher. Sie hält mich praktisch für verrückt. Dass ich dich auf keinen Fall lieben kann. Im Grunde ist sie besorgt. Sie will, dass ich nach Hause komme, bevor du mein ganzes Geld stiehlst und mich mit einem der vierzehn Babys schwängerst, von denen sie sicher ist, dass du sie haben willst.«

»Vier«, sagte Riggs sofort.

»Was?«

»Ich hätte gern vier Kinder. Ich wollte schon immer eine große Familie haben, und vier Kinder scheinen mir perfekt zu sein. Sie hätten immer einen Freund und jemanden zum Spielen, jemanden, der ihnen in der Schule den Rücken freihält, und jemanden, an den sie sich für den Rest ihres Lebens anlehnen können. Es ist mir egal, ob es Jungen oder Mädchen sind, Hauptsache, sie sind gesund.«

Carlise schluckte schwer.

»Was ist mit dir? Willst du Kinder?«

Sie nickte.

»Mache ich dir Angst mit der Sache mit den vier Kindern?«

Carlise schüttelte langsam den Kopf. »Als ich klein war, habe ich meiner Mutter immer gesagt, dass ich mir Brüder oder Schwestern wünsche. Ich dachte, wenn es mehr von uns gäbe, könnten wir Mom vielleicht besser beschützen. Oder Dad wäre nicht so böse gewesen. Ich weiß nicht. Aber eigentlich ... dachte ich immer, vier wären perfekt.« Den letzten Teil flüsterte sie förmlich.

»Wirklich?«

Sie nickte.

Riggs grinste. Breit. »Wir sind füreinander bestimmt, Schätzchen. Das ist nur ein weiteres Zeichen.«

Carlise musste zustimmen. »Bist du hier draußen fertig?«

»Noch nicht.«

»Oh«, sagte sie mit einem übertriebenen Schmollmund. »Ich dachte, dir ist vielleicht zu kalt. Oder heiß. Oder du bist verschwitzt. Dass dir jetzt vielleicht eine Dusche guttun würde.«

»Ich habe noch etwa zwanzig Minuten bis – oh. Ach so. Ja, jetzt, da du es sagst, eine Pause wäre toll. Ich möchte mich nicht überhitzen.«

Carlise grinste, froh, dass er verstanden hatte, was sie meinte. »Ganz genau. Und es ist noch gar nicht so lange her, dass du krank warst. Vielleicht sollte ich dir beim Duschen helfen. Du weißt schon, damit du nicht fällst und dir den Kopf stößt oder so.«

»Du willst mich?«, knurrte Riggs.

Carlises Wangen fühlten sich heiß an, aber sie lächelte und nickte trotzdem.

»Wenn du mich willst, musst du es nur sagen. Denn ich werde *niemals* die Gelegenheit auslassen, in dich einzudringen.«

Seine Worte waren unverblümt, aber irgendwie klangen sie gleichzeitig auch romantisch.

»Ich will dich«, sagte sie.

Ohne ein weiteres Wort drehte Riggs sich um, ergriff ihre Hand und ging auf die Hütte zu.

Baxter bellte, als wollte er fragen, wohin sie gingen.

»Wir kommen wieder, Junge. Geh auf Erkundungstour. Sorge dafür, dass die Dinge hier sicher sind. Ich komme gleich wieder raus, um weiter zu hacken und Schneebälle zu werfen.«

»Glaubst du, dass er hier draußen allein zurechtkommt?«, fragte Carlise besorgt und schaute zu dem Hund, der sich bereits wieder im Schnee wälzte.

»Er kommt schon klar«, sagte Riggs, während er sie die Verandastufen hinaufzog.

Kaum waren sie drinnen und hatten die Tür geschlossen, beschäftigte Riggs seine Hände damit, ihr den Mantel auszuziehen, und Carlise dachte nicht mehr an Baxter, ihre Mutter oder Susie.

Riggs hob sie hoch und trug sie zum Bett. Er ließ sie auf die Matratze fallen und sie kicherte, als sie hüpfte.

»Du hast zehn Sekunden, um dich auszuziehen«, teilte Riggs ihr mit.

»Oder was?«

»Oder ich tue es für dich.«

Carlise grinste, warf die Arme über den Kopf und grinste zu

Riggs hoch. »Wenn du glaubst, dass das eine Drohung ist, liegst du falsch.«

Er zerrte sich sein T-Shirt über den Kopf und Carlise sabberte fast. Der Mann war umwerfend, und er gehörte ganz ihr.

Er beugte sich vor, löste die Schnürsenkel seiner Stiefel, zog sie mitsamt der Socken aus, schob sich Hose und Unterwäsche über die muskulösen Beine und kroch aufs Bett.

Sie und Riggs kamen erst nach eineinhalb Stunden wieder nach draußen, um mit Baxter zu spielen. Auch die Dusche, die sie vorgeschlagen hatte, bekamen sie nicht. Aber sie beschwerte sich nicht.

Nein, sie hatte keine einzige Beschwerde darüber, dass Riggs ihr das Gefühl gab, die schönste und begehrenswerteste Frau des ganzen Universums zu sein.

KAPITEL VIERZEHN

»Bist du sicher, dass du nicht mit mir kommen willst?«, fragte Chappy zum hundertsten Mal.

»Ganz sicher«, sagte Carlise lächelnd. »Ich bin mit der Übersetzung im Verzug, weil *jemand* mich ständig ablenkt, indem er sich auszieht und verdammt sexy ist.«

Chappy lachte und zog sie an sich. Sie waren in der Küche, nachdem sie einen Morgen im Bett verbracht hatten. Er war mit ihrem Mund an seinem Schwanz aufgewacht und er hatte wirklich gedacht, er würde vor Lust sterben. Am Ende hatte sie ihn auf diese Weise zum Höhepunkt gebracht, was eigentlich ein Segen war, denn so hatte er genügend Kontrolle, um sie gründlich zu verwöhnen, bevor er wieder in ihr sein musste. Sie war zweimal gekommen – einmal an seinem Gesicht und ein zweites Mal an seinen Fingern –, bevor er in sie eindrang und ein zweites Mal zum Orgasmus kam.

Chappy konnte nicht aufhören, darüber nachzudenken, ein Kind mit Carlise zu haben. Sie war jetzt bereits schön, aber mit ihrem Baby würde sie noch schöner sein. Er hatte das Gefühl, dass er sie schwängern würde, wenn er das erste Mal ohne Kondom in ihr kam. Natürlich funktionierte das Leben nicht immer auf diese Weise, aber bei dem Glück, das sie bisher gehabt hatten, war er sich ziemlich sicher, dass sie keine Probleme haben würden, schwanger zu werden.

Es war unheimlich, wie gut sie zusammenpassten. Angefangen bei ihrem Wunsch, vier Kinder zu haben, über ihre Vorliebe für dieselben Bücher, die er mochte, bis hin zu der Art und Weise, wie glücklich sie beide damit waren, ohne Telefon, Internet oder Fernseher in der Hütte zu sein. Sie war wie geschaffen für ihn, und er würde alles in seiner Macht Stehende tun, um sie so gut zu behandeln, dass sie ihn nie verlassen wollte.

Vier Tage waren vergangen, seit sie sich bei ihrer Mutter und ihrer besten Freundin gemeldet hatte, und so sehr er sich auch weiterhin vor der Welt verstecken wollte, die Nachrichten auf ihrem Telefon gingen ihm nicht aus dem Kopf. Er musste herausfinden, wer sie stalkte, und dafür sorgen, dass es aufhörte. Er musste dafür sorgen, dass sowohl Carlise als auch ihre Lieben in Sicherheit waren.

»Riggs?«, fragte sie. »Ist alles in Ordnung?«

Er zwang sich, sich auf das Hier und Jetzt zu konzentrieren. »Es ist alles in Ordnung. Ich werde wahrscheinlich für mindestens fünf Stunden weg sein. Ist das in Ordnung?«

»Ich komme schon klar. Und ich will nicht, dass du einen Haufen Geld für meinen Wagen ausgibst. Ich kann alles bezahlen, was gemacht werden muss.«

Chappy nickte, aber in seinem Kopf schmiedete er bereits Pläne. Sie würde die Reparaturen an ihrem Wagen nicht bezahlen. Er wollte oder brauchte ihr Geld nicht. Wenn sie es für

Baxter, ihre Kinder oder ihre Freunde ausgeben wollte, hatte er kein Problem damit, aber der Neandertaler in ihm wollte für sie sorgen. Wollte ihr alles geben, was sie wollte oder brauchte.

»Du ignorierst mich völlig, nicht wahr?«, fragte sie mit einem Augenrollen.

»Ich höre dich«, sagte Chappy.

»Du hörst mich, aber du wirst mich nicht für meinen Wagen bezahlen lassen, oder?«

»Nein«, antwortete er fröhlich.

»Du bist unmöglich«, sagte sie kopfschüttelnd.

»Nein, ich bin wahnsinnig in dich verliebt, und ich möchte dich so behandeln, wie du in all deinen anderen Beziehungen hättest behandelt werden sollen. Es macht mich glücklich, wenn *du* glücklich bist, und ich will dafür sorgen, dass dein Wagen sicher ist, damit du in Maine herumfahren kannst.«

Er liebte den zärtlichen Ausdruck in ihrem Gesicht. Es war offensichtlich, dass sie es nicht gewohnt war, dass man sich um sie kümmerte, und er wollte, dass sie diesen Ausdruck für den Rest ihres Lebens trug.

»Sei vorsichtig da draußen. Ich habe gehört, wie du gestern mit JJ über die erhöhte Lawinengefahr wegen des wärmeren Wetters geredet hast, das wir hatten. Außerdem ist der Schnee auf der Straße noch nicht ganz geschmolzen. Wenn du von der Straße abkommst, wird Baxter nicht da sein, um dich nach Hause zu führen«, neckte sie.

»Ich werde vorsichtig sein, denn zum ersten Mal in meinem Leben habe ich jemanden, zu dem ich nach Hause kommen kann.«

»Ich liebe dich«, flüsterte sie, während sie sich auf die Zehenspitzen stellte, um seinen Mund zu erreichen.

Er senkte den Kopf und küsste sie mit all der Liebe, die er

in seinem Herzen hatte. Er zog sich zurück, lange bevor er bereit war. »Wenn ich mich jetzt nicht auf den Weg mache, werde ich nie gehen«, sagte er und fuhr mit dem Daumen über ihre geschwollene Unterlippe. Er konnte nicht umhin, sich daran zu erinnern, wie ihre Lippen um seinen Schwanz herum ausgesehen hatten. Sein Schwanz zuckte in der Hose.

»Du zeigst die Nachrichten und das Zeug dem Polizeichef, richtig?«, fragte sie und biss sich auf die Lippe, die er gerade noch bewundert hatte.

»Ja. Es wird alles funktionieren, versprochen. Wir werden herausfinden, wer dich belästigt hat.«

»Das hoffe ich.«

»Das werden wir«, schwor Chappy. Denn die Alternative war nicht einmal eine Option.

»Ich hoffe, dass er vielleicht bald aufgibt«, gab sie zu bedenken.

Chappy antwortete nicht. Sie wussten es beide besser, und er würde sie nicht anlügen, indem er etwas anderes behauptete.

Sie seufzte. »Richtig. Also, ärgere dich nicht so sehr über die Nachrichten, die auf meinem Handy aufploppen, sobald du Empfang hast, dass du einen Unfall baust, okay?«

»Werde ich nicht. Und jetzt werde ich mich wirklich auf den Weg machen. Ich lasse dir das Satellitentelefon da für den Fall, dass du etwas brauchst. Du kannst mich auf meinem Handy anrufen oder auch auf deinem, und ich drehe sofort um. Und die Nummern von Bob, Cal und JJ sind auch alle einprogrammiert. Die von April ebenfalls.«

»Baxter und ich kommen schon klar. Ich werde nur hier sein und arbeiten. Soll ich Abendessen für dich machen, wenn du zurückkommst? Irgendetwas, worauf du Lust hast?«

»Dich.« Das Wort kam automatisch heraus.

Sie grinste. »Ich glaube, das kann ich schaffen.«

»Ich liebe dich, Carlise. So sehr, das kannst du dir gar nicht vorstellen.«

»Das tue ich«, sagte sie und ihr Lächeln verblasste, als sie ernst wurde. »Ich hätte nie gedacht, dass ich das haben würde. Einen Mann, der mich respektiert, der mich *mag* und der mich wirklich glücklich machen will.«

»Ich fühle all diese Dinge und noch mehr«, sagte Chappy. Er küsste sie erneut, heftig und schnell, bevor er sich zwang, sich von ihr zu lösen. Er war zwei Sekunden davon entfernt, »Scheiß drauf« zu sagen und sie zurück in ihr Bett zu zerren. Aber er musste sich um ihren Wagen kümmern. Ihn den Berg hinunter abschleppen und mit Polizeichef Rutkey sprechen. Je eher er aufbrach, desto eher konnte er zurück sein, und desto eher konnte er sie wieder haben.

»Bist du sicher, dass du nichts aus der Stadt willst?«, fragte er.

»Ja. Nur dass du sicher zurückkommst.«

Gott, er liebte diese Frau. Er hatte bereits vor, ihr alle möglichen Dinge aus dem Supermarkt zu besorgen. Schokolade, den aromatisierten Tee, von dem sie sagte, dass sie ihn mochte, Erdbeeren, Knoblauchchips. Er hatte bei ihren zahlreichen langen Gesprächen viel über ihre Vorlieben und Abneigungen erfahren. Und ihm gefiel der Gedanke, sie zu verwöhnen.

»Geh«, sagte sie mit einem Lächeln.

»Ich gehe ja schon.«

»Pass auf dich auf.«

»Immer.« Dann ging er zur Tür und machte einen Abstecher zur Couch, wo Baxter sich niedergelassen hatte. Er fuhr mit einer Hand über das Fell des Pitbulls und nickte zufrieden, als er spürte, wie sehr der Hund zugenommen hatte. »Pass auf sie auf, Junge«, sagte er.

Baxter stieß einen Atemzug aus, als hätte er verstanden, was von ihm verlangt wurde. Dann ging Chappy weiter zur Tür. »Schließ hinter mir ab«, befahl er.

Carlise rollte mit den Augen, nickte aber. »Mach ich.«

Er verließ die Hütte, und jeder Schritt von ihr weg fühlte sich ... *falsch* an.

Er fragte sich, ob es sich immer so anfühlen würde. Er hatte dieses Gefühl nicht gehabt, als er sie verlassen hatte, um die Nachrichten auf ihrem Telefon zu überprüfen. Warum also jetzt? Vielleicht weil er vorher nur die Straße hinuntergefahren war, und auch nur für kurze Zeit. Heute würde er Stunden brauchen, um alles zu erledigen, was er zu erledigen hatte.

Er hatte vorhin den Anhänger für ihren Wagen hinten an seinen Jeep gehängt, also musste er nur noch den Motor starten und losfahren. Aber Chappy nahm sich Zeit, um die Lage des Geländes zu betrachten. Die Sonne kam wieder heraus und er konnte sehen, wie das Wasser von der Dachrinne der Hütte und von den Bäumen tropfte.

Der Schnee schmolz und er lebte schon lange genug in Maine, um zu wissen, dass JJs Warnung genau richtig war. Die Regenfälle, die den Boden vor dem Schneefall aufgeweicht hatten, die extremen Schneemengen, die während des Sturms auf sie niedergegangen waren, und jetzt das wärmere Wetter ... all das schuf die richtigen Bedingungen für Lawinenabgänge.

Er war zuversichtlich, dass seine Hütte nicht in Gefahr war. Sie befand sich zwar in der Nähe der üblichen Lawinenstellen am Baldpate Mountain, aber sozusagen nicht in der direkten Schusslinie.

Und Carlise würde nirgendwo hingehen. Sie war kein

großer Fan der Kälte – was er irgendwie amüsant fand, da sie in Cleveland lebte – und hatte ihm versichert, dass sie und Baxter sich bis zu seiner Rückkehr drinnen einkuscheln würden.

Nachdem er sich ein letztes Mal umgesehen und nichts Ungewöhnliches gesehen hatte, setzte Chappy sich hinter das Steuer seines Jeeps. Das ungute Gefühl blieb, als er die Einfahrt hinunter und auf die Straße fuhr. Je schneller er seine Besorgungen erledigte, desto schneller konnte er nach Hause kommen und sich vergewissern, dass alles in Ordnung war.

Stunden später war Carlise froh darüber, wie viel Arbeit sie erledigt hatte. Dank der Ruhe in der Hütte und der Abwesenheit von Ablenkungen ging ihre Übersetzungsarbeit viel schneller voran, als wenn sie zu Hause war. Sie hatte aufgeholt und war wieder auf dem besten Weg, das Buch innerhalb der vom Autor gesetzten Frist fertigzustellen.

Sie machte gerade eine Pause und kuschelte mit Baxter – der sich als ziemlicher Schmusebär entpuppt hatte, nachdem er seine Angst vor ihr und Riggs überwunden hatte –, als ein Geräusch draußen ihre Aufmerksamkeit erregte.

Als sie das Geräusch eines Fahrzeugmotors erkannte, runzelte sie leicht die Stirn. Vielleicht war es Riggs, der ein wenig früher nach Hause kam. Er war erst seit etwa vier Stunden weg, aber vielleicht hatte er schon alle seine Besorgungen erledigt.

Carlise stand auf und ging zum Fenster an der Vorderseite der Hütte. Zu ihrer Überraschung folgte Baxter ihr. Normalerweise begnügte er sich damit, auf der Couch zu bleiben, auf dem Rücken liegend und alle vier Pfoten in die Luft gestreckt, wenn sie aufstand, um auf die Toilette zu gehen oder einen Snack zu holen. Aber dieses Mal war er direkt an ihrer Seite und sie bemerkte, dass das Fell in seinem Nacken aufgerichtet war.

»Es ist okay, Bax. Ich bin sicher, es ist nichts.«

Als sie nach draußen schaute, sah Carlise zu ihrer Überraschung einen Toyota RAV4 die Einfahrt zur Hütte entlangfahren.

»Wer in aller Welt ist das?«, fragte sie laut, obwohl sie wusste, dass sie keine Antwort bekommen würde.

Baxter scharrte mit den Pfoten an der Eingangstür und knurrte leise.

Die Haare auf Carlises Armen stellten sich auf. Sie erstarrte und wagte kaum zu atmen.

Hatte ihr Stalker sie gefunden? Wie? Und wann? Hatte er sie beobachtet? Hatte er darauf gewartet, dass Riggs irgendwo hinfuhr und sie allein ließ?

Sie steigerte sich in eine Panikattacke und wollte gerade in die Küche laufen, um Riggs' Satellitentelefon zu holen, als der Geländewagen anhielt und jemand ausstieg.

Carlise starrte einen Moment lang völlig schockiert, bevor sich ein breites Lächeln auf ihrem Gesicht bildete. Sie ging zur Tür und drängte Baxter sanft zur Seite. »Es ist okay, Bax. Es ist sicher. Das ist meine Freundin. Sei nett! Nein – bleib!«, befahl sie, während sie zur Tür hinausschlüpfte und versuchte, den Hund davon abzuhalten, sich an ihren Beinen vorbei nach draußen zu drängen.

Sie hatte die Tür geschlossen und sich umgedreht, als Susie die Stufen der Veranda erreichte.

»Susie! Was in aller Welt tust du hier?«

»Ich hoffe, das ist eine fröhliche Begrüßung und keine verärgerte«, entgegnete ihre Freundin mit einem Lächeln.

»Ja! Natürlich ist es das!« Carlise öffnete die Arme und umarmte ihre Freundin. Susie war zierlich, nur etwa eins sechzig groß und spindeldürr, aber sie hatte eine Persönlichkeit, die sie viel größer erscheinen ließ. Ihr langes schwarzes Haar war dicht und wunderschön, und ihre braunen Augen funkelten, wenn sie glücklich war. Sie schien das Haus nie ohne Make-up und die modischsten Kleider zu verlassen, und ein Autoausflug war offenbar keine Ausnahme.

Sie war fünf Jahre jünger, und manchmal kam Carlise sich im Vergleich zu ihrer gepflegten und gelegentlich naiven Freundin uralt vor, aber sie hätte sie gegen nichts eintauschen wollen.

»Ich kann nicht glauben, dass du freiwillig hierbleiben willst«, sagte Susie lachend, während sie sich umsah. »Du hast nicht gescherzt, als du sagtest, es sei mitten im Nirgendwo!«

»Nicht wahr? Wie um alles in der Welt hast du mich gefunden?«

»Ich habe viel nachgedacht, nachdem wir aufgelegt hatten, Car. Ich hatte ein wirklich schlechtes Gewissen, wie ich mich verhalten habe ... aber ich habe mir trotzdem große Sorgen um dich gemacht. Du hast am Telefon so untypisch geklungen, und bei den Nachrichten, die du bekommen hast, wusste ich einfach, dass ich nicht mit mir selbst leben könnte, wenn ich nicht sichergehe, dass es dir wirklich gut geht. Und ich wollte diesen Riggs kennenlernen. Also habe ich alles zusammengesetzt, was du mir über deinen Aufenthaltsort, die Straßen und die Stadt erzählt hast, und mich auf den Weg hierher gemacht. Ich bin nach Bangor geflogen und habe diesen Geländewagen gemietet und ... hier bin ich!«

»Ich bin so froh, dich zu sehen«, sagte Carlise. »Ich kann immer noch nicht glauben, dass du die Hütte gefunden hast.«

»Ich habe in der kleinen Stadt herumgefragt. Anscheinend gibt es hier niemanden sonst namens Riggs, der mit Bäumen arbeitet und eine Hütte hat. Es war nicht allzu schwer, eine Wegbeschreibung zu bekommen.«

»Nun, ich finde es großartig. Aber Riggs ist im Moment nicht hier.«

»Er hat dich allein hier draußen gelassen?«, fragte Susie, die Augenbrauen überrascht hochgezogen.

»Es ist ja nicht so, dass hier draußen jemand ist, der mir etwas antun will«, antwortete Carlise.

»Er hat also nicht einmal Nachbarn?«, fragte Susie.

»Nein. Und ich glaube, die Tiere hier zählen auch nicht. Warte hier einen Moment, während ich Baxter hole.« Carlise war tatsächlich ein wenig besorgt, denn sie hörte den Hund ununterbrochen an der Tür kratzen. Er bellte zwar nicht, aber er war bestimmt nicht begeistert, dass sie draußen war, während er in der Hütte festsaß.

»Ist er nett? Er scheint nicht glücklich zu sein.«

»Er ist nett«, beruhigte Carlise ihre Freundin, »aber er ist nicht an Menschen gewöhnt. Er war am Verhungern, als wir ihn gefunden haben, und ich glaube, er wurde geschlagen. Also ist er einfach misstrauisch.«

Sie öffnete die Tür und Baxter rannte fast an ihr vorbei. Carlise packte ihn an dem Halsband, das Riggs' Freunde mitgebracht hatten, als sie das Hundefutter besorgt hatten. »Warte, Baxter. Es ist alles in Ordnung! Das ist Susie, sie ist eine Freundin.«

Aber der Hund schien nicht geneigt zu sein, der Frau, die auf der Veranda stand, einen Vertrauensvorschuss zu geben. Er knurrte, sein Fell stand immer noch hoch, und wenn Hunde finster dreinblicken könnten, bekäme Susie genau das ab.

Carlise runzelte die Stirn. Er hatte sich nicht so benommen, als JJ und die anderen da gewesen waren. Sie konnte sich nicht vorstellen, warum er jetzt so aufgebracht war.

»Wie wäre es damit – ich halte ihn, während du reingehst, und dann lasse ich ihn eine Weile hier draußen. Bevor du gehst, komme ich raus, schnappe ihn mir und bringe ihn wieder rein, damit du in aller Ruhe zu deinem Wagen gehen kannst, okay?«, fragte Carlise ihre Freundin.

Susie sah verängstigt aus und nickte sofort.

Carlise hielt Baxter fest, während sie sich weiter auf der Veranda von der Tür entfernte, um Susie den Weg nach drinnen freizumachen.

Als sie sicher hinter der Eingangstür war, schimpfte Carlise mit Baxter. »Du bist nicht sehr nett. Das ist meine beste Freundin, und du wirst sie wahrscheinlich noch viel öfter sehen. Ich werde dich nicht für immer hier draußen lassen, nur für eine Weile, während wir uns unterhalten. Dann hole ich dich wieder rein, okay?«

Zu ihrer Erleichterung drehte Baxter den Kopf und leckte ihr das Gesicht ab. Carlise lachte. »Ab mit dir, Hund. Such dir ein paar Hasen zum Jagen und Schneebälle zum Fressen.«

Sie ließ den Hund los, und zu ihrer Überraschung setzte er sich stattdessen sofort hin und starrte zu ihr auf.

»Oh, mach mir kein schlechtes Gewissen. Es ist doch gar nicht so kalt hier draußen«, sagte Carlise zu ihm.

Baxter blinzelte nur.

Carlise stählte ihr Herz, trat zur Tür und schlüpfte wieder hinein. Sie drehte sich um und sah ihre beste Freundin, die sich neugierig in der Hütte umschaute.

»Nur ein Bett, was?«, sagte sie nach einem Moment und grinste Carlise an. »Den Teil hast du am Telefon ausgelassen.«

Carlise lachte. »Ja, du warst schon nicht begeistert von der Situation, ich dachte, es sei nicht gut, dich damit zu überrumpeln.«

»Das ist buchstäblich ein zum Leben erwachter Liebesroman. Die Jungfrau in Nöten braucht einen Unterschlupf im Sturm, und – Überraschung – es gibt nur ein Bett, also müsst ihr es wohl teilen.«

Carlise kicherte. »Heldin in Gefahr«, sagte sie.

»Was?«

»Heldin in Gefahr. Ich finde, das klingt besser als Jungfrau in Nöten. Weniger bedürftig. Weniger erbärmlich.«

Susie rollte mit den Augen und lachte. »Wie auch immer.«

»Außerdem war er in den ersten drei Tagen vor Fieber so im Delirium, dass nichts Romantisches passiert ist, glaub mir«, sagte Carlise.

»Warte, musstest du seinen Schwanz halten, während er gepinkelt hat?«, fragte sie mit großen Augen.

Carlise brach in Gelächter aus. »Oh mein Gott, nein! Meine Güte. Er war wach genug, um mit meiner Hilfe ins Bad zu gehen, und dann habe ich ihn sein Ding machen lassen. Es gab kein Schwanzhalten, während er krank war.«

»Aber jetzt schon«, sagte Susie wissend.

Carlise konnte das Lächeln nicht zurückhalten, das sich auf ihrem Gesicht ausbreitete. »Oh ja, jetzt gibt es viel Schwanzhalten.«

Die beiden Frauen lachten gemeinsam.

»Du siehst gut aus für jemanden, der noch vor wenigen Wochen schreckliche Angst hatte«, bemerkte Susie, als sie sich auf die Couch setzten.

»Ich *fühle* mich ziemlich gut. Ich meine, versteh mich nicht falsch, ich habe immer noch Angst vor Tommy, aber Riggs hat versprochen, mir zu helfen herauszufinden, wer mich belästigt, und dafür zu sorgen, dass er aufhört.«

»Und wie will er das anstellen?«, fragte Susie.

Carlise zuckte mit den Schultern. »Ich bin mir nicht sicher, aber ich vertraue ihm.«

»Schon wieder dieses Vertrauen«, sagte Susie, die nicht überzeugt klang. »Du kennst ihn doch gar nicht.«

»Doch, das tue ich«, entgegnete Carlise.

»Wie kannst du das? Du hast ihn doch erst vor ein paar Wochen zum ersten Mal getroffen.«

»Es ist schwer zu erklären. Wir sind schon seit Wochen rund um die Uhr zusammen. Ich kenne ihn, Suz. Er ist ein guter Mann. Fleißig. Loyal. Seine Freunde sind fantastisch. Und er hat die Hölle durchgemacht, als er beim Militär war –«

»Er hat also eine posttraumatische Belastungsstörung und könnte jeden Moment ausrasten?«, unterbrach Susie sie.

»Vielleicht hat er das, aber ich habe keine Anzeichen dafür gesehen. Und nein, er wird nicht ausrasten. Er hat große Selbstbeherrschung. Sehr viel davon.«

Susie legte den Kopf schief und sah ihre Freundin an. »Reden wir über BDSM, denn … ekelhaft. Und wenn du mir sagst, dass er dich fesselt oder Handschellen benutzt, dann schleppe ich dich auf der Stelle hier raus!«

»Nein!«, entgegnete Carlise schnell. »Wenn überhaupt, dann bittet er immer um Erlaubnis, mich anfassen zu dürfen. Es ist … schön. Er hat einfach Kontrolle über seine Gefühle. Was er tut. Was er sagt. Er wird mir nicht wehtun, Susie. Ich wünschte, du könntest das sehen. Ich bin sicher, das wirst du, wenn du ihn kennenlernst. Er ist das Beste, was mir je passiert ist. Ich liebe ihn, und jetzt weiß ich, dass alles, was ich in der Vergangenheit gefühlt habe, nur ein schwacher Abklatsch dessen war, was ich jetzt fühle. So sehr, dass es fast lächerlich ist.«

»Lächerlich? Du hast auch gesagt, dass du Tommy liebst«, sagte Susie in einem Tonfall, den Carlise nicht deuten konnte.

Sie öffnete den Mund, um zu antworten, hörte aber Baxter wimmern und an der Eingangstür kratzen. »Verdammt. Ich kann ihn nicht da draußen lassen. Ich fühle mich furchtbar. Macht es dir etwas aus, wenn ich ihn hereinbringe? Vielleicht geht es ihm besser, jetzt, da wir sitzen und er sieht, dass du ihm nicht wehtun wirst.«

»Ich weiß nicht«, sagte Susie nervös.

»Vielleicht könnte ich ihn ins Badezimmer bringen?«, überlegte Carlise. »Da könnte ich sein Bett hineinlegen und vielleicht sogar sein Futter hinstellen. Das sollte ihn beschäftigen.«

»Ich denke, das wird funktionieren«, sagte Susie. »Die Tür ist doch stabil, oder?«

»Ja. Er kommt da drin klar. Warte.« Es dauerte nicht lange, Baxter zu holen und hineinzubringen. Doch anstatt dass der Hund sich entspannte, als er Susie auf der Couch sah, richteten seine Nackenhaare sich erneut auf. Es dauerte ein wenig, aber schließlich konnte Carlise ihn ins Badezimmer befördern. Er war nicht glücklich, aber zum Glück versuchte er weder, sich aus ihrem Griff zu befreien, noch Susie anzugreifen.

»So, das ist besser. Worüber haben wir gesprochen?«, fragte Carlise, als sie sich schließlich wieder zu ihrer Freundin auf die Couch setzte.

»Wie sehr du diesen Kerl liebst, den du gerade erst kennengelernt hast, obwohl du gesagt hast, dass du Tommy liebst«, sagte Susie fast anklagend.

Carlise seufzte. »Ich möchte, dass du Riggs magst und mit ihm auskommst, Suz.«

»Und das kann ich erst, wenn ich ihn getroffen habe. Wann kommt er denn nach Hause?«

Mit einem Blick auf die Uhr sagte Carlise: »Ich weiß es nicht genau, aber nach seiner Schätzung, als er ging, vielleicht in fünfundvierzig Minuten oder so –«

Susie stand abrupt auf und Carlise blickte überrascht zu ihr auf. Sie blinzelte verwirrt ...

Dann weiteten sich ihre Augen, als ihre Freundin in die Tasche des Mantels griff, den sie gar nicht ausgezogen hatte, und eine Pistole herauszog – und sie direkt auf sie richtete.

»Steh auf«, sagte Susie mit einer Stimme, die Carlise nicht kannte.

»Was?«, erwiderte sie in dem Versuch, zu verstehen, was geschah.

»*Steh auf*. Ich möchte, dass du ein Stück Papier holst. Du wirst Riggs eine Nachricht schreiben – und dann gehen wir.«

Carlise lachte ungläubig. »Du entführst mich? Ich glaube, das geht ein bisschen zu weit, oder?«, fragte sie. »Und kannst du bitte nicht die Waffe auf mich richten? Sie ist doch nicht geladen, oder?«

»Oh, sie ist geladen. Und ich werde sie auf jeden Fall benutzen«, sagte Susie. »Und jetzt steh verdammt noch mal auf und nimm dir ein Stück Papier.«

In diesem Moment wurde ihr klar, dass es sich nicht um einen schlechten Scherz handelte. Sofort durchflutete Angst Carlises Adern. »Susie?«, fragte sie, als sie langsam aufstand. »Was ist hier los?«

»Du bist so verdammt dumm«, spottete Susie kopfschüttelnd. »Erstens, weil du Tommy verlassen hast. Du wirst *nie* einen Mann finden, der so gut ist wie er. Du hast ihm wehgetan – und es hat dich nicht einmal gekümmert! Nun, mach dir darüber keine Sorgen. Ich bin in deine Fußstapfen getreten. Das einzige Problem ist, dass er immer noch an dich denkt ... was inakzeptabel ist.«

»Was?«, fragte Carlise, deren Gedanken durcheinanderwirbelten, während sie versuchte, das Gesagte zu verarbeiten. »Du bist mit *Tommy* zusammen?«

»Ja. *Und* wir werden heiraten.«

»Nein«, flüsterte Carlise und schüttelte den Kopf. »Das *kannst* du nicht, Susie. Er ist gewalttätig! Er wird dir wehtun!«

»Nein, wird er nicht!«, kreischte Susie laut. »Er gehört *mir*! Ich habe ihn *immer* gewollt! Als ihr beide zusammenkamt, habe ich versucht, mich für dich zu freuen. Das habe ich wirklich. Aber du hast ihn nie verdient. Und du bist ein *Miststück*, dass du ihn so verlassen hast! Ich habe ihn getröstet, nachdem du heimlich dein Zeug ohne Vorwarnung aus seinem Haus geholt hast, und eins führte zum anderen. Er liebt jetzt *mich*. Er bereut, dass er sich nicht direkt für mich entschieden hat.

Aber ab und zu kommt er auf dich zu sprechen ... und sagt, dass er es bereut, dir wehgetan und dich verjagt zu haben. Er hat sogar zugegeben, dass er gehofft hat, sich mit dir versöhnen zu können, bevor wir zusammenkamen.«

Susie stieß ein wahnsinniges Lachen aus. »Aber das wird *nie* passieren. Du hast ihn abserviert. Hast ihm schreckliche Dinge vorgeworfen! Und da wir befreundet sind, wirst du immer wieder auftauchen. Der einzige Weg, ihn erkennen zu lassen, wie sehr er mich liebt, besteht darin, dich ein für alle Mal von der Bildfläche verschwinden zu lassen. Dann kann er sich auf mich konzentrieren – und *nur* auf mich.«

Carlise schüttelte den Kopf. »Aber ... er gehört doch schon

dir. Und ich habe Riggs. Ich hoffe, dass ich hierherziehen kann, um bei ihm zu bleiben –«

»Aber das ist nicht genug!«, unterbrach Susie sie. »Die Leute reden! Sie sagen schlimme Dinge über ihn! Als die Polizisten die einstweilige Verfügung überbrachten – *an seinem Arbeitsplatz* –, brachte ihn das in Schwierigkeiten. Sie haben automatisch angenommen, dass er ein Drecksack ist, und er hätte fast seinen Job verloren! Du hast seinen Ruf ruiniert, indem du deine verdammten Lügen über seine angebliche Gewaltbereitschaft verbreitet hast. Er hätte dich nie geschlagen. Deine verkorkste Kindheit hat dich nur etwas sehen lassen, was nicht da war. Du bist eine *Lügnerin* – und du wirst ihn nie wieder zurückbekommen!«

Carlise wollte ihrer Freundin sagen, dass sie ihn nicht zurückhaben *wollte*, aber sie kam nicht dazu, bevor ihr etwas Unglaubliches in den Sinn kam. »Warte ... warst du das?«

»War ich was?«, fragte Susie.

Die Frau vor ihr sah aus wie ihre Freundin, aber die Waffe, die auf sie gerichtet war, und die wütenden Worte hatten *nichts* mit ihrer besten Freundin zu tun. »Die Nachrichten. Die SMS. Meine Reifen.«

Susie grinste. »Jup.«

»Warum?«, fragte Carlise, wirklich schockiert und entsetzt.

»Du hast versucht, Tommy zu *ruinieren*! Das war nicht fair. Ich dachte, es sei nur richtig, es dir heimzuzahlen. Hast du nicht gesagt, dieser Riggs würde alles tun, um dich zu beschützen? Nun ... Ich tue dasselbe für meinen Mann.«

»Ich hatte *schreckliche* Angst«, sagte Carlise, die zu begreifen versuchte, dass die Frau, die sie als Schwester betrachtete, die Person war, die sie seit Wochen bedrohte. »Ich habe mich dir anvertraut.«

»Und Tommy und ich haben darüber gelacht«, sagte Susie, deren Grinsen grausam wurde.

Sie war geistesgestört. Carlise konnte sich nicht erklären, warum Susie sich so verhielt, warum sie *irgendetwas* davon getan hatte.

»Aber dann bist du verschwunden und ich konnte keinen Spaß mehr haben, und das hat mich wütend gemacht! Gut, dass du angerufen hast, denn ich wollte schon mit deiner Mutter *plaudern* ... mit ein wenig körperlicher Überredungs-kunst herausfinden, wo du dich versteckt hast. Ich war gerade auf ihrem Parkplatz, als du angerufen hast.« Susie ließ wieder ein böses Lächeln aufblitzen. »Aber als du diesen ganzen lächerlichen Scheiß gesagt hast und so glücklich klangst? Nun ... Das konnte ich nicht zulassen.

Ich will, dass du *leidest*, Carlise. So wie du Tommy hast leiden lassen! Ich wollte, dass du nach Ohio zurückkommst, aber du warst zu blöd. Also tat ich, was ich tun musste ... und hier bin ich. Und jetzt – *hol das verdammte Stück Papier!*«

Susie unterstrich ihren Standpunkt, indem sie den Abzug der Pistole betätigte und auf den Boden schoss.

Carlise zuckte bei dem lauten Geräusch so heftig zusam-men, dass ihr ganzer Körper sofort zu zittern begann. Ihr Verstand war jedoch noch immer wie eingefroren. Sie dachte immer noch an das, was sie gerade gehört hatte.

Sie konnte nicht glauben, dass ihre beste Freundin tatsäch-lich geplant hatte, ihre *Mutter* zu foltern.

Baxter knurrte im Badezimmer. Ein lautes, bösartiges Knur-ren, das die Situation nur noch beängstigender machte.

»Sofort!«, schrie Susie.

Carlise überlegte, wie zum Teufel sie aus dieser Situation herauskommen konnte, während sie zu dem Block hinüberging, auf dem sie während des Übersetzens Notizen machte, und riss ein Blatt ab. Sie streckte es Susie entgegen. Doch ihre ehemalige Freundin schüttelte nur den Kopf.

»Schreib«, befahl sie. »Ich sage dir, was du schreiben sollst.«

Carlise wollte das nicht, aber im Moment hatte sie keine andere Wahl. Also nahm sie den Stift, der neben dem Notizblock lag, und begann zu schreiben, was Susie diktierte.

Als sie fertig war, weinte sie.

Wenn Riggs den Zettel las, wäre er stinksauer. Aber nicht auf sie. Sie hatte keinen Zweifel daran, dass er nichts von dem glauben würde, was auf diesem Stück Papier stand. Sie liebten einander. Wahrhaftig und zutiefst. Auf keinen Fall würde er sich wegen eines Zettels von ihr abwenden.

Ganz zu schweigen davon, dass er, sobald er sich die Kameraaufnahmen ansah, erfahren würde, was passiert war.

Sie war sich wegen der Kameras nicht sicher gewesen und hatte mehr als einmal daran gedacht, sein Angebot anzunehmen, sie abzuschalten ... aber sie vertraute Riggs. Und jetzt? Sie war unendlich dankbar dafür. Wenn Susie sie verletzte, würde Riggs wissen, was passiert war – und wer die Schuld daran trug.

»Jetzt pack deine Sachen«, befahl Susie. »Und beeil dich. Wir müssen von diesem gottverlassenen Berg weg sein, bevor dieses Arschloch zurückkommt.«

Da sie kaum eine andere Wahl hatte, begann Carlise, ihre Sachen in den Rucksack zu stopfen, den sie getragen hatte, als sie hinaus in den Sturm gegangen war. Als dieser voll war, packte sie den Rest ihrer Sachen in den Koffer, den seine Freunde ihr gebracht hatten, nachdem sie ihren Wagen gefunden hatten. Sie weinte jetzt ununterbrochen und wusste nicht, was sie tun sollte, wie sie entkommen konnte.

Susie. Nicht in einer Million Jahren hätte sie vermutet, dass ihre Freundin diejenige war, die sie terrorisierte. Jetzt wurde ihr klar, warum sie nie einen Blick auf ihren Stalker hatte werfen können. Verdammt, sie hatte Susie alles erzählt, was sie tat, wohin sie ging ... wie sehr ihr die Nachrichten und Geschenke Angst einjagten.

Und die Person, von der sie geglaubt hatte, dass sie ihr den Rücken stärkte, hatte die ganze Zeit hinter ihrem Rücken *gelacht.* Hatte die Tatsache genossen, dass sie Angst hatte und ständig über ihre Schulter blickte.

Jetzt hatte sie eine geladene Waffe auf sie gerichtet – und schien kein Problem damit zu haben, sie zu benutzen.

Hatte sie Susie jemals wirklich gekannt? Offenbar nicht.

»Was jetzt?«, fragte sie leise, als sie fertig gepackt hatte.

»Jetzt gehen wir«, sagte Susie.

»Und?«

Ihre ehemals beste Freundin lächelte wieder. Ein Grinsen, das so bösartig war, dass Carlise die Haare auf den Armen zu Berge standen.

»Du wirst nicht länger Tommys Problem sein«, sagte Susie. »Und er und ich können glücklich bis ans Ende unserer Tage leben. Ich muss mir keine Sorgen mehr machen, dass du mir auf die Nerven gehst oder zurückkommst, um ihn mir abspenstig zu machen. Jetzt *geh.* Und *denk* nicht einmal daran, auch nur in die Nähe der Badezimmertür zu gehen. Ich jage diesem Hund eine Kugel in den Kopf, bevor er sich mir nähern kann.«

Baxter verlor in dem kleinen Raum immer noch den Verstand, sein Knurren war laut und ununterbrochen. Der Gedanke, dass er getötet werden könnte, war mehr, als Carlise ertragen konnte.

Als sie mit ihrem Koffer und ihrem Rucksack zur Eingangstür schlurfte, atmete sie tief durch und ihre Tränen hörten auf zu fließen. Sie musste einen klaren Kopf bekommen, wenn sie überleben wollte, was auch immer Susie mit ihr vorhatte. Und das bestand sicher nicht darin, sie zurück nach Cleveland zu bringen und so zu tun, als sei das alles nie passiert.

Sie musste entkommen. Sie hatte genügend Krimisendungen gesehen, um zu wissen, dass man erledigt war, wenn man in jemandes Wagen stieg, der einen verletzen wollte. Und sie wussten beide, dass Susie nicht in der Lage war, die verschneiten, kurvenreichen Straßen zu bewältigen und gleichzeitig die Waffe auf Carlise gerichtet zu halten. Sobald sie im Geländewagen saß, würde Susie sie wahrscheinlich erschießen und ihre Leiche in einem einsamen Waldgebiet auf dem Weg nach Bangor abladen, um ihr Flugzeug zurück nach Ohio zu erreichen.

Wut strömte durch Carlises Adern. Nein. Sie hatte Riggs gerade erst gefunden. Sie wollte ihn nicht verlassen. Wollte Baxter nicht verlassen.

Sie wollte JJ, Bob und Cal kennenlernen. Und herausfinden, was zwischen April und JJ lief. Sie hatte den Blick gesehen, den Riggs' Freund der Verwaltungsassistentin zugeworfen hatte, als sie fast in den Schnee gefallen war, und es war definitiv nicht der bloßer Sorge.

Sie wollte ihre Mutter wiedersehen. Wollte sie zur Großmutter machen, indem sie Riggs so viele Babys schenkte, wie er haben wollte.

Carlise hatte zu viel, wofür es sich zu leben lohnte. Sie würde nicht zulassen, dass Susie ihr alles wegnahm. Und wofür? Aus Eifersucht?

Sie war sich immer noch nicht im Klaren darüber, warum Susie sich überhaupt gegen sie gewandt hatte, warum sie nicht einfach zu Tommy zurückkehren und Carlise in Maine zurücklassen konnte, um ihr Leben mit Riggs zu genießen. Aber sie nahm an, dass es im Moment keine Rolle spielte. Es zählte allein, von ihr wegzukommen.

»Riggs wird den Worten nicht glauben, die du mich hast schreiben lassen«, sagte sie, als sie die Taschen abstellte und nach ihrer Jacke griff, die an der Garderobe neben der Tür hing.

»Natürlich wird er das«, entgegnete Susie. »Dies war nur eine Affäre. Du bist zur Vernunft gekommen und jetzt kehrst du nach Hause zurück.«

Carlise schüttelte den Kopf. Susie war die Dumme. Wie sollte Carlise von dem Berg herunterkommen? Es war nicht so, als hätte sie ein Fahrzeug, und Susie hatte Carlise weder ihren Besuch noch ihren Namen in der Nachricht erwähnen lassen. Offenbar dachte sie, Riggs würde glauben, dass sie von der Hütte weggeschwebt war oder so.

Sie würde die Fehler in Susies Plan nicht anmerken. Selbst ohne Kameras würde Riggs irgendwann herausfinden, wer sie entführt hatte, und er würde wissen, dass Carlise nicht freiwillig gegangen war. Er musste es tun.

»Er wird nach mir suchen«, fuhr sie entschlossen fort. »Die Leute in der Stadt werden sich daran erinnern, dass eine Frau gefragt hat, wo er wohnt. Sie werden den Mietwagen ausfindig machen ... hast du ihn mit deiner Kreditkarte bezahlt? Einen falschen Namen benutzt?«

Susie sah einen Moment lang überrascht aus, als sei ihr das alles gar nicht in den Sinn gekommen – und das war es offensichtlich auch nicht –, bevor sie die Lippen zusammenpresste und die Stirn runzelte.

Bingo. Sie hatte ihre Freundin immer für klug gehalten, aber offenbar war sie nur eine gute Schauspielerin.

Ihre Dummheit kam Carlise in diesem Moment zugute. Susie hatte es vermasselt. Sehr sogar. Sie hätte genauso gut ein riesiges Neonschild hinterlassen können, das direkt auf sie zeigte. Mit ihren Fehlern und den Kameras, die jedes ihrer Worte und jede ihrer Handlungen filmten, würde Susie schnell gefasst werden, ob sie Carlise nun tötete oder nicht.

Das war im Moment das einzig Positive an dieser extrem verkorksten Situation, in die Carlise geraten war.

»Es spielt keine Rolle«, sagte Susie schließlich mit einem Achselzucken. »Ich werde Unwissenheit vortäuschen. Tommy wird mein Alibi sein.«

Sie wollte mit den Augen rollen. Als würde er jemals ein überzeugendes Alibi abgeben. Carlise kannte ihn. Sie wusste, dass er Susie sofort den Wölfen zum Fraß vorwerfen würde, wenn es darum ging, seinen eigenen Arsch zu retten.

Susie hatte impulsiv gehandelt, als sie nach Maine gekommen war, um sie zu suchen, und das würde ihr Verhängnis werden.

»Beeil dich, oder ich schieße durch die Badezimmertür auf diesen verdammten Hund«, zischte Susie.

Sie hatte keinen Zweifel daran, dass sie die Drohung wahr machen würde, also beeilte Carlise sich, die Schnürsenkel ihrer Stiefel zu binden, bevor sie sich aufrichtete. »Ich bin bereit.«

Und das war sie auch. Bereit für die erste Fluchtgelegenheit, die sich ihr bot.

Sie würde in den Wald laufen. Riggs und Baxter würden sie finden. Daran hatte sie keinen Zweifel.

Susie machte eine Geste mit der Waffe und Carlise öffnete die Tür. Sie verließ die Hütte, in der sie wochenlang so glücklich gewesen war, und blickte nicht zurück. Sie würde sie wiedersehen. Daran musste sie glauben, sonst wäre sie ein Nervenbündel und nicht in der Lage, das zu tun, was getan werden musste.

Sie ging zu dem Geländewagen, der neben der Hütte geparkt war, und stellte ihre Taschen ruhig auf den Rücksitz, wie Susie es befohlen hatte.

»Steig ein«, sagte ihre ehemalige Freundin und deutete mit der Waffe auf die Beifahrertür.

Carlises Herz raste. Langsam öffnete sie die Tür und setzte sich auf den Sitz. Susie schlug die Tür zu, wobei sie nur knapp Carlises Fuß verfehlte. Sie hielt die Waffe auf sie gerichtet, während sie um den Wagen herum zur Fahrertür ging.

Das war es. Ihre einzige Chance zu entkommen. Auch wenn sie sich buchstäblich mitten in der Wildnis von Maine befanden, wusste Carlise, dass ihre Überlebenschancen gleich null waren, wenn sie mit Susie wegfuhr. Lieber würde sie sich im Wald verirren als tot zu sein.

Susie umfasste den Türgriff auf der Fahrerseite des Geländewagens – und Carlise setzte sich in Bewegung.

Sie riss ihre Tür auf und lief los.

Sie hörte Susie schreien, sie solle stehen bleiben, aber sie lief weiter. Sie lief geradewegs auf die Bäume zu, in die Richtung, in die Riggs sie geführt hatte, als sie spazieren gegangen waren.

Das Geräusch eines Schusses hinter ihr hallte laut in der friedlichen Stille des Waldes wider. Carlises Körper zuckte, aber sie lief weiter.

Sie konnte hören, wie Susie die Verfolgung aufnahm, und

sie versuchte, schneller zu laufen. Aber sie wusste, dass sie ihre ehemalige Freundin nicht abhängen konnte. Susie trainierte tatsächlich *gern*. Sie ging fast jeden Tag ins Fitnessstudio. Sie war stolz darauf, schlank und fit zu sein. Carlise wollte zwar gesund sein, aber sie war kein Fan von Sport. Die meisten Tage saß sie auf dem Hintern und arbeitete an ihrem Computer.

Sie schnaufte und keuchte, während sie sich verzweifelt umsah, um ein gutes Versteck zu finden. Da es Winter war, waren die meisten Bäume kahl. Und die wenigen immergrünen Bäume, die sie entdeckte, würden sie nicht lange verbergen können.

»Du solltest besser stehen bleiben!«, rief Susie viel zu nahe hinter ihr.

Carlise machte sich nicht die Mühe zu antworten. Erstens hatte sie der Verrückten nichts zu sagen, die sich als ihre Freundin ausgegeben hatte, während Tommy sie terrorisierte – und sie sich mit ihm darüber amüsierte. Und zweitens ... Reden war fast unmöglich, so sehr keuchte sie.

»Was glaubst du, wo du hinläufst? Du kannst dich nirgendwo verstecken! Bleib einfach stehen, Miststück!«

Susie holte auf. Carlises Herzschlag, der ohnehin schon schnell war, schoss noch weiter in die Höhe, als sie in Panik geriet.

Das Geräusch eines zweiten Schusses half ihr nicht. Eine Millisekunde später fiel ein weiterer Schuss – und in Carlises Schulter breiteten sich Schmerzen aus.

Sie stolperte, während sie lief, und wäre fast gefallen, konnte sich aber in letzter Sekunde fangen.

Susie hatte auf sie geschossen. *Auf sie geschossen!*

Vor Wut und Schreck lief sie in einer Geschwindigkeit, die

sie nicht einmal für möglich gehalten hatte. Sie lief wortwörtlich um ihr Leben.

Carlise hörte einen plötzlichen Aufprall, dann ein lautes Knirschen hinter sich, und sie riskierte es, den Kopf zu drehen, um zu sehen, was passiert war. Susie lag auf dem Waldboden. Sie war offensichtlich über etwas gestolpert.

Das war Carlises Chance.

Um Abstand zu schaffen.

Sich zu verstecken.

Zu *überleben*.

Sie versuchte, noch schneller zu laufen – und stellte plötzlich überrascht fest, dass sie wusste, wo sie war.

Vor ihr, weniger als zwanzig Meter entfernt, befand sich eine Gruppe von Kiefern, die völlig fehl am Platz wirkte, da es in der unmittelbaren Umgebung keine anderen gab.

Entgegen aller Wahrscheinlichkeit war sie genau zu dem Ort gelaufen, zu dem Riggs sie am Tag ihres Spaziergangs gebracht hatte. Sie beschleunigte noch mehr, als sie direkt auf diese Bäume zusteuerte.

Als sie auf den Boden vor sich blickte, spürte Carlise, wie Erleichterung durch ihre Adern raste und ihren Körper fast unkontrolliert erzittern ließ. Der Griff zur Bunkertür war genau dort! Der ihn umgebende Schnee war beträchtlich geschmolzen und die Erde, die Riggs ausgehoben hatte, um die Ränder der Luke freizulegen, war ein Leuchtfeuer auf dem ansonsten ungestörten Waldboden.

Sie blieb abrupt stehen, beugte sich vor und riss den Griff nach oben. Zu Carlises großer Erleichterung öffnete die Tür sich ohne jeglichen Widerstand.

Mit einem herzlichen Dank an den Prepper, der den

Bunker gebaut hatte, drehte sie sich schnell um, um die Leiter hinunterzusteigen.

»Nein!«

Auf den Ruf hin blickte Carlise auf – und sah Susie, die etwa fünfzig Meter entfernt war und schnell näher kam.

Fast hätte sie ihre Freundin nicht erkannt. Ihr normalerweise elegantes Haar löste sich aus dem ordentlichen Pferdeschwanz, den sie bei ihrer Ankunft in der Hütte getragen hatte. Schnee und Dreck klebten an ihrer Vorderseite, nachdem sie mit dem Gesicht auf dem Boden gelandet war.

Aber es war der Ausdruck von Abscheu und Wut in ihrem Gesicht, der Carlise für den Bruchteil einer Sekunde erstarren ließ.

Wie konnte das ihre Freundin sein?

Die Frau, an deren Schulter sie sich ausgeweint hatte, als sie Tommy verließ. Die sich ihre tiefsten Hoffnungen und Ängste angehört hatte. Die Frau, die mit ihr gelacht und geweint hatte, die sie unterstützt hatte.

Der Verlust ihrer Freundin war fast so schmerzhaft wie das Pochen in ihrer Schulter.

Weitere Schüsse explodierten und Carlise duckte sich instinktiv – bis plötzlich ein anderes Geräusch, ungewohnt und beängstigend, um sie herum ertönte.

Es klang wie Donner ... aber der Himmel war blau – keine einzige Wolke in Sicht.

Carlise packte den Griff der Luke und warf einen letzten Blick auf ihre ehemalige Freundin.

Susie hatte angehalten und sich zum Schießen bereit gemacht, aber sie blickte nicht mehr zu Carlise. Vielmehr starrte sie auf etwas jenseits des Bunkers. Ihre Augen waren groß und ihr wütender Gesichtsausdruck hatte sich in einen von Schock und Angst verwandelt.

Carlise hatte keine Ahnung, was sie sah, aber es war keine Zeit, es herauszufinden. Jeden Moment würde Susie aus ihrer Trance erwachen und versuchen, sie zu töten.

Sie schlug die Tür zum Bunker zu und hantierte mit dem Schließmechanismus herum. Es war stockdunkel im Bunker, aber Carlise war noch nie so dankbar gewesen wie in diesem Moment, aus der Sonne zu kommen. Sie war sich ziemlich sicher, dass die Tür kugelsicher sein musste, denn kein Prepper, der etwas auf sich hielt, würde einen Ort wie diesen bauen und den Fehler begehen, keinen Eingang zu haben, der allen Feinden standhielt, die hineinzukommen versuchten.

»Lass mich rein! Heilige Scheiße, *lass mich rein!*«, schrie Susie von draußen. Ihre Stimme war gedämpft, aber Carlise konnte sie sehr gut hören. Und auf keinen Fall würde sie diese Tür aufschließen. Wenn Susie glaubte, es gäbe auch nur die geringste Chance, dann war sie wahnsinnig.

»Der Berg stürzt ein! *Oh mein Gott!* Bitte, Carlise! *Bitte!* Er kommt auf mich zu! Ich werde begraben! *Lass mich rein, lass mich rein, lass mich rein!*«

Carlise hörte, wie ihre ehemalige Freundin gegen die Tür hämmerte, aber anstatt auf den absoluten Schrecken in ihrer Stimme zu reagieren, wich sie von der Luke zurück und rutschte langsam auf dem Boden in Richtung der Rückseite des Bunkers.

»Es ist eine Lawine! Kannst du mich hören? Wenn du mich nicht reinlässt, werde ich sterben!«

Das Donnern, das sie gehört hatte, musste Schnee und Eis gewesen sein, die sich vom Berg lösten.

Carlise wurde schlecht ... aber sie konnte die Tür nicht öffnen.

Susie hatte auf sie *geschossen*. Sie blutete und ihre Schulter schmerzte schlimmer als alles, was sie je in ihrem Leben gespürt hatte. Ihre ehemalige Freundin hatte sie monatelang bedroht und sie in dem Glauben gelassen, sie würde gestalkt. Sie hatte sich aus irgendeinem verrückten Grund mit ihrem Ex zusammengetan, und jetzt hatte sie es sich in den Kopf gesetzt, dass Carlise dafür bezahlen musste, ihn abserviert zu haben. Sie hatte die Absicht gehabt, sie zu töten und ihre Leiche irgendwo in der Wildnis von Maine zurückzulassen.

Im Moment ergab nichts einen Sinn, aber eines wusste sie – wenn sie Susie in den Bunker ließ, würde nur eine von ihnen jemals wieder herauskommen. Da Susie die Waffe hatte, musste man kein Genie sein, um zu wissen, dass es wahrscheinlich nicht Carlise sein würde.

Es kostete sie all ihre Kraft, Susies immer verzweifelter werdende Bitten zu ignorieren. Sie hörte ein Geräusch, als würde ein Zug durch den Wald rasen, und die Bunkerwände erzitterten. Susie stieß einen durchdringenden Schrei aus, der abrupt endete ...

Und dann hörte Carlise nichts weiter als den lautesten, unheimlichsten Donner, der ununterbrochen über ihrem Kopf dröhnte.

Sie rechnete fast damit, dass die Tür des Bunkers nach innen explodieren und die Tonnen von Felsen und Schnee hereinlassen würde, die gerade den Baldpate Mountain hinunterrutschten. Aber die Tür hielt stand. Das Geräusch hörte nicht auf, die Lawine schien ewig zu dauern.

Carlise war erleichtert, vor weiteren Schüssen sicher zu sein ... aber nur einen Moment lang. Dann wurde sie von Schuldgefühlen übermannt. Susie war draußen gewesen, direkt in einer *Lawine*.

Es bestand die Möglichkeit, dass sie überlebt hatte. Carlise hatte immer wieder von Menschen gelesen, die sie überlebt hatten. Aber ohne jemanden, der sie ausgraben konnte, war ihre Freundin wahrscheinlich weg.

Tot.

Die Realität ihrer eigenen Situation wurde Carlise bewusst. Sie mochte zwar vor der Lawine sicher gewesen sein, aber sie war unter der Erde. Die Lawine hatte sicherlich den Eingang zum Bunker verschüttet. Und es war nicht so, als hätte sie hier unten irgendwelche Vorräte. Die Metallregale waren leer.

Sie war genauso sicher lebendig begraben worden wie Susie.

Ein Wimmern verließ Carlises Mund, bevor sie es kontrollieren konnte. Sie wich zurück, bis sie an der Wand des Bunkers lehnte, schrie jedoch vor Schmerzen auf, sobald ihre Schulter die Oberfläche berührte. Sie war nicht nur verschüttet, sondern auch angeschossen worden, das Luftloch war zugedeckt worden und Riggs würde diesen verdammten Brief finden und denken, sie hätte ihn verlassen!

Carlise holte tief Luft, bevor die Panik sie übermannen konnte, und schüttelte den Kopf.

Nein. Es gab Kameras. Susies Wagen war immer noch vor der Hütte geparkt. Mit ihren Taschen darin, und wahrscheinlich waren beide Türen noch offen. Und sie hatte keinen Zweifel daran, dass Baxter im Badezimmer immer noch durchdrehte und wahrscheinlich versuchte, sich durch Kratzen und Beißen zu befreien.

Riggs würde versuchen, sie zu finden. Das wusste sie.

Die einzige Frage war nur ... wie zum Teufel würde er das

anstellen? Wie tief lag der Schnee über ihrem Kopf? Würde er überhaupt so weit von der Hütte entfernt suchen? Würde er annehmen, dass sie auf der Flucht verschüttet worden war? Selbst wenn er daran denken würde, den Bunker zu überprüfen, wie sollte er ihn finden, wenn alles mit Schnee bedeckt war? Wenn die Tür unter so viel Schutt begraben war?

Die Chance, dass sie gefunden wurde, bevor sie verhungerte oder erstickte, war gering bis gar nicht vorhanden.

Eine Träne kullerte über Carlises Wange. Endlich hatte sie den Mann ihrer Träume gefunden, nur um ihm auf die grausamste Weise entrissen zu werden, die man sich vorstellen konnte.

»Es tut mir leid«, flüsterte sie. Ihre Worte schienen in der Metallbox widerzuhallen. Jetzt, da die Lawine zum Stillstand gekommen war, war alles ruhig. Zu ruhig.

»Ich bin hier, Riggs«, sagte sie laut. Ihre eigene Stimme zu hören war besser als die bedrückende und beängstigende Stille. »Ich bin hier.«

Carlise zog die Knie an, schlang die Arme darum und versuchte, den Schmerz in ihrer Schulter zu ignorieren. Das war im Moment die geringste ihrer Sorgen. Sie ließ den Kopf auf die Knie sinken und ließ die Tränen laufen, die sie verzweifelt zurückgehalten hatte.

KAPITEL FÜNFZEHN

Chappy runzelte die Stirn, als er seine Einfahrt hinunterfuhr. Ein Fahrzeug mit weit geöffneten Vordertüren stand vor der Hütte, aber er konnte niemanden darin sehen.

Wer zum Teufel war hier, und warum waren die Türen offen?

Ihm fiel das Kennzeichen aus Maine auf, aber er kannte niemanden, der einen RAV4 fuhr. Sofort war er in Alarmbereitschaft. Da er wusste, dass Carlise einen Stalker hatte, griff er in das Handschuhfach seines Jeeps und holte die Waffe heraus, die er für den Fall bei sich trug, dass er einem Bären oder Elch begegnete, der nicht bereit war, ihm Platz zu machen.

Mit schnellen Schritten ging Chappy auf den RAV4 zu – doch ein vertrautes Geräusch ließ ihn innehalten.

Er hatte nur einmal eine Lawine gehört, aber das ohrenbetäubende Geräusch hatte sich in sein Gehirn eingeprägt. Es klang wie ein entferntes Donnern, und je näher die Hunderte

Tonnen Schnee und Felsen kamen, desto lauter wurde das Donnern.

Mit angespannten Muskeln starrte Chappy in Richtung des Baldpate Mountain. Seine Hütte lag nicht in der Rutschzone. Sein Verstand wusste das, aber er kämpfte dennoch gegen den Instinkt seines Körpers an, wegzulaufen.

Die Lawine klang nahe. Wirklich nahe.

Chappy zwang sich, um den Geländewagen herum und die Treppe zur Hütte hinaufzugehen. Selbst wenn in diesem Moment eine Lawine abging, war er in Sicherheit. Er wollte Carlise versichern, dass es ihnen dort gut ging, wo sie waren. Dass er nachgeforscht und dafür gesorgt hatte, dass seine Hütte vor jeglichen Schneeabgängen sicher war.

Aber in der Sekunde, in der er die Tür öffnete, wusste Chappy, dass sie nicht da war. Sie war nicht nur im Bad. Die Hütte strahlte eine Leere aus, die zuvor von Carlises Anwesenheit ausgefüllt worden war. Sie hatte Licht und Liebe in seine Welt und sein zweites Zuhause gebracht. Beides schien jetzt auffallend abwesend zu sein.

Ein weiteres Geräusch, das aus dem Badezimmer kam, ließ ihm das Herz bis zum Hals schlagen.

Baxter knurrte auf eine bösartige Weise, wie er es von dem scheuen Hund noch nie gehört hatte.

Er öffnete die Badezimmertür in der Erwartung, Carlise zu sehen, aber nur Baxter sprang aus dem Zimmer. Der Hund rannte durch den Raum, die Nase am Boden, bevor er zur Tür ging und laut bellte, immer und immer wieder.

Das Grauen, das Chappy empfand, war fast überwältigend.

Carlise fehlte, Baxter war im Badezimmer eingesperrt gewesen, das fremde Fahrzeug vor der Tür mit offenen Türen ...

Und jetzt, da er darüber nachdachte, glaubte er, Carlises Koffer auf dem Rücksitz gesehen zu haben.

Verdammt! Wollte sie *abreisen?* Hatte sie einen Fahrdienst angerufen, der sie abholen sollte?

Nein. Sie würde ihn nicht verlassen. Das wusste er tief in seinem Innersten.

Baxter kratzte an der Tür und bellte weiter. Er schaute Chappy an, als wollte er sagen: »Worauf wartest du noch? Mach auf!«

Adrenalin strömte durch Chappys Adern. Er sah sein Satellitentelefon auf dem Küchentisch liegen und das schmutzige Geschirr in der Spüle. Carlise hätte es niemals so zurückgelassen. Genau wie er war sie eine Art Ordnungsfanatikerin, und selbst wenn sie spazieren gegangen wäre – was er stark bezweifelte; sie hatte gesagt, sie wolle drinnen bleiben und arbeiten, während er weg war –, hätte sie die Hütte nicht mit schmutzigem Geschirr darin verlassen.

Außerdem lagen Papiere auf dem Tisch und ein Stift, der vorher nicht da gewesen war. Etwas, das er normalerweise nicht infrage gestellt hätte, wäre da nicht die Tatsache gewesen, dass Carlise pingelig war, wenn es darum ging, all ihre Sachen einzupacken, wenn sie mit der Arbeit fertig war. Sie war recht eigen, wenn es um ihre Notizen ging.

Als er sich genau umsah, fiel ihm auf, dass einige Dinge nicht in Ordnung zu sein schienen. Die Decke auf der Couch war nicht gefaltet, was Carlise immer tat, wenn sie aufstand. Ein Handtuch, mit dem sie Baxter nach dem Rausgehen die Pfoten abwischte, lag auf dem Boden, anstatt an der Garderobe zu hängen.

Er musste die Kameras überprüfen, um zu sehen, was passiert war, bevor er nach Hause gekommen war.

Er lief nach draußen und zwang den unglücklichen Baxter, im Haus zu bleiben, während sein Herz wie wild klopfte, als er den Generator einschaltete. Er schaute auf sein Handy und fluchte. Das WLAN funktionierte nicht. *Schon wieder.* Und er hatte keine Zeit, an der Antenne herumzufummeln, um es in Ordnung zu bringen.

Er brauchte Hilfe und er musste Carlise finden. Sie war eindeutig nicht in der Nähe. Der Besitzer des Geländewagens war auch nicht hier, aber das Fahrzeug selbst verriet ihm, dass sie beide noch in der Gegend waren, irgendwo auf seinem Berg.

Chappy schaltete den Generator aus, wählte dann eine vorprogrammierte Nummer auf dem Satellitentelefon, das er auf dem Weg aus dem Haus mitgenommen hatte, und wartete ungeduldig darauf, dass JJ abnahm. Baxter bellte erneut aus dem Inneren des Hauses, als er auf die Veranda zurückkehrte. »Halte durch, Bax. Ich muss erst Hilfe holen, bevor wir dich nach draußen lassen.«

»Hey, du bist doch gerade erst weg. Was hast du vergessen?«, fragte JJ, der in der Leitung lachte.

»Ich brauche Hilfe«, sagte er, ohne um den heißen Brei herumzureden.

»Was ist los?«, fragte JJ, dessen Belustigung sofort verschwand.

»Als ich bei der Hütte ankam, stand ein Fahrzeug vor der Hütte, das ich nicht kenne, Baxter war im Badezimmer eingesperrt und von Carlise oder dem Besitzer des Wagens gibt es keine Spur.«

»Verdammt. Denkst du, ihr Stalker hat sie gefunden?«, fragte JJ.

»Ich habe keine Ahnung, da ich das verdammte WLAN

nicht zum Laufen kriege, also kann ich meine Kameras nicht überprüfen, aber ich vermute ja.«

»Scheiße! Wie?«

Da kam Chappy ein furchtbarer Gedanke. »Die einzigen Leute, mit denen sie telefoniert hat, sind ihre Mutter und ihre beste Freundin.«

»Könnte Carlise jemandem eine E-Mail geschrieben haben? Wurde ihr Telefon geortet, als du ihre Nachrichten überprüft hast?«

»Möglicherweise. Aber Carlise hätte nie jemandem die Tür geöffnet, den sie nicht kennt, geschweige denn ihrem Ex-Freund oder ihrem Vater.«

»Du denkst ... es ist die Freundin?«, fragte JJ, der verstand, was Chappy nicht sagte.

»Ich bezweifle sehr, dass ihre eigene Mutter sie gestalkt hat. Sie scheinen sich nahezustehen. Ich weiß zwar nicht, worüber sie mit Susie gesprochen hat, aber ich vermute, dass sie ihr genügend erzählt hat, damit ihre Freundin eine ziemlich gute Vorstellung davon hat, wo sie ist.«

»Ich weiß nicht, Chappy«, sagte JJ skeptisch. »Deine Hütte liegt mitten im Nirgendwo.«

»Das ist mir klar, aber sie ist trotzdem zu finden. Da ist noch etwas«, erklärte Chappy seinem Freund.

»Was?«

»Ich habe eine Lawine gehört, als ich zu meiner Hütte ging. In östlicher Richtung.«

»Mist.«

»Ja. Und beide Vordertüren des Wagens in meiner Einfahrt stehen weit offen.«

»Was denkst du?«

»Ich werde die Kameras überprüfen, wenn ich später

darauf zugreifen kann, um es zu bestätigen, aber ich denke, die Freundin kam hierher, und Carlise hat sie, ohne zu zögern, reingelassen. Irgendetwas ist passiert, während sie sich unterhielten, und ... vielleicht wurde die Katze aus dem Sack gelassen? Vielleicht hat sie herausgefunden, dass Susie ihre Stalkerin ist. Die Frau muss versucht haben, sie zu zwingen, mit ihr zu gehen, denn beide Fahrzeugtüren sind offen. Aber wenn der Wagen noch da ist, muss Carlise geflohen sein.«

»Möglicherweise direkt in eine Lawine«, sagte JJ grimmig. »Das ist die wahrscheinlichste Richtung, in die sie gelaufen ist, da deine Hütte in jeder anderen Richtung von so viel Gestrüpp umgeben ist.«

»Ich brauche dich und die anderen Jungs«, sagte Chappy, dessen Stimme sich überschlug. »Sie könnte begraben sein! Ich brauche Hilfe.«

»Ich bin schon auf dem Weg. Ich werde die anderen anrufen. Wir kommen, Chappy. Aber wenn diese Frau Carlise gestalkt hat, ist sie wahrscheinlich gefährlich. Bleib auf der Hut.«

Chappy hatte dasselbe angenommen. »Das werde ich. Wenn ihr kommt, werde ich schon auf der Suche sein.«

»Wir werden dich finden. Sie kommt schon klar«, erklärte JJ.

»Das weißt du nicht«, sagte Chappy schwach und die Worte brannten wie Säure auf seiner Zunge.

»Ich weiß, dass du durch die Hölle gegangen bist, wie wir alle. Es kann nicht sein, dass du die Frau gefunden hast, die für dich bestimmt war, nur um sie jetzt zu verlieren. Sie ist klug, Chappy. Sie wusste genug, um sich von niemandem in diesen Wagen locken zu lassen. Sie wusste, dass es das Beste war zu fliehen. Das da oben ist *dein* Wald. Sie wusste, dass du sie finden würdest.«

Chappy nahm einen tiefen Atemzug. Verdammt richtig, er würde sie finden.

Baxter bellte laut.

»Wow. War das Baxter?«

»Ja, er will, dass ich aufhöre zu telefonieren und ihn rauslasse – unbedingt.«

»Er kann sie aufspüren«, sagte JJ.

Chappy blinzelte. Daran hatte er gar nicht gedacht. Baxter liebte Carlise. Er folgte ihr ständig mit dem Blick, sowohl innerhalb als auch außerhalb der Hütte. Und er war eindeutig nicht glücklich darüber gewesen, im Badezimmer eingesperrt zu sein.

Sein Freund hatte recht, Baxter *konnte* Carlise wahrscheinlich aufspüren. Verdammt, er hatte sie mitten in diesem Schneesturm gefunden und Chappy dann direkt zu ihr geführt. Das könnte er jetzt auch tun.

»Ich muss Schluss machen«, sagte er zu JJ.

»Dann geh. Wir sind auf dem Weg. Aber sei vorsichtig. Ich will nicht, dass du diese Arschlöcher in Übersee überlebst, nur um dann von einer Frau niedergestreckt zu werden, die nicht ganz richtig im Kopf ist.«

»Verstanden. Bis dann.«

JJ legte ohne ein weiteres Wort auf. Chappy steckte das Telefon in die Innentasche seiner Jacke und machte sich auf den Weg zur Tür. »Finde sie, Baxter. Finde Carlise.« Dann öffnete er die Tür.

Der Hund sprang wie ein Blitz nach draußen. Er schnüffelte hektisch um die Hütte herum, offensichtlich in dem Versuch, Carlises Spur aufzunehmen. Er ging zu dem Gelände-

wagen, der vor der Hütte geparkt war, und legte die Vorder-
pfoten auf den Beifahrersitz.

Dann sprang er herunter und rannte in den Wald.

»Scheiße! Warte, Baxter! Warte auf mich!«

Aber der Hund wartete auf niemanden. Chappy lief hinter
dem Pitbull her und erhaschte flüchtige Blicke auf ihn,
während sie sich zwischen den Bäumen hindurchschlängelten.

Die Stille um ihn herum war unheimlich. Normalerweise
zwitscherten die Vögel, der Wind wehte durch die Bäume,
irgendeine Art von Geräusch. Aber nach dem Donnern der
Lawine war es, als würde der Wald den Atem anhalten.

Das Fehlen von Geräuschen fühlte sich wie eine schwere
Decke auf Chappys Schultern an. Er hätte lieber gehört, wie
Carlise um Hilfe rief. Etwas. *Irgendetwas*, das darauf hindeutete,
dass sie noch am Leben war.

»Carlise?«, rief er, während er lief.

Das Einzige, was er daraufhin hörte, war noch mehr bedrückende Stille. Während er Baxter durch die Bäume folgte,
betete er, dass der Hund wusste, wohin er ging.

Er war schon einige Minuten gelaufen, als er sie endlich
sah – Fußabdrücke im Schnee. Wegen des wärmeren Wetters
war zwar viel Schnee geschmolzen, aber nicht alles. Die
Abdrücke im Schnee hoben seine Laune. Carlise *war* diesen
Weg gegangen. Er hätte sein Leben darauf verwettet.

Er verwettete *ihr* Leben darauf.

Er sah zwei Abdrücke, und den Abständen nach zu urteilen
waren beide Personen gelaufen. Er nahm an, dass Susie Carlise
gejagt hatte, und seine Entschlossenheit verstärkte sich. Beste
Freundin hin oder her, sie würde untergehen. Er würde dafür
sorgen, dass Carlise Anzeige erstattete und die Frau so lange
wie möglich weggesperrt wurde.

Er würde nicht einmal daran denken, dass es Carlise nicht gut ging. Dass ihre Freundin etwas Drastisches getan haben könnte.

Chappy lief, bis die Abdrücke aufhörten. Er verlor ihre Spur, als sich das relativ flache Gebiet, durch das er gelaufen war, drastisch veränderte. Jetzt lag ein Berg aus Schnee in seinem Weg. Schnee und Gestein von der Lawine.

Carlise und ihre Verfolgerin waren tatsächlich direkt in die Lawine gelaufen.

Sein Magen zog sich zusammen, als er auf die tonnenschweren Schneemassen starrte, die an der Seite des Baldpate Mountain heruntergefallen waren.

Er hörte ein Bellen, und Chappy sah auf. Baxter stand oben auf dem Schnee und starrte ihn an.

Chappy konnte einen Terroristen auf fünfzig Meter Entfernung ausschalten. Er wusste, wie man jemanden mit bloßen Händen tötete. Er war gefoltert worden und hatte nicht einmal ein schmerzerfülltes Stöhnen über seine Lippen kommen lassen. Aber das hier ...

Zu wissen, dass seine Carlise möglicherweise von einer Lawine erfasst worden war, war mehr, als er ertragen konnte. Er hätte das nicht in Ordnung bringen können, selbst wenn er an ihrer Seite gewesen wäre. Er hätte nicht Tonnen von Schnee zurückhalten können, um sie zu schützen.

Und im Moment konnte er nichts anderes tun, als zu beten, dass sie irgendwie weit weg von dieser Stelle auf dem Berg gewesen war, als der Schnee herunterkam.

Baxter bellte wieder, dieses Mal wiederholt.

Wenn der Hund wollte, dass er ihm folgte, dann würde Chappy das auch tun. Es war möglich, dass Baxter ihn über den Schnee auf die andere Seite führen konnte, wo er vielleicht Carlises Spur wieder aufnehmen würde.

Die massive Schneewehe war so hoch wie Chappy, und er stöhnte bei der Anstrengung, die es brauchte, um sich auf die Spitze zu hieven. Er folgte Baxter ...

Doch zu seinem großen Entsetzen blieb der Hund auf halber Strecke stehen – und begann zu graben.

»Scheiße!«, rief Chappy, kniete sich neben den Hund und grub mit bloßen Händen. Wenn Carlise unter dem Schnee lag, musste er so schnell wie möglich zu ihr gelangen. Sie drohte zu ersticken!

»Nein«, sagte Chappy laut und grub schneller. Seine Hände wurden schnell taub. Die Felsen und das Eis schnitten in sein Fleisch, aber er spürte den Schmerz nicht. Er konnte nur daran denken, zu Carlise zu gelangen.

Er wusste nicht, wie lange er gegraben hatte, aber es mussten dreißig Minuten oder mehr gewesen sein, als er sich langsam wieder aufsetzte und gequält ausatmete.

Es war zu lange gewesen. Wenn Carlise da unten war, war sie tot. Es war unmöglich, dass sie so lange ohne Sauerstoff überleben konnte, wie er gegraben hatte.

»Baxter«, sagte er gebrochen.

Der Hund ignorierte ihn und versuchte immer noch, sich tiefer in den Schnee zu graben.

»Hör auf, Bax«, versuchte er es erneut. »Sie ist tot.«

Aber er hielt nicht einmal inne. Seine Pfoten bluteten, genau wie Chappys Finger, aber die Hartnäckigkeit des Hundes ließ nicht nach.

Damit er sich nicht noch mehr verletzte als ohnehin schon, griff Chappy nach seinem Halsband. Zu seiner Überraschung knurrte Baxter.

Chappy ließ sofort los, denn er wollte nicht noch zusätzlich zu der Hölle gebissen werden, die in der letzten Stunde bereits zu seiner Realität geworden war.

Sobald er das Halsband des Hundes losließ, begann Baxter wieder zu graben. Das Loch, an dem sie gearbeitet hatten, war jetzt fast einen Meter tief, aber nach dem zu urteilen, was Chappy erkennen konnte, mussten sie noch mindestens einen weiteren Meter Schnee, Eis und Felsen überwinden, bevor sie den Boden erreichten.

Er lehnte sich auf die Fersen zurück und beobachtete Baxter noch einen Moment lang. Dann neigte er den Kopf zurück und starrte in den blauen Himmel. Tränen füllten seine Augen, und er ließ sie fallen.

Er hatte sich noch nie so hilflos gefühlt wie in diesem Moment. Er hatte versprochen, Carlise zu beschützen, auf sie zu achten, und er hatte versagt. So sehr.

Als sie ihn am meisten gebraucht hatte, war er nicht da gewesen. Hätte er nicht den letzten Stopp am Holzlager eingelegt – er hatte Holz geholt, um Baxter eine Hundehütte zu bauen –, wäre er in der Hütte gewesen, als Susie ankam. Wenn er auf dem Polizeirevier schneller gewesen wäre, wenn er nicht diese Tasse Kaffee mit JJ getrunken hätte, wenn er nicht so viel Zeit im Supermarkt verbracht hätte ...

So viele Was-wäre-wenns. So viel Reue.

»Chappy?«

Er hörte, wie sein Name gerufen wurde, und für den Bruchteil einer Sekunde schlug sein Herz höher. Carlise! Sie lag nicht unter dem Schnee. Baxter hatte sich geirrt! Er hatte umsonst gegraben.

Aber dann schaltete sich sein Gehirn ein. Die Stimme, die er gehört hatte, war männlich. Es war nicht Carlise.

»Hier!«, rief er zurück.

»Wir kommen!«

Chappy erkannte die Stimme jetzt. Bob. Seine Freunde waren gekommen. Sie hatten es verdammt schnell bis zu seiner Hütte geschafft. Er hatte keinen Zweifel, dass sie viel zu schnell und rücksichtslos gefahren waren, um herzukommen ... er glaubte nur nicht, dass es reichen würde.

Als er sich umdrehte, blickte er über den Schnee und sah, wie Bob, Cal, JJ und Polizeichef Rutkey in seine Richtung joggten. Die Felsen und der unebene Schnee hinderten sie daran, sich schnell zu bewegen, aber sie waren da. Und was noch besser war, sie hatten alle eine Schaufel dabei.

»JJ hat uns von der Lawine erzählt und wir dachten uns, dass wir die hier gut gebrauchen können«, sagte Bob, wobei sein ernster Gesichtsausdruck zweifellos den von Chappy spiegelte.

»Scheiße, Kumpel. Deine Hände«, sagte Cal stirnrunzelnd, nachdem die Männer die hohe Schneewehe erklommen hatten.

»Mir geht's gut«, sagte Chappy leise und streckte eine Hand nach einer der Schaufeln aus.

JJ schüttelte den Kopf. »Wir machen das. Weg da.«

Chappy wollte seinem Freund gerade die Meinung sagen, aber Alfred, der Polizeichef, nahm ihn am Arm und zog ihn auf die Beine, weg von dem Loch, das Baxter immer noch krampfhaft zu graben versuchte.

»Wir haben das im Griff, Junge. Halte den Hund fest, damit wir das Loch erweitern und deine Frau finden können.«

Diesmal packte Chappy Baxter im Nacken und zog ihn von dem Loch weg. Überraschenderweise ließ der Hund ihn gewähren. Chappy kniete an seiner Seite und hielt den Atem an, während seine Freunde Schnee und Steine von dem Loch wegwarfen. Das Loch wurde immer breiter und tiefer, während sie gruben.

Aber noch immer gab es keine Spur von Carlise.

Mit jeder Schaufel Schnee und Geröll, die sie aus dem Loch holten, ohne sie zu finden, sank Chappys Hoffnung.

»Sind wir sicher, dass das die richtige Stelle ist?«, fragte Bob.

»Ja«, antwortete Chappy, bevor jemand anderes es tun konnte. »Baxter kam direkt hierher und fing an zu graben. Sie ist hier irgendwo.«

Die drei gruben noch ein wenig weiter, bevor Polizeichef Rutkey sagte: »Verdammt, da ist eine Kiefer umgestürzt. Wir müssen herumgraben und sie befreien, bevor wir an den Schnee darunter herankommen.«

Irgendetwas an seinen Worten sorgte dafür, dass es in Chappys Gehirn klick machte – und zum ersten Mal seit fast einer Stunde keimte wieder Hoffnung in ihm auf.

»Der Bunker!«, rief er aus, ging zu dem Loch hinüber und schaute in die Tiefe.

»Was? Welcher Bunker?«, fragte der Polizeichef.

»Hier draußen ist ein alter Prepper-Bunker«, erklärte JJ ihm.

»Oh ja, richtig«, sagte Alfred. »Der alte Kerl, dem die Hütte gehörte, die bei der letzten Lawine mitgerissen wurde, die wir hier draußen hatten. Er war ein paranoider Mistkerl. Nicht im Geringsten freundlich. Ich fand erst heraus, dass er einen Bunker hatte, als seine Frau darin eingeschlossen war und er Hilfe brauchte, um sie herauszuholen. Er kam persönlich zu mir nach Hause und verpflichtete mich zur Geheimhaltung. Als wir sie herausholten, war sie ein Wrack, aber körperlich völlig in Ordnung. Ich hatte das schon ganz vergessen.«

»Die Kiefern«, sagte Chappy. »Das ist der Orientierungspunkt, an dem ich den Bunker ausfindig mache, wenn ich unterwegs bin. Sie sind die einzigen hier in der Gegend. Der Bunker war am Fuße dieser Bäume.«

»Die Bäume, um die wir graben, könnten den Berg hinuntergefegt worden sein«, warnte Cal.

Aber Chappy schüttelte den Kopf. »Sie hat es bis zum Bunker geschafft. Ich *weiß*, dass sie es geschafft hat. Ich habe ihn ihr letzte Woche gezeigt. Und bevor die Fußabdrücke von der Lawine verwischt wurden, war sie auf dem Weg dorthin. Und Baxter hat uns hierhergeführt. Sie muss da unten sein!«

»Und die Freundin?«, fragte Cal, eine Augenbraue hochgezogen.

Chappy begegnete seinem Blick und wusste sofort, was Cal dachte. »Ich weiß nicht. Vielleicht ... vielleicht sind sie beide da drin.«

»Verdammt«, sagte JJ und begann wieder zu graben, jetzt etwas schneller.

Einige Minuten später hatten die Männer den Waldboden erreicht. Das Loch, das sie gegraben hatten, war fast zwei Meter tief und genauso breit, und ihre Köpfe ragten gerade noch über den Rand hinaus. Sie hatten die Tür zum Bunker freigelegt, direkt unter der Stelle, an der Baxter zu graben begonnen hatte.

JJ zog daran, aber sie ließ sich nicht bewegen.

»Sie klemmt«, sagte er frustriert, während er versuchte, fester zu ziehen.

»Weg da«, sagte Chappy. »Lasst mich da runter.«

Er und Alfred halfen, Bob und Cal aus dem Loch zu ziehen,

damit Chappy hineinspringen konnte. »Sie klemmt nicht. Sie ist verriegelt«, sagte er und brach vor Erleichterung fast zusammen.

Sie konnte nur von innen verschlossen werden.

»Richtig«, sagte Alfred von oben, der seine Gedanken las. »Nachdem die Frau des Mannes eingesperrt worden war, hatte er die Tür so umgebaut, dass sie leichter zu öffnen ist, aber aus Sicherheitsgründen konnte sie nur von innen verschlossen werden. Er wollte nicht, dass irgendein Plünderer – seine Worte, nicht meine – vorbeikommt und die beiden da drin einsperrt.«

Chappy ging neben der Tür in die Knie und beugte sich hinunter. »Carlise? Bist du da drin? Ich bin's, Riggs! Mach die Tür auf. Du bist in Sicherheit. Die Lawine ist vorbei.«

Als er keine sofortige Antwort erhielt, versuchte er es mit: »Susie ...?«

Alle fünf Männer hielten den Atem an und warteten auf ein Zeichen, dass jemand im Bunker noch am Leben war.

In dem dunklen Bunker hatte Zeit keine Bedeutung. Carlise zitterte, während sie sich an eine der Wände kauerte. Sie hoffte, dass sie es sich nur einbildete, aber sie hatte das Gefühl, dass ihr das Atmen jetzt schwerer fiel als beim Betreten. Obwohl ... sie hatte keine Ahnung, wie lange das her gewesen sein mochte.

Ihre Gedanken wanderten an Orte, an die sie nicht wollte. Sie fragte sich, ob es wehtat zu ersticken. Ob sie sich an ihre Kehle klammern und versuchen würde, Luft hineinzubekommen, die nicht da war, oder ob sie einfach einschlief.

Ihre Gefühle schwankten zwischen Dankbarkeit, den Bunker gefunden zu haben und der Lawine entkommen zu sein, und Trauer und Wut über Susies Verrat. Sie hatte es geschafft, eine gefühlte Ewigkeit nicht mehr an Riggs zu denken ... aber jetzt konnte sie sich nicht davon abhalten, an ihn zu denken.

Sie rollte sich auf dem kalten Boden zu einer Kugel zusammen und fluchte, als das Einschussloch in ihrer Schulter sich erneut bemerkbar machte. Sie hatte ihren Mantel schon vor einer Weile ausgezogen, zusammengerollt und sich dagegen an die Wand gelehnt, um die Blutung zu stoppen, aber sie hatte nicht die Kraft, ihn wieder anzuziehen.

Sie dachte daran, wie viel Glück sie gehabt hatte, auf Riggs' Hütte zu stoßen. Daran, wie besorgt sie gewesen war, als er krank war. Wie friedlich er aussah, wenn er schlief, wie gut aussehend, wenn er lächelte, und wie er sie mit einem einfachen Lachen erregen konnte.

Sie würde vermissen, wie seine schwieligen Hände sich auf ihrer Haut anfühlten. Wie stark und männlich er aussah, wenn er Holz hackte. Wie er mit Baxter sprach, um ihn näher an sich heranzulocken, damit er ihn streicheln konnte. Wie beschützend er war.

Wie er sich in ihr anfühlte, wie seine Augen gefunkelt hatten, als er zugegeben hatte, vier Kinder zu wollen.

Sie würde praktisch *alles* an diesem Mann vermissen.

Es war nicht fair, dass sie es geschafft hatte, von Susie wegzukommen, diesen Bunker zu finden und eine verdammte Lawine zu überleben, nur um dann an Sauerstoffmangel zu sterben.

Sie wollte nicht sterben. Sie wollte leben. Sie wollte Riggs.

Wollte Newton erkunden. Wollte seine Wohnung in der Kleinstadt sehen.

Tränen liefen ihr über die Wangen und ihre verstopfte Nase erschwerte ihr das Atmen zusätzlich.

Carlise setzte sich auf. Sie wollte so sein wie die knallharten Heldinnen in den Liebesromanen, die sie übersetzte. Sie wollte in der Lage sein, sich aus eigener Kraft aus dieser Situation zu befreien und Riggs zu zeigen, dass sie nicht hilflos war. Dass sie es in den rauen Wäldern von Maine schaffen konnte.

Aber stattdessen würde sie sterben.

Gott, sie hoffte, dass es nicht Riggs war, der ihre Leiche fand, wenn der Schnee schmolz. Sie wollte nicht, dass er das nach allem anderen auch noch durchmachen musste.

Seufzend umklammerte Carlise ihre hochgezogenen Beine, ignorierte das Brennen in ihrer Schulter, schloss die Augen und stützte eine Wange auf die Knie. Das Atmen fiel ihr jetzt eindeutig schwerer. Und sie war so benommen. Vielleicht vom Blutverlust.

Sie konnte fast Riggs' Stimme in ihrem Kopf hören. Wie er ihr sagte, wie sehr er sie liebte, wie stolz er auf sie war. Wie tapfer sie war.

Es war offiziell – sie starb. Es war unmöglich, dass sie Riggs' Stimme hören konnte. Ihr Gehirn spielte ihr einen Streich. Sie halluzinierte sicherlich.

Eine Sekunde später hob sie den Kopf und blieb ganz still.

Nein – sie *konnte* Riggs' Stimme hören!

Sie war gedämpft, und sie konnte nicht verstehen, was er sagte, aber es musste seine Stimme sein!

Sie ließ die Arme sinken, ging auf Hände und Knie und begann, in die Richtung zu kriechen, in der sie die Tür vermutete.

Sie stieß mit dem Kopf gegen etwas Hartes, woraufhin Übelkeit in ihrem Bauch aufstieg.

»Nicht kotzen, nicht kotzen«, ermahnte sie sich laut. Es war ein seltsames Gefühl, ihre eigene Stimme zu hören. Kurz nachdem sie den Bunker betreten hatte, hatte sie aufgehört, mit sich selbst zu reden. Aber irgendwie gab es ihr Kraft. Sie war noch nicht tot, und sie würde mit allem, was sie hatte, für ihre Zukunft kämpfen.

Sie legte eine Hand an die Wand und fühlte die Metallregale, die eine Seite des Bunkers säumten. Sie erinnerte sich vage daran, wie der Raum ausgesehen hatte, als Riggs ihn ihr das erste Mal gezeigt hatte, und langsam bewegte sie sich auf das Ende zu, wo die Leiter sich befand.

In diesem Moment hörte sie sie wieder – Riggs' Stimme, ganz sicher.

»*Carlise? Bist du da drin? Ich bin's, Riggs. Mach die Tür auf. Du bist in Sicherheit. Die Lawine ist vorbei ... Susie?*«

Sie öffnete den Mund, um zu antworten, aber plötzlich konnte sie nicht mehr sprechen. Es fühlte sich an, als gäbe es überhaupt keinen Sauerstoff mehr.

Einen Moment lang geriet sie in Panik. Wenn sie nicht zu dieser Tür kam, würde sie sterben. Dabei war sie so nahe dran, Riggs wiederzusehen! Seine Arme um sie zu spüren.

Sie musste sich bewegen. Sie konnte nicht so kurz vor ihrer Rettung stehen und jetzt scheitern.

Sie begann, mit Hilfe der Leiter aufzustehen, und ihre Schulter schmerzte. Es fühlte sich an, als bräuchte sie jedes Gramm ihrer Kraft, um ein Bein auf die erste Sprosse zu heben, aber in ihr stieg Entschlossenheit auf. Sie konnte es schaffen. Sie hatte keine andere Wahl.

Carlise dachte an ihre Mutter. Wie stark sie war. Wie sie

jahrelang in einer missbräuchlichen Beziehung überlebt hatte. Sie wollte sie stolz machen. Sie wollte die Chance haben, ihr zu sagen, wie sehr sie sie inspirierte.

Ihre Schulter schrie vor Schmerz, als sie ein paar Sprossen auf der Leiter stand und einen Arm nach dem Schloss ausstreckte. Sie konnte es nicht ganz erreichen. Sie würde noch eine Sprosse höher gehen müssen. Sie stützte sich vorsichtig ab und verschaffte sich so die nötige Hebelwirkung, um das Schloss aufzuschieben.

Sie griff nach dem Riegel und versuchte, ihn zu bewegen, aber ihr Arm war so schwach und schmerzte, und ihr war so schwindelig. Sie konnte ihn nicht bewegen.

»Riggs«, flüsterte sie, fast überwältigt vor Verzweiflung. Er war so nahe. Direkt auf der anderen Seite der Tür, und doch könnte er genauso gut kilometerweit weg sein.

Sie war sich nicht sicher, ob er ihre schwache Stimme gehört hatte oder nicht, aber sie konnte ihn genauso gut hören, als stünde er direkt neben ihr, ohne eine dicke Tür zwischen ihnen.

»Mach die Tür auf, Süße. Du schaffst das. Ich weiß, dass du es kannst! Du musst nur das Metallstück ein paar Zentimeter bewegen. Ich erledige den Rest. Die Jungs sind alle hier, und Baxter. Er hat mich direkt zu dir geführt. Du bist in Sicherheit. Tu es, Schatz. Für mich. Für unsere Kinder. Für unsere Freunde. Bitte.«

Carlise fühlte sich, als stünde sie zwei Sekunden vor der Ohnmacht, und glaubte nicht, dass sie die Kraft hätte, es noch einmal zu versuchen. Aber ihre Hand bewegte sich, ohne dass ihr Gehirn darüber nachdachte.

Und einfach so war die Tür aufgeschlossen.

In der Sekunde, in der der Riegel sich bewegte, war Riggs

da. Das Sonnenlicht blendete sie, nachdem sie so lange in der Dunkelheit gewesen war, und Carlise kniff sofort die Augen zusammen. Für den Bruchteil einer Sekunde spürte sie, wie sie fiel, dann hatte Riggs sie. Er hielt sie fest, damit sie nicht nach hinten fiel, und schlang die Arme um ihren Brustkorb.

Sie atmete tief ein, gesegneter Sauerstoff füllte ihre Lunge.

Dann schrie sie, als Riggs sie hochhob und aus dem Bunker zog, wobei ihre Schulter vor Schmerzen pulsierte.

»Scheiße, woher kommt das Blut?«, fragte JJ.

»Ich weiß es nicht. Was tut dir weh, Schätzchen?«, fragte Riggs, der völlig verzweifelt klang.

Aber Carlise konnte nicht sprechen. Sie war zu sehr damit beschäftigt, so viel Luft in ihre Lunge zu bekommen, wie sie konnte.

»Dreh sie um. Ihr Rücken ist voller Blut«, sagte JJ in einem ruhigen Ton, der Carlise trotz seiner Worte irgendwie tröstete. Sie könnte immer noch verbluten, aber sein gleichmäßiger, beruhigender Tonfall bewahrte sie davor, in Panik zu geraten.

»Riggs«, krächzte sie.

»Ich bin hier, Süße.«

Sie öffnete die Augen zu Schlitzen, damit sie ihn sehen konnte. Die Sorge und die Liebe in seinem Blick raubten ihr fast wieder den Atem. »Ich wollte dich nicht verlassen. Sie hat mich gezwungen, zu packen und diesen Zettel zu schreiben.«

»Welchen Zettel?«, fragte Bob von irgendwo über ihnen.

Aber Carlise hielt den Blick auf den Mann gerichtet, den sie liebte. Sie hätte es ihm nicht verübelt, wenn er an ihr gezweifelt hätte, als er den Zettel las, aber sie konnte zugeben, dass es ein Schlag gewesen wäre.

»Ich habe keinen Zettel gesehen«, sagte Riggs. »Aber selbst

wenn, würde ich nie glauben, dass du mich einfach so verlassen würdest.«

Carlise holte noch einmal tief Luft und nickte.

»Reich sie hoch, damit wir einen Blick auf die Schulter werfen können«, sagte Cal von oben.

»Halt dich fest«, bat Riggs sie.

Bevor Carlise sich überhaupt vorbereiten konnte, umklammerte Riggs ihre Taille und hob sie hoch.

»Vorsichtig«, warnte JJ, als sie plötzlich in der Luft schwebte.

Bevor sie verarbeiten konnte, was passiert war, stand sie auf einer riesigen Schneewehe im Sonnenlicht, gestützt von Bob und Cal. Ihre Augen gewöhnten sich allmählich daran, und Carlise sah sich staunend um. Die Gegend sah ganz anders aus als zuvor, als sie in den Bunker gegangen war. Es sah aus wie eine verschneite, felsige Einöde. Die Bäume, die sie *sah*, ragten in merkwürdigen Winkeln aus dem Schnee, als seien sie aus den Wurzeln gerissen worden, als der Schnee den Berg hinunterrauschte.

Als Riggs aus dem Loch auftauchte, zog er sie sofort in die Arme und hielt sie fest.

»Ich werde ihr Hemd anheben, um einen Blick auf ihren Rücken zu werfen«, sagte JJ leise.

»Sieh mich an, Schätzchen«, befahl Riggs.

Sie versteifte sich, als sie spürte, wie JJ vorsichtig nach dem Saum ihres Hemdes griff, aber sie tat, was Riggs von ihr verlangte, und sah in seine schönen Augen.

»Ich liebe dich. Du bist unglaublich.«

Es war offensichtlich, dass er versuchte, sie abzulenken, aber sie spürte den kalten Luftzug auf ihrer Haut, als JJ das Hemd hoch genug anhob, um ihre Schulter zu untersuchen. »Habt ihr Susie gefunden?«

»Nein. Ist sie nicht mit dir in den Bunker gegangen?«

Carlise senkte den Blick, aber das ließ er nicht zu. »Schätzchen, bitte ... sieh mich an.«

Sie tat es.

»Was ist passiert?«

»Sie war es. Sie war meine Stalkerin. Ich habe ihr ein bisschen was über Newton erzählt, und das hat ihr gereicht, um mich zu finden. Sie sagte, sie hätte sich in der Stadt nach deiner Hütte erkundigt und eine Wegbeschreibung bekommen. Ich schätze, sie war eifersüchtig auf mich ... oder ... irgendwas? Ich weiß es nicht einmal genau. Aber anscheinend hat sie Tommy geliebt, und sie sind zusammengekommen, nachdem ich mit ihm Schluss gemacht hatte. Irgendwie hat sie sich in den Kopf gesetzt, dass ich dafür bestraft werden muss, dass ich ihn verlassen habe, dass ich den Leuten erzählt habe, dass er gewalttätig war. Das ergibt keinen Sinn, Riggs ... Wenn er jetzt ihr gehörte, warum sollte es ihr etwas ausmachen, dass ich ihn verlassen habe?«

Sie atmete zittrig ein und schüttelte den Kopf. »Wie auch immer ... sie hatte eine Waffe. Sie wollte Baxter erschießen. Sie zwang mich, eine Nachricht zu schreiben, dass ich gehen würde. Ich wusste, dass ich nicht in den Wagen steigen konnte, also bin ich weggelaufen. Ich dachte, du würdest mich im Wald finden, selbst wenn ich mich verlaufen würde.«

»Verdammt richtig, das würde ich«, sagte Riggs.

Carlise schrie auf, als JJ die Schusswunde in ihrer Schulter untersuchte.

»Sei vorsichtig!«, knurrte Riggs.

»Tut mir leid. Es sieht so aus, als steckte die Kugel immer noch da drin. Sie muss herausgeholt werden.«

Carlise begann, sich zu wehren. »Nein. Nicht hier! Bitte nicht! Es tut weh –«

»Ganz ruhig, Süße. Er hat nicht gemeint, dass *er* sie herausnehmen will. Wir bringen dich in die Arztpraxis in Newton. Wenn die Mitarbeiter dort es nicht können, schicken sie dich in ein Krankenhaus. Dort bekommst du die besten Medikamente, und du wirst nichts spüren. Das verspreche ich dir.«

Carlise nickte und versuchte, sich zu beruhigen. Natürlich hatte JJ nicht vor, mitten im Wald eine Operation durchzuführen. Sie war einfach in Panik geraten.

»Kannst du sie tragen?«, fragte Cal. »Wir können uns abwechseln, um sie hier rauszubringen.«

»Ich habe sie, aber danke«, sagte Riggs.

Bevor Carlise protestieren und versuchen konnte, tapfer zu sein und ihnen zu sagen, dass sie gehen konnte – obwohl sie sich alles andere als sicher war, ob sie es konnte –, hatte Riggs sie vorsichtig in die Arme gehoben. Sie lehnte den Kopf an seine Schulter und schlang ihren guten Arm um seinen Hals. Der andere lag schlaff in ihrem Schoß und sie versuchte, ihn nicht viel zu bewegen. Bei jeder Erschütterung schossen Schmerzen ihren Rücken hinauf.

JJ legte seine Jacke über sie, und Cal und Bob flankierten Riggs, umklammerten seine Arme und halfen ihm, den steilen Schneeberg von der Lawine herunterzuklettern.

Baxter bellte und Carlise zuckte zusammen. »War das Baxter? Ist er hier?«

»Ja, ist er. Er hat mich direkt zu dir geführt«, erklärte Riggs ihr.

»Ich musste ihn ins Badezimmer bringen, weil er sich Susie gegenüber sehr aggressiv verhalten hat. Ich habe es zu dem

Zeitpunkt nicht verstanden, aber ich glaube, er wollte mich warnen. Ich habe nicht auf ihn gehört«, sagte Carlise traurig.

»Machen Sie sich keine Vorwürfe«, sagte ein Mann, den Carlise nicht kannte, hinter ihnen. Sie hob den Kopf und schaute über Riggs' Schulter.

»Ich bin Alfred Rutkey, der Polizeichef. Chappy kam heute vorbei und erklärte Ihre Situation. Ich wollte mir die Sache ansehen, hatte aber offensichtlich keine Gelegenheit dazu.«

Carlise nickte und legte den Kopf zurück auf Riggs' Schulter.

»Wie wurdest du angeschossen?«, fragte JJ.

Carlise seufzte. »Als ich vor Susie weglief. Sie schoss recht wild hinter mir. Einer ihrer Schüsse war wohl ein Glückstreffer. Sie stolperte, und ich konnte gerade noch in den Bunker gelangen, als wir die Lawine hörten. Ich habe die Tür verschlossen, bevor sie hineinkommen konnte.« Ihre Stimme wurde leiser und sie schluchzte, als sie fortfuhr: »Ich wollte sie nicht reinlassen. Sie hämmerte gegen die Tür. Sie *bettelte*. Sie sagte mir, sie könne den Schnee auf sich zukommen sehen. Aber ich habe sie ignoriert. Ich habe sie getötet!«

»Nein!«, riefen alle fünf Männer auf einmal.

Carlise hätte es vielleicht lustig gefunden, wenn die Situation nicht so ernst gewesen wäre.

»Sie wollte dich umbringen. Sie hat auf dich *geschossen*«, sagte Cal wütend.

»Sie hat verdient, was sie bekommen hat«, knurrte Bob.

»Wenn du sie reingelassen hättest, wärst du jetzt tot«, stimmte JJ zu.

»Ich schätze, ich muss eine Suche nach ihrer Leiche veranlassen«, murmelte der Polizeichef.

Aber die einzige Meinung, die zählte, war die des Mannes,

der sie in den Armen hielt. »Riggs?«, flüsterte sie. »Denkst du jetzt anders über mich?«

»Ja«, sagte er, ohne zu zögern.

Carlise zuckte zusammen.

Dann fuhr er fort: »Ich gebe zu, dass ich dich hier draußen ein wenig für einen Fisch auf dem Trockenen gehalten habe. Du bist ein Stadtkind. Ich war mir nicht sicher, ob du es in einer Kleinstadt in Maine aushältst, selbst wenn du bereit wärst, es zu versuchen. Aber ich habe dich unterschätzt. Du bist stärker als jeder andere, den ich kenne. Du hast in dieser schrecklichen Situation einen kühlen Kopf bewahrt und getan, was du tun musstest, um zu überleben. Du hättest mit ihr in den Wagen steigen können. Aber das hast du nicht getan. Du hast Baxter beschützt. Du bist vor ihr entkommen. Hast sie überlistet. Du hast dich an den Bunker erinnert und bist hineingegangen.«

»Ich glaube, die Schüsse haben die Lawine ausgelöst«, gab Carlise zu. »Sie waren so laut und hallten überall um uns herum wider.«

»Das ist durchaus eine Möglichkeit«, sagte Alfred. »Die Bedingungen waren auf jeden Fall gegeben und es brauchte nur den richtigen Anstoß, um sie in Gang zu setzen.«

»Denke ich jetzt anders über dich?«, fuhr Riggs fort. »Ja. Du bist kein Fisch auf dem Trockenen. Du wurdest geboren, um mir zu gehören. Um hier zu sein, in Maine, bei mir. Du wirst eine starke Beschützerin unserer Kinder, unserer zukünftigen Haustiere, unserer Freunde und unseres Rückzugsortes in den Bergen sein. Du hast bewiesen, dass du auf dich selbst aufpassen kannst, wenn die Kacke am Dampfen ist ... und obwohl ich nicht will, dass du jemals wieder so etwas durchmachen musst – *niemals wieder* –, liebe ich dich nur noch mehr mit dem Wissen, dass du selbst gegen den Sensenmann kämpfst, um am Leben zu bleiben.«

»Riggs«, flüsterte sie überwältigt.

»Deine einzige Aufgabe im Moment ist es, gesund zu werden. Ich werde Polizeichef Rutkey die Aufnahmen meiner Kameras zukommen lassen, damit er die Beweise hat, die er gegen Susie braucht, falls sie die Lawine irgendwie überlebt hat. Es wird keinen Zweifel daran geben, wer dich belästigt hat. Du bist frei, Schätzchen. Du kannst gehen, wohin du willst, alles tun, alles *sein*.«

»Willst du, dass ich zurück nach Cleveland gehe?«

»Nein. Ich möchte, dass du zu uns nach Hause kommst – in die Hütte –, um dich zu erholen. Ich möchte, dass du zu mir nach Newton ziehst, mich heiratest und meine Kinder bekommst. Ich liebe dich, Carlise. So verdammt sehr.«

»Ja«, sagte sie mit einem Seufzer.

»Ja? Zu was?«

»Zu allem.«

Riggs blieb stehen und betrachtete ihr Gesicht. »Ja?«, fragte er, als hätte er sie nicht ganz richtig verstanden.

»Ja«, wiederholte sie mit einem Lächeln.

»JJ, Cal, Bob ... werdet ihr an meiner Seite sein, wenn ich heirate?«

»Na klar!«

»Ich würde es nicht verpassen wollen.«

»Natürlich.«

»Wann?«, fragte er Carlise.

»Vielleicht solltest du sie nicht fragen, wenn sie gerade knapp dem Tod entronnen und vor Schmerzen wahrscheinlich ein wenig benommen ist«, sagte Polizeichef Rutkey trocken.

Carlise ignorierte ihn. »Wann immer du willst.«

Ein Funkeln trat in Riggs' Augen, aber er nickte nur.

Carlise hatte das Gefühl, dass sie noch vor Ende der Woche Mrs. Chapman sein würde ... was ihr völlig recht war. »Aber ich möchte, dass meine Mutter dabei ist«, sagte sie etwas verspätet.

»Ich wollte sie anrufen, sobald wir auf dem Weg nach Newton Empfang haben«, versicherte Riggs ihr. »Sie wird wissen wollen, dass es dir gut geht und was passiert ist.«

Carlise nickte, ihre Augenlider fühlten sich extrem schwer an. Plötzlich konnte sie sie kaum noch offen halten.

»Schlaf, Liebes«, murmelte Riggs. »Ich werde mich um dich kümmern.«

»Ich weiß, dass du das tun wirst«, sagte sie, bevor sie sich von dem Stress des Tages und den Schmerzen überwältigen ließ.

KAPITEL SECHZEHN

»Ich komme zurück, sobald du mir sagst, dass du heiratest«, sagte Carlises Mutter, die ihr Bestes tat, ihre Tränen zurückzuhalten.

»Das werde ich, Mom«, versicherte Carlise ihr. Ihr Arm war immer noch in einer Schlinge, aber alles in allem ging es ihr verdammt gut.

Die Ärzte in der Praxis in Newton waren erstklassig, und sie hatten sich sofort an die Arbeit gemacht, die Kugel aus ihrer Schulter zu entfernen, als sie mit Riggs eingetroffen war. Glücklicherweise war die Kugel aufgrund des Abstands zwischen ihr und Susie nicht zu tief in ihr Fleisch eingedrungen. Sie konnten sie ohne größere Operation herausziehen. Aber sie hatten sie dennoch mit starken Medikamenten sediert und ihre Schulter betäubt, bevor sie anfingen.

Als sie aufwachte, hatte sie ziemliche Schmerzen gehabt, aber Riggs hatte es auf sich genommen, dafür zu sorgen, dass sie ihr Unbehagen nicht herunterspielte und die ihr verschriebenen Schmerztabletten nahm.

Ihre Mutter war kurz nach dem Aufwachen in der Praxis angekommen, und sie waren beide sehr betroffen über das gewesen, was Susie getan hatte. Es waren ein oder zwei harte Tage für Carlise, aber mit der Unterstützung von Riggs und seinen Freunden hatte sie es geschafft, das Geschehene recht schnell hinter sich zu lassen. Zum größten Teil. Sie wusste, dass sie noch lange Zeit schlechte Momente haben würde, aber mit Riggs an ihrer Seite konnte sie mit so ziemlich allem fertigwerden.

Die Kameras in der Hütte waren der einzige Beweis gewesen, der nötig war, um zu zeigen, was passiert und dass Susie gekommen war, um ihre ehemalige beste Freundin zu töten. Für Carlise ergab es immer noch nicht viel Sinn. Bis Polizeichef Rutkey ihr erzählte, dass er tief gegraben hatte ... und herausfand, dass Susie viele Geheimnisse gehabt hatte.

Ihr Geburtsname war nicht einmal Susie. Sie hatte den größten Teil ihrer Kindheit in psychiatrischen Kliniken verbracht. Jahrelang hatte sie gelernt, erstaunlich gut damit umzugehen, aber offenbar hatte sie irgendwann, nachdem Carlise angefangen hatte, mit Tommy auszugehen, ihre Medikamente abgesetzt, und es ging langsam bergab mit ihr.

Die ganze Sache machte Carlise sehr traurig. Besonders die Tatsache, dass sie ihre Freundin nie wirklich gekannt hatte.

Carlises Mutter war vier Tage lang in Newton geblieben, um sich zu vergewissern, dass es ihrer Tochter wirklich gut ging, und um Riggs und all seine Freunde kennenzulernen. JJ würde sie in ein paar Minuten zurück nach Bangor fahren, damit sie ihren Flug nach Cleveland nehmen konnte.

»Du liebst ihn«, sagte ihre Mutter.

Carlise lächelte. »So sehr. Machst du dir keine Sorgen, dass wir es überstürzen?«

»Ganz und gar nicht. Jeder kann sehen, dass ihr füreinander bestimmt seid, wenn ihr euch nur anseht. Aber wenn ihr beschließt, dass ihr mehr Zeit braucht, oder eure Meinung ändert, dann zögert nicht, etwas zu sagen. Ich habe vor Jahren den Fehler gemacht, eine Ehe einzugehen, die ich nicht wollte, weil ich es nicht ertragen konnte, jemandem Unannehmlichkeiten zu bereiten.«

Carlise wollte ihrer Mutter versichern, dass sie niemals so für Riggs empfinden würde, aber stattdessen nickte sie nur. »Okay.«

»Ich liebe dich und ich bin so froh, dass diese Stalker-Sache hinter dir liegt und du dein Leben weiterleben kannst.«

»Ich wünschte, du würdest in Betracht ziehen hierherzuziehen«, sagte Carlise ein wenig traurig.

Aber ihre Mutter lachte. »Ich würde es hier nie aushalten. Ich meine, ich liebe dich und so, aber Newton ist ein bisschen zu klein für mich. Du kannst dir allerdings sicher sein, dass ich gern herkommen und meine Enkelkinder besuchen werde.«

Carlise spürte, wie ihre Wangen rot wurden, als sie lächelte.

Ihre Mutter beugte sich vor und umarmte sie, wobei sie darauf achtete, ihre bandagierte Schulter nicht zu berühren. »Noch einmal, sag nur ein Wort über die Hochzeit, und ich bin da«, sagte sie.

»Es wird nichts Großes oder Ausgefallenes«, warnte Carlise. »Riggs hat sogar schon darum gebeten, dass wir *Granny's Burgers* für unsere Feier engagieren.«

»Hört sich gut an«, sagte ihre Mutter mit einem Grinsen, wobei sie nicht im Geringsten verärgert aussah. »Solange mein Baby glücklich ist, ist es egal, was für eine Hochzeit sie hat.«

»Ich hab dich lieb, Mom«, sagte Carlise.

»Ich dich auch. Ich gehe jetzt, bevor ich mein Make-up ruiniere, indem ich weine.«

»Ruf an, wenn du zu Hause bist«, befahl Carlise, die sich ebenfalls bemühte, nicht zu weinen.

»Werde ich. Mach's gut!«

Carlise sah mit feuchten Augen zu, wie JJ den Arm ihrer Mutter nahm und sie zu seinem Bronco führte. Sie spürte, wie eine kalte Nase ihre Hand stupste, und blickte hinunter, um Baxter zu sehen, der neben ihr saß und sie besorgt ansah. »Mir geht es gut«, versicherte sie dem Hund.

Sie sah, wie er den Blick für den Bruchteil einer Sekunde nach links wandern ließ, bevor sie Riggs' Arm um ihre Taille spürte. Sie lehnte sich an ihn und winkte mit ihrem guten Arm, als JJ mit ihrer Mutter vom Parkplatz der Wohnanlage fuhr.

»Geht es dir gut?«, fragte Riggs.

Carlise nickte.

»Du wirst sie bald sehen.«

Carlise nickte erneut.

»Wie geht es deiner Schulter? Brauchst du eine Schmerztablette?«

»Ich glaube, ich brauche erst später eine.« Sie drehte sich in seinen Armen.

Sie standen auf dem Treppenabsatz vor seiner Wohnungstür. Das Gebäude, in dem er wohnte, war nicht besonders schick, nur zweistöckig, und alle Wohnungen hatten Außentüren. Es gab eine Treppe, die in den ersten Stock hinaufführte, und einen kleinen Parkplatz. Die meisten seiner Nachbarn hatte sie bereits kennengelernt. Sie waren alle entsetzt gewesen, als sie hörten, was ihr zugestoßen war, und hatten alles getan, um sicherzustellen, dass sie und Riggs alles hatten, was sie brauchten, damit er nicht von ihrer Seite weichen musste, während sie sich erholte.

»Wie geht es deinen Händen?«, fragte sie.

Sie war erschrocken gewesen, als sie auf dem Weg in die Arztpraxis zum ersten Mal seine verletzten Hände bemerkt hatte. Er hatte sich die Finger aufgerissen, als er versuchte, sich durch den Schnee und das Eis zu graben, um zu ihr zu gelangen. Jetzt waren sie bandagiert und heilten gut, aber sie hasste es, dass er sich überhaupt verletzt hatte.

»Es geht ihnen gut«, sagte er. »Und bevor du fragst, Baxters Pfoten sind auch in Ordnung. Der Tierarzt hat gesagt, wir sollen ihn eine Weile aus dem Wald fernhalten, und er wird bald wieder wie neu sein.«

Carlise wusste das, aber sie machte sich dennoch Sorgen. Mit zärtlichem Blick sah sie auf den Pitbull hinunter. Baxter war nicht von ihrer Seite gewichen, sein Blick noch immer auf sie gerichtet. Riggs hatte nicht unrecht gehabt, als er gesagt hatte, Baxter sei ihr Hund. Er war ihr absolut treu ergeben, und das Gefühl beruhte eindeutig auf Gegenseitigkeit.

»April kommt später vorbei und bringt einen Auflauf mit«, sagte Riggs.

»Noch einen?«, fragte Carlise mit einem kleinen Lachen.

»Ja. JJ ist auch schon ganz neidisch.«

»Was geht zwischen den beiden vor sich?«, fragte Carlise. »Ich meine, sie können ihre Augen nicht voneinander lassen, aber sobald der eine weiß, dass der andere ihn ansieht, tun sie so, als hätten sie gerade nicht wehmütig gestarrt.«

»Ich glaube, es ist kompliziert«, sagte Riggs achselzuckend. »Sie ist unsere Angestellte und er hat immer noch mit dem zu kämpfen, was uns in der Kriegsgefangenschaft passiert ist.«

»Ich könnte mit ihr reden«, bot Carlise an.

Aber Riggs schüttelte den Kopf. »Tu das nicht. Solange er nicht bereit ist, wird es nichts nützen. Und wenn du April überredest, etwas zu unternehmen, und er lehnt sie ab, verlieren wir die beste Verwaltungsassistentin, die wir je hatten. Sie werden es früher oder später hinbekommen.«

»Wie kannst du dir da sicher sein?«

»Wenn es sein soll, dann wird es passieren. Sieh uns an. Irgendwie sind wir allen Widrigkeiten zum Trotz hier, in Sicherheit, verliebt und werden heiraten. Wo wir gerade dabei sind ... wir müssen ein Datum festlegen.«

Carlise lachte leise. »Bist du so besorgt, dass ich meine Meinung ändern könnte?«

»Nein. Wenn du das Beste gefunden hast, was dir je passiert ist, willst du, dass der Rest deines Lebens so schnell wie möglich beginnt«, sagte Riggs, was Carlise dahinschmelzen ließ. »Außerdem will ich verheiratet sein, wenn ich dich mit unserem ersten Kind schwängere. Und wir werden beide nicht jünger. Wenn wir vier Kinder haben wollen, müssen wir uns ranhalten.«

Carlises Bauch zog sich zusammen. Sie konnte es nicht erwarten, Riggs Babys zu schenken. Sie löste sich aus seinen Armen und wandte sich der Wohnungstür zu. »Komm schon«, sagte sie atemlos.

»Wohin?«

»Ins Bett. Wenn April vorbeikommt, haben wir nicht mehr viel Zeit.«

»Deine Schulter –«, begann Riggs, aber Carlise schüttelte den Kopf und unterbrach ihn.

»Sie ist in Ordnung. Du musst nur kreativ sein. Ich brauche dich, Riggs. In mir. Es ist schon Tage her. Und wir sind endlich allein. Das ganze Gerede über Babys und darüber, dir zu gehören, hat mich extrem erregt.«

Er lachte und ließ sich von ihr ins Schlafzimmer führen. Baxter sah, wohin sie gingen, und tapste zu dem teuren Hundebett, das Carlise für ihn gekauft hatte, um ein Nickerchen zu machen.

»Hilf mir, das Hemd auszuziehen«, sagte sie zu Riggs.

Er griff vorsichtig nach dem Saum und beugte sich hinunter, um seine Stirn an ihre zu legen. »Ich liebe dich«, sagte er leise.

»Ich liebe dich auch«, sagte Carlise seufzend. »Und um deine Frage zu beantworten ... bald. Ich werde dich heiraten, sobald ich es einrichten kann.«

»Gut.«

Dann gab es keine Worte mehr, als sie ihre Körper benutzten, um zu beweisen, wie sehr sie einander liebten.

Später am Abend war Chappy froh, dass er und Carlise sich die Zeit genommen hatten, um miteinander zu schlafen, als sie es getan hatten. Denn nicht nur war April mit einem Auflauf aufgetaucht, sondern auch der Rest der Jungs war ihr dicht auf den Fersen gewesen. JJ berichtete, dass ihre Mutter gut zum Flughafen gekommen war, und sie feierten die Tatsache, dass sowohl Carlise als auch Chappy – und Baxter – in Sicherheit waren und alles gut ausgegangen war.

Seine Freunde saßen auf dem Boden um den Tisch vor seiner Couch herum und spielten eine wilde Partie Uno, als Chappy aufstand, um Getränke nachzufüllen. Er stand in seiner kleinen Küche und sah zu, wie Carlise den Kopf zurückwarf und über etwas lachte, das April gesagt hatte.

Es war erstaunlich, wie gut es ihr ging. Natürlich hatte sie ein paar Albträume gehabt, und er hatte sie im Arm gehalten und ihr ins Haar gemurmelt, dass sie sicher und tapfer sei und wie stolz er auf sie sei.

Was Carlise beinahe passiert wäre, machte ihn körperlich krank, wann immer er daran dachte, was öfter der Fall war, als er zugeben wollte. Er würde nie den Moment vergessen, in dem er die Bunkertür geöffnet und sie gesehen hatte. Blaue Lippen, nach Luft schnappend ... Sie war buchstäblich nur wenige Minuten vom Tod entfernt gewesen. Daran hatte er keinen Zweifel.

Baxter hatte sie wieder einmal gerettet. Und sie hatte sich selbst gerettet. Er war stolzer, als er es je in Worte fassen konnte. Und er hatte es gehasst, sie seit diesem Moment aus den Augen zu lassen. Es war unerträglich gewesen, den Raum zu verlassen, während die Ärzte die Kugel aus ihrem Körper herausholten. Und obwohl seine Freunde, die Ärzte und die Arzthelferinnen versucht hatten, ihn davon zu überzeugen, in seine Wohnung zu gehen, zu duschen und ein wenig zu schlafen, und dass Carlise es nicht einmal merken würde, konnte er sich nicht überwinden zu gehen.

Er hatte sie fast verloren.

Er war viel zu nahe dran gewesen.

Es hatte nicht geholfen, dass es passiert war, als er sie das erste Mal allein gelassen hatte, um in die Stadt zu fahren. Es würde eine Weile dauern, bis er darüber hinweg war. Er war froh, dass sie im Moment wenig zu arbeiten hatten und er sie seitdem nicht mehr hatte allein lassen müssen.

Carlise würde eine Weile brauchen, um darüber hinwegzukommen, dass ihre beste Freundin diejenige gewesen war, die sie terrorisiert hatte. Aber gemeinsam würden sie es schaffen.

Sie hatte zugestimmt, ihn zu heiraten. Seine Kinder zu bekommen. Hier in Maine zu bleiben. Er hatte sich nie als besonders glücklicher Mann gefühlt, aber jetzt hatte er das Gefühl, der glücklichste Mensch auf Erden zu sein.

»Hey«, sagte Cal leise neben ihm, was Chappy überrascht zusammenzucken ließ.

»Tut mir leid, ich wollte dich nicht erschrecken«, sagte Cal. »Geht's dir gut?«

»Ja«, antwortete Chappy mit leiser Stimme. »Danke.«

»Wie geht es ihr *wirklich*?«, fragte sein Freund, der mit dem Kopf auf Carlise im anderen Zimmer deutete.

»Erstaunlich gut«, sagte Chappy. »Der Arzt hat gesagt, dass die Kugel nicht viel Schaden angerichtet hat und dass sie in kürzester Zeit wieder wie neu sein wird.«

Cal nickte. »Sie haben ihre Freundin gefunden.«

Chappy blinzelte. »Haben sie das?« Soweit er wusste war die Suche noch im Gange.

»Ja. Ihre Leiche wurde mit der Front der Lawine nach unten befördert, und die Sucher haben sie heute früh gefunden.«

Chappy war erleichtert. Er wollte auf keinen Fall darüber nachdenken, dass Susies Leiche den Rest des Winters in der Wildnis lag und erst nach der Schneeschmelze zum Vorschein kam. Er hatte um Carlises willen gewollt, dass sie gefunden wurde. Um ihrer beider willen. Sie mussten weiterziehen. Ihm graute davor, es Carlise sagen zu müssen und damit möglicherweise all die schlechten Erinnerungen in den Vordergrund zu rücken. Aber sie würde klarkommen. Dafür würde er sorgen.

»Danke, dass du es mir gesagt hast.« Er schaute zu seinem Freund hinüber und sah, wie er ins Leere starrte, als beschäftigte ihn etwas. »Was ist los, Cal?«, fragte Chappy. »Du bist heute Abend so still. Geht es *dir* gut?«

Sein Freund seufzte. »Nicht wirklich. Ich muss für eine Weile nach D. C.«

»Was? Warum?«

»Familie.«

Chappy runzelte mitfühlend die Stirn. Cals Familienleben war ... kompliziert. Die Beziehung zwischen ihm und seinen Eltern schien ziemlich solide zu sein, aber so sehr sie Cal auch aus freien Stücken von der Politik ihres Heimatlandes abgeschirmt hatten – was ihm erlaubte, wenig mit der Bürokratie zu tun zu haben –, so wurde doch von ihm erwartet, dass er der Krone gegenüber loyal war. Er wurde nur selten gebeten, in Liechtenstein aufzutauchen, aber hin und wieder fühlte er sich verpflichtet, einer Bitte nachzukommen, die er vielleicht lieber ausgeschlagen hätte.

Und aufgrund seiner Abstammung war Cal als Kriegsgefangener auch drei Jahre später noch eine große Neuigkeit. Es gab genügend Geschichten über seine Narben und Verletzungen, um Cal ein Leben lang jede Art von Medienaufmerksamkeit zu verleiden.

Egal wie oft Chappy, Bob und JJ ihm sagten, dass seine Narben jemandem, der ihn liebte, nichts ausmachen würden, so wussten sie alle, dass der Mann in Bezug auf sein Aussehen noch immer äußerst empfindlich war. Er trug meist langärmelige Hemden und Hosen, sogar im Sommer, und wenn er merkte, dass jemand ihn zu lange anstarrte, schaltete er völlig ab.

»Was wollen sie von dir?«, fragte Chappy.

»Babysitten.«

»Was?«, fragte er stirnrunzelnd.

Cal seufzte. »Da ist diese Frau. Sie hat sich mit einem meiner Cousins angefreundet, und er hat die Familie überredet, sich in ihre sogenannten Probleme einzumischen. Sie mögen sie. Sehr. Ich glaube, seine Eltern haben Visionen, dass sie in die Familie einheiratet. Aber anscheinend steckt sie in irgendwelchen Schwierigkeiten. Niemand will mir Einzelheiten nennen, bis ich in D. C. bin. Wegen meines Militärdienstes und meiner Diskretion wollen sie, dass ich mich mit der Situation befasse.«

»Kannst du ablehnen?«

»Es ist kompliziert«, sagte Cal.

»*Kannst du ablehnen?*«, wiederholte er mit Nachdruck. »Sie *wissen* doch, dass du kein Leibwächter bist, oder? Dass du schon seit Jahren nicht mehr beim Militär bist? Dass du beruflich Bäume fällst?«

»Das wissen sie alles, aber sie glauben trotzdem, dass ich ihre beste Option bin. Mein Cousin ist ... unberechenbar. Und sie wollen nicht noch mehr Medienaufmerksamkeit für die königliche Familie, als wir in den letzten Jahren schon hatten ... was hauptsächlich meine Schuld ist. Ich *könnte* ablehnen, aber das würde mein Leben und den Umgang mit meiner Großfamilie unangenehm machen. Glaub mir, es ist einfacher, das zu tun, was sie wollen. Je eher ich gehe, desto eher kann ich zurückkommen.«

Chappys Miene verfinsterte sich. Er hasste es, dass er sich nicht in der Lage fühlte, seinem Freund zu helfen. »Brauchst du einen von uns, der mit dir geht? Dir den Rücken freihält?« Der ihn vor seiner Familie schützte ... was er nicht laut aussprach.

»Nein. Mein Plan ist es, die Sache so schnell wie möglich zu erledigen und zurück nach Maine zu kommen.«

»Okay, aber du weißt, wenn du etwas brauchst, musst du nur anrufen.«

»Ich weiß, und ich weiß es zu schätzen.«

»Ich *erwarte*, dass du zu meiner Hochzeit hier bist. Und ein Wort der Warnung, ich warte nicht lange.«

»Ich würde sie um nichts in der Welt verpassen wollen. Ich bin mir ziemlich sicher, dass ich ohne Probleme einen Wochenendtrip hierher machen kann, wenn es so weit ist.«

»Gut.«

»Ich freue mich für dich«, sagte Cal. »Carlise ist eine der Guten. Lass sie nicht gehen.«

»Das habe ich nicht vor«, erwiderte Chappy entschlossen.

Cal nickte. »In Ordnung. Lass mich wissen, wie es ihr geht. Ich breche morgen früh auf.«

»Cal?«

»Ja, Kumpel?«

Chappy war normalerweise niemand, der sich in die persönlichen Angelegenheiten seiner Freunde einmischte, und bevor er Carlise getroffen hatte, wäre er nie auch nur auf die Idee gekommen, das zu sagen, was er jetzt sagen würde ... aber die Begegnung mit der Frau, von der er bis auf die Knochen wusste, dass sie für ihn bestimmt war, hatte die Dinge verändert. Hatte *ihn* verändert. Er wollte alle seine Freunde genauso glücklich und zufrieden sehen. »Bleib aufgeschlossen.«

»Wofür?«, fragte Cal stirnrunzelnd.

»Frauen.«

Cal verdrehte die Augen. »Jetzt geht's los«, murmelte er.

»Ich meine es ernst. Ich hatte es abgeschrieben, zu heiraten und eine Familie zu gründen. Ich meine, wir leben hier draußen mitten im Nirgendwo. Da hat man nicht gerade viele Möglichkeiten, wenn es um Verabredungen geht. Aber dann tauchte Carlise auf, als sei sie dazu bestimmt, hier zu sein. Ich will damit nur sagen, dass du nicht ignorieren sollst, was direkt vor dir ist. Ich habe das Gefühl, dass wir nur den Bruchteil einer Sekunde im Leben haben, um unsere andere Hälfte zu erkennen, und wenn wir diese Anziehungskraft ignorieren, das Gefühl verwerfen, wird es nie mehr zurückkommen.«

»Keiner wird mich zweimal ansehen, Chappy«, sagte Cal. »Sie wollen das Märchen. Den gut aussehenden Milliardärsprinzen – und wir beide wissen, dass ich alles andere als das bin.«

»Du bist einer der besten Männer, die ich kenne«, sagte Chappy nüchtern. »Geld ist nicht alles. Genauso wenig wie berühmt zu sein oder glatte Haut zu haben. Ich schätze deine Loyalität. Deine Stärke. Deine Standhaftigkeit. Und ich weiß, dass es da draußen jemanden für dich gibt.«

»Sie wird nicht wie eine Nymphe im Wald auftauchen, so wie Carlise es für dich getan hat. Ich habe kein Problem damit, Single zu sein. Nicht jeder will verheiratet sein und Kinder haben.«

Chappy wusste tief drin, dass sein Freund log. Cal wollte das genauso sehr wie er, oder sogar mehr als er. Er war nur nicht bereit, es zuzugeben, da er Angst hatte, nie die richtige Frau zu finden. Es war einfacher, so zu tun, als interessierte es ihn nicht, wenn es ihn in Wirklichkeit nur allzu sehr interessierte.

»Pass auf dich auf«, sagte Chappy nach einem Moment in dem Wissen, dass Cal nicht mehr bereit war, ihm zuzuhören.

»Das werde ich.«

»Weißt du, wenn du die Kleine zurück nach Newton bringen musst, kannst du das tun. Wir werden dir alle helfen.«

»Ich weiß das zu schätzen. Ich sage dir Bescheid, wenn ich

die Lage gepeilt habe. Ich schätze, die Frau ist eine Art Model. Sie wohnt mit ihrer Schwester und ihrer Mutter zusammen. Ich muss mir erst ein Bild von der Lage machen, bevor ich mich entscheide, wie ich am besten vorgehe.«

»Sind die Schwester und die Mutter auch in Schwierigkeiten?«, fragte Chappy.

Cal zuckte mit den Schultern. »Keine Ahnung.«

»Also gut, tu, was du tun musst, und schwing deinen Arsch wieder hierher. Glaube nicht, dass wir dich für deine Schichten vom Haken lassen. Die Bäume hier schneiden sich nicht von selbst.«

Cal lachte, und Chappy war froh, es zu sehen.

»Stimmt. Und du wirst mit deiner Ehefrau beschäftigt sein, ja?«

»Verdammt richtig«, stimmte Chappy zu.

»Ich bin wirklich froh, dass es ihr gut geht.«

»Ich auch. Und ruf uns an, Cal. Ich meine es ernst«, sagte Chappy streng.

»Ja, Mom.«

Sie lachten beide. »Das ist JJs Titel«, erwiderte er.

Cal nickte, klopfte ihm auf die Schulter und ging zurück ins Wohnzimmer.

Chappy beobachtete, wie Carlise aufstand und auf ihn zuging. »Brauchst du Hilfe mit den Getränken?«, fragte sie.

»Nein, ich mache das schon, Süße. Wie geht es dir?«

»Mir geht es gut«, sagte sie. »Ich habe etwas von deinem Gespräch mit Cal gehört. Er geht weg?«

»Ja.«

»Er wird sein Aschenputtel finden«, seufzte sie, während sie sich an Chappy lehnte.

»Was?«

»Er wird mit seinem Aschenputtel zurückkommen. Ich weiß es einfach«, sagte Carlise. Dann richtete sie sich auf, küsste ihn auf die Wange und ging zurück ins andere Zimmer, um das Spiel fortzusetzen.

Sie verblüffte ihn immer wieder. Es war offensichtlich, dass sie auf ihn genauso ein Auge hatte wie er auf sie. Es war ein gutes Gefühl, umsorgt zu werden. Er war sich nicht sicher, warum sie so davon überzeugt war, dass Cal jemanden finden würde, aber er hoffte inständig, dass sie recht hatte. Er hatte es verdient, eine Frau zu finden, die ihn um seiner selbst willen liebte, nicht wegen seines Titels, seines Geldes oder seines Aussehens.

»Hast du Angst, fertiggemacht zu werden?«, rief Bob. »Komm hier rüber, Chappy, damit ich dich mit meinen Uno-Fähigkeiten zerquetschen kann!«

Chappy grinste, balancierte die Dosen Cola, die er aus dem Kühlschrank geholt hatte, und machte sich auf den Weg zurück zu seinen Freunden. Als er sich neben Carlise setzte und die Getränke verteilte, konnte er nicht anders, als ein stummes Dankeschön für seine Freunde und seine Frau auszusprechen. Er war wirklich ein Glückspilz, und er hatte nicht vor, sein neu gefundenes Glück jemals zu verlieren.

Juniper Rose fuhr sich mit einer Hand über die schweißnasse Stirn und begutachtete zufrieden den frisch gewischten Boden. Sie war den ganzen Tag damit beschäftigt gewesen, sich auf das Mitglied der Liechtensteiner Königsfamilie vorzubereiten, das bald eintreffen würde. Sie wusste nicht genau, was los war, da ihre Stiefmutter und ihre Stiefschwester ihr nie etwas erzählten, aber nach dem zu urteilen, was sie aus ihren geflüsterten Gesprächen entnehmen konnte, hatte ihre Stiefschwester Carla einem Freund, den sie online kennengelernt hatte, erzählt, dass sie belästigt und bedroht wurde.

Was eine Lüge war.

Niemand, der Carla kennenlernte, würde sich jemals mit ihr abgeben, Punkt. Sie war zwar äußerlich schön ... aber innerlich war sie ein furchtbarer, schrecklicher Mensch.

June bückte sich gerade, um den Eimer mit dem schmutzigen Wasser anzuheben, als die Tür zum hinteren Garten aufging und sie Krallen auf dem Boden klappern hörte. Sie drehte sich um und wollte »Nein!« schreien, aber es war zu spät. Die beiden verwöhnten Corgis ihrer Stiefschwester rannten ins Zimmer und hinterließen matschige Pfotenabdrücke auf dem zuvor sauberen Boden.

»Oh je«, seufzte Carla mit der unaufrichtigsten Stimme, die June je gehört hatte. »Sie haben den Boden ganz dreckig gemacht. Du wirst wohl lange aufbleiben müssen, um das zu beseitigen. Kommt schon, Pookie und Snookie. Zeit fürs Bett.« Und damit fegte Junes gemeine und ebenso verwöhnte Stiefschwester aus dem Zimmer, ihre beiden Hunde im Schlepptau.

June blinzelte schnell, um die Tränen zu unterdrücken.

Sie lebte in einem großen, prächtigen Haus, und von außen betrachtet wusste sie, dass es den Anschein hatte, sie hätte ein perfektes Leben. Wenn die Leute nur wüssten. Nachdem ihr Vater gestorben war, als sie fünfzehn war, war sie am Boden zerstört gewesen. Sie hatte angenommen, dass ihre neue Stiefmutter und ihre Stiefschwester genauso empfinden würden, dass sie nicht allein trauern würde ... aber stattdessen schienen sie fast begeistert zu sein.

Das Geld aus seiner Lebensversicherung war sofort in all

die materiellen Dinge geflossen, die sie sich zu Lebzeiten ihres Vaters nicht hatten leisten können.

June interessierte sich nicht für Fahrzeuge, Kleidung oder Designerhandtaschen. Sie wollte einfach nur ihren Vater zurück. Er war der einzige Mensch, der sie je für das geliebt hatte, was sie war. Eine etwas unbeholfene, mollige, schüchterne Frau, die lieber zu Hause blieb und las, als unter Leute zu gehen.

In den Jahren seither war sie mehr zum Dienstmädchen ihrer Familie geworden als zu einer Tochter oder Schwester. Sie putzte, fuhr Carla zu ihren Model-Terminen, kümmerte sich um die Rechnungen, kochte und tat generell alles, was ihr gesagt wurde.

Sie war ein echtes Aschenputtel – und sie hasste es. Sie hasste dieses Märchen, denn kein reicher Prinz würde auftauchen und sie aus ihrem trostlosen Leben retten. Sie würde den Mut aufbringen müssen, sich selbst zu retten.

June hatte Geld gehortet. Geld, das vom Einkaufen übrig geblieben war, hier und da ein paar Scheine, wenn sie das Haus putzte. Bald würde sie weggehen. Sie hatte keine Ahnung, wohin sie gehen würde, aber wo auch immer es war, sie würde nie wieder jemandes arme Verwandte sein.

Märchenprinz?

Pah. Der existierte nicht.

Finden Sie heraus, was passiert, wenn Cal in *Ein Prinz für June*, dem zweiten Buch der Reihe »Ein Spiel des Glücks«, in den Süden reist und June trifft. Sie wissen, dass er umgehauen wird! Holen Sie es sich jetzt!

BÜCHER VON SUSAN STOKER

Vertrauen in Skylar
Vertrauen in Taylor
Vertrauen in Molly
Vertrauen in Cassidy

Die Zuflucht in den Bergen
Zuflucht für Alaska
Zuflucht für Henley
Zuflucht für Reese
Zuflucht für Cora
Zuflucht für Lara
Zuflucht für Maisy
Zuflucht für Ryleigh

Das Bergungsteam vom Eagle Point
Ein Retter für Lilly
Ein Retter für Elsie
Ein Retter für Bristol
Ein Retter für Caryn
Ein Retter für Finley
Ein Retter für Heather
Ein Retter für Khloe

SEALs of Protection: Legacy
Ein Beschützer für Caite
Ein Beschützer für Brenae
Ein Beschützer für Sidney
Ein Beschützer für Piper
Ein Beschützer für Zoey
Ein Beschützer für Avery

Ein Beschützer für Kalee
Ein Beschützer für Jane

Die SEALs von Hawaii:

Die Suche nach Elodie
Die Suche nach Lexie
Die Suche nach Kenna
Die Suche nach Monica
Die Suche nach Carly
Die Suche nach Ashlyn
Die Suche nach Jodelle

Delta Team Zwei

Ein Held für Gillian
Ein Held für Kinley
Ein Held für Aspen
Ein Held für Jayme
Ein Held für Riley
Ein Held für Devyn
Ein Held für Ember
Ein Held für Sierra

Mountain Mercenaries:

Die Befreiung von Allye
Die Befreiung von Chloe
Die Befreiung von Morgan
Die Befreiung von Harlow
Die Befreiung von Everly
Die Befreiung von Zara
Die Befreiung von Raven

Ace Security Reihe:
Anspruch auf Grace
Anspruch auf Alexis
Anspruch auf Bailey
Anspruch auf Felicity
Anspruch auf Sarah

Die Delta Force Heroes:
Die Rettung von Rayne
Die Rettung von Emily
Die Rettung von Harley
Die Hochzeit von Emily
Die Rettung von Kassie
Die Rettung von Bryn
Die Rettung von Casey
Die Rettung von Wendy
Die Rettung von Sadie
Die Rettung von Mary
Die Rettung von Macie
Die Rettung von Annie

SEALs of Protection:
Schutz für Caroline
Schutz für Alabama
Schutz für Fiona
Die Hochzeit von Caroline
Schutz für Summer
Schutz für Cheyenne
Schutz für Jessyka
Schutz für Julie
Schutz für Melody

Schutz für die Zukunft
Schutz für Kiera
Schutz für Alabamas Kinder
Schutz für Dakota

Eine Sammlung von Kurzgeschichten
Ein langer kurzer Augenblick

BIOGRAFIE

Susan Stoker ist die New York Times, USA Today und Wall Street Journal Bestsellerautorin der Buchreihen »Badge of Honor: Texas Heroes«, »SEAL of Protection«, »Die Delta Force Heroes« und einigen mehr. Stoker ist mit einem pensionierten Unteroffizier der US-Armee verheiratet und hat in ihrem Leben schon überall in den Vereinigten Staaten gelebt – von Missouri über Kalifornien bis hin zu Colorado. Zurzeit nennt sie die Region unter dem großen Himmel von Tennessee ihr Zuhause. Sie glaubt ganz und gar an Happy Ends und hat großen Spaß daran, Geschichten zu schreiben, in denen Romantik zu Liebe wird.

Besuchen Sie Susan im Netz!
www.stokeraces.com
facebook.com/authorsusanstoker

SUSAN STOKER

twitter.com/Susan_Stoker
bookbub.com/authors/susan-stoker
instagram.com/authorsusanstoker
Email: Susan@StokerAces.com